KNAUR

Von Mathias Berg ist bereits folgender Titel erschienen:
Der Preis der Rache

Über den Autor:
Mathias Berg kam 1971 unter romanreifen Umständen zur Welt – genau 17 Tage zu früh, da der Nachbar tags zuvor seine Frau erschoss.
Lust auf das Lesen und Schreiben machte ihm seine Mutter, die Tochter eines Polizisten aus Stuttgart. Nach dem Abitur in Ulm studierte er Soziologie in Bamberg und London, jobbte als Radiomoderator und arbeitete als Werbetexter und Marketing-Redakteur. »Der Lohn des Verrats« ist nach »Der Preis der Rache« der zweite Band der Cold-Case-Serie um die Psychologin Lupe Svensson und den LKA-Ermittler Otto Hagedorn. Mathias Berg lebt in Köln.

MATHIAS BERG

DER LOHN DES VERRATS

KRIMINALROMAN

KNAUR

Besuchen Sie uns im Internet:
www.knaur.de

Aus Verantwortung für die Umwelt hat sich die Verlagsgruppe
Droemer Knaur zu einer nachhaltigen Buchproduktion verpflichtet.
Der bewusste Umgang mit unseren Ressourcen, der Schutz unseres Klimas
und der Natur gehören zu unseren obersten Unternehmenszielen.
Gemeinsam mit unseren Partnern und Lieferanten setzen wir uns
für eine klimaneutrale Buchproduktion ein, die den Erwerb von
Klimazertifikaten zur Kompensation des CO_2-Ausstoßes einschließt.
Weitere Informationen finden Sie unter: www.klimaneutralerverlag.de

FSC www.fsc.org
MIX
Papier aus verantwortungsvollen Quellen
FSC® C083411

Originalausgabe Mai 2021
Knaur Taschenbuch

Ein Imprint der Verlagsgruppe
Droemer Knaur GmbH & Co. KG, München

Dieses Werk wurde vermittelt durch die
Michael Meller Literary Agency GmbH, München

Redaktion: Claudia Wuttke
Covergestaltung: Sabine Kwauka
Coverabbildung: Collage unter Verwendung
eines Getty Images Motives
Satz: Adobe InDesign im Verlag
Druck und Bindung: CPI books GmbH, Leck
ISBN 978-3-426-52501-2

2 4 5 3 1

Für Mats.
Mögen dir die Sterne stets leuchten.

Were all stars to disappear or die,
I should learn to look at an empty sky
And feel its total darkness sublime,
Though this might take me a little time.

W. H. Auden, *The More Loving One*

PROLOG

Das Erste, was er von den Mädchen am Straßenrand wahrnahm, war ihr Gang.

Der war selten aufrecht, meistens schlurfend. Gern beugten sie sich weiter als üblich nach vorne, wenn sie einen Rucksack auf dem Rücken trugen und schon lange unterwegs waren. Er machte sich einen Spaß daraus, zu raten, wie lange sie bereits auf eine Mitfahrgelegenheit warteten. Seine Vermutung sagte er sich laut vor, und wenn sie sich qualifizierten und er sie mitnahm, war seine erste Frage: »Na, wie lange bist du schon unterwegs?«

Und er lag häufig richtig.

Das Zweite, was er von den Mädchen am Straßenrand wahrnahm, war die Figur. Die Größe musste grob stimmen und der Grad der Rundungen. Nicht zu üppig und nicht zu dürr. Der Hintern und das Verhältnis der Schultern zur Hüfte. Die Länge der Beine im Verhältnis zum Oberkörper.

Sein Goldener Schnitt.

Das Dritte waren die Haare. Da ließ er mehr Variationen zu. Aber schulterlang kam der Sache schon nah. Blond oder dunkelblond war gut. Ein helles Braun zur Not auch. Aber kein Schwarz, das ging gar nicht.

Auffällig war: Je länger die Mädchen unterwegs waren und den Straßenrand entlangstiefelten, umso mürber waren sie, unachtsamer. Ihre Körperhaltung hatte etwas Drängendes, wenn er das getönte Seitenfenster herunterließ und sie sich nach unten beugten und ihre langen Haare von den Schultern fielen. Und dann kam der Moment, auf den er gewartet hatte.

Er sah in ihr Gesicht.

In das Dreieck von den beiden Augenbrauen zum Kinn. Ein Ausschnitt, der darüber entschied, ob sie es waren. Er sah in ihre hoffnungsvollen, betenden Augen, ihre geschürzten Lippen. Ihr bettelndes Lächeln.

Er traf die Entscheidung in einer Millisekunde. Die Mädchen mussten aussehen wie sie.

Dieses Mädchen sah er schon von Weitem. Da war sie nicht mehr als ein gleichförmiger, beweglicher Punkt am Horizont, der sich gegen die untergehende Sonne abhob. Er nahm sofort den Fuß vom Gas und fuhr langsamer darauf zu. Es dämmerte. Eigentlich war es ihm lieber, wenn es schon Nacht war, denn die Dunkelheit schützte ihn besser, und in den Mädchen wuchsen die Furcht und der Wunsch nach einem sicheren Lager. Wie bei den Tieren, die sich einen Schlafplatz suchten, weil sie wussten, dass die Nacht gefährlich war. Er bot ihnen diesen vermeintlichen Schutzraum an. Eine warme Fahrerkabine in einem sauberen Auto. Eine trügerische Höhle, in die sie sich verkriechen konnten.

Für eine kurze Zeit.

Sie trug einen tarngrünen Bundeswehrparka, schwarze Jeans und Doc Martens mit der charakteristischen Sohle. Ihre dunkelblonden Haare lagen offen auf den Schultern, aufgefächert. Ihr Gang war nicht mehr aufrecht, in der rechten Hand trug sie einen Rucksack, der schwer sein musste, denn die Schultern beugten sich unter der Last nach rechts. Und er sah sofort: Sie war schon lange unterwegs.

Seine Handinnenflächen klebten am Lenkrad.

»Vier!«, rief er laut aus. »Ja klar, vier.«

Er lachte nervös, drosselte die Geschwindigkeit und fuhr langsam an sie heran. Unter dem Parka lugten ihre Beine hervor.

Gute Beine. Schön proportioniert.

Sie schien etwas zu groß zu sein, aber er war schon seit einigen Tagen unterwegs, ohne Beute zu machen. Er musste endlich zum Zuge kommen, fühlte sich wie unterzuckert und wollte Erleichterung spüren. Dieses Gefühl staute sich in ihm an, es wuchs täglich, bis nur noch ein einziger Gedanken ihn beherrschte.

Er musste sie endlich finden.

Die Eine.

Und es wieder tun.

Mit dem rechten Arm griff er hinter sich unter den Sitz und spürte die halb volle Wodkaflasche. Er zog sie hervor und klemmte sie zwischen seine Beine. Drehte geschickt mit einer Hand den Deckel ab. Setzte sie an die Lippen und nahm drei große Schlucke.

Der Vorteil an Wodka war, dass man ihn nicht roch.

Kein Mädchen setzte sich zu einem angetrunkenen Kerl ins Auto, der eine Fahne hatte.

Auf keinen Fall.

Er schraubte die Flasche wieder zu und verstaute sie hinter seinem Sitz.

In dem Moment war sie zum Greifen nah.

Nur wenige Meter trennten sie voneinander.

Als hätte sie einen Schuss gehört, drehte sie sich um und sah zu ihm.

Er schob die Sonnenbrille auf der Nasenwurzel nach oben.

Leckte sich über die Lippen, und mit einem Knopfdruck ließ er das Seitenfenster surrend herabgleiten.

TAG EINS

Montag, 6. Oktober 2003

KAPITEL 1

Wir kehren manchmal zu den Orten der Vergangenheit zurück. Besonders zu jenen, von denen wir dachten, dass wir sie nie wiedersehen würden. Ich bin hier, an diesem Ort, in diesem Raum, weil ein Mensch vor meinen Augen gestorben ist. Und ich es nicht verhindern konnte.

Dabei stand ich nur eine Armlänge von ihm entfernt.

Das Zimmer ist mir vertraut, und es sieht haargenau so aus wie vor drei Jahren. Und es riecht immer noch so. Ich kenne den Geruch, den der Teppich von den vielen Schuhabsätzen ausströmt, die fest in ihn gepresst wurden. Sei es aus Nervosität, Befangenheit oder aus Trotz. Den Duft der Straße, der durch das gekippte Fenster weht: die Auspuffabgase der Autos, die unten an der Kreuzung mit laufendem Motor stehen, das verbrannte Gummi der vorbeiratternden Straßenbahnen und das gebratene Hammelfleisch von dem türkischen Imbiss um die Ecke. Und der Geruch des Asphalts, wenn es regnet. Den mag ich am liebsten, denn er riecht für mich nach Kindheit und Trost.

Ich könnte diesen Raum blind aufzeichnen. Die Stehgarderobe gleich neben der Tür. Der Wochenkalender an der Wand, der seiner Zeit hinterherhinkt, weil Sabine vergisst, ihn umzublättern. Den Schreibtisch vor dem großformatigen abstrakten Gemälde, auf das ich oft gestarrt und darin Antworten auf Fragen gesucht habe. Den quadratischen Teppich in der Mitte des Raumes, mit dem Schachbrettmuster. Die Insel des Gesprächs, die wir zu zweit betreten, auf der zwei lederne Sessel und ein runder Beistelltisch aus Glas stehen. Auf dem Tisch sind eine Kleenexbox (habe ich nie gebraucht) und eine Wasserkaraffe mit zwei Gläsern.

Auf einem der Sessel sitze ich.

Die Beine übereinandergeschlagen, meinen Rucksack neben mir auf dem Boden, schwinge ich einen meiner Chucks vor und zurück und stellt fest, wie dreckig die geworden sind. Jetzt sind sie so, wie sie sein sollen. Meine schwarze Jeans kneift im Sitzen, weil sie frisch gewaschen ist.

Sabine sitzt mir gegenüber, in einer weißen Bluse. Um die Hüften ist sie fülliger geworden. Sie wischt eine kinnlange leuchtend rote Lockensträhne aus dem Gesicht. Ich habe mich nicht sonderlich hübsch gemacht. Haare zum Pferdeschwanz, Wimperntusche. Fertig. Kein Make-up. Wer seine ehemalige Supervisorin aus der Therapieausbildung wieder trifft, braucht keinen Eindruck zu machen. Ich weiß, was ich an ihr habe.

»Legen wir los«, sagt Sabine nach dem Begrüßungsgeplänkel. »Erklär mir, warum du hier bist.«

»Ich konnte einem jungen Mann nicht helfen. Er war suizidal. Wollte von einer Brücke springen. Ich dachte, er blufft und will Aufmerksamkeit. Dann sprang er vor meinen Augen in die Tiefe.«

»Wie lange ist das her?«

»Rund sechs Wochen.«

»Kanntest du ihn?«

»Er war eine Person, zu der ich im Rahmen meines ersten Falls beim LKA Kontakt hatte. Ich habe Gespräche mit ihm geführt. Sondierungsgespräche.«

»Wenn du an die Situation denkst, welche Gedanken kommen dir?«

Sie legt den Kopf schief. Ihr Gesicht ist offen.

Hab keine Angst, sagt es. Erzähl es mir einfach.

»Es war eine Extremsituation. Ich war nicht klar im Kopf, stand unter starken Schmerzmitteln nach einer Operation.«

»Das klingt wie eine Entschuldigung, soll es das sein?«

»Nein, das ist die Tatsache«, erwidere ich bockig.

»Lupe, ich will wissen, was du danach empfunden hast. Die emotionale Ebene ist ein wichtiger Aspekt bei dir. Aufgrund deiner Biografie hast du gut gelernt, sie auszuschalten. Das ist in einer professionellen Situation hilfreich, du musst dich schützen, aber du bist zu mir gekommen, weil du es verarbeiten möchtest.«

Ich stelle beide Beine auf. Presse die Schuhsohlen in den Boden. Streiche mir mit der flachen Hand über meine Stirn und ertaste mit den Fingerspitzen diese feine Furche in der Mitte.

»Ich habe das Gefühl, dass ich versagt habe«, höre ich mich sagen.

»Worin?«

»Als Psychologin, die von dir zur Therapeutin ausgebildet wurde und in der Forensischen gearbeitet hat. Und jetzt beim LKA ist.«

»Fühlst du denn Schuld an seinem Tod?«

Ich sehe sie einen Moment genau an. »Nein«, antworte ich. »Ich bin nicht schuld an seinem Tod.«

Sabine schenkt sich Wasser ein. Nippt am Glas. Stellt es wieder ab.

»Aber trotzdem hast du das Gefühl, versagt zu haben. Du hattest Erwartungen an dich.«

»Ja.«

»Waren die hoch?«

»Da könnte was dran sein.«

»Unerreichbar hoch?«

Ich atme laut aus.

Sabine räuspert sich. »Hast du nach der Tat geweint?«, fragt sie.

Jetzt kommt dieser emotionale Scheiß.

»Ja, habe ich. Mehrfach.«

»Warum?«

Ich hole tief Luft. »Weil ich wütend war. Auf mich. Dass ich nicht gesehen habe, was in ihm vorging. Dass ich ihm nicht helfen konnte.«

»Du hättest ihm gern geholfen.«

»Ich wurde deswegen zu ihm gebracht, er wollte nur mich sehen.«

Sabine beugt sich vor. »Aber er war nicht dein Patient. Du warst als Praktikantin der Ermittlungsarbeit mit ihm betraut. Nicht als Therapeutin. Ich würde sagen, es war nicht deine Aufgabe, ihn zu retten.«

Ich sehe sie verblüfft an.

»Es hat sich vermischt. Er hat mich in der Rolle als Therapeutin gefordert.«

»Hat er das gesagt?«

Mir wird warm. »Nein, das hat er nicht.«

Ich schenke mir ebenfalls ein Wasser ein und trinke das Glas in einem Zug leer. Mein Mund ist trocken wie nach einer Tüte Erdnussflips.

»Wir neigen dazu, die Fehler bei uns zu suchen«, sagt Sabine.

»Soll mich das trösten?«

Ich merke, dass ich bockig werde.

»Brauchst du denn Trost?«

»Nein«, sage ich und klopfe mit den Fingerknöcheln auf die Sessellehne.

»Was ist dein Bedürfnis?«

»Was ich brauche?«, wiederhole ich, um Zeit zu schinden.

Ich halte inne. Sehe über Sabines Kopf hinweg auf das Gemälde. Suche mit meinen Augen die Farbstriche und Tupfer ab, die Verwischungen und schwarzen Farbsprenkel, als sei eine Dose Cola explodiert. Aber in dem abstrakten Gefüge steht keine Antwort. Nicht mal ein verschlüsselter Buchstabe, der auf eine Antwort verweisen könnte.

Ich denke nach, und Sabine lässt mich. Das schätze ich sehr an ihr.

»Ich brauche klare Verhältnisse«, sage ich und finde meine Antwort recht gut, je länger sie im Raum steht. Ja, das passt auf einiges in meinem Leben.

»Wo sind die Verhältnisse gerade nicht klar?«

Ich schnaube. »Wo soll ich da anfangen?«, sage ich und lache kurz.

»Hast du momentan einen Partner oder eine Partnerin?«

»Bist du an dem Job interessiert?«

Sabine lacht. »Nein, bin ich nicht«, antwortet sie und lächelt. »Wie heißt die Person?«

»Raffa.«

»War er für dich da, als du geweint hast?«

»Quatsch«, sage ich. »Ich habe mich selbst getröstet.«

»Was ist denn Raffas Aufgabe?«

Ich muss grinsen. »Ernsthaft?«

»Ja«, sagt Sabine und senkt nachdrücklich das Kinn. Intensiver Blick.

»Wir vögeln.«

Sie verzieht keine Miene. »Also ist es eine sexuelle Beziehung. Sieht er das auch so?«

»Ich weiß, worauf du hinauswillst«, sage ich laut.

»Ja, vermutlich, und daher bist du bei mir. Und weißt du, was das Gute ist? Ich kenne dich, Lupe.«

Ich grummele wie ein beleidigter Hund und würde mich gerne auf dem Boden zusammenrollen und auf dem weichen Teppich ein Stündchen schlummern.

Ich weiß. Okay. Es hilft ja nichts.

»Nein, Raffa sieht es nicht so«, erkläre ich. »Er will mich als seine Freundin. Mit Händchen halten und ein Herz in den Baumstamm schnitzen und so ein Kram. Eine, die immer an ihn denkt und sagt, wie sehr sie ihn vermisst, wenn er mal nicht da ist. Aber das bin ich nicht. Ich kann das spielen, Sabine, ich kann so tun, als sei ich so eine Person. Aber die Wahrheit ist, ich fühle es nicht. Ich fühle in mir drin kein Hochgefühl, da sind keine scheiß Schmetterlinge. Ich genüge mir selbst vollkommen.«

Ich bin echt wütend. Beim Sprechen habe ich eine Hand zur Faust geballt. Jetzt öffne ich sie und beginne meinen Atem zu kontrollieren und meinen Herzschlag.

»Verstehe. Du hast bei dem jungen Mann etwas gefühlt, aber bei Raffa nicht. Ist es das, was dich irritiert?«

Ich nicke.

Sabine hält einen Moment inne. »Nun, Liebe bedeutet nicht, immer nur Hochgefühle zu haben, sondern auch: wer du bist, wenn du mit einer Person zusammen bist.«

Klingt gut. Wer bin ich, wenn ich mit jemandem zusammen bin? Da liegt der Hase im Pfeffer. Und ich weiß, welche Frage jetzt kommt. Ich kenne die Routen von Gesprächsführung in psychologischen Gesprächen. Sabine sieht es mir an und schiebt die Augenbrauen zusammen.

»Okay, das war gut«, sage ich und stehe auf. »Ich muss los.«

»Lupe, wir sind noch nicht fertig«, erwidert sie und sieht auf ihre Armbanduhr.

»Ich weiß, was ich jetzt tun muss.«

»Und das wäre?«

»Ich trenne mich von meinem sexuellen Verhältnis.«

»Warum?«, fragt Sabine erstaunt.

»Klare Verhältnisse. Weil er nicht mein Freund ist«, erkläre ich, bücke mich nach meiner Tasche am Boden und stehe auf. Dabei wird mir kurz schwarz vor Augen.

»Ist das nicht voreilig? Wir haben noch ein paar Sitzungen«, sagt sie.

Ich stehe schon an der Tür und habe die Klinke in der Hand.

»Natürlich, aber sei dir sicher, Sabine. Außer mit dir würde ich mit niemandem über mich reden wollen. Auch wenn es für dich nicht den Anschein hat.«

Ich winke und zieh die Tür hinter mir zu. Grinse. Und als ich die Treppe beschwingt runterspringe, fällt mir dieser Song ein von Roberta Flack.

Compared to what.

Love the lie. And lie the love.

KAPITEL 2

Die ältere Dame, die kurz nach elf von einem Kollegen in den schmucklosen LKA-Besprechungsraum gebracht wird, ist klein und schätzungsweise fünfundsechzig Jahre alt, wobei ich in so was ziemlich schlecht bin. Sie ist eine gepflegte Erscheinung mit Mallorca-Teint, rosa Seidenbluse, marineblauer Hose und toupierten, kastanienbraun gefärbten Haaren, die mit Haarspray fixiert wurden und mich an einen Footballhelm erinnern. Ich rieche den Taft bis hierher und stelle mir vor, wie sie mit einem Frisierkamm vor dem Spiegel steht und jede widerspenstige Strähne besprüht und mit ihren sauber manikürten Fingern leicht andrückt. Da komme ich mir mit meinem einfachen Pferdeschwanz fast schäbig vor.

»Das ist Lupe Svensson«, sagt Otto mit tiefer Stimme und deutet mit dem Zeigefinger auf mich, »und ich bin Otto Hagedorn.«

»Ich weiß, wer Sie beide sind«, meint die Frau schnell. »Ich bin Gabriele Küster.«

Gabriele nimmt uns gegenüber an dem Tisch Platz. Die Haut an ihrem Hals sieht aus wie zerknittertes Backpapier, das zu lange in der Schublade gelegen hat. An den Fingern trägt sie funkelnde Ringe, und auch an den Ohren glitzert es. Die Frau ist keine arme Rentnerin, da steckt ordentlich Asche dahinter. Rosa Lippenstift auf den dünnen, zusammengepressten Lippen, die wie ein gerader Schnitt ihr Gesicht zerteilen. Sie sieht uns kaum in die Augen und flieht mit dem Blick abwechselnd zum Lamellenvorhang und zur Tischplatte.

Die Frau ist nervös.

»Sie wollten mit uns sprechen?«, fragt Otto, und seine Stimme geht am Schluss nach oben. Er lächelt, aber vor zwei Minuten war er noch genervt, weil der Empfang hier beim LKA die Frau nicht abwimmeln konnte, die ausschließlich mit Otto und mir in einer wichtigen, »lebenswichtigen«, so zitierte die Empfangsfrau, Angelegenheit sprechen wollte, die angeblich keinen Aufschub duldete. Durchs Telefon schnauzte Otto die Kollegin an, die daraufhin kleinlaut wurde, und als ihre Stimme ins Weinerliche kippte, stöhnte er laut auf, brummte »meinetwegen«, und befahl, der Sicherheitsdienst möge sie in den dritten Stock in den Besucherraum bringen.

»Aber nur fünfzehn Minuten, mehr nicht«, warf er hinterher und schmiss den Hörer auf die Gabel. Jetzt sitzt sie vor uns.

Und die Zeit läuft. Ticktack.

Gabriele Küster räuspert sich. Sekunden verstreichen. Sie wischt ein nicht vorhandenes Haar vom Tisch.

»Ich möchte, dass Sie meinen verschwundenen Sohn Fabian finden.«

»Dann müssten Sie eigentlich zur Polizei gehen und eine Vermisstenanzeige aufgeben«, sagt Otto sachlich.

Die Frau sieht jetzt auf, und als habe jemand einen Vorhang zur Seite geschoben, sehe ich in ihrem Blick tiefen Schmerz und quälende Verzweiflung. Ihr Gesicht scheint plötzlich um Jahre gealtert und fällt förmlich in sich zusammen. Die Wangen treten hervor. Die Augen sinken in dunklen Höhlen ein.

»Er ist seit 1993 verschwunden«, fährt sie leise fort.

Otto sieht mich schnell an. »Das ist zehn Jahre her«, stellt er fest.

»Richtig, deswegen wollte ich auch mit Ihnen beiden sprechen, und nur mit Ihnen.« Ihr Blick wechselt von Otto zu mir und wieder zurück. »Sie haben den alten Fall gelöst, um den Kölner Richter und diese junge Frau, die in den Siebzigern verschwand. Es stand ja groß in der Zeitung. Da dachte ich, wenn mir einer helfen könnte, dann sind Sie das. Sie beide sind, wenn ich das so sagen darf, meine letzte Hoffnung.«

Otto räuspert sich. »Ob wir Ihnen helfen können, weiß ich nicht. Dazu müsste ich mir erst mal den Fall ansehen. Haben Sie damals eine Vermisstenanzeige aufgegeben? Wurde ermittelt?«

Gabriele Küster bläht die Nasenflügel auf und verengt die Augen.

»Natürlich, was denken Sie denn. Das ganze Programm. Anzeige. Flughäfen und Bahnhöfe absuchen. Passagierlisten. Mein Sohn blieb verschwunden, und die Ermittlungen wurden schließlich eingestellt.«

Ihr Gesicht hat eine Miene wie die Pietà der Maria im Vatikan in Rom. Schmerzerfüllt. Leidend. Aber es steckt auch die Stärke darin, dieses Leid zu ertragen.

Sie wendet sich an mich. »Verstehen Sie mich nicht falsch, Frau Svensson, Sie sind noch so jung und haben vermutlich noch keine eigenen Kinder, oder?«

Ich schüttele leicht den Kopf.

»Aber Sie, Herr Hagedorn, haben Sie Kinder?«

»Ja, eine Tochter«, sagt er trocken.

»Dann wissen Sie, was ich meine.«

»Wir haben keinen Kontakt, meine Tochter und ich. Falls Sie auf eine väterliche emotionale Verbindung anspielen möchten, die sich in mir regen könnte.«

Gabriele presst die Lippen aufeinander. »Das tut mir leid für Sie. Sehen Sie, wir sind uns dennoch ähnlich, ich habe auch keinen Kontakt mehr zu meinem Kind. Fabian ist verschwunden, und es vergeht kein Tag, an dem ich nicht an ihn denke und mir nichts sehnlicher wünsche, als ihn noch einmal lebend wiederzusehen. Mein Mann Siegfried ist heute vor neun Wochen gestorben. Herzinfarkt beim Mittagessen. Aufgestanden. Umgefallen. Tot.« Sie zuckt mit den Schultern. »Wir haben lange Zeit in Marbella gelebt, aber Sie können mir eines glauben: Man kann über Jahre hinweg traurig sein, auch wenn jeden Tag die Sonne vom blauen Himmel scheint. Nach dem Tod meines Mannes Siegfried habe ich dort alle Zelte abgebrochen und bin wieder zurück ins Rheinland gezogen, in meine Heimat. Ich bin jetzt fast siebzig und ich weiß nicht, wie viel Zeit mir noch bleibt. Aber eines weiß ich sicher: Ich will Gewissheit haben, was mit meinem Sohn passiert ist, ganz gleich, wie schrecklich die Wahrheit ist.«

»Wie alt war Ihr Sohn, als er verschwand?«, fragt Otto.

»Er war zwanzig. Er hatte sein Abitur in der Tasche und wartete auf einen Studienplatz. Er wollte Ingenieur werden.«

»Musste er nicht zum Bund?«

»Er war ausgemustert worden wegen einer Rückengeschichte. Hatte sich als Kind mal die Hüfte gebrochen und litt seitdem an einer Verkrümmung.« Sie macht eine Pause, als müssten diese Informationen reichen. »Können Sie mir helfen?«

Otto lehnt sich im Stuhl zurück. Verschränkt die Arme vor der Brust.

»Nun, ich schlage vor, wir sehen uns die Sache einfach mal an, und dann melden wir uns bei Ihnen.«

Er schiebt ihr einen Notizblock und einen Kugelschreiber über den Tisch. »Schreiben Sie mir bitte Ihre Personalien auf, und die Daten Ihres Sohnes.«

»Was glauben Sie, was Ihrem Sohn passiert ist?«, frage ich.

Gabriele sieht mich einen Moment aufmerksam an, dann schlägt sie die Augen nieder.

»Ich weiß es nicht« sagt sie leise. »In mir ist ein tiefes, unheilvolles Gefühl, das mich schon lange quält. Ich war mir viele Jahre sicher, dass meinem Sohn etwas zugestoßen ist und er Opfer eines Verbrechens wurde. Aber in mir sagte eine Stimme: Dein Sohn ist nicht tot. Er lebt noch. Und jetzt sehen Sie sich das an.«

Sie öffnet ihre Handtasche, zieht ein Foto hervor und legt es stumm auf den Tisch. Schiebt es uns mit einem Finger zu.

»Was ist das?«, fragt Otto und starrt darauf.

KAPITEL 3

Neun Wochen zuvor

Still trugen die Männer den Zinnsarg in der strahlenden Mittagssonne aus dem Haus aus der Avenida Fontana in Marbella.

Dreiundvierzig Ehejahre nahmen sie mit.

Ein physisches Überbleibsel. Eine leblose Hülle, die nichts war im Vergleich zu dem lebenden Siegfried, der anpackend und unerschrocken war. Der stets wusste, was getan werden musste, und ihr heute Morgen mit dem ersten Kaffee auf der Terrasse wieder versicherte: »Wir leben im Paradies. Es fehlt uns an gar nichts, Gabriele.«

Und jedes Mal fühlte es sich so an, als steche ihr jemand eine Nadel in den Nacken.

Beim Mittagessen war er plötzlich bleich geworden und hatte die Gabel fallen lassen, die klirrend auf das Porzellan aufschlug. Die Augen weit aufgerissen, fuhr er hoch, griff sich an die Brust, und nur Sekunden später riss er den Mund weit auf, taumelte einen kleinen Schritt zur Seite und fiel polternd zu Boden. Ein Sekundentod. Barmherzig für den, der geht, und schockierend für den, der bleibt. Kurze Zeit darauf kam der Notarzt, stellte den Tod fest und kondolierte.

Gabriele stand auf dem Gehsteig und sah zu, wie sie den Zinnsarg in das schwarze Auto des Bestattungsunternehmers mit den milchigen Scheiben einluden, die Heckklappen schlossen und in gemächlichem Tempo wegfuhren.

Am Abend kam ihre Tochter Annika mit der Lufthansa-Maschine aus Frankfurt an. Aufgelöst umarmte sie die Mutter, die mit rot geweinten Augen dastand. In den Tagen danach organisierte Annika, was der Vater schriftlich entschieden und vorherbestimmt hatte. In langen Listen, die wie Bauanleitungen klangen. Alles war durchdacht: die Zeremonie, die Einladungen zur Trauerfeier, der Blumenschmuck und sogar die Speisenfolge beim Leichenschmaus. Die Tochter schaltete artig Traueranzeigen in deutschen Tageszeitungen und in der hiesigen Presse, die eher ein Anzeigenblatt für deutsche Rentner war.

Zehn Tage nach seinem Tod fand die Beerdigung im kleinen Kreis statt. Dreißig Gäste waren angereist. Enge Freunde und nahe Verwandtschaft. Gemäß dem Testament wurde Siegfried hier in Marbella bestattet, seiner zweiten Heimat. Er hatte eine Grabstätte in San Bernabé erstanden, dem ältesten Friedhof der Stadt, der von Pinien gesäumt war und inmitten eines Wohngebiets lag.

Gabriele und ihre Tochter standen nebeneinander in der ersten Reihe in der kühlen Kapelle. In Trauer gekleidet, mit schwarzen Sonnenbrillen im Gesicht, die sie gegen das helle Licht und die mitleidigen Blicke der Trauergäste schützen sollten, die jetzt hinter ihnen standen. Alle lauschten andächtig dem hellen Ton der kleinen Glocke auf dem Dach, der Schlag um Schlag verklang, bis es still war. Neben dem Sarg war ein gerahmtes Foto von Siegfried, auf dem er blendend aussah. Braun gebrannt und sportlich, wie jemand, der seine Tage auf dem Golfplatz verbrachte und nebenher seine Geschäfte managte.

Während der junge Pfarrer in gebrochenem Deutsch ein paar Worte sagte, ließ Gabriele ihren Blick schweifen.

So hatte er es gewollt. Mit diesem Sarg. Dem gerahmten Foto und diesen Blumen. Später würde die Urne in eines dieser typischen weißen Marmorhäuschen mit roten Schindeln kommen. Kleine Häuser für die Ewigkeit. Mit seinem Namen auf einer Steinplatte.

Sie betrachtete die vielen deutschen Kränze. Große und kleine, die auf Metallgestängen hingen und deren Schleifen sorgsam ausgerollt waren, und las, was darauf gestickt war. Im Grunde war es stets das Gleiche.

In tiefer Verbundenheit. In treuer Verehrung. In liebem Gedenken.

Als ihr Blick auf den letzten Kranz fiel, ein kleinerer, der weiter hinten stand, und sie die Inschrift las, traute sie ihren Augen nicht.

Das konnte nicht sein.

Niemals.

Sie zuckte zusammen.

Rang nach Luft.

Sie trat drei Schritte auf den Kranz zu und ging in die Knie.

Mit zitternden Fingerspitzen berührte sie die Schleife und strich über die Buchstaben, die dort eingestickt waren.

Buchstabe für Buchstabe.

Wort für Wort.

Dann schrie sie laut auf.

KAPITEL 4

Das Foto, das Gabriele mir über den Tisch reicht, ist von der Beerdigung.

Ich sehe ein Stück eines dunklen Sargs, auf dem rote Rosen liegen. Daneben steht ein kleiner grüner Grabkranz mit weißen Blüten und einer weißen, langen Schleife.

Darauf sind in Schwarz die Worte eingestickt:

Die Zeit heilt nicht alle Wunden.
F.

»Dieser Kranz wurde zur Beerdigung nach Marbella geliefert«, erklärt Gabriele. »Ich weiß nicht, von wem. Es gibt keinen Verwandten, dessen Namen mit einem F beginnt. Außer meinem Sohn. Fabian. Und deswegen glaube ich, dass mein Sohn noch lebt.«

Ihre Augen schimmern feucht. »Oder jemand erlaubt sich einen verdammt schlechten Scherz.«

Gabriele greift mit zitternder Hand nach Block und Stift, zieht beides zu sich heran und beginnt zu schreiben.

Otto wirft mir einen interessierten Blick zu. Er hat Feuer gefangen, das sehe ich. Er will wissen, was dahintersteckt; die Sache juckt ihn jetzt schon.

»Wir würden Sie dann gegebenenfalls für eine Befragung kontaktieren«, sagt er, als er den Block zurückerhält und einen flüchtigen Blick darauf wirft.

Gabriele nickt. »Danke«, sagt sie leise. »Ich stehe Ihnen zur Verfügung. Jederzeit.«

Otto nimmt das Foto in die Hand und will es ihr zurückgeben.

»Behalten Sie das.«

Wir stehen auf und verabschieden uns. Gabrieles Hand ist feucht und kalt. Als sie die wenigen Meter zum Aufzug geht, fällt mir auf, dass ihre Schultern kraftlos nach vorne hängen.

Hinter der gepflegten Fassade dieser Frau steckt ein gebrochener Mensch.

Ganz gleich, wie schick sie sich zurechtmacht: Der Schmerz ist immer stärker.

KAPITEL 5

»Du bist so vorhersehbar«, sage ich, als wir beide wieder in unserem Büro sind. »Da kommt jemand und bauchpinselt dich, und du springst sofort darauf an. ›Sehen Sie, wir sind uns dennoch ähnlich‹«, äffe ich Gabriele Küster nach. »Echt jetzt?«

Otto funkelt mich an.

»Ich bin eben auch nur ein Mensch. Und vor allen Dingen bin ich Polizist«, sagt er. »Da werde ich neugierig, wenn eine Rentnerin zu uns kommt und behauptet, ihr Sohn sei verschwunden, und der plötzlich einen Trauerkranz sendet. Passiert ja schließlich nicht alle Tage. Ich werde mir den Fall mal ansehen. Außerdem sagt mir der Name Küster etwas. Küchenstudio Küster. Die wurden in den späten 1980er-Jahren ganz groß und zu einem echten Begriff in Nordrhein-Westfalen. Die Familie ist damit reich geworden. Sehr reich. Sagt dir das nichts?«

»Ne, da war ich gerade mal fünfzehn Jahre alt und nicht an Herd und Spülmaschine interessiert. Das bin ich übrigens bis heute nicht.«

»Ich vergesse immer, wie jung du bist.«

»Sehr charmant.«

»Und dafür, dass du gerade mal drei Monate hier im LKA bist, war das eben ein äußerst frecher Kommentar gegenüber deinem Vorgesetzten. Zur Strafe gehst du uns jetzt Kaffee holen, Fräulein.«

Er hebt tadelnd den Finger, aber ich sehe das Grinsen in seinen Mundwinkeln.

Otto meint es nicht so, wir teilen den gleichen Humor.

Ich lache, hebe entschuldigend beide Hände in die Höhe.

»Sorry, ich bin Psychologin und arbeite hier an einem Promotionsthema. Kaffee kochen gehört nicht zu meinen Aufgaben«, sage ich und starre demonstrativ auf den Monitor und bewege die Maus.

Otto verdreht die Augen, kramt einen zerknüllten Geldschein aus seiner vorderen Hosentasche und wirft ihn mir über den Schreibtisch zu.

»Komm schon, Lupe, hol beim Bäcker an der Ecke zwei große Cappuccino, ich kümmere mich um die Altaktenanforderung.«

Er schiebt die Lippen nach vorne.

Das sind die Momente, in denen ich den jungen Otto in dem alten, fast pensionierten Mann entdecke. Wenn das Jungenhafte in ihm durchblitzt, das nicht von dem hartgesottenen Polizistenhabitus übertüncht ist, den er sich über die vielen Dienstjahre hinweg angeeignet hat.

»Okay, aber ich bringe dir nichts Süßes mit«, sage ich und zeige auf seinen Bauch, der sich unter seinem grauen Pullover vorwölbt. Otto hat die typische Figur eines in die Jahre gekommenen Familienvaters, der für Sport keine Zeit fand, dafür aber für ausschweifende Grillabende und Feierabendbiere. Leichtes Doppelkinn, grauer Vollbart, keine Haare aufm Kopf, zumindest nur ein Schatten von Stoppeln wie auf einem Ackerfeld im Winter. Aber er hat schöne blaue Augen, die leicht ins Gräuliche gehen.

»Bis gleich«, ruft Otto und hämmert auf die Tastatur seines Computers ein. »Und trödele nicht.«

»Geht klar.«

Ich stehe auf und ziehe meinen Parka über, der am Garderobenhaken hängt. Nach dem katastrophalen Hitzesommer hätte ich nicht gedacht, dass ich den noch mal anziehen würde. Aber der Jahrhundertsommer ist vorbei. Jetzt wird es Herbst, und ich freue mich auf kühle Morgenluft, die mich mit einem Schlag wach rüttelt, wenn ich morgens auf die Straße trete.

Ich bin im dritten Monat meines Praktikums beim LKA und gehöre zur Truppe der OFA, der Operativen Fallanalyse, hier in Düsseldorf; einer Einheit mit sechs Leuten, die recht frisch ist und von Frank geleitet wird, der täglich Krawatten trägt und deswegen bei mir nur »Krawatte« heißt. So ein Siegertyp mit BOSS-Parfüm und trainiertem Bizeps, der dir mit jeder Faser seines Auftretens ein »Ich will gewinnen« zuruft. Böse Zungen behaupten, ich hätte den Platz nur bekommen, weil mein Vater psychiatrischer Gutachter ist und gute Beziehungen zur Polizei besitzt. Aber egal, jetzt bin ich hier. Für sechs Monate. Und damit basta.

Eine halbe Stunde später sitzen wir an unseren Schreibtischen und schlürfen Cappuccino. Die Altakten sind bestellt und kommen gleich aus dem Archiv.

»Wie war's denn bei der Psychotante heute Morgen?«, fragt Otto.

»Bei Sabine? Okay.«

Otto sieht mich ernst an. »Erzähl ihr nicht so viel von dir. Lass dir nicht von den anderen in deinen Kopf sehen. Bewahre dir etwas, was keiner kennt. Eines Tages kann es dich retten.«

Ich stelle den Kaffeebecher ab. »Du meinst, wie deine Geschichte zu der Narbe an deinem Kopf?«

An seiner linken Schläfe hat Otto eine kleine Narbe, sie sieht aus wie ein überfahrener Regenwurm, der im Zickzack aufgeklebt wurde. Er hat mal gesagt, seine Tochter hätte ihm mit einer Spielzeugeisenbahn eins draufgegeben, aber die Geschichte nehme ich ihm nicht ab. Gelogen.

»Ja, zum Beispiel«, antwortet Otto und sieht demonstrativ in seinen Monitor.

Vermintes Gelände, da wechsele ich besser das Thema.

»Otto, du weißt, dass ich in der Forensischen Klinik gearbeitet habe«, fahre ich fort. »Wenn du täglich mit Straftätern zu tun hast, lernst du, zuzumachen und nichts von deinem Inneren preiszugeben. Sie wollen, dass du die Jalousie ein kleines Stückchen offen lässt. Aber das bekommen sie nicht.«

Otto nickt wissentlich. »Das ist gut, bewahre dir das«, sagt er nachdenklich, und es klingt wie ein väterlicher Rat.

Ottos Jalousie ist geschlossen. Absolut blickdicht.

Es klopft an der Tür, und ein Kollege bringt uns eine ziegelsteindicke, blassblaue Mappe. Otto quittiert den Erhalt, und wir sehen beide ehrfürchtig darauf.

Ein leichtes Prickeln überkommt mich. Eine nervöse Vorfreude gemischt mit einem springenden Glück. Wie wenn du hungrig im Restaurant sitzt und der Kellner endlich das bestellte Essen serviert und bei dir sofort der Speichelfluss einsetzt.

»Machen wir uns an die Arbeit«, sagt Otto.

Er reibt sich die Hände, zieht das Gummiband mit einem Schnalzen ab und klappt den Deckel auf.

KAPITEL 6

Fabian Küster verschwand am frühen Morgen des 12. April 1993. Ein Montag. Die Eltern schliefen im Erdgeschoss. Die Zimmer der beiden Kinder, Fabian und seine vier Jahre ältere Schwester Annika, waren im ersten Stock, wo sie sich ein Badezimmer teilten. Annika studierte bereits und wohnte nicht mehr zu Hause, war in der

Nacht somit nicht da. Die Mutter sagte, sie hörte die Dusche oben rauschen. Sie selbst war unten in der Küche und setzte Kaffee auf. Um 5:45 hörte sie, wie der Sohn die Treppe runterkam. Sie konnte sich an die Uhrzeit so genau erinnern, weil sie auf die Digitalanzeige der Küchenuhr sah. Gabriele Küster rief nach ihrem Sohn, fragte, ob er Kaffee wolle, aber er antwortete nicht. Nur ein Schatten huschte an der Küche vorbei. Dann ging die Haustür, und seitdem wurde er nicht mehr gesehen.

Gabriele hat bei der Polizei ausgesagt, dass sie Zweifel habe, ob die Person tatsächlich ihr Sohn gewesen sei. Sie habe ihn ja nicht gesehen.

Im Protokoll steht:

»Ich weiß es nicht. Aber die Art, wie die Person die Treppe runterkam, das waren nicht die Schritte von Fabian.«

Wer war es dann? Wurde der Junge verschleppt?

Es gab keine Einbruchspuren am Haus. Die Spurensicherung fand nichts Brauchbares, aber die Vermutung, es sei jemand anderes gewesen, blieb bestehen. Wer tatsächlich die Treppe heruntergekommen war, konnte nie geklärt werden.

Auf Nachfrage der Polizei gab es keinen Streit oder besondere Vorkommnisse in der Familie, die zu dem Verschwinden hätten führen können. Auch seinen engen Schulfreunden und seinem besten Freund Mark blieb es ein Rätsel. Zwei Tage zuvor war Fabian mit Mark abends noch ausgegangen. Feiern.

Anschließend verlor sich jegliche Spur.

Die Küsters konnten der Polizei glaubhaft machen, dass dieses Verschwinden gänzlich ungewöhnlich war. Kurz darauf begann die Suche nach dem vermissten Fabian. Passagierlisten von Flugzeugen und Schiffspassagen wurden durchforstet. Sein Auto, ein weißes Golf-Cabrio, wurde nie gefunden.

Aber jetzt kommt das Interessante.

Drei Tage vor dem Verschwinden hat Fabian sein Bankkonto leer geräumt. Zwölftausend Mark waren darauf. Die Polizei nahm an, dass der junge Mann unterwegs sei, eine Reise mache, sich amüsiere. Er sei volljährig und könne tun, was er wolle, auch ohne seine Eltern in seine Pläne einweihen zu müssen. Nicht mal eine Woche später stellte die Kölner Polizei die Ermittlungen ein. Der Grund: Ein Briefumschlag lag am Samstag, fünf Tage nach seinem Verschwinden, am 17. April 1993, im Briefkasten der Familie Küster. Ohne Briefmarke, ohne Adressierung. Darin: ein einmal zusammengefaltetes Blatt Papier. Format A5. Der Text war mit Computer geschrieben. Das Schreiben trug kein Datum.

Liebe Eltern,
ich weiß, dass ich eine große Enttäuschung für euch bin. Daher habe ich beschlossen, ab jetzt meinen eigenen Weg zu gehen und mich von euch zu lösen. Bitte sucht nicht nach mir. Danke für alles, was ihr je für mich getan habt, aber nun ist es an der Zeit, dass ich mein Leben selbst in die Hand nehme. Und das geht besser ohne euch.
Euer Fabian

Nur sein Name war handschriftlich geschrieben. Eine typische krakelige Jungenschrift, die nach viel Computerspielen und wenig Schönschreibtraining aussah.

»Das würde Fabian niemals tun, so sang- und klanglos verschwinden. Niemals«, sagte Gabriele Küster in einem protokollierten Gespräch, als die Polizei ihr mitteilte, dass sie die Ermittlungen einstellen würde. Siegfried Küsters Redeanteil in den Protokollen ist deutlich geringer. Von ihm kamen Sätze wie: »Verstehe ich nicht, wo ist er denn hin?«, »Was er sich dabei nur wieder gedacht hat«. Zuletzt sagte der Vater nur: »Wenn er meint, dass er sich so aus der Verantwortung des Lebens stehlen kann, bitte. Dann ist das seine Entscheidung, und wir müssen sie akzeptieren. Suchen Sie nicht weiter nach unserem Sohn.«

Der Fall wurde geschlossen und zu den Akten gelegt.

Ende. Aus. Mickymaus.

Seitdem: kein Lebenszeichen. Keine Leiche. Nichts.

Bis heute.

Otto streicht sich durch den Bart.

»Warum kommt das erste Lebenszeichen nach zehn Jahren zur Beerdigung des Vaters?«

Ich lege den Kopf schief. »Vielleicht traut er sich jetzt wieder? Aber warum ruft er nicht einfach an?«

Otto richtet sich auf. »Warum steht auf dem Trauerkranz: Die Zeit heilt *nicht* alle Wunden?«

»Welche Wunde ist es denn?«, frage ich und sehe das Blitzen in Ottos Augen.

»Und was ist, wenn er diesen Kranz nicht selbst geschickt hat?«, sagt er. »Sondern sein Mörder? Sein Entführer? Was, wenn Gabrieles Vermutung stimmt und ihr Sohn einem Verbrechen zum Opfer gefallen ist?«

Wir starren uns einen Moment lang an.

»Wir sollten Gabriele Küster einen Besuch abstatten. Soll ich sie anrufen und uns ankündigen?«, frage ich.

Er sieht auf seine Armbanduhr. »Nicht nötig, wir fahren einfach hin. Sie wird auf uns warten.«

»Das heißt, wir rollen den Fall neu auf? Musst du da nicht Frank Bescheid sagen?«, frage ich und deute in Richtung des Büros unseres Chefs.

»Einen Scheiß muss ich«, knurrt Otto und schnappt sich seine Autoschlüssel.

KAPITEL 7

Das Haus der Familie Küster steht in Junkersdorf, einem der besseren Stadtteile von Köln, wo Vorgartenhecken akkurat geschnitten sind, kein Müll auf der Straße rumliegt und in den Auffahrten glänzende Sportwagen parken. Wo kein Unkraut zwischen Gehwegplatten hervorwuchert, der Rasen regelmäßig gemäht wird und sich blickdichte Gardinen wie von Geisterhand bewegen, wenn man die Autotür fester zuwirft. Wo niemand auf der Straße ziellos rumläuft, die makellos getünchten Hauswände im Sonnenlicht strahlen, die riesigen Fensterscheiben schlierenlos geputzt sind und die gerafften Vorhänge Eleganz und Trägheit zugleich verströmen. Und wo Türklingeln ertönen, die wie ein gut komponiertes Klangexperiment klingen.

Fassade. Das ganze Leben nichts als Fassade.

»Ich wusste, dass wir uns wiedersehen«, sagt Gabriele Küster, als sie uns öffnet. »Bitte kommen Sie rein.«

Sie zieht die Tür weiter auf und ruft: »Annika!«

Im Flur erscheint Fabians Schwester. Eine schmale Frau mit dunkelblondem Pagenkopf. Strenge Erscheinung. Schwarzer Rock, weiße Bluse und schwarzer dünner Cardigan. Wenn ich fies wäre, würde ich sagen, das Outfit schwankt zwischen Chefsekretärin und Anwältin. Sie zupft an ihren Haaren. Steht neben ihrer Mutter und ist einen Kopf größer, aber immer noch kleiner als ich.

Mit meinen eins siebenundsiebzig überrage ich sie locker. Ich schüttele ihre sehnige Hand.

Gabriele und Annika führen uns in das Esszimmer. Typischer Neunzigerjahre-Chic. Metallene Freischwinger mit schwarzem Leder und ein großer Glastisch.

»Möchten Sie einen Kaffee?«, fragt Gabriele freundlich.

»Sehr gern, danke«, sagt Otto.

»Ich mach das Mama, bleib du sitzen«, sagt Annika und geht aus dem Raum.

Otto sieht mich auffordernd an und reißt kurz die Augen auf.

Okay, ich hab's kapiert.

»Ich komme mit«, rufe ich Annika hinterher und folge ihr.

Höre noch, wie Otto das Gespräch mit Gabriele beginnt.

»Wir würden Ihnen gern noch ein paar Fragen stellen zu dem Grabkranz, macht Ihnen doch nichts aus, wenn ich das aufzeichne, oder?«

»Gewiss nicht«, antwortet Gabriele im Nebenzimmer.

Annika steht am Spülstein und lässt Wasser in die Kaffeekanne laufen. Die Küche ist in die Jahre gekommen, war aber mal todschick. Wenn die Familie mit der Küchenfabrik keine anständige Küche hat, weiß ich auch nicht.

Ich lehne mich mit der Schulter an den Türrahmen.

»Wie war Ihr Bruder Fabian denn so?«, frage ich.

Annika hält die Glaskanne weiter unten den Wasserstrahl und reagiert nicht sofort, drei Sekunden verstreichen, dann sieht sie über die Schulter zu mir.

»Sorry, wenn ich Sie so überfalle«, schiebe ich hinterher. »Ich bin nicht so gut mit Einleitungen und komme gern direkt zum Punkt.«

Im Hintergrund höre ich, wie Otto mit Sina telefoniert.

Annika dreht den Wasserhahn ab. »Schon okay, schließlich müssen Sie die Frage ja stellen.« Sie vollführt eine Drehung und gießt konzentriert das Wasser in die Kammer der Kaffeemaschine.

»Mein Bruder ist vier Jahre jünger. Wir hatten ehrlich gesagt nicht sehr viel gemeinsam. Wir waren Geschwister, aber so grundverschieden, dass wir wenig miteinander anfangen konnten. Manchmal witzelten wir und sagten, er und ich seien von unterschiedlichen Eltern, und wir knobelten, wer von uns beiden wohl das Findelkind sei. Das war natürlich Humbug. Als mein Bruder verschwand, wohnte ich nicht mehr hier, hatte damals einen festen Freund und studierte bereits Medizin. War also kaum noch zu Hause. Ich bin Augenärztin geworden. Aber ich komme vom Thema ab.«

Annika dreht sich zu mir um und lehnt sich gegen die Arbeitsplatte.

»Was meinen Sie, was Ihrem Bruder damals passiert ist?«, frage ich.

»Als mein Bruder verschwand, dachte ich erst, der ist entführt worden. Meine Eltern sind vermögend und hätten sicherlich jede Lösegeldforderung bezahlt. Meine Mutter hoffte insgeheim, dass es so wäre. Aber Entführer melden sich normalerweise schnell und lassen einen nicht lange zappeln. Kurzum, der Anruf kam nie.« Sie sieht mir direkt in die Augen.

»Dachten Sie dann, dass er Opfer eines Verbrechens geworden sei?«, frage ich. Annika öffnet eine Schranktür, holt eine Dose hervor und befüllt den hellbraunen Filter mit Kaffeemehl.

»Ehrlich gesagt, ja. Ich hatte oft den Eindruck, er hing mit den falschen Leuten herum. Vielleicht spielte er, ich hab keine Ahnung, aber es würde zu ihm passen. Ja, doch. Mein Bruder war das Gegenteil von mir. Schlecht in der Schule, feierte gern mit seinen Freunden.«

Sie schaltet die Maschine ein, verschränkt die Arme vor der Brust und fährt fort.

»Ich dachte gleich, ihm sei etwas zugestoßen, aber ich war mir auch sicher, dass die ihn finden würden. Ich meine, seinen Leichnam.«

Sie schluckt einmal laut.

»Ich habe zu meiner Mutter gesagt, die Polizei wird bald anrufen und dir sagen, dass sie ihn gefunden haben. Und dann musst du sehr stark sein. Bei jedem Telefonklingeln zuckten wir zusammen, und wenn die Polizei dran war, hielten wir den Atem an und dachten: Jetzt kommt die Nachricht. Jetzt sagen sie den Satz zu uns, wie in einem schlechten Film. Aber dieser Satz fiel nie. Bis heute nicht. Es bleibt wie ein dunkler Schatten, wie ein Staubfilm, der auf allem liegt.«

»Sind Sie sauer auf Ihren Bruder?«, frage ich.

Sie schiebt den Unterkiefer nach vorne, während die Kaffeemaschine orgelt.

»Ja, schon. Er hat immer die ganze Aufmerksamkeit auf sich gezogen. Als mein erstes Kind geboren wurde, sagte meine Mutter zu dem Baby auf meinem Arm: Schade, dass du deinen Onkel nicht kennenlernen wirst. Wie trinken Sie Ihren Kaffee?«

Kalt wie ’ne Hundeschnauze.

»Für mich keinen Kaffee«, antworte ich. »Ein Glas Leitungswasser würde mir vollkommen genügen.«

KAPITEL 8

Ich gehe zurück ins Esszimmer. Otto bringt mich kurz auf den neuesten Stand. Die Rückfrage über Sina bei dem spanischen Floristen in Marbella ergab, dass der Kranz mit der ominösen Botschaft telefonisch von Deutschland aus bestellt wurde. Die Nummer hatte sich der Florist nicht notiert. Die Überweisung erfolgte per Western Union von einem Martin Stockmann in einer Filiale am Hauptbahnhof in Dortmund. Der, so erinnert sich Gabriele, war ein Klassenkamerad von Fabian. Otto gibt die Daten telefonisch an unsere Kollegin Sina weiter, unsere Datenspezialistin beim LKA.

»Wir werden Herrn Stockmann ausfindig machen und befragen«, erklärt Otto.

Annika kommt mit einem Tablett herein und serviert Kaffee. Stellt ein kleines Sahnekännchen und eine Zuckerdose aus Silber dazu. Tassen klappern. Silberlöffel schlagen gegen Porzellan. Kaffeeduft.

»Meine Kollegin Lupe Svensson würde Ihnen gern noch ein paar Fragen stellen«, sagt Otto.

Ich setze ein freundliches Therapeutengesicht auf. »Ich möchte mir ein Bild von Ihrem verschwundenen Sohn machen.«

»Bitte.«

»Mich interessiert seine Persönlichkeit. Wie war Ihr Sohn? Was war seine herausragende Charaktereigenschaft?«

»Ich möchte nicht, dass Sie in der Vergangenheitsform über ihn sprechen«, sagt Gabriele mit fester Stimme und berührt mit den Fingerspitzen ihren Hals.

»Verzeihung, natürlich. Wie ist Ihr Sohn damals gewesen? Beschreiben Sie ihn mir bitte.«

Sie nippt am Kaffee, faltet die Hände zusammen.

»Er ist offen. Verspielt. Als Kind ist er neugierig gewesen. Große, wache Augen. Sehr aufmerksam, er sah sich alles genau an, beobachtete auf dem Spielplatz andere Kinder, stand still da und schaute zu, wie sie spielten. War in seiner Welt versunken. Er war trotz der Neugierde zugleich scheu. Laute Stimmen oder Lärm erschreckten ihn. Später hat sich das gegeben. Aber er beobachtet gern seine Umwelt.«

Sie seufzt einmal.

»Hat sich etwas geändert, als er in die Pubertät kam?«

Gabriele sieht kurz zu Annika, die mit regungsloser Miene das Gespräch verfolgt.

»Es kam zu Reibereien, die typischen Stimmungsschwankungen, er wurde manchmal laut, knallte Türen, wenn er sich ungerecht behandelt fühlte.«

»Gab es zu Hause Streit?«

»Gott ja, das Übliche«, sagt Gabriele und zuckt mit den Schultern.

»Na, manchmal haben wir schon heftig gestritten«, ergänzt Annika.

»Worum ging es dabei?«, frage ich.

»Um den Gameboy, oder dass Annika ihn nicht in ihr Zimmer gelassen hat, wenn sie Besuch von Freundinnen hatte. Dann klopfte er an die Tür und …«

Annika unterbricht sie. »Er klopfte nicht, er *hämmerte* an die Tür, er schrie und tobte, weil er es nicht aushalten konnte, dass ich Freundinnen zu Besuch hatte.«

Gabriele reibt ihre Handflächen aneinander. »Aber das kam letzten Endes selten vor. Fabian bekam ja alles, was er brauchte. Es mangelte ihm an nichts.«

»Was meinen Sie damit? Was bekam er denn?«

»Ich glaube, er hatte das am besten ausgestattete Spielzimmer der Straße. Mein Mann hat ihm jeden Wunsch erfüllt. Ein Mofa mit fünfzehn, ein Roller mit sechzehn, Führerschein und ein Auto zum achtzehnten Geburtstag. Kleidung. Er war stets schick gekleidet. Darauf legte er großen Wert.«

»Und seine Haare!« Annika verdreht die Augen. »Er brauchte länger im Bad für sein Haarstyling als ich. Tonnen von Schaum und Haarspray.« Sie lacht.

Ich lache kooperativ mit. Gabriele presst die Lippen aufeinander.

»Das heißt, materielle Wünsche wurden erfüllt?«

»Ja«, sagte Gabriele und sieht mich aufmerksam an. »Es hat ihm an nichts gemangelt.«

»Wie war Ihr Familienleben? Haben Sie zusammen gegessen? Ausflüge gemacht? Gemeinsame Unternehmungen? Gab es Rituale?« Ich will wissen, ob diese Familie eine Verbindung hat und, wenn ja, was sie in ihrem Kern zusammenhält.

»Ja, sonntags frühstückten wir meistens miteinander. In die Kirche gingen wir nie, mit dem lieben Gott haben wir es nicht so. Als die Kinder älter wurden, waren sie auch mal am Sonntag nicht da, weil sie bei Freunden übernachteten.«

»Sind Sie zusammen verreist?«

»Ja, zu Ostern und im Herbst sind wir jeweils eine Woche weggeflogen, die ganze Familie. Damals schon nach Marbella, in das Ferienhaus, wo mein Mann und ich viele Monate im Jahr waren. Aber als die Kinder dann älter waren, wollten sie natürlich nicht mehr mitkommen, das fanden sie langweilig, also blieben sie hier allein in der Zeit und hüteten das Haus.«

»Wurden dann Partys gefeiert?« Ich lächele Annika wissend an.

Sie sieht mich verblüfft an. »Nein, nicht wie Sie denken, also keine Drogen, Alkohol und Erbrochens im Vorgarten. Ganz anders. Meine Freundinnen kamen zum Teetrinken und *Footloose* gucken. Oder *Flashdance*. Wir fanden die beiden Filme damals toll. Konnten alle Szenen auswendig mitsprechen, tanzten im Wohnzimmer und heulten zusammen auf dem Sofa. Mein Bruder hat sich darüber totgelacht. Er war eher der Indiana-Jones-Typ. Lag am Pool und las Comics. Er war ja gerade mal vierzehn. Später hingen seine Klassenkameraden mal hier ab, stopften sich mit Chips voll und tranken Bier. Nichts Besonderes.«

»Wie war Fabian in der Schule?«, will ich wissen.

Gabriele sieht zu Annika. »Meine Kinder sind da unterschiedlich begabt. Annika war gut in der Schule, lernte schnell und hatte gute Zensuren. Fabian war kein guter Schüler, aber sein Abitur hat er bestanden.«

»Mit einer Drei Komma fünf«, ergänzt Annika mit spöttischem Unterton. »Damit kann man eigentlich nichts wirklich Anständiges studieren.«

Es klingt gehässig und überheblich. Der kleine Bruder als Versager, während sie die brave, fleißige Schülerin ist, die sogar Medizin studiert. Woher kommt diese Wut? Warum ist da keine Herzenswärme oder Trauer über den Verlust des Bruders?

»Was halten Sie von dem Lebenszeichen Ihres verschollenen Bruders?«, frage ich Annika.

Sie sieht mich einen Augenblick zu lange an. Ihre Miene ist regungslos.

»Es macht Hoffnung. Wir möchten ja alle endlich wissen, was mit ihm passiert ist.«

Annika weicht mir aus. Sie fühlt nichts. Hass ist nicht von Dauer, außer man kultiviert ihn bewusst. Gabriele schnieft einmal und wischt sich mit einem Taschentuch, das sie aus ihrem Ärmel zaubert, die Nase trocken.

»Wie war er als Mensch? Fröhlich? Deprimiert?«, frage ich.

Gabrieles Gesicht erhellt sich. »Fabian war ein fröhlicher Mensch, hatte immer etwas vor.«

»Er war rastlos«, kommentiert Annika von der Seite.

Ich würde sie gern schütteln.

Gabriele trinkt ihre Tasse Kaffee aus. »Das stimmt nicht. Er war ein ganz normaler junger Mann mit Flausen im Kopf und dem Herz auf dem rechten Fleck. Das dürfen Sie mir glauben.«

Otto räuspert sich. »Hatte er Krach mit jemandem? Ärger? Hatte er sich irgendwo unbeliebt gemacht? Hatte er Schulden? Zockte er?«

»Nein«, sagt Gabriele, »nicht dass ich wüsste. Wissen Sie, wenn man einen gewissen Status hat, gibt es immer Neider. Wenn Sie vermögend sind, haben Sie stets Feinde.«

So ist das.

»Verstehe«, sagt Otto. »Bekamen Sie oder Ihre Kinder Drohungen? Merkwürdige Anrufe? Gab es komische Ereignisse, an die Sie sich jetzt im Nachhinein erinnern?«

Für einen Moment herrscht Stille, nur das Ticken der Wanduhr ist da, wie ein mechanischer, seelenloser Herzschlag.

»Nein, es gab immer mal Neider, die meinem Mann seinen Erfolg mit den Küchenstudios madig machen wollten und uns bei der

Steuerfahndung anschwärzten. Aber da waren sie auf dem Holzweg. Einmal hat einer versucht, ein Feuer im Lager zu legen, aber es misslang und wurde im letzten Moment bemerkt. Solche Dinge. Meine Kinder waren nie die Zielscheibe von solchen Angriffen.«

»Was glauben Sie, ist Ihrem Sohn passiert?«

Gabriele holt einmal tief Luft. »Ich glaube«, sagt sie langsam, als müsste sie ihre Gedanken aus einer unaufgeräumten Schublade zusammensuchen, »dass es einer auf ihn abgesehen hatte. Und diese Person kreiste schon lange um Fabian herum. Wie ein Habicht, der seine Beute entdeckt und dann zustößt. Aber ich weiß nicht, warum und wer.« Sie stockt und starrt an die Wand. Sucht nach einer Erklärung für ihre Worte. »Es ist mehr ein Bauchgefühl, wenn Sie verstehen. Als Fabian verschwand, dachte ich, er sei entführt worden. Das war mein erster Gedanke, und das denke ich immer noch.« Ihre Augen werden feucht.

»Haben Sie ein Foto von ihm? Von Fabian, von damals? Wir haben nur eins in der Akte. Haben Sie noch welche?«

Annika stößt laut die Luft aus. »Eins? Ein ganzes Album können Sie haben!«

»Annika, bitte«, tadelt Gabriele ihre Tochter, steht auf und öffnet eine Tür des Sideboards. Sie holte ein dickes Album mit grünem Einband hervor.

»Das habe ich zusammengestellt, als er verschwunden ist.«

Sie öffnet den Deckel und schiebt es zu mir herüber.

Otto rückt heran, und ich beginne zu blättern.

Auf allen Fotos lacht Fabian. Er ist fröhlich und verschmitzt mit einem Lausbubengesicht. Als er älter wird und die Züge erwachsener werden, wirkt er immer noch unbekümmert, auf den letzten Fotos auch arrogant, mit seinen gelgestärkten dunkelblonden Haaren und den pseudomännlichen Posen bei lichtem Flaum über der Oberlippe. Mal posiert er im Garten oder am Pool oder unter dem Weihnachtsbaum. Ich würde mich nicht nach ihm umdrehen. Er ist nicht auffällig hübsch, aber auch nicht hässlich. Eher durchschnittlich, von kleiner Statur. Er wirkt lebendig, verspielt und auf keinen Fall depressiv oder gequält. Andererseits könnte er natürlich auch ein Schauspieler sein, der die verschmitzte Miene und Fröhlichkeit aufsetzt, wenn es verlangt wird. Antrainiert. Einstudiert.

Damit niemand in sein Inneres blicken kann.

»Dürfen wir uns das einmal ausleihen? Sie bekommen es auf jeden Fall wieder, keine Frage«, erklärt Otto.

Gabriele zögert.

»Ich gebe Ihnen mein Wort.«

Sie holt tief Luft. »Ich verlasse mich auf Sie. Es gibt nicht viel, was ich noch von ihm habe.«

Ich fahre fort. »Sagen Sie, hatte Fabian eine Freundin?«

Die meisten Menschen können ihre Gefühle nicht verbergen. Für einen Moment ist da ein Schatten im Blick von Gabriele. Sie legt im Reflex zwei Finger auf die Drosselgrube, diese kleine Kuhle unten am Hals. Ein Zeichen für akuten Stress.

»Er stand doch auf Mädchen?«, hake ich nach.

»Auf jeden Fall«, platzt Annika heraus.

Ich sehe sie irritiert an.

»Ich habe ihn mal erwischt. Beim, na, Sie wissen schon.« Annika wird rot.

»Onanieren«, sage ich gleichgültig.

»Das, was ich auf dem Fernseher sah, waren definitiv Frauenbrüste«, erklärt sie.

Das sagt natürlich alles. Ich nicke verständnisvoll und sehe wieder zu Gabriele.

»Ab einem gewissen Alter erzählen Jungs nicht mehr, was sie mit den Mädels machen. Da hätten Sie meinen Mann fragen müssen, vielleicht hätte der etwas gewusst, aber das hat sich ja nun erledigt.« Sie lässt die Hand sinken.

»Machte er sich Sorgen?«, fragt Otto. »Gab es Dinge, die ihm Kummer bereiteten?«

Gabriele lehnt sich schlaff in den Stuhl. Die Reise in die Vergangenheit hat sie ermüdet, ich sehe es ihr an. Annika legt ihr sorgenvoll eine Hand auf den Unterarm.

»Nein, nicht dass ich wüsste«, sagt sie leise. »Er hatte sein Abitur in der Tasche und hatte sich für ein Ingenieurstudium an der Fachhochschule entschieden, musste aber zwei Semester warten wegen seines Notendurchschnitts.«

»Wie hat er die Wartezeit überbrückt?«, frage ich.

Gabriele sieht mich verblüfft an. Knetet ihre Hände.

Sie weiß es nicht, sie hat keine Ahnung.

»Jobbte er? Praktika? Machte er Auslandsreisen?«

»Nein, Fabian musste nicht arbeiten gehen, mein Mann und ich haben ihn finanziell unterstützt. Reisen haben ihn nicht interessiert, ihn hatte noch nicht das Fernweh gepackt. Er ging regelmäßig Tennis spielen mit seinem Freund Mark, hier im Verein, und genoss sein junges Leben. Kino, Essen gehen. Partys, Ausgehen. Und er hörte gern Musik und stellte sich stundenlang Kassetten zusammen, für die Autofahrt. Mixtapes nannte er die. Oder er hörte CDs auf seinem Discman. Den liebte er. Er schlief gern lang, und wir haben ihm diese Freiheiten gelassen.«

Es klingt, als sei es ein Verbrechen, seine Kinder vor Mittag aus dem Bett zu werfen. Mark Swoboda, der enge Freund von Fabian, wurde ebenfalls von der Polizei befragt, aber er konnte sich sein Verschwinden nicht erklären.

Otto schreibt auf seinen Block. »Sagen Sie, gibt es ein Adressbuch von Fabian, ein Tagebuch oder Ähnliches?«

Gabrieles Blick wird wacher. »Wir haben nach so etwas gesucht, als er verschwand, aber wir haben nichts gefunden. Sie können gern nachsehen.«

»Gibt es sein Zimmer noch?«, frage ich erstaunt.

»Ja«, sagt Gabriele tonlos und blickt zur Decke. »Ich habe es nie übers Herz gebracht, seine Sachen wegzuräumen.«

»Du gehst aber schon lange nicht mehr in das Zimmer«, erklärt Annika. »Weil es wie ein Mausoleum ist. Und weil du dich ein bisschen fürchtest.«

»Das stimmt. Ich kann da nicht mehr reingehen. Ich bringe es nicht über mich.«

»Wir würden es uns gern ansehen, wenn Sie erlauben«, sagt Otto. »Vielleicht finden wir einen Hinweis, der uns weiterhelfen könnte.«

Gabriele sieht müde aus, gequält, als hätte sie Schmerzen.

»Einverstanden.« Sie kramt wieder ihr Taschentuch hervor und tupft sich die Augen trocken, sieht erst Otto und dann mich mit einem flehenden Blick an.

»Bitte finden Sie meinen Sohn. Tun Sie mir diesen Gefallen. Ich bitte Sie inständig.«

Annika sieht mit starrem Blick an ihr vorbei, hinaus in den Garten.

Als stünde Fabian leibhaftig dort und wir müssten nur die Terrassentür aufschieben und ihn reinbitten.

KAPITEL 9

Montag, 12. April 1993. Früher Morgen

Er lag die ganze Nacht wach. Wälzte sich unruhig hin und her, von merkwürdigen Bildern gepeinigt, die aus seinem Unterbewusstsein quollen, in diesem Bereich zwischen Wachen und Schlafen. Unterbrochen von Menschen, die seinen Namen riefen. Von Geräuschen, die sich in Endlosschleifen wiederholten. Ein Kratzen, ein leises Pochen, ein stumpfes Hämmern. Töne, die ihn immer wieder davon abhielten, in einen tiefen Schlaf zu gleiten.

Seit Stunden hatte er kein Auge zugemacht, obwohl er eine Schlaftablette genommen hatte. Er wartete immer noch auf ihre Wirkung. Schlafen. Endlich weggleiten, aus diesem Bewusstsein und seinem Peiniger zu entfliehen.

Sein T-Shirt war feucht vom Schweiß, und er bekam kaum Luft.

Es war mitten in der Nacht, und er hielt es nicht mehr aus, taumelte aus dem Bett, riss das Fenster auf, atmete tief ein und aus, bis diese monströsen Bilder weniger und das Rufen und diese nervenden Geräusche leiser wurden. Mit einem lauten Ratschen des Feuerzeugs zündete er sich den kargen Rest eines Joints an, den er in der kleinen Blechdose fand, die als Aschenbecher fungierte und unter dem Fensterbrett stand. Inhalierte tief und starrte dabei auf die menschenleere Straße und auf die kreisrunden Lichter, die die Straßenlaternen auf den Asphalt warfen, im gleichmäßigen Abstand. Sie erinnerten ihn an Ufos, die in der Nacht einen Landeplatz suchten.

Er wollte nur weg hier. Verschwinden und wie im Traum mit Schwimmbewegungen vom Boden abheben, aus dem Fenster fliegen und schwerelos in den Himmel davonschweben.

Er wollte, dass es aufhört.

Für einen Moment überlegte er, ob er auf die Knie gehen und beten sollte. Dafür, dass sich die Dinge zum Guten ändern. Das Gebet als letzter Ausweg, als einziger Hoffnungsschimmer, um die Nacht zu überleben und morgen wieder aufstehen zu können.

Aber er glaubte nicht an Gott. Denn Gott existierte für ihn nicht.

Es sah hinaus in die Nacht und beobachtete die stummen, dunklen Häuserfassaden, hinter denen kein Licht brannte und die Menschen schliefen. Die Fenster, die aussahen wie riesige Augen, deren Lider geschlossen waren. In der Ferne hörte er das Brummen eines Autos, das scheinbar näher kam, aber dann wieder verschwand.

Hier im Haus war es ruhig. Die anderen schliefen. Wenn er von ihnen sprach, nannte er sie nur noch »die anderen«, denn das war der einzige Ausdruck, der ihm einfiel. Er gehörte schon lange nicht mehr dazu. Die anderen lagen in ihren Betten. Atmeten ruhig ein und aus und träumten von schönen Dingen. Schliefen friedlich. Aber friedlich war nichts in diesem Haus.

Er sah weiter aus dem Fenster. Am dunklen Rand eines Laternenlichts bemerkte er eine Bewegung, und als er die Augen zusammenkniff und genauer hinsah, war ihm, als stünde da jemand im Schutz der Dunkelheit.

Lauerte er ihm auf?

War er jetzt schon hier?

Seine Kehle fühlte sich mit einem Mal eng an, die Luft war stickig geworden wie an einem heißen Sommertag. Er fühlte den Schweiß auf seiner Stirn. Er strengte sich an, etwas zu erkennen, aber er sah nur Büsche und Sträucher, die im Dunkeln lagen. Selbst die Blumen in den Rabatten hatten ihre Kelche geschlossen und schliefen. Er wünschte, er wäre eine kleine Pflanze, die ihre Blätter nachts zusammenrollen und auf den nächsten Tag warten würde.

Nur, dass er nicht wollte, dass der Morgen kam. Denn dann wäre es so weit.

Er starrte zu der Stelle am Baum, wo er ihn eben noch vermutet hatte, aber da war nichts.

Da hörte er ein Geräusch.

Ein leises Knistern.

Es kam aus der Ecke hinter ihm.

Im Raum.

Er hörte auf zu atmen.

Das Adrenalin schoss in einer Millisekunde sein Rückenmark hinauf ins Gehirn. Sein Nacken versteifte sich.

Da waren Schritte hinter ihm.

Die näher kamen.

Es klang wie ein sanftes Schleifen über den Teppich.

Jetzt spürte er, dass er hinter ihm stand.

Der Mann, der ihn eben noch auf der Straße beobachtet hatte und ihn seit der Nacht am See verfolgte.

Er war gekommen, ihn zu holen.

Still stehen. Keinen Mucks machen.

Er wagte nicht, sich zu bewegen, stand stocksteif am Fenster. Atmete nicht.

Etwas berührte seinen Hinterkopf.

Fingerspitzen.

Ein leichter Atem streifte seinen feuchten Nacken.

»Es wird Zeit, dass wir gehen«, sagte der Mann hinter ihm.

Er kannte die Stimme.

»Komm.«

KAPITEL 10

Wir stehen im oberen Stock vor dem »Mausoleum«, wie Annika es bezeichnete. Gabriele dreht den Schlüssel von Fabians ehemaligem Zimmer zweimal um und tritt einen Schritt zurück.

»Bitte«, sagt sie, als würden wir Zugang zu Privatgemächern der Queen erhalten, und hält sich mit einer Hand am Handlauf der Treppe fest.

»Ich gehe nicht mit rein, ich kann das nicht. Ich bin unten im Wohnzimmer, falls Sie mich brauchen«, erklärt sie und geht langsam die knarzenden Treppenstufen nach unten.

Als sie außer Sichtweite ist, zieht Otto beide Augenbrauen nach oben, zupft Einmalhandschuhe aus der Jackentasche und reicht sie mir.

»Fangen wir an«, sagt er. »Und, Lupe? Denk nicht nach, geh einfach rein und schau es dir an. Sei wie ein Radar, lass es auf dich wirken und merke dir den kleinsten Ausschlag, den dein Verstand oder dein Bauch dir bietet. Werte nicht. Beobachte nur. Spüre. Verstanden?«

Ich nicke. Yes Sir.

Otto öffnet die Tür, und wir treten ein.

Die Luft ist abgestanden, und es riecht nach alter Kleidung und einem Hauch von kaltem Rauch, der in den Tapeten sitzt. Es ist kühl in dem Raum. Otto schließt die Tür hinter uns, damit wir ungestört sind. Das Zimmer ist recht groß, fast wie ein Apartment. Links ist der Schlafbereich mit Kleiderschrank, mittig stehen ein Ledersofa und ein kleiner Tisch, und rechts ist der Schreibtisch an der Fensterfront, die aus drei großen Fenstern besteht. An der Wand neben der Tür befindet sich eine Regalreihe mit Büchern und Krimskrams. Eher Sachbücher, Geschichtsbücher über den Zweiten Weltkrieg, Tennisratgeber, Sportfibel (Trainieren ohne Geräte) und ein paar Ratgeber. »Wie man Freunde gewinnt« von Dale Carnegie. Lee Iacocca »An Autobiography«. Ich identifiziere Schulbücher wie »Die Judenbuche« und Kafkas »Der Prozess«. Keine sonstige Belletristik. Auf den Regalbrettern stehen ein paar Automodelle sorgfältig nebeneinander aufgereiht. Ich erkenne ein Porsche-Cabriolet und ein großes, protziges amerikanisches Auto sowie einen alten Mercedes mit hochgeklappten Flügeltüren. Eine Etage darunter liegen ein Baseballhandschuh und drei weiße lederne Bälle. Daneben sieben Turnierpokale vom Tennis. Ein Baseballschläger lehnt seitlich am Regal.

Der Schreibtisch ist aus Chrom und Glas. Darauf steht eine Börsenlampe mit grünem Glasschirm, was damals schick war. Der Bankerlook. Der Computermonitor ist groß und ausladend wie ein alter Röhrenfernseher, der heute ein Lachen erzeugt, weil es so eine olle Kiste ist. Das graue Plastik hat sich über die Jahre in einen hässlichen Gelbton verfärbt. Das ist echt ’ne Zeitreise nach 1993. Auch die Tastatur ist Asbach uralt. Ein Rolodex zum Drehen ist an einer Stelle aufgeklappt. Da stehen der Name »Justus Scharping« und eine Nummer handschriftlich darunter. Ich überlege, ob das wirklich der letzte Eintrag war, den er aufgeblättert hat. Mit einer Hand drehe ich an dem Rad, und Karte um Karte klappt um.

Mich interessiert nur die mit den deutlichsten Benutzungsspuren.

Darauf steht der Name einer Firma.

Firma Jeckalux mit einer Kölner Festnetznummer.

Ich merke mir die Nummer und zücke mein neues Handy, ein Siemens S55, und fotografiere die Karte für Otto ab.

Der Mülleimer unter dem Schreibtisch, eine schwarze Blechtonne, ist leer. Am Boden sehe ich Reste von Kaugummis, die wie helle Punkte auf dem Asphalt aussehen.

Weiter geht’s.

Ich taste mit den Augen die Möbel auf der anderen Seite ab, den schwarzen Kleiderschrank mit den Spiegeltüren. Das Bett. Groß. Decken und Kissen sind ordentlich drapiert. An der Wand darüber hängt ein großes Sepiafoto von einer bekannten Riege Frauen. Halbnackt. Nebeneinander. Im Hintergrund sehe ich New York. Es sind Claudia Schiffer, Christy Turlington, Cindy Crawford, Naomi Campbell, Linda Evangelista. Die Supermodelelite der 1990er-Jahre, junge Frauen von unglaublicher Schönheit und strotzendem Selbstbewusstsein, die wie Superheldinnen plötzlich auf der Bildfläche erschienen und die Welt aufmischten. Ich erinnere mich, dass eine von ihnen sagte, unter zehntausend Dollar Tagesgage stehe sie gar nicht erst auf. Daneben ein altes Poster von Guess Jeans mit einer blutjungen Claudia Schiffer. Ein paar Basketballwimpel und Autogrammkarten von Tennisstars: Boris Becker, Martina Navratilova, Pete Sampras. Und unsere Steffi. Drei Stück von Steffi Graf mit schwungvoller Unterschrift. Für Fabian.

Mein Vater und ich haben früher gern zusammen Tennis im Fernsehen geschaut. Mir gefiel es, wenn die Spieler unter gellendem Wutgeschrei ihre Schläger auf dem Boden zertrümmert haben. Es muss herrlich sein, eine solche tiefe Leidenschaft und zugleich diese unbändige Wut zu besitzen.

Summa summarum ist dieser Raum verdammt geleckt, als wollte Gabriele ihn vermieten. Geordnet. Nicht organisch. Alles scheint an seinem Platz zu sein. Als sei diese Ordnung im Nachhinein hergestellt worden.

Und Spuren getilgt, die keiner finden sollte.

Der ockerfarbene Teppich (schreckliche Farbe) hat am Fuße des Bettes einen runden, stark ausgeblichenen Fleck. Ich gehe auf die Knie. Die Oberfläche des Teppichs ist aufgerieben und uneben. Ich tippe auf Kaffee oder Wein. Etwas Aggressives, das sich kaum rauswaschen lässt.

Am Ende meiner Inspektion stelle ich mich in die Mitte des Raumes und lasse den Blick schweifen. Überlege, wie es sein muss, wenn einer nach zehn Jahren wieder in sein altes Zimmer zurückkommt, in dem sich nichts verändert hat. Eine gruselige Vorstellung.

Ich sehe zu, wie Otto Schubladen aufzieht und deren Inhalt durchforstet. Er hebt sie behutsam an und tastet mit der anderen Hand die Unterseite ab.

Clever.

Er rückt das Regal leicht nach vorne und späht dahinter, nimmt Bücher hervor und blättert deren Seiten durch. Aber es fällt nichts heraus. Er ist ein erfahrener Spürhund und sucht nach dem geheimen Versteck, das die tumben Kollegen 1993 nicht gefunden oder übersehen haben. Vielleicht, weil sie schlichtweg keinen Bock hatten, das Zimmer eines jungen Erwachsenen zu durchforsten, der sich aus dem Staub gemacht hat. In den Altakten sind keine Fotos vorhanden. Der Bericht sagt nur lapidar, dass eine Durchsuchung keinerlei Hinweise auf das Verschwinden gebracht hat.

Wenn ein junger Mensch bei seinen Eltern lebt, ist sein Zimmer sein heiligster Bereich. Hier schläft er. Macht Hausaufgaben. Knutscht. Fummelt. Hat Sex. Trinkt. Isst. Lacht. Träumt. Denkt über sein Leben nach.

Insofern hat Otto recht, dass er den Raum akribisch absucht. Weil in seiner Logik nur hier ein junger Mann seine Geheimnisse hütet. Codiert. Versteckt. Damit seine Eltern sie nicht lüften. Wenn es nichts gibt, dann deswegen, weil jemand die Zeichen verschwinden ließ.

Die Spur zu dem verlorenen Sohn endet hier.

Gabriele sagte der Polizei, sie wüsste gar nicht, ob die Person, die die Treppe heruntergekommen war, ihr Sohn gewesen sei.

Vielleicht war Fabian zu dem Zeitpunkt längst verschwunden?

Otto öffnet den Kleiderschrank und geht jedes Kleidungsstück durch, fährt mit zwei Fingern in die Taschen. Ich stehe neben ihm und sehe zu. Kann die Ausdünstung des Schranks riechen, diesen abgestandenen Kleidergeruch vermischt mit dem schwachen Duft von Waschmittel.

Otto geht in die Knie. Sie knacken laut. Er streckt den Arm aus und sucht etwas im hinteren Bereich. Da, wo einer in Eile das reinschmeißt, was im Weg ist und keiner sehen soll.

»Du wirst nichts finden«, sage ich zu Otto, und er zieht den Kopf hervor und sieht mich erstaunt an.

»Wie kommst du darauf?«

»Wenn du mich fragst, hat jeder noch so kleine Hinweis diesen Raum schon vor langer Zeit verlassen. Hier ist nix.«

Ottos Blick ist eine Mischung aus Beleidigtsein und Überraschung.

»Ist das jetzt so ein Hellseherkram, ja? Die Mentalistin Lupe Svensson betritt ein Zimmer, sieht sich fünf Minuten um und beschließt: keine Spur.«

Ich muss lachen und klopfe ihm einmal auf die Schulter.

»Ich gehe vor die Tür. Eine rauchen.«

KAPITEL 11

Ich habe Glück. Der Himmel ist bedeckt und macht eine Regenpause. Weil ich nicht genau auf deren Grundstück rauchen will, stelle ich mich an die Straße. Es sind nur knappe zehn Grad, und in meinem dünnen Bundeswehrparka ist mir kalt. Meine Finger sind klamm. Nach zwei Zügen öffnet sich die Haustür, und Gabriele erscheint. Im Reflex will ich die Kippe auf den Boden werfen und zertreten, aber sie winkt mir zu.

»Warten Sie«, ruft sie und kommt auf mich zu.

Aha, ich ahne etwas. Jetzt folgt die Verbrüderung. Sie ist neugierig und will herausfinden, wo wir stehen. Ob wir schon was gefunden haben.

Im Gehen steckt sie eine Hand in die Tasche ihres schicken chanelartigen Cardigans und kramt eine Schachtel Zigaretten hervor. Sie stellt sich neben mich.

»Haben Sie Feuer?«, fragt sie und klemmt den Filter zwischen ihre dünnen Lippen.

»Sie sehen nicht aus wie eine Raucherin«, bemerke ich und gebe ihr Feuer.

Gabriele inhaliert den ersten Zug tief. Der Tabak knistert.

»Ich habe zuletzt als junge Frau geraucht. Aber auf der Beerdigung meines Mannes dachte ich plötzlich, das müsste jetzt wieder sein. Die Zigarette als Strohhalm. Was zum Festklammern.«

»Wenn ich Ihnen den abgenutzten Rat geben darf: Gewöhnen Sie sich das nicht an. Es ist ein blödes und unnützes Laster.«

»Ich weiß. Aber wieso rauchen Sie dann?«

»Es hilft mir beim Denken.«

»Schöne Ausrede. Die merke ich mir.«

»Und ich überbrücke damit Langeweile«, ergänze ich.

Ich deute mit der Zigarette zwischen meinen Fingern zu Fabians Zimmer. »Wann waren Sie zuletzt da drin?«

Gabriele sieht nicht hin. Sie raucht und starrt auf den feuchten Asphalt. »Ich glaube, das ist acht Jahre her. Bevor mein Mann und ich beschlossen haben, die Hälfte des Jahres in Marbella zu verbringen. Ich ging hinein und war eine Minute später wieder draußen.«

»Warum?«

Sie sieht mich aufmerksam an. »Weil ich ihn dort nicht fand.«

Mein Gesicht muss Bände sprechen.

Sie fährt fort. »Der Raum ist tot, da ist nichts von ihm. Nur Gegenstände.«

»Was haben Sie damals mit seinen Sachen gemacht?«

»Nichts. Als klar war, dass etwas nicht stimmte, nahm ich ein T-Shirt, das in seinem Bett lag, und behielt es. Mein Mann hat es Wochen später gefunden. Es gab einen großen Streit.«

»Warum haben Sie es genommen?«

»Ich wollte etwas haben, was nach ihm roch. Was er am Leib getragen hatte. Mein Mann hat es weggeworfen. Es war, als würde er mein Herz rausreißen. Der Rest des Zimmers hat mich nicht interessiert.«

»Haben Sie seine Schubladen untersucht? Seinen Schrank?«

»Ja, aber unsere Putzfrau war an dem Tag, an dem er verschwand, morgens in seinem Zimmer gewesen und hatte sauber gemacht. Aufgeräumt, seine dreckige Wäsche eingesammelt. Gewaschen. Bis auf das Shirt in seinem Bett. Sein Schlafshirt. Fabian war ordentlich. Unsere Perle kam zweimal die Woche und reinigte das gesamte Haus. Mein Mann war pingelig und wollte es stets sauber haben. Das war ihm wichtig.«

»Wie in einem Hotel.«

»Wenn Sie so wollen, ja, in gewisser Form.« Sie lächelt sanft. »Die Betten täglich gemacht, die Handtücher gewechselt. Alles picobello. Seine Hemden gedämpft, die Schuhe geputzt. Aber nicht von mir«, sie hält abwehrend die Hände hoch, »sondern von unserem Personal.«

»Verzeihen Sie mir, wenn ich Sie das frage, aber waren Sie glücklich mit Ihrem Mann? Es klingt so, als sei er recht dominant gewesen?«

Gabriele nimmt einen nachdenklichen Zug an der Zigarette und legt dabei die Stirn in Falten.

»Glücklich? Ich hatte Glück. Ich heiratete den Mann, in den ich mich verliebt hatte, und schenkte ihm zwei gesunde Kinder. Wir waren ein Team, haben uns unterstützt. Als es mit den Küchenstudios richtig losging, war ich an seiner Seite. Er hat für den Erfolg hart gearbeitet und mir ein Leben ohne finanzielle Sorgen beschert. Ein Tyrann war er nicht. Er war bestimmend und wusste, was er wollte. Ich fand stets, dass das keine schlechte Charaktereigenschaft für einen Mann ist.«

Sie wirft die halb gerauchte Zigarette in den feuchten Rinnstein, wo sie einmal aufspringt und dann im Gully verschwindet.

»Sie haben recht, Frau Svensson«, sagt Gabriele. »Ich sollte das mit dem Rauchen lassen. Es ist eine blöde Angewohnheit.«

Sie nickt mir zu und trottet zurück zum Haus.

»Bleiben Sie nicht so lange draußen, sonst erkälten Sie sich noch. Und ich brauche Sie jetzt«, ruft Gabriele mir zu. »Sie müssen meinen Sohn finden.«

KAPITEL 12

Otto kommt auf die Straße und stellt sich zu mir. Er sieht verächtlich auf die glimmende Kippe zwischen meinen Fingern.

»Hast du was gefunden?«, frage ich und schnippe den brennenden Filter in den Gully.

»Warum denkst du, dass dort oben in dem Zimmer nichts ist?«, fragt Otto mit spitzem Mund, und ich weiß in dem Moment, dass er was entdeckt hat.

»Tue ich das? Abgesehen davon, dass der ganze Raum wie ausgestellt wirkt. Völlig clean.« Dann zeige ich ihm die Fotos auf meinem Handy. Der Fleck am Boden und die Karte aus dem Filo mit der Nummer.

Otto sieht mich erstaunt an. Fast empört. »Das ist alles? Ein Fleck und eine Nummer?«

»Ja, ich finde, das ist was.«

»Sagt wer?«

»Mein Bauch.« Ich stemme die Hände in die Hüfte.

Otto sieht mich einen Moment ernst an, aber ich halte seinem Blick stand, dann beginnt er zu grinsen. »Nicht schlecht.« Er hält einen Plastikbeutel hoch. »Das habe ich gefunden. Die Gebrauchsanweisung war im Regal zwischen zwei Büchern eingeklemmt. Es ist die Anleitung für eine Videokamera. So ein Ding mit einer kleinen Kassette.« Er deutet mit der Hand die Größe eines Eierkartons an. »Ich habe den gesamten Raum abgesucht. Von der Kamera keine Spur. Nicht mal 'nen Netzstecker. Gar nichts.«

»Er filmt alles, was er sieht und erlebt. Nimmt sie überallhin mit. Wie ein visuelles Tagebuch. Filmt sein Leben, seinen Alltag.«

»Richtig«, bestätigt Otto. »Mach weiter. Du hast es gleich.«

»Wir hatten damals zu Hause auch eine und haben jeden Quatsch gefilmt. Was nicht gebraucht wurde, haben wir wieder überspielt. Es war so einfach. Fabian filmt seine Freunde und Familie. Ausflüge. Partys. Weihnachten. Und auf seinen Bändern …«

»… ist womöglich sein Entführer zu finden«, ergänzt Otto, und ein fieser Schauer jagt mein Rückgrat rauf.

»Der die Kamera mitgenommen hat. Und alle Kassetten.«

Wir gehen ins Haus, und Otto fragt Gabriele nach der Videokamera.

»Ja, das stimmt, er hatte eine. Ich habe aber keine Ahnung, wo die jetzt ist. Die hat er von meinem Mann zum Abitur geschenkt bekommen. Er ist ständig mit der Kamera rumgelaufen und hat uns gefilmt, das war streckenweise anstrengend, aber so Aufnahmen an Weihnachten, das war eigentlich schön.«

Sie sieht betreten zu Boden.

»Sie haben keine Ahnung, wo die sein könnte?«

»Nein.«

»Hatte er ein Versteck? Ein Bankschließfach? In der Schule eine Video-AG?«

Gabriele sieht an uns vorbei.

»Nein, aber ich erinnere mich an eine schwarze Tasche, von Puma. So eine kleine Sporttasche, da war seine Kamera drin.«

Das hatte sie damals auch der Polizei gesagt.

Jetzt sieht sie mich direkt an. »Was werden Sie jetzt tun?«

Otto antwortet. »Wir machen unsere Arbeit, Frau Küster, und wenn ich etwas Neues habe, melde ich mich bei Ihnen.«

Gabriele zwinkert eine Träne aus ihrem Augenwinkel.

»Ist gut«, sagt sie mit belegter Stimme.

KAPITEL 13

Juni 1992. Drei Tage nach dem Abitur.

»Läuft sie denn jetzt?«, fragte Mark.

»Na, brennt da ein rotes Licht oder nicht? So schwer ist das doch nicht.«

»Ach da. Ja, jetzt sehe ich es. Okay.« Mark räusperte sich und zupfte an seinem pistazienfarbenen Fruit-of-the-Loom-Sweater, den sie heute zusammen gekauft hatten. Fabian kniff das freie Auge zu und starrte durch die Videokamera, die in seiner rechten Hand ruhte.

»So, jetzt erzähl was.«

»Was denn?«

»Irgendwas. Mann, Mark, das ist ein Test. Ich muss rausfinden, wie das Ding funktioniert. Stell dich mal vor. Los.«

Die kleine Videokamera in seiner Hand gab ein leises Brummen von sich, das er in seiner Hand spüren konnte, und stellte scharf.

»Ich bin Mark Swoboda und komme aus der DDR. Ja, klingt voll lustig, isses aber nicht. Da war es nicht immer schön, und jetzt, wo ich im Westen bin, kann ich nur sagen, Honecker ist ein riesengroßes Arschloch. Fick dich, Honni.«

Fabian lachte, dass das Kamerabild wackelte. »Weiter«, rief er heiser. »Das ist gut, das lösche ich nie wieder.«

Mark setzte sich in den Sessel am Fenster, griff nach der Schachtel mit den Luckys und zog eine Kippe heraus. Zündete sie lässig an.

Fabian probierte den Zoom aus.

»Genau so. Weitermachen, aber langsam«, sagte er zu ihm. Mit einem Surren zoomte die Kamera den Einschnitt heran und stellte das Objektiv scharf.

»Ne, Mark, das ist Gegenlicht. Das ist kacke.« Er wechselte die Position, damit er Mark von der Seite aufnehmen konnte. Dessen Gesicht war jetzt auf einer Seite beleuchtet, die andere Hälfte lag im Schatten. Er sog an seiner Zigarette, die aufglimmte, inhalierte und blies den Rauch zur Decke. Versuchte mit seinem zu einem »O« geformten Mund, Kringel in die Luft zu zaubern. Einer gelang ihm sogar.

»Ha! Schau mal, Fabi. Kannste das auch?«

»Sicher«, antwortete Fabian.

Mark nahm die Zigarettenschachtel Lucky Strike und zeigte sie in die Kamera. »Das sind die besten Ziggen, die es gibt. Alles andere ist Quatsch. Wenn du dazugehören willst, musste die rauchen. Diese Marke ist für die coolen Leute. Verstanden?«

Fabian stellte die Kamera mit einem Surren scharf. »Roger, Käpt'n«, bestätigte er und fokussierte Marks Gesicht.

Mark aschte ab, sah hoch und grinste in die Kamera, die ihn ranzoomte, bis sein Gesicht das Bild ausfüllte.

»Sag mal, wer ist dein bester Freund?«, fragte Fabian.

Surren. Nahaufnahme. Der geschlossene Mund.

»Sag schon.«

Der Mund lachte. Zähne blitzten auf und verschwanden wieder.

»Na du. Fabian Küster. Du bist mein bester Freund.«

Ein Lachen, das eher ein Schnauben war.

»Wer denn sonst?«

KAPITEL 14

Otto fährt uns in seinem Auto zurück nach Düsseldorf ins LKA.

»Hattest du eine glückliche Kindheit?«, frage ich.

»Wie bitte?« Er sieht mich von der Seite erstaunt an. Und ein wenig grimmig.

»Ist die Frage ernst gemeint?«

»Durchaus«, sage ich und spiele mit dem Lüftungsschlitz. Schiebe ihn auf und zu.

»Finger weg, die ist extra gegen die Scheibe ausgerichtet, damit sie nicht so beschlägt, wenn es regnet.«

Ich stöhne auf. So ein Spießerkram.

»Worauf willst du hinaus?«, fragt Otto.

Ich lehne meinen Kopf gegen die Nackenstütze. »Ich habe ein Bild von der Mutter, Gabriele, und was sie meint, wie ihr Sohn ist oder war. Wie du andere wahrnimmst, sagt etwas über deine eigene Persönlichkeit aus. Wie alle Mütter sieht sie das Positive in ihren Kindern und übersieht negative Eigenschaften oder stellt sie als normal dar, relativiert sie. Sie ist da nicht anders als andere. Wir nehmen am liebsten nur das wahr, was für uns angenehm ist. Abgesehen davon, dass sie durch die letzten zehn Jahre die Dinge verklärt hat. Das Fotoalbum ist ein gutes Beispiel dafür. Es gibt ein lachendes Kind, sonst nichts. Kennst du den Haloeffekt?«

»Nein, was ist das?«

»Halo ist englisch für Heiligenschein. Es meint, dass wir aufgrund einer positiven Eigenschaft auf eine andere schließen, ohne dass es einen Zusammenhang gibt. Wir treffen jemanden und finden ihn sympathisch und denken, die Person muss auch loyal sein. Ehrlich. Das ist der Haloeffekt«, erkläre ich.

»Verstehe«, sagt Otto. »Lass uns nicht in die Falle des guten Jungen tappen, den uns Gabriele vorgestellt hat. Jugendliche ziehen sich in der Pubertät häufig von den Eltern zurück. Ich will mehr über diesen jungen Mann und seine letzten Tage erfahren. Daher sind Freunde und Klassenkameraden für uns wichtig.«

»Wie dieser Mark Dingsbums.«

»Swoboda«, sagt Otto.

»Genau. Lustiger Name. Klingt nach Osten.«

»Was war dein Eindruck von der Schwester?«

»Die Schwester fühlte sich schon immer zurückgesetzt, obwohl sie die Fleißigere und Tüchtigere war. Angepasster und braver, was häufig bei Mädchen vorkommt. Und trotzdem bekommt der Bruder, der ständig Quatsch macht, mehr Aufmerksamkeit und Zuneigung. Selbst nach seinem Verschwinden. Ihre Abneigung trägt sie daher ungeniert zur Schau.«

Otto setzt den Blinker und starrt auf die Straße. Ein Auto vor ihm fährt immer langsamer. »Nun bieg halt einfach ab, meine

Güte«, herrscht er den Fahrer an, der ihn nicht hören kann. Mache ich auch gern, fühlt sich gut an.

Ich drehe meinen Oberkörper zu ihm.

»Und jetzt verrate mir, hattest du eine glückliche Kindheit?«

Otto bläst die Backen auf und lässt die Luft laut entweichen. »Das ist ziemlich lange her«, beginnt er. »Daran kann ich mich gar nicht mehr richtig erinnern.«

»Blödsinn«, erwidere ich, »du weichst mir aus. Wir tragen alle das Kind in uns und haben prägende Erinnerungsmomente gespeichert. Wie in einem Fotoalbum im Kopf. Die sind immer da, und die werden wir auch nicht mehr los.«

»Du lässt nicht locker.«

»Nein.«

»Gut, denn. Ich erinnere mich, dass ich immer Hunger hatte. Es gab nicht viel zu beißen, vor allem keine Süßigkeiten, aber dafür hatten wir gute Zähne. Ich bin 1943 zur Welt gekommen. Mein Vater kam siebenundvierzig aus der Gefangenschaft zurück und war irre geworden. Er schrie oft im Schlaf und schlug um sich. Meine Mutter sagte, der Krieg habe aus ihrem Mann einen vollkommen anderen Menschen gemacht. Das war nicht der Mann, in den ich mich verliebt hatte.«

»Posttraumatische Belastungsstörung.«

»Ja, heute weiß man das und ist klüger, aber die Männer haben damals gelitten wie die Hunde. Mein Vater hat getrunken, um diese Gespenster zu verdrängen. Das ist mir alles erst viel später klar geworden, als ich selbst erwachsen war. Als Kind habe ich das nicht verstanden, da hatte ich Angst vor ihm. Unterm Strich gab es in meiner Kindheit gute Tage, aber eben auch einige schlechte. Und bei dir?«

Ich räuspere mich. Hätte gar nicht gedacht, dass Otto so freimütig von sich erzählen würde. Sonst ist er bei solchen privaten Punkten eher verschlossen. Typ blickdichte Jalousie.

»Eine Kindheit voller Fragen. Du weißt ja, dass meine Adoptiveltern beide Psychiater sind, daher gab's eine geballte Ladung Erziehung für mich. Da wurde viel psychologisiert. Ich wurde beobachtet und befragt wie ein Studienobjekt. Was ich letztlich ja auch war. Wie verhält sich dieses Kind, das im Alter von zwei Jahren verwahrlost in einem Raum gefunden wurde? Von dem keiner weiß, was mit ihm in der prägenden ersten Lebenszeit passiert ist. Ich habe spät gesprochen, und als man sich mit mir unterhalten konnte, wurde ich mit Fragen gelöchert. Warum machst du das? Was fühlst du? Du bist wütend. Wie gehst du mit der Wut um? Und so weiter. Irgendwann habe ich erkannt, dass andere Eltern mit ihren Kindern so nicht sprechen. Die sagten nur: Hast du Hunger? Hast du Durst? Lass das. Ruhe jetzt. Fass das nicht an. Lass das stehen. Gib der Oma einen Kuss.«

Otto lacht. »Das klingt nicht nach viel Spaß.«

»Ach, es war schon lustig bei uns. Mein Vater hat gern Soulplatten aufgelegt und im Wohnzimmer mit mir getanzt. Meine Mutter hat mit mir gebacken und dabei Lieder gesungen. Ich hatte es schon schön.«

Otto biegt in die Parktasche am LKA ein und dreht den Zündschlüssel um.

»Dafür bist du doch ein recht netter Mensch geworden«, sagt er grinsend. »Etwas eigenwillig, aber durchaus sympathisch.«

»Wenn das ein billiger Trick sein soll, mich noch mal zum Kaffeeholen zu schicken, hat er nicht funktioniert. Du bist durchschaut.«

Otto sieht mich verschmitzt an.

»Nein, das ist die Aufforderung, mit mir in die schreckliche LKA-Kantine essen zu gehen.«

»Warum?«

»Allein essen macht hässlich.«

»Du bist der Boss«, sage ich, drücke die Wagentür auf und steige mit einem Grinsen aus.

KAPITEL 15

Krawatte, unser eigentlicher Boss und Leiter der kleinen OFA-Einheit im LKA ist erst mal gar nicht so begeistert, als wir den Fall in der Teambesprechung nach dem Mittagessen vorstellen.

»Ein Vermisster, der keinen Bock mehr auf seine Eltern hatte, sendet vermeintlich Blumen zur Beerdigung seines Vaters«, sagt Krawatte. »Und?«

»Bestattungskranz«, korrigiert Sina. Sie ist neben mir die einzige Frau im Team und unser Datenbankcrack. »Ich finde, das ist was anderes«, kontert sie. »Das hat mehr Aussage, als nur einen Strauß Schnittblumen zu senden. Ein Kranz ist ein Statement.«

Otto und ich nicken stumm.

»Ja, oder nicht?«, sagt Sina und sieht uns auffordernd an.

»Absolut«, brummt Otto.

»Okay. Was bedeutet der Kranz?«, fragt Krawatte. »Lasst uns mal«, er sieht auf die Uhr, »erste Hypothesen aufstellen.« Er schwingt sich von der Schreibtischkante, zückt einen Faserstift und schreibt an das Whiteboard.

»Ein makabrer Scherz«, sagt Vogelkopf, den ich so nenne, weil auf seinem hageren Marathonkörper ein rundes Köpfchen mit flauschigen Haaren sitzt. Er war früher bei der Spurensicherung. »Aber wozu?«

»Um die Mutter zu demütigen. Vor allen Leuten«, antworte ich.

»Aber es könnte auch ein Zeichen sein«, sinniert Vogelkopf weiter.

»Was für eines?«, fragt Krawatte.

»Ein Lebenszeichen«, sagt Otto nüchtern. »Mich gibt es noch.«

»Ich traue endlich, mich zu melden, was ich vorher nicht konnte«, meint Sina.

»Oder wollte«, ergänze ich. »Aber die Wunde ist nicht verheilt, wie auf dem Kranz stand. Bedeutet doch, er will keinen Kontakt, aber ein Statement setzen.«

»Das hieße, der Grund für den fehlenden Kontakt liegt womöglich in einem Ereignis in der Familie«, schlussfolgert Sina.

»Ja, aber da gibt es keine Spur. Bisher nicht«, antwortet Otto und berichtet von unserem Gespräch heute bei Gabriele und Annika Küster.

Krawatte kritzelt fleißig auf dem Board herum. Macht er gut, finde ich.

»Neben dieser Theorie, was wäre das übelste Szenario?«, fragt Krawatte und sieht reihum in unsere Gesichter. »Was könnte das Verbrechen an Fabian Küster sein?«

Ich hebe die Hand. »Ein Entführer, der ihn seit Jahren gefangen hält. Ihn demütigt, foltert und sexuell missbraucht. Solche Fälle gibt es immer wieder. Und der spielt jetzt mit der Mutter und ihrer Trauer. Der Täter wäre ein ausgeprägter Sadist mit sexueller Störung. In der Klinik hatten wir einen Patienten, der seine Stieftochter über Monate gefangen hielt und sie mehrfach vergewaltigte.«

»Schrecklich«, sagt Sina mit geweiteten Augen.

»Ich glaube nicht, dass Fabian Küster seit zehn Jahren festgehalten wird, das ist doch absurd«, wirft Vogelkopf ein.

»Es geht nicht ums Glauben«, unterbricht Otto. »Es geht um Möglichkeiten, deswegen ist jede These erlaubt.« Er sieht Krawatte auffordernd an.

»Das stimmt, was Otto sagt. Auch wenn du es persönlich nicht für möglich hältst. Wir müssen jede noch so absurde Theorie in Betracht ziehen.«

Otto steht auf und geht zum Fenster. Steckt die Hände in die Hosentasche und schaut hinaus, während er mit uns spricht.

»Was ist, wenn Fabian Küster gar nicht mehr lebt? Wenn er ermordet wurde und sein Leichnam nie gefunden wurde.«

»Das würde bedeuten …«, sage ich.

Otto dreht sich zu uns um und setzt sich wieder an seinen Platz.

»… dass der Mörder jetzt ein Spielchen spielt. Er beobachtet die Familie und erfährt von dem Tod des Vaters. Er benutzt den Namen eines Klassenkameraden für die Überweisung der Kosten. Das bedeutet für mich, der Täter kennt sich mit seinem Umfeld aus und sendet eine makabre Nachricht. Womöglich kommt da noch mehr.« »Und vielleicht führt er uns zu Fabians Leichnam«, ergänzt Otto.

Wir sehen uns betroffen an, und mir verschlägt es für einen Moment den Atem. Krawatte schreibt unsere ersten Theorien auf das Whiteboard und malt ein großes Fragezeichen daneben.

»Ab wann wird eine Person für tot erklärt?«, frage ich in die Stille.

Otto lehnt sich nach vorne. »Personen unter fünfundzwanzig Jahren werden nicht für tot erklärt, wenn ihr Verschwinden kein Unfall war. Außer, sie sind bei einem Flugzeugabsturz oder einer Seereise verschwunden.«

Krawatte sieht auf seine Armbanduhr. »Okay, unsere Zeit ist um, machen wir uns an die Arbeit.« Er legt den Stift in die Ablage unter dem Board. »Ich gebe euch eine Woche. Rekonstruieren wir den Zeitraum des Verschwindens.« Er zeigt auf Sina. »Such die Vermisstenfälle aus der Zeit heraus und prüf, ob es Parallelen zu anderen Fällen gibt. Wenn wir in einer Woche keine heiße Spur haben, legen wir den Fall endgültig zu den Akten.«

Otto und ich sehen uns an.

Nicken synchron. Eine Woche.

»Geht klar«, sagt Otto, reibt sich die Hände und marschiert so zackig den Gang hinunter in Richtung unseres Büros, dass ich gar nicht hinterherkomme.

KAPITEL 16

»Sag mal Otto, meinst du nicht, wir sollten das Haus der Küsters durchsuchen, vor allem den Dachboden und den Keller, und den Garten umgraben?«, frage ich.

Wir sitzen wieder im Auto und sind auf dem Weg zu Martin Stockmann nach Köln, dem ehemaligen Schulkameraden, der vermeintlich den Kranz bezahlt hat. Sina hat den Termin für uns organisiert.

»Bist du irre?«, fragt Otto.

»Natürlich, deswegen bin ich ja bei euch. Aber Spaß beiseite, ich habe mich an einen Fall in den USA erinnert, da haben Eltern ihr Kind als vermisst gemeldet. Schlussendlich lag es tot im Garten. Verbuddelt von den eigenen Eltern.«

Otto denkt einen Moment nach. »Dafür gibt's keinen hinreichenden Verdacht. Die Tochter darf leben, und der Sohn muss sterben? Wir graben den Garten nicht um. Noch nicht.«

»Okay«, sage ich kleinlaut, lehne mich zurück und sehe aus dem Seitenfenster, das von Regentropfen besprenkelt ist, die im Fahrtwind zu langen Schlieren werden. Otto parkt am Rande des Kölner Mediaparks, einem modernen Gebäudekomplex, der als Halbrund angelegt ist, direkt vor dem Eingang mit der Ziffer »4« im Halteverbot. Er legt sein »Polizei im Dienst«-Schild aufs Armaturenbrett, steigt aus und geht mit großen Schritten auf die Eingangstür zu.

Heute hat er es echt eilig.

»Komm schon«, fordert er mich auf.

»Ich komme ja.«

Als wir auf den Aufzug warten, der uns in die fünfte Etage bringen soll, frage ich. »Hast du heute noch was vor?«

»Ja, habe ich«, antwortet Otto schnell.

Er sieht mich dabei nicht an. Das macht ihn verdächtig. »Was denn?«

Otto stöhnt auf. »Also gut, du gibst ja wieder keine Ruhe. Es ist nur ein Essen bei meiner Nachbarin, weil ich auf die Katze aufgepasst habe. Und du?«

»Nix Besonderes. Ich mach mit Raffa Schluss. Danach gehe ich noch 'ne Runde laufen.«

Otto sieht mich verständnislos an. Es ist dieser Blick, den ich häufiger von Mitmenschen bekomme und der sagt: »Hast du einen an der Waffel?«. Um ehrlich zu sein: Ja, habe ich, anders kann ich es mir nicht erklären.

»Was denn?«, frage ich vorsichtig. »Es ist eben so.«

»Aber warum willst du denn Schluss machen?«, fragt Otto erstaunt und schiebt die Augenbrauen zusammen.

»Ist mir heute in der Supervision klar geworden«, sage ich und starre auf die senkrechte Falte, die sich auf der Mitte seiner Stirn eingräbt.

»Aber ihr seid so ein hübsches Paar, und Raffa ist ein lockerer Typ. Genau was du brauchst.«

»Was ist das denn jetzt für ein Argument?«, entrüste ich mich.

Der Aufzug öffnet seine Türen mit einem lauten Ping, und wir steigen ein. Ich drücke die beleuchtete Fünf. Der Lift gleitet lautlos nach oben.

»Ich hatte ein gutes Gefühl bei euch beiden«, erklärt Otto.

»Du hast ihn zehn Minuten gesehen«, sage ich. »Ihr habt mal in einem Auto zusammengesessen, das ist alles.«

»Lupe, mir reichen mittlerweile Sekunden, um zu spüren, ob etwas passt oder nicht. Und bei euch hatte ich sofort das Gefühl, dass ihr harmoniert.«

»Danke, das klingt schön, aber …«

»Was fehlt denn?«

In dem Lift ist es stickig, und ich finde, der Sauerstoff wird langsam knapp hier drin. Hätte ich bloß nicht damit angefangen, jetzt komme ich aus der Nummer nicht mehr raus. Mist. Von meinem Hinterkopf drängt eine Liedzeile nach vorne.

Jimmy Somervilles Falsettstimme quietscht in meinen Ohren.

Comment te dire adieu. Mon cœur de silex.

»Wusstest du, dass die Hirne von frisch Verliebten und von Serientätern hormonell die gleichen Merkmale aufweisen?«

Wir kommen in der fünften Etage an. Die Türen gleiten auf.

»Lupe, ich muss dich das jetzt fragen. Warst du schon mal verliebt? Über beide Ohren?«

Ich sehe Otto starr an. Nähe ist mein Problem. Schon seit meiner Kindheit. Ich bin darin nicht gut, und ich weiß das.

Lass es mich bitte nicht aussprechen, das wäre mir zu peinlich.

»Du warst noch nie richtig verliebt«, sagt Otto endlich, und ich deute ein Nicken an.

Er steigt aus dem Lift, und während er die Infotafel an der Wand studiert, spricht er weiter. »Das ist nicht schlimm. Es passiert eines Tages, einfach so.« Er schnippt einmal mit den Fingern. »Und weißt du was? Du kannst nichts dagegen tun. Du bist schlichtweg machtlos.«

Mir schnürt es bei der Vorstellung die Kehle zu.

»Hier lang«, befiehlt Otto und rennt wieder voraus.

Martin Stockmann ist ein typischer Finanzheini, ein Anzugschnösel mit schickem Büro, sauber rasiert mit überfreundlichem Gesichtsausdruck, der ihn für mich sofort verdächtig macht. Mein Vater sagt, solche Leute haben meist etwas zu verstecken. Die Schuhe glänzen, die Manschettenknöpfe sitzen. Er kommt mit weichen Körperbewegungen auf uns zu und gibt uns die Hand.

Seine Handinnenfläche ist feucht.

Otto stellt uns vor. Wir setzen uns auf die beiden Stühle vor dem Schreibtisch.

»Darf ich Ihnen etwas anbieten? Kaffee? Wasser?«, fragt Stockmann.

»Kein Aufwand bitte, wir haben nur ein paar wenige Fragen.«

»Und Sie?«, fragt er mich.

»Sie will nichts«, antwortet Otto.

Ich grinse einmal breit, und Stockmann ist irritiert.

»Kennen Sie Siegfried Küster, den Vater Ihres ehemaligen Klassenkameraden Fabian Küster?«

»Nein.«

»Wissen Sie, wo Fabian Küster sich zurzeit aufhält?«

»Nein, das weiß ich nicht«, antwortet er verdattert. »Woher soll ich das wissen? Ich habe seit ...«

Otto unterbricht ihn. »Haben Sie für die Trauerfeier von Siegfried Küster einen Kranz bei einem Floristen in Marbella in Auftrag gegeben und Geld überwiesen?«

Er legt die Fotos von dem Kranz bei der Beerdigung in Marbella und die Kopie der Überweisung auf die Tischplatte. »Jemand hat eine Auslandsüberweisung auf Ihren Namen vorgenommen.«

Stockmanns Augen weiten sich. »Auf meinen Namen? Wie kann das sein?«

»Das fragen wir uns auch. Warum sollte jemand Ihren Namen benutzen?«

Er wird jetzt laut. »Was? Ich habe keine Ahnung! Ich wusste ja nicht mal, dass sein Vater tot ist.«

Otto wendet den Kopf und sieht mich an. Ein kleines Lächeln umspielt seine Mundwinkel. Ich hab's kapiert. Schnell Druck aufbauen und die Reaktion abwarten.

»Wie eng waren Sie denn mit Fabian befreundet?«, frage ich.

Stockmann überlegt und sieht an mir vorbei. Er fühlt sich unwohl und will der Frage ausweichen.

»Gar nicht«, sagt er mit fast gleichgültiger Stimme.

Die Tatsache, dass er wegsieht, sagt mir, dass da was ist. Es ist nicht der Grad der Freundschaft, der lässt ihn kalt. Es ist etwas anderes.

»Sie waren nicht groß befreundet«, sage ich versöhnlich.

»Nein, nur Klassenkameraden«, sagt er erleichtert.

»Was hatten Sie denn mit ihm zu tun?«, fragt Otto.

Stockmann blickt schamvoll zu Boden.

»Herr Stockmann, ganz gleich, was es ist. Wir finden es sowieso heraus.«

»Es bringt ja nichts«, sagt er. »Der Fabian hat mir damals mal Hasch und Koks verkauft. Ich hatte so eine, sagen wir, experimentelle Phase.«

Die habe ich auch, denke ich. Seit genau neunundzwanzig Jahren.

Stockmann fährt fort. »Ich nehme das Zeug nicht mehr. Das müssen Sie mir glauben.«

»Mir sind Ihre Drogenerfahrungen ehrlich gesagt schnuppe«, erwidert Otto. »Wann war das, und wie lange ging das?«

Stockmann bläht die Backen auf. »Um die Abiturzeit herum, ein paar Wochen davor und danach. Das war im Sommer 1992.«

»Wann haben Sie Fabian das letzte Mal gesehen?«

Jetzt sieht er uns direkt ins Gesicht, erst Otto und dann mir.

»Das war am Ende des Sommers, ich würde sagen Anfang September. Kurz bevor ich zum Studium nach Hamburg gegangen bin. Wir haben uns nie wiedergesehen.«

Ich glaube ihm.

»Fabian Küster ist im April 1993 verschwunden. Wann haben Sie davon erfahren?«

Stockmann blickt auf die Tischplatte und grübelt.

»Ich glaube, es war Weihnachten 1993, ich habe meine Eltern besucht, und am zweiten Weihnachtsfeiertag haben sich ein paar ehemalige Klassenkameraden in einer Kneipe getroffen, und da habe ich es erfahren. Wir waren erschüttert, und Ossi tat uns echt leid. Die waren ja dicke befreundet.«

»Ossi?«

Stockmann lacht einmal auf. »Mark. Aber wir nannten ihn manchmal so. Weil er aus dem Osten kam. Direkt nach der Wende kam er zu uns in die Stufe.«

»Was war Ihr erster Gedanke, als Sie gehört haben, dass Fabian verschwunden ist.«

»Den hat jemand umgebracht, dachte ich. Einer, der ihn nicht leiden kann. Fabian war schon ein komischer Typ, ein bisschen wie ein Rübezahl, weil er recht klein war. Der Fabi heckte immer was aus, spuckte große Töne. War ein Angeber. Mit der Kohle seiner Eltern.«

»War er beliebt?«

»Ging so. Aber er wurde in der zwölften beliebter, als Mark in unsere Klasse kam. Der wurde ja gehänselt und dummes Zeug gefragt, wegen der Zeit in der DDR. Und Fabian hat sich um ihn gekümmert. Die zwei wurden dicke Freunde und hingen immer miteinander rum. Ab dem Zeitpunkt hatte er bei einigen von uns einen Stein im Brett. Die fanden das toll, dass er sich so um den Mark bemüht hat.«

»Haben Sie Kontakt zu Mark?«

»Nein, ich habe ihn nur an besagtem Weihnachten gesehen, danach nie wieder. Von den anderen habe ich gehört, dass er lange mies drauf war. Zum fünfjährigen Abitreffen ist er nicht gekommen.«

Wir verabschieden uns, und Stockmann sieht erleichtert aus, als wir durch die Tür gehen.

Schweigend warten wir auf den Aufzug. Otto grübelt und zieht die Stirn kraus.

Ich hebe einen Finger in die Höhe. »Bei Fabian Küster scheinen die Leute zu glauben, dass ihm was zugestoßen ist«, sage ich. »Dass der einfach abhaut, vermutet bislang keiner. Komisch, oder?«

Otto nickt gedankenverloren, und wir betreten die Kabine und fahren nach unten.

»Hör zu«, sagt er. »Eine Theorie: Fabian hat Drogen verkauft und ist an den Falschen geraten. Einen Süchtigen, nicht einen Abiturienten, der mal mit seiner Freundin Spaß haben will, sondern einen, der es ernst meint. Für den einiges davon abhängt, ob er den Stoff bekommt. Und der tötet ihn im Affekt. Erstochen. Aus Habgier. Womöglich war es ein Unfall. Es kommt zur Rangelei, und Fabian stürzt, schlägt mit dem Hinterkopf auf und ist tot. Der Täter vergräbt den Leichnam oder versenkt ihn in einem Fluss. Einem See. An einer Stelle, wo ihn hoffentlich niemand findet und er aus der Sache raus ist.«

»Und über die Jahre hat sich Schuld aufgebaut, die er jetzt loswerden will«, spekuliere ich.

Otto nickt und sieht mich mit so einem merkwürdigen Blick an, den ich nicht deuten kann. Wir verlassen das Gebäude und gehen zum Auto zurück.

»Lupe, du musst Raffa sagen, dass es dir leidtut. Das ist wichtig.«

Ich sehe ihn entgeistert an. »Wovon sprichst du?«

»Das Ende muss sauber sein. Hörst du, mach nicht die gleichen Fehler wie ich.«

»Okay«, sage ich, und mein Kopf nickt reflexartig mit.

KAPITEL 17

Warum töten Menschen?

Die Antwort ist einerseits einfach, denn die Motive, die dazu führen, dass gemordet wird, wiederholen sich. Diese empathielosen Täter, die nur aus purer Lust am Töten morden, sind selten, aber es gibt sie. Bei den anderen sind Kränkung und Verletzung des Selbstwertgefühls die häufigste Ursache. Zum Beispiel die Frau, die jahrelang gedemütigt wird und schließlich ihren Ehemann und Peiniger tötet.

Oder töten lässt.

Danach folgt in dieser Hitparade die Habgier, also die materielle Bereicherung. Sie steht an zweiter Stelle. Wir kennen diese Fälle: ein Einbrecher, der eine alte Dame ausraubt und tötet, um seine Spur zu vertuschen und nicht dafür belangt zu werden. Da denke ich mir: Wegen tausend Euro in Scheinen ein Menschenleben auf dem Gewissen haben? Aber es sind auf den Straßen schon Leute für viel weniger umgebracht worden. Die Schwelle ist niedriger, als wir denken, und die Motive sind oft miteinander vermischt.

Den dritten Platz belegt die gute alte Rache. Eine klassische Geschichte. Die Vergeltung für das, was einem angetan wurde oder was man nie bekam. Die staut sich über lange Zeit auf und entlädt sich dann. Bumm.

Daneben gibt es noch sexuelle Motive, außerdem Eifersucht, Neid oder Hass. Nur ein Motiv fehlt hier.

Die Liebe.

Es gibt den Fall, dass Menschen töten, was sie lieben, was paradox klingt. Sie töten, was sie begehren, damit es niemand anders bekommen kann, zum Beispiel nach einer Trennung. Das sind aber meistens Affekttaten.

Wenn ich an Fabian denke, kann ich mir vorstellen, dass er jemanden über eine lange Zeit gekränkt hat. Vielleicht sind seine Witze und lustigen Sprüche für eine Person nicht ertragbar gewesen, und eines Tages war das Maß voll. Eine Verabredung entpuppt sich als ein böser Hinterhalt, aus dem er nicht lebend herauskommt. Die Person rächt die Demütigung, tötet ihn und bereitet der Sache ein Ende.

Neid könnte ebenso eine Rolle spielen, weil Fabian aus einem recht vermögenden Elternhaus kommt, und jemand, der wenig hat, will ein Stück vom Kuchen haben. Fabian hat drei Tage vor seinem Verschwinden sein Bankkonto leer geräumt. Zwölftausend Mark waren darauf. Einer hat es mitbekommen, womöglich in der Bankfiliale, ist ihm nachgelaufen und hat ihn bei der erstbesten Gelegenheit ausgeraubt. Aber Fabian wehrt sich. Schlägt um sich. Sein Angreifer ist jedoch stärker und rammt ihm ein Messer in den Unterleib. Zwei-, dreimal hintereinander.

Und entsorgt danach die Leiche, um Spuren zu verwischen.

Das letzte Motiv: Liebe. Jemand liebt Fabian so sehr, dass er ihn nicht teilen will. Klingt das realistisch? Fabian als Objekt der Begierde? Aber wer käme dafür infrage?

Sein bester Freund? Eine Freundin? Ein Liebhaber? Ein sadistischer Mensch?

Ein Serienmörder?

Kurzum: Ich bin so klug wie zuvor.

KAPITEL 18

Am Abend erkläre ich Raffa, meinem senegalesischen Lover der letzten sieben Monate, bei einer Tiefkühlpizza, was ich fühle: nämlich nichts. Und warum es mit uns beiden nun leider aus ist. Und ich sage brav den Satz, den Otto mir geraten hat, und versuche dabei, authentisch zu wirken. Bewegt von meinen eigenen Worten. Ich blinzele ein wenig, um ein paar nicht vorhandene Tränen zu simulieren.

Und komme mir schäbig vor.

Raffa sagt nichts. Er setzt die Bierflasche an seine Lippen und trinkt. Sein Adamsapfel hüpft auf und ab.

»Ernsthaft?«, fragt er. »Das willst du mir mitteilen?«

Er unterdrückt einen Rülpser.

»Ja, so ist es.«

Ich klappe ein Pizzastück zusammen und beiße ein großes Stück ab.

»Das nehme ich dir nicht ab. Du bist ein Adoptivkind wie ich, wir haben beide Bindungsschwierigkeiten. Du um einiges mehr als ich. Du willst immer deinen Kopf durchsetzen und dein Ding machen. Aber das Problem ist, du kannst es nicht allein«, erklärt er und zeigt mit ausgestrecktem Zeigefinger auf mich.

»Quatsch!«, rufe ich mit vollem Mund.

Raffa winkt ab. »Außerdem ist dir regelmäßiger Sex viel zu wichtig. Wer soll das denn künftig übernehmen?«, fragt er und zieht eine Augenbraue nach oben. »Du stehst doch gar nicht auf One-Night-Stands. Schon vergessen?«

Da hat er echt 'nen Punkt. Darüber hatte ich noch nicht nachgedacht.

Er fährt fort. »Du lehnst mich ab, weil du meinst, dass du dasselbe für mich fühlen müsstest wie ich für dich. Dabei weißt du doch gar nicht, was ich tatsächlich für dich empfinde«, sagt er. »Weil du mich gar nicht fragst. Du hast nämlich Schiss vor der Antwort.«

»Ich weiß, was du fühlst.«

»Woher?«

»Weil, also … ich merke das ja.«

Das klingt ziemlich lahm. Ich beiße schnell ein Stück Pizza ab, damit ich den Mund voll habe und nicht reden muss.

Raffa runzelt die Stirn. »Pass mal auf, ich erkläre dir was. Ich mag dich, Lupe, aber Liebe ist das nicht.«

Scharlatan.

»Du lügst«, rufe ich mit vollem Mund.

Raffa sieht mich erstaunt an, wie ein Eichhörnchen, wenn es blitzt. Dann fängt er schallend an zu lachen. »Du hast gedacht, ich wäre über beide Ohren in dich verknallt?«

»Ist es nicht so?«

»Nein, am Anfang war da ein Kribbeln, aber dann habe ich dich kennengelernt. Und habe gesehen, wie du drauf bist.«

Ich lege das Pizzastück auf den Teller zurück. »Was heißt das?«

Er lacht kurz auf. »Das heißt, dass du dir deine Arie mit den nicht vorhandenen Gefühlen sparen kannst. Ich weiß, wie du tickst. Ich durchschaue dich. Du hast nur Schiss, die Kontrolle zu verlieren.«

Ich fokussiere Raffas Augen und beiße nervös auf meiner Unterlippe herum.

Er sieht mich direkt an.

»Ich weiß, dass das schwer für dich ist. Aber ich bin mir sicher, du wirst es schaffen«, sagt er, leert sein Bier und stellt die Flasche auf dem Tisch ab. »Mach's gut, Lupe.«

Er hält die Hand zum Gruß hoch, steht auf, schnappt sich seine Jacke und geht zur Tür.

»Das war's jetzt? Du gehst einfach?«, rufe ich ihm hinterher.

Er dreht sich zu mir um. »Ja, soll ich dir einen nordafrikanischen Abschiedstanz vorführen? Was erwartest du denn?«

»Ein wenig Mitgefühl«, sage ich.

»Zu spät, Lupe«, sagt er und verschwindet im Flur.

Der hat 'ne andere, schießt es mir durch den Kopf. Hundert Prozent. Irgend so eine dämliche Uschi von der Uni.

Die Wohnungstür fällt ins Schloss.

Es ist still.

Raffas Parfüm hängt noch in der Luft.

Ich verschränke die Arme vor meiner Brust und fühle mich mies. Bin ehrlich gesagt von mir selbst überrascht, dass mich das emotional so anfasst. Ich stehe auf, wanke zur Stereoanlage und suche in der CD-Sammlung nach einem Song.

Wenn es im Inneren knirscht, ist Gladys eine gute Trösterin.

Gladys Knight singt: »He's leaving. On that midnight train to Georgia.«

Ich singe laut mit und angele mir ein zweites Bier aus dem Kühlschrank, öffne es mit dem Feuerzeug und lasse den Kronkorken quer durch den Raum fliegen.

Irgendwie werde ich das Gefühl nicht los, dass Raffa gerade mit mir Schluss gemacht hat.

Anstatt ich mit ihm.

Kacke.

TAG ZWEI

Dienstag, 7. Oktober 2003

KAPITEL 19

»Mark Swoboda?«

»Ja?«, erwidert der junge Mann in der grauen Jogginghose überrascht, der mit einer Brötchentüte vor seiner Haustür steht und gerade aufschließen will. Er sieht mit seinen verstrubbelten Haaren aus, als ob er noch nicht lange wach ist.

Es ist kurz vor zehn. Otto zückt seine Dienstmarke und hält sie ihm unter die Nase. Stellt uns vor. Ich nicke freundlich und rieche den Duft der frischen Backwaren durch die Tüte.

»Sorry, dass wir Sie so früh stören, aber wir haben ein paar Fragen an Sie, die Ihren ehemaligen Klassenkameraden Fabian Küster betreffen. Auf der Arbeit sagte man uns, Sie hätten Urlaub«, erklärt Otto und steckt die Dienstmarke wieder ein.

Mark sieht müde aus um die Augen. Er fährt sich durch das Gesicht und stammelt. »Ja. Ähm, natürlich. Kommen Sie bitte rein.«

Er schließt auf und hält uns die schwere Eingangstür auf. Höflich.

Das Haus ist ein in die Jahre gekommener Altbau in der Spichernstraße am Stadtgarten. Im Flur steht ein Kinderwagen mit schlammdreckigen Reifen, und auf dem Boden stapeln sich Werbeprospekte schief aufeinander. In den Ecken liegt vertrocknetes Laub von den Bäumen auf der Straße.

Mark wohnt im ersten Stock. Er geht voran, und wir folgen ihm in seine Wohnung. Es riecht nach kaltem Rauch. Ich halte den Atem an.

»Ist nicht aufgeräumt, sorry«, erklärt er zerknirscht.

»Ist es das je?«, frage ich.

Er hält in der Bewegung inne und sieht mich perplex an.

»Na, das ist doch der Spruch, den wir allen ungebetenen Gästen sagen. Sorry, ist nicht aufgeräumt. Hätte ich gewusst, dass ihr kommt, hätte ich natürlich gesaugt. Die Wahrheit ist: Eigentlich sieht's immer so aus. Stimmt's?«

Otto lächelt. Mark schiebt die aufgeklappte ZEIT und einen Stapel Bücher, die auf dem Esstisch liegen, zur Seite. Nimmt den vollen Aschenbecher, öffnet die Balkontür weit und stellt ihn draußen auf das Fenstersims. Die Tür lässt er netterweise offen.

»Bitte nehmen Sie Platz. Kaffee?«

»Ja, gern«, sagt Otto und setzt sich.

Mark verschwindet in der Küche, und ich höre die Wasserleitung rauschen und Geschirr klappern. Otto lässt seinen Blick schweifen, ich gehe durch die kleine Wohnung, Esszimmer und Wohnzimmer sind ein offener Bereich. Ein Mix aus IKEA-Möbeln und Flohmarkt, aber nicht ungemütlich. Ein Siebzigerjahre-Esstisch mit vier Holzstühlen, an den Wänden eine Pop-Art-Malerei, Roy-Lichtenstein-Style, so eine Comicszenerie im Siebdruck, sieht hier aber selbst gemacht aus, mit feinen Pünktchen, die von einem dünnen Pinsel stammen. Daneben ein gerahmtes Filmposter von »Mulholland Drive« von David Lynch. Düsteres Kino, kenne ich.

In der anderen Ecke des Raumes steht ein weißes IKEA-Sofa vor einem vollen Bücherregal, Belletristik und Bildbände, auf einem Regalbrett ein CD-Player, davor ein Turm aus CDs auf dem Boden. Eine Bogenlampe ragt wie eine große Blume in die Szenerie hinein. Auf einer umgedrehten Holzkiste steht ein kleiner Fernseher. Auf dem Glastisch (definitiv Vintage) liegen eine Fernbedienung, eine leere Zigarettenpackung, eine aufgeklappte TV-Zeitschrift und eine zusammengeknüllte Chipstüte. Zwei benutzte Weingläser. Grünliches Glas. Kelche. Darin sind Rotweinreste eingetrocknet.

»Hatten Sie gestern Besuch?«, frage ich, als Mark mit einem quadratischen Tablett und zwei Tassen und Zuckerdose darauf zurückkommt.

»Ähm, ja. Ist das verboten?« Er stellt das Tablett ab.

»Warum sollte das verboten sein?«, fragt Otto ihn.

Er zuckt mit den Schultern.

»Sorry, ich bin nur neugierig«, sage ich und sehe ihn aufmunternd an.

»Eine Freundin war gestern da, Hanna. Na ja, sie ist meine Arbeitskollegin.«

Er sieht auf die Tischplatte.

Die Sache klingt nicht offiziell.

Ich setze mich zu den beiden an den Tisch und sehe Mark zu, wie er uns übervorsichtig Kaffee einschenkt, als wäre die Schwiegermutter das erste Mal zu Gast. »Was ist denn Ihr Job bei Johnson & Johnson?«

»Ich bin PR-Redakteur und kümmere mich um die Presseveröffentlichungen, den Geschäftsbericht und solche Sachen.«

»Die sitzen in Neuss«, sagt Otto. »Wie kommen Sie da hin? Mit den öffentlichen?«

»Mit dem Auto.«

Ich nippe an dem heißen Kaffee und tue unbeteiligt. Lasse das Gespräch laufen. Wenn du willst, dass dein Gegenüber Dinge über sich preisgibt, dann sag einfach mal nix, hat Otto mir beigebracht. Und warte ab, was passiert. Die meisten halten die Stille nicht aus, werden unruhig und fangen an, Fragen zu stellen, oder beginnen zu erzählen.

»Ich habe in Bonn Germanistik und Politikwissenschaft studiert, auf Magister. Und anschließend ein Volontariat zum PR-Redakteur absolviert. Das ist jetzt mein erster richtiger Job, ich bin dort als Junior-Redakteur eingestellt.«

»Ah, verstehe. Wie lange machen Sie den Job schon?«, frage ich.

»Etwa zwei Jahre«, antwortet er.

Otto reibt sich die Hände. Wird Zeit, dass wir loslegen.

»Herr Swoboda. Wir brauchen Ihre Hilfe im Fall Ihres verschwundenen Freundes Fabian Küster.«

Mark sieht uns mit weit geöffneten Augen an. »Wie kann ich Ihnen helfen? Gibt es etwas Neues?«

Otto räuspert sich und erzählt kurz die Geschichte mit dem Grabkranz in Marbella.

Marks Stirn legt sich in Falten. »Wer tut so was?«, fragt er. »Das verstehe ich nicht. Meinen Sie, er lebt noch?« Freude mischt sich in sein erstauntes Gesicht, sprenkelt für einen Moment etwas Heiteres darüber.

»Kennen Sie Martin Stockmann?«

»Kennen wäre übertrieben, wir waren in einer Stufe. Ich habe ihn zuletzt auf einem Klassentreffen gesehen, in dem Jahr nach dem Abi. Aber danach nie wieder.«

Otto kratzt sich den Bart. »Wir wollen verstehen, wer Fabian war, und die einzige Person, die ihn wirklich gut kannte, sind offenbar Sie.«

»Ich habe mir lange Jahre den Kopf darüber zerbrochen, was mit Fabi passiert sein könnte, und ich muss Ihnen ehrlich sagen, ich weiß es nicht.«

Er lehnt den Rücken am Stuhl an und legt beide Hände auf die Tischplatte. »Aber fragen Sie mich, was Sie wollen.«

»Wann haben Sie Fabian kennengelernt?«, frage ich.

»Am ersten Schultag in der neuen Schule. Meine Eltern sind mit mir von der ehemaligen DDR, von Zwickau nach Köln gezogen, direkt im Frühjahr 1990, ein halbes Jahr nach dem Mauerfall. Mein Vater hat eine Anstellung bei den Ford-Werken erhalten. Er hat vorher im Automobilwerk in Zwickau gearbeitet.«

»Das muss einschneidend für Sie gewesen sein«, sagt Otto.

Mark kneift die Augen zusammen. »Ja, das war es. In vielerlei Hinsicht. Wir waren anfangs total überfordert.«

»Inwiefern denn?«

Mark holt einmal tief Luft. »Ich weiß noch, als meine Eltern mich zum Einkaufen geschickt haben. Das war in den ersten vierzehn Tagen nach unserer Ankunft in Köln. Die Ford-Werke haben uns für die Anfangszeit eine Betriebswohnung gestellt. Meine Eltern gaben mir Geld und sagten, ich solle kaufen, was ich wollte. Das taten sie nicht, weil sie keine Zeit hatten.« Er schüttelt den Kopf. »Sondern weil sie überhaupt nicht wussten, was sie einkaufen sollten. Sie waren komplett überfordert. In den Supermärkten war von allem zu viel da. Da gab es kein Anstehen vor den Geschäften, die Leute gingen einfach rein, und es gab Musik im Supermarkt. So was kannten wir nicht. Ich bin durch die Gänge geirrt und habe mir jedes Regal angesehen, bis mir der Kopf schwirrte. Aber ich wurde immer verzweifelter, spielte mit dem Geld in meiner Hosentasche, und wissen Sie, was ich am Schluss gekauft habe? Einen Joghurt. Einen einzigen blöden Himbeerjoghurt, und damit bin ich nach Hause gelaufen. Mit Tränen in den Augen.«

»Wie war das damals, als Sie in die Klasse kamen und Fabian kennengelernt haben?«

Ich will seine Version der Geschichte hören. Ich denke an den Film »Goodbye Lenin«, den ich im Frühjahr im Kino gesehen habe, eine absurde Geschichte, über eine Mutter, die aus einem Koma aufwacht, und da gibt es die DDR nicht mehr. Und ihr Sohn spielt ihr vor, alles wäre noch wie immer.

Mark fährt fort. »Was ich damals nicht verstanden habe, aber heute weiß. Die im Osten waren bescheiden, denn sie wussten, was sie bekamen. Arbeit, 'nen Krippenplatz fürs Kind, zwei Wochen Urlaub an der Ostsee. 'nen Trabant nach zehn Jahren. Die anderen hatten auch nicht mehr, das machte es einfach und gab eine gewisse Sicherheit. Aber im Westen war nicht jeder gleich, sondern unterschiedlich. War mit mehr oder weniger ausgestattet, reicher oder ärmer. Es gab plötzlich so viele verschiedene Menschen und Ausprägungen von Besitz und Konsum.«

»Immerhin sind Sie auf ein privates Gymnasium gekommen«, wirft Otto ein.

Mark sieht ihn erstaunt an. »Aber nicht, weil meine Eltern Geld hatten, die hatten nicht viel. Sondern weil ich in der DDR sehr gute Noten hatte und ein Schulstipendium erhielt, das Menschen wie Fabians Eltern durch Spenden ermöglichten. Damit einer wie ich, aus einfachen Verhältnissen, gefördert wurde.«

»Was war denn Ihr Schnitt?«, frage ich.

»Eins Komma zwei«, sagt Mark und sieht mich streng an.

»War das nicht hart? Plötzlich unter diesen ganzen Privilegierten zu sein? Zwischen diesen Söhnen und Töchtern von Ärzten, Anwälten und Bankern?«

Mark schenkt sich Kaffee nach und rührt einen Löffel Zucker rein.

»Ja und nein. Sie waren sich eigentlich alle recht ähnlich, alles Kinder aus gut situierten Familien, nicht wie ich aus der Arbeiterklasse. Und ich bin in diese Welt eingetaucht. Mit einem Kopfsprung. Hinein ins kalte Wasser.«

KAPITEL 20

Mittwoch, 1. August 1990. Erster Schultag

»Hey, Ossi, komm her. Rauchste eine mit? Oder gab's bei euch nur Stroh zum Paffen?«

Erster Schultag. Große Pause. Er trottete den anderen hinterher wie ein Maultier, das seinen Platz noch nicht gefunden hatte. Sie standen in einem Grüppchen in der linken hinteren Ecke des Pausenhofs, die die Schulleitung großzügig als Raucherecke für die Kollegstufe eingerichtet hatte. Sie waren seine neuen Klassenkameraden, deren Namen er sich nicht merken konnte. Eine Clique von zehn, zwölf Jungs und Mädels. Alle in seinem Alter. Sie kamen ihm vor wie Außerirdische; so anders waren sie. Die Mädchen hatten die Haare hochtoupiert und mit Haarspray fixiert. Auch die Jungs benutzten Schaum und Gel. Er hatte seine Haare heute Morgen einfach nur gewaschen und trocken geföhnt. Jeder roch nach einem anderen Parfüm, das ihm die Sinne benebelte. Was ihm auffiel – sie trugen schicke Klamotten, von denen er nur träumen konnte. Weite Jeansjacken und Jeanshosen. Ausgefärbt. Bunte Schnürsenkel in weißen Adidas-Turnschuhen, die sie außen bemalt hatten. Überhaupt war da Farbe. Die ganze Welt sah für ihn aus wie nach einer Farbexplosion.

Ein Junge zupfte einem Mädchen an dessen buntem Pullover herum.

»Was ist das denn für ein Fummel? Wieder einkaufen gewesen mit Mutti?«

»Lass das sein, der ist von Oilily, du Depp«, rief sie und schlug ihm auf die Hände. Ihre Armreifen klimperten dabei. »Der war teuer.«

»Das ist ein Kinderpullover, du Uschi«, konterte er, und die anderen lachten.

»Leck mich«, erwiderte sie und zeigte ihm einen Mittelfinger, auf dem drei dünne Plastikringe in Neonfarben steckten.

Die Gruppe grölte.

Mark stand unschlüssig daneben.

»Ich spendier dir eine Zigarette, mein Beitrag zum Aufbau Ost«, sagte der Junge, der Hanno hieß. Er war bleich, einen Kopf größer als Mark, schwarzes Haar, zum Scheitel frisiert und gegelt. Trug ein schwarzes Hemd und eine Lederjacke darüber, und hielt ihm eine offene Schachtel Kippen hin.

Mark zog eine am Filter hervor und hoffte, dass keiner bemerkte, dass seine Finger leicht zitterten.

»Danke«, sagte er und nickte ihm zu.

»Auch noch Feuer?«, fragte Hanno und grinste.

»Wäre toll.«

»Na, da will ich mal nicht so sein. Morgen hast aber eigene dabei.«

»Geht klar«, sagte Mark betont lässig und zog an der glimmenden Zigarette, die erstaunlich leicht war und nicht im Hals kratzte.

»Die ist gut, was ist das?«

Hanno lachte und zeigte ihm eine dunkelblaue Schachtel. »Gauloises Blondes.« Er sprach es übertrieben Französisch aus.

Ein anderer Junge mit Lockenkopf schob sich daneben. »Das sind so Modezigaretten. Rauch lieber die«, sagte er und zeigt seine Schachtel. Camel.

»Ist mit einer Geschichte. Siehst du hier vorne das Kamel?«

Das Mädchen mit dem bunten Pullover mischte sich ein, schubste ihn zur Seite. »Ja, du bist das Kamel«, zischte sie. »Willst du zu den coolen Jungs gehören? Ja?«

»Was rauchen die denn?«, fragte Mark und sog wieder an der Zigarette. Hoffte, dass keinem auffiel, dass er eigentlich gar nicht rauchte und null Erfahrung hatte. Er unterdrückte einen Hustenreiz, der in seinem Hals hochstieg.

»Die hier. Luckys. Und sonst gar nichts, Baby.«

Sie zeigt ihm die Packung. Weiß. Roter Kreis. Lucky Strike.

Die Schachtel gefiel ihm. Das Mädchen ebenso.

»Überleg dir gut, welche Ziggen du morgen in die Schule mitbringst«, erklärte das Oilily-Mädchen. Sie kniff ein Auge zu, lächelte, schob sich eine Zigarette zwischen die Lippen und zündete sie an.

Die Schulglocke klingelte.

»Was? Schon? So ein Mist«, schnaubte sie, nahm einen tiefen Zug und drückte die brennende Kippe in dem runden Betoneimer aus, um den alle herumstanden. Wie um ein Lagerfeuer. Das Grüppchen löste sich auf und ging zum Eingang, zurück ins Schulgebäude.

»Gehen wir rein, sonst gibt's wieder Ärger«, sagte Hanno und klopfte Mark im Vorbeigehen auf die Schulter.

Hinter ihm stand noch ein kleinerer Junge, der bislang still gewesen war. Mark war mindestens einen Kopf größer als er.

Der Junge grinste. »Rauch, was du willst, Hauptsache, du tust es.« Er feixte ihn an. »Ich bin Fabian. Wird schon werden«, sagte er und trottete davon, in Richtung der weit geöffneten Doppeltür.

Nach ein paar Metern sah er sich nach Mark um.

»Jetzt komm schon Ossi, oder willst du hier draußen Wurzeln schlagen?«

KAPITEL 21

»Beschreiben Sie Ihre Freundschaft zu Fabian Küster«, fordert Otto Mark auf und schiebt die leere Kaffeetasse zur Seite.

»Wir waren echt richtig gute Freunde«, antwortet Mark. »Ich verdanke ihm viel. Er hat mich damals in seine Clique eingeführt, ich war ja recht grün hinter den Ohren. Und er hat mir meine erste Levi's 501 zum Geburtstag geschenkt. Ich habe geweint, ich trug Cordhosen von C&A. Wir hatten ja den DDR-Style im Kopf. Die anderen in der Klasse haben mich ausgelacht, als sie meine Klamotten gesehen haben. Ich sah aus wie der letzte Dorfdepp.«

Mark lacht. »Aber Fabi hat das schnell geändert, sich meiner angenommen und hat mir gezeigt, was ich anziehen soll. Welche Marken man trägt, was cool aussieht und was nicht. Und er war großzügig. Und aufrichtig. Was er sagte, meinte er auch, und darauf konnte ich mich verlassen.«

»War er ein Außenseiter?«, frage ich.

»Nein, das war er nicht, die anderen haben ihn manchmal gehänselt und getan, als könnten sie ihn nicht leiden, aber das war eher ein Spiel. Ich glaube, er brauchte das. Diese leichte Form der Ablehnung. Er war ja einen Kopf kleiner, und er war eigensinnig und hatte seinen eigenen, speziellen Humor.«

»War?«

»Wie bitte?«

»Sie haben gesagt, er *war* einen Kopf kleiner als ich.«

Mark sieht mich lange an. »Er ist schon eine geraume Zeit verschwunden, daher glaube ich ehrlich gesagt nicht, dass er noch lebt. Auch wenn die Sache mit dem Kranz mich stutzen ließ. Tut mir leid, aber das ist eben meine Meinung.«

»Schon in Ordnung.«

»Sie sagten, er mochte diese Ablehnung. Was meinen Sie damit?«, frage ich.

»Na ja, er war jemand, der gern mal Sprüche klopfte und von seinem USA-Trip erzählte, diese ganze Amerika-Sache fand er schick. Er sprach breites Amerikanisch und fand alles, was aus den USA kam, toll. Er konnte einen gehörig nerven damit, aber schlussendlich war er doch beliebt in der Klasse.«

»Wie war sein Verhältnis zu seinen Eltern?«

»Ganz okay. Mit seinem Vater verstand er sich so mittelprächtig. Der war ja nie da, immer arbeiten, und wollte ihn zu seinem Nachfolger machen. Fabi sollte BWL studieren und in den Betrieb einsteigen. Aber er hatte andere Pläne, er wollte nach Amerika gehen. Das Problem war nur: Seine Noten waren zu schlecht dafür. Sein Vater hätte ihm das Studium finanzieren können, wollte er aber nicht. Fabian hat sich schließlich für einen Studiengang in Deutschland entschieden. Mit seiner Mutter kam er besser klar. Eine nette Frau, freundlich und aufmerksam.«

»Und was hat er in der Zeit gemacht, bis er sein Studium antreten konnte?«

»Er musste ein Jahr auf einen Studienplatz warten, und ehrlich gesagt tat er nichts. Er hat nicht gearbeitet oder so was, wenn Sie das meinen.«

»Waren Sie bis zu seinem Verschwinden eng befreundet?«

Wäre Mark ein Hund, würde er die Ohren spitzen.

Er denkt einen Moment nach. »Ja, auch wenn wir uns seltener sahen. Nach dem Abitur im Juni zweiundneunzig wurde es weniger. Es war die Zeit, in der die Schulkameraden in alle Winde zerstreut wurden, ihre Studienplätze antraten oder lange Auslandsreisen unternahmen. Ich habe im September mein Studium in Bonn angefangen und bin dort ins Studentenwohnheim gezogen. Wir haben uns dann seltener gesehen, weniger miteinander unternommen. Ich war einfach mit anderen Dingen beschäftigt, aber wir haben oft telefoniert.«

»Haben Sie damals Drogen genommen?«

Er schüttelt den Kopf. »Nein, das hat mich nie interessiert. Ich habe es mal probiert, aber ich habe es nicht vertragen. Weder Marihuana noch Koks. War beides nichts für mich.«

»Was war denn was für Sie?«, frage ich.

»Alkohol. Bacardi-Cola, Bier, Sekt, alles. Caipis. Vor allem viele Caipis.«

Er lächelt in Erinnerung daran.

»Was ist das?«, fragt Otto.

»Er meint Caipirinha, einen Cocktail«, erkläre ich.

»Ach so.«

»Haben Sie damals viel getrunken?«, frage ich.

Mark lacht. »Ja, aber da war ich nicht der Einzige. Wir haben alle gesoffen wie die Löcher. Auf jeder Party, die es gab. Oder auf Kneipentouren am Wochenende, Fabi hat gern mal einen springen lassen. Da ist niemand durstig nach Hause gegangen.«

KAPITEL 22

Samstag, 20. Oktober 1990. Abends

»Wen schleppt der denn da an?«

»Das ist doch der Ossi.«

»Sag das nicht, das ist fies. Der hat einen Namen.«

»Ja, ich weiß. Mark. Meine Güte, das war ein Scherz.«

»Ich finde das irre. Das muss für den die total neue Welt sein.«

»Ja, Brave New World.«

»Ach, du Depp. So meinte ich das nicht.«

»Der ist wie ein Außerirdischer, der kennt viele Sachen gar nicht. Wie ein Zeitreisender, der plötzlich hier gelandet ist und zurechtkommen muss.«

»Willst du dich um ihn kümmern, oder was? Och …«

»Titten wird er kennen, oder haben das die Frauen in der DDR nicht gehabt?«

»Du bist echt widerlich. Fass mich nicht an.«

»Da stehst du doch drauf.«

»Der ist besser in Mathe als du, du Spasti. Von dem kannst du noch was lernen.«

Fabians Blick irrte umher, dann entdeckte er die Gruppe von fünf Klassenkameraden, die in einer Ecke der Kneipe saß. Vor halb vollen Gläsern. Der Zigarettenqualm hing wie Nebel in der Luft, und sie reckten die Köpfe, als Fabian und er durch die Tür kamen.

»'n Abend Leute«, grüßte Fabian und klopfte mit dem Fingerknöchel auf den Tisch.

Die Runde grüßte zurück.

»Mach mal Platz für den Zwerg«, sagte Hanno und stupste Micha an.

»Muss ich?«, maulte der. »War'n Scherz, komm zu mir, Fabi.« Er lachte und breitete einen Arm aus.

Fabian setzte sich neben ihn und schmiss seine Zigarettenschachtel auf den Tisch. »So, Freunde, los geht's. Party!«

»Genau!«

Mark stand unschlüssig vor dem Tisch, an dem die Runde saß. Alle Stühle waren besetzt. Höchstens auf der Bank wäre noch Platz, wenn sie zusammenrücken würden.

Alle sahen ihn an.

Da war Mascha, das hagere Oilily-Mädchen, die extrem gut in Englisch war, Doc Martens trug und ihre Eltern scheiße fand.

Hanno, der Kunst-LK belegte und immer Schwarz trug und merkwürdige Musik hörte, von der er noch nie etwas gehört hatte.

Micha, der blonde Micha, dessen Vater Zahnarzt war und täglich durch den Stadtwald joggte.

Peter mit dem Porsche, PePe genannt. Seine Eltern ließen sich gerade scheiden, und er hatte deswegen oft schlechte Laune.

Stine, die etwas fülliger war, mit üppigem Busen und weichem Gesichtsausdruck. Die Tierärztin werden wollte und gern süße Cocktails trank und gut fluchen konnte.

Das war sie, die Clique von Fabian.

»Du siehst verändert aus«, stellte Mascha fest.

»Hol dir 'nen Stuhl«, forderte Hanno ihn auf.

»Ihr könntet ja mal ein Stück rücken«, maulte Mascha. »Ihr seid so doof.«

Stine stand auf. »Ich hol dir einen«, sagte sie zu ihm und zu den anderen gewandt. »Seid mal nicht solche Arschis.«

»Schon gut«, sagte Mark. »Einen Stuhl holen habe ich in der DDR gelernt.«

PePe riss die Augen auf und lachte.

»Gut gekontert«, meinte Micha und hob sein Glas in die Höhe. »Gibt's hier mal Nachschub?«, rief er laut in Richtung Tresen.

Mark kam mit einem Stuhl zurück und setzte sich zu der Runde.

»Ihr seid spät dran«, meinte Mascha, sog an ihrer Zigarette und schielte auf die brennende Glut an der Spitze.

»Musste was erledigen«, erklärte Fabian und sah Mark dabei konspirativ an.

Beide lächelten.

»Neue Frise, stimmt's?«, fragte Mascha.

»Jetzt sehe ich es erst! Ihr wart beim Friseur. Zusammen etwa?«, staunte Hanno.

»Nein, nur Mark«, meinte Fabian.

»Ach, wart ihr bei Alfonsoooo«, äffte PePe in gespielt tuckigem Ton.

Die Runde lachte.

»Der heißt Alfredo«, sagte Fabian und deutete auf Marks Haare, in denen das Gel glänzte. Seiten und Nacken waren deutlich kürzer, das Deckhaar war länger und lag in einer geföhnten Tolle.

»Sieht cool aus«, fand Mascha und reckte das Kinn. »Das Gemüse vorher ging ja gar nicht.«

Wieder lachten alle.

Mark grinste, als hätte ihm genau das gefehlt, um in der neuen Welt anzukommen. Ein Kopfschmuck, der ihm Zugang zu dem Stamm ermöglichte. Ihn ebenbürtig machte und seine Herkunft wegrasierte. Er fühlte sich wie ein anderer Mensch, wenn er jetzt in den Spiegel sah. Hallo, Fremder, sagte er. Hallo, Wessi, flüsterte ihm das Spiegelbild zurück. Er war aus dem aufgeheizten Friseurladen hinausgesprungen und hatte die kalte Abendluft im Nacken gespürt. Das war der teuerste Haarschnitt seines Lebens. Sechsunddreißig Mark für eine Frisur. Eine Stunde hatte Alfredo an ihm gewerkelt, »so schöne feste Haare, ein Traum«, hatte der gerufen und die Schere durch die Luft gewirbelt. Zum Schluss bekam er Schaum und Gel reingeknetet und eine Anleitung, damit ihm das selbst gelang. »Keine Sorge, das zahle ich. Will ja, dass du ordentlich aussiehst«, hatte Fabian gesagt und es auf die Rechnung setzen lassen. »Meine Mutter kommt jede Woche hierher.«

»Was ist denn noch neu, Ossi?«, fragte PePe und sah ihn auffordernd an.

»Du sollst ihn nicht so nennen«, schimpfte Mascha.

Mark grinste. »Alles. Mein ganzes Leben ist neu. Nichts ist, wie es vorher war. Selbst die Luft riecht hier anders. Jeder Tag ist bunt und aufregend und grenzenlos. Macht mir aber auch ein bisschen Angst.«

PePe sah ihn einen Moment betroffen an.

»Dafür haste jetzt jeden Tag Bananen«, sagte Micha und ahmte das Schälen nach.

Mark lachte laut, und die besorgten Gesichter von Mascha und Stine entspannten sich. »Ich kann Bananen nicht ausstehen. Und jetzt frage ich euch: Wisst ihr, warum die Banane krumm ist?« Er beugte sich nach vorne.

Die anderen lehnten sich ihm entgegen. Rauch kräuselte sich aus ihren brennenden Zigaretten zur Decke. Sie rissen die Augen erwartungsvoll auf.

Mark genoss die Pause.

»Weil sie einen Umweg um die DDR machen muss«, sagte er und hob eine Augenbraue in die Höhe.

Die Runde wieherte vor Lachen.

»Na, dann werden die Bananen jetzt ja endlich gerade!«, grölte Fabian und klatschte vor Freude in die Hände.

»Wart's ab, du wirst es erleben«, rief Mascha über das Lachen hinweg.

Die Bedienung kam mit einem großen vollen Tablett und stellte neue Getränke auf den Tisch. Biere. Cocktails mit Schirmchen. Sie stellte Mark ein Glas vor die Nase, das wie Cola aussah.

»Aber ich hab gar nichts bestellt«, protestierte er.

Die Bedienung sah ihn erstaunt an.

»Passt schon«, sagte Fabian und schob Mark das Getränk hin. »Ist für dich. 'ne Cuba Libre. Freies Kuba, freie DDR. Willkommen im Westen. Hey Leute, wir haben seit drei Wochen die Deutsche

Einheit, die Runde geht auf mich!«, rief er laut, und die anderen johlten und erhoben ihre Gläser, stießen an, tranken. Steckten sich Zigaretten an. Quatschten durcheinander.

»Was war dein schönster Moment in der DDR?«, fragte Mascha über den Tisch hinweg. Mark öffnete seine Zigarettenschachtel, nahm sich eine raus und legte die Packung neben sein Getränk. Lucky Strike.

Mascha grinste.

»Das war das Bruce-Springsteen-Konzert. Vor zwei Jahren, am 19. Juli auf der Radrennbahn in Weißensee. Das war das Tollste, was ich bis dahin erlebt hatte. Ich habe noch nie so viele Menschen auf einem Haufen gesehen.«

»Springsteen ist in der DDR aufgetreten? Ich dachte immer, Rockmusik sei verboten gewesen«, sagte Hanno verwundert.

»Ne, das stimmt nicht«, erklärte Mark. »Das Konzert ging drei Stunden. Er hat neun Zugaben gegeben. Könnt ihr euch das vorstellen?«

»Wie viele waren denn da?«, fragte Stine und saß ihm mit offenem Mund gegenüber.

»Hundertsechzigtausend.« Stolz lag in seiner Stimme.

»Wie bitte?«, staunte PePe. »Das ist ja unglaublich.«

»Und jetzt Mark, sag mal, was wirst du an der DDR am meisten vermissen?«, fragte Hanno.

Mark dachte einen Moment nach. Sog an seiner Zigarette und blies den Rauch zur Decke, wie er es in dem Film »Nikita« neulich im Kino gesehen hatte. Er fand, dass Mascha mit ihren kurzen Haaren Ähnlichkeit mit der Hauptdarstellerin hatte.

»Nichts«, antwortete er. »Wirklich gar nichts«, schob er hinterher und erhob sein Glas. »Auf den Westen!«, rief er laut und lachte.

KAPITEL 23

»Geld war in der Familie Küster nie ein Thema. Fabian hatte immer Knete in der Tasche«, erklärt Mark.

»Aber in Ihrer Familie war Geld ein Thema«, kontert Otto.

Mark wischt mit der flachen Hand über die Tischplatte.

»Ja, meine Eltern taten sich schwer mit der Konsumgesellschaft, die sie hier vorfanden. Mein Vater hat recht gut verdient bei Ford, und meine Mutter war anfangs zu Hause; sie war Näherin in der DDR gewesen und fand nicht sofort eine Anstellung. Sie fühlte sich fremd, hatte keine Freunde hier und wurde depressiv. Sie hat sich für mich gefreut, dass ich Anschluss fand und fröhlich war. Meine Zensuren waren weiterhin gut. Erst als sie später wieder zu arbeiten anfing, wurde es besser. Sie hat Pralinen verkauft, in der Süßwarenabteilung von Kaufhof. Trug einen weißen Kittel und war zufrieden. Und es gab oft Schokolade.«

»Wussten Sie, dass Fabi mit Drogen gehandelt hat?«

Mark lacht. »Hat Ihnen das Martin Stockmann erzählt?«

»Und wenn?«, erwidert Otto.

»Nein, das ist Quatsch«, sagt Mark. »Es stimmt, dass Fabi gern was genommen hat, aber er war kein Dealer, bei Weitem nicht. Das ist lächerlich. Er hatte immer was auf Lager, und wenn einer was brauchte, hat er eben einem was verkauft. Oder verschenkt, je nachdem. Er war, wie gesagt, großzügig und hilfsbereit. Dem Stockmann hat er mal was verkauft, ich weiß das. Hat es aber mit Puderzucker gestreckt, um ihm eins auszuwischen. Der fand den Stockmann immer affig und sagte, der sei schon mit dem Stock im Arsch zur Welt gekommen. Daher wohl sein Name.«

»Wann haben Sie sich zuletzt gesehen, Fabian und Sie?«

»Das war zwei Tage vor seinem Verschwinden. Am zehnten April. Wir waren miteinander aus, am Samstagabend, zogen durch die Kneipen und Discos, mit ein paar Freunden. Es wurde eine wilde Nacht, und ich kam erst früh am Morgen nach Hause. Ziemlich betrunken. Fabian fand wie immer kein Ende. Wir haben uns am Rudolfplatz verabschiedet, als er dort in ein Taxi stieg.«

Otto richtet sich auf dem Stuhl auf.

»Wohin wollte er?«

»Nach Hause. In sein Bett. Er war jenseits von Gut und Böse.«

»Hat er Ihnen irgendetwas an diesem Abend erzählt, was merkwürdig war, das auf sein Verschwinden hindeuten könnte? Hat er Personen genannt, mit denen er Kontakt hatte? Streit? Ärger? Jede Erinnerung, die Sie haben, kann an der Stelle hilfreich sein.«

Mark fährt sich durch die Haare. »Ich habe nach seinem Verschwinden lange darüber nachgedacht, aber ich konnte nichts finden. Das habe ich auch seinen Eltern gesagt, mit denen ich damals telefonierte. Wir haben gefeiert und getrunken. Waren in Kneipen und tanzen. Aber er war nicht anders, das ist ja das Merkwürdige. Daher glaube ich, dass ihm etwas zugestoßen sein muss. Glauben Sie mir, wenn ihn was beschäftigt hätte, dann wüsste ich das.«

»Hatte er damals eine Freundin?«

»Nein, er flirtete hier und da, und an so einem Abend gab es immer wieder Mädchen, die sich an ihn rangemacht haben, wenn er sie auf ein paar Drinks einlud. Aber die Richtige war nicht dabei gewesen.«

»Und Sie? Hatten Sie eine Freundin? Oder stehen Sie auf Männer?«

Er zeigt mit beiden Händen auf sich. »Was? Nein, ich bin nicht schwul. Fabian war mein bester Freund, wir hatten nichts miteinander. Wenn er das jetzt hören würde, würde er sich totlachen. Das ist ja absurd. Sie denken, ich stand auf Fabi?«

»Wir denken gar nichts, wir fragen einfach nur«, stellt Otto fest und sieht mich von der Seite an. Ich weiß, warum.

»Sie hatten keine Freundin, damals?«

»Nee, ich war ehrlich gesagt zu beschäftigt mit mir. Klar gab's mal ein Geknutsche oder Sex. Aber nix Festes, ich war gerade mal zwanzig, da hat mich das noch nicht interessiert.«

Mich interessiert es bis heute nicht, denke ich mir.

Mark sieht auf die Uhr. »Sorry, wenn ich jetzt unterbreche, ich bin gleich im Fitnessstudio zu meiner Trainerstunde verabredet. Brauchen wir noch länger?«

»Wir haben's gleich«, sagt Otto. »Sie wissen von dem Brief, den Fabian nach seinem Verschwinden geschrieben hat?«

Mark nickt. »Ja. Seine Mutter hatte mich angerufen und gefragt, ob ich wüsste, wo er steckte. Und ein paar Tage später rief sie an und erzählte mir von dem Brief. Da dachte ich mir, jetzt ist der nach Amerika abgehauen, wo er immer hinwollte, der blöde Arsch. Ohne was zu sagen, das war mein erster Gedanke.«

»Sie denken, der Brief ist echt?«

»Ja, klar.« Er sieht mich fragend an.

»Und was war der zweite Gedanke?«

»Warum er sich nicht bei mir gemeldet hat. Es gab nichts, keine Karte, keinen Brief, keinen Anruf. Nichts. Ich glaube nach wie vor, er ist in die USA gereist, und dort ist etwas passiert. Das ist meine Theorie.«

»Die Polizei hat Passagierlisten von Flugzeugen und Schiffen überprüft und nichts gefunden«, sagt Otto. »Wie hätte er das anstellen sollen?«

»Ja, das mag sein. Aber wo ein Wille ist, ist auch ein Weg. Oder?« Mark sieht wieder auf die Uhr. »Ich möchte nicht unhöflich sein, aber ich müsste jetzt los.« Er wird ungeduldig und wippt mit dem Fuß.

»Haben Sie vielen Dank für Ihre Zeit, Herr Swoboda«, sagt Otto und legt seine Visitenkarte auf den Tisch. »Wir melden uns wieder. Und wenn Ihnen was einfällt, rufen Sie uns an.«

Ich strecke ihm die Hand hin, und er nimmt sie.

»Eine letzte Frage: Hatte Fabian eine Videokamera?«, frage ich und lasse seine leicht feuchte Hand nicht los. Er sieht mich perplex an. Aber er zieht sie nicht zurück, sondern sieht mir fest in die Augen.

»Ja, hatte er und ging allen gehörig auf die Nerven damit.« Seine linke Augenbraue springt nach oben. Er leckt sich über die Lippen.

Ich lasse seine Hand wieder los. »Haben Sie Kassetten von damals?«

»Nein, die hatte ich nie, die waren bei Fabi.«

Er wirft mir einen frechen Blick zu. »Aber vielleicht finden Sie ja bei ihm zu Hause welche, Frau Svensson?«

»Danke für den Tipp«, sage ich.

Du weißt genauso gut wie ich, dass dort keine sind.

KAPITEL 24

Samstag, 11. April 1993. 3:40 Uhr nachts

Kaum saß Fabian im Taxi, sah er ihn wieder. Er musste unbemerkt mit ihm eingestiegen sein. Er saß vorne. Auf dem Beifahrersitz.

Fabian hatte den Mann am Abend die ganze Zeit aus dem Augenwinkel beobachtet und ihm immer wieder verstohlene Blicke zugeworfen. Mark und die anderen hatten es zum Glück nicht mitbekommen. Wahrscheinlich hatten sie ihn gar nicht bemerkt. Aber kaum hatten sie ein Lokal verlassen und waren in die nächste Bar gegangen, dauerte es nicht lange, und er war wieder da. Stand ein paar Meter weiter, nuckelte an einem Getränk und beobachtete ihn. Er war größer, mit dunklen Haaren und einem stieren Blick. Er kam nicht näher, und Fabian war froh darüber. Er hätte nicht gewusst, wie er ihn hätte vorstellen sollen. Und er hütete sich davor, die anderen zu fragen, ob sie ihn kannten.

Als er nach der Verabschiedung von Mark in das Taxi eingestiegen war und seinen schweren Kopf an die Rückbank gelehnt hatte, schien sein Hirn wie Wasser in einem schaukelnden Bottich hin und her zu schwappen. Er unterdrückte einen aufsteigenden Brechreiz.

Nein, jetzt nicht, dachte er.

Sein Herz klopfte hart. Schweiß brach ihm aus, und er kurbelte das Fenster ein wenig runter. Der kühle Fahrtwind wehte ihm ins Gesicht, und er versuchte, einen Punkt da draußen zu fixieren. Aber da waren nur Lichter. Rot und Gelb, die am Nachthimmel hingen oder in Augenhöhe vorbeiflirrten und pulsierten. Die Scheinwerfer der entgegenkommenden Autos blendeten ihn. Er kniff die Augen zusammen und sah durch einen schmalen Sehschlitz, während der Taxifahrer vor sich hin plapperte und das Radio Lieder mit einem arabischen Rhythmus dudelte, der sich ständig zu wiederholen schien.

»Das Problem ist das Videoband«, hörte er ihn von vorne sagen, und Fabian zuckte zusammen und hob den Kopf. Er war also immer noch da. Er drehte sich zu ihm nach hinten um und sah ihm direkt in die Augen.

»Ich werde dich begleiten«, verkündete er, und Fabian lief ein kalter Schauer den Nacken hinab.

»Das war nicht abgemacht«, sagte Fabian leise. »So war das nicht besprochen.« Er bemerkte, dass er lallte, seine Zunge fühlte sich groß an, wie ein Fremdkörper in seinem Mund, den er ausspeien oder zerbeißen und runterschlucken sollte. Er begann zu kauen.

Der Fahrer sah ihn im Rückspiegel an, und Fabian blickte schnell weg.

»Das Problem ist das Videoband, du musst es verstecken«, befahl er und sagte etwas zu dem Fahrer, was Fabian nicht verstand.

Was war es? Hatte er das Fahrziel geändert?

Fabian wollte den Mund aufmachen, aber er war voll. Seine Zunge schwoll an, und er kaute weiter angestrengt darauf herum.

»Bald ist es so weit, du wirst schon sehen. Mach dir keinen Kopf, ich bin bei dir und kümmere mich um dich.«

Fabian drehte das Fenster weiter runter, der Fahrtwind wirbelte um ihn herum.

Und dann bemerkte er, dass ihm etwas warm aus dem Mund lief, das nach Eisen schmeckte.

KAPITEL 25

»Nach Amerika und dort unter die Räder gekommen«, sage ich trocken, als wir wieder im Auto sitzen. »Glaubst du das?«

Otto setzt den Blinker und schießt aus der Parkbucht in eine Lücke des fließenden Verkehrs. Hinter uns hupt es. Ich sehe mich um, und der aufgeregte Fahrer in dem Wagen fuchtelt wild.

»Reg dich ab«, knurrt Otto mit dem Blick in den Rückspiegel, dann wendet er sich zu mir. Eine Hand am Steuer, mit der anderen kratzt er seinen Bart.

»Es wäre eine mögliche Theorie. Er könnte mit einem falschen Pass in die USA eingereist und untergetaucht sein. Amerika ist groß. Es würde erklären, weshalb niemand je wieder von ihm erfahren hat. Die USA waren sein Sehnsuchtsland, warum nicht?«

Ich starre auf den stockenden Verkehr vor uns. »Vielleicht hat er die USA verlassen, ist zurück nach Deutschland gekommen, hat in der Zeitung vom Tod des Vaters erfahren und unter falschem Namen den Kranz gesendet.«

Otto sieht mich fragend von der Seite an. »Warum sollte der das tun, nach Deutschland zurückkehren?«

»Heimweh?«

»Und was würde Fabian als Nächstes tun? Versetz dich in ihn hinein.«

»Er würde den Kontakt zur Mutter oder Schwester suchen. Aber mein Bauch sagt mir, dass genau das nicht passieren wird. Ich kann dir nicht sagen, warum.«

Otto hebt beschwichtigend die Hand. »Hör auf deinen Bauch, der weiß häufig bestens Bescheid.« Er klopft auf seine Plauze, die sich im Sitzen deutlich wölbt.

Der Stau vor uns löst sich auf wunderbare Weise auf, und wir nehmen die Auffahrt auf die A 57 Richtung Düsseldorf. Otto zieht auf den Überholstreifen und beschleunigt.

Hat ordentlich Schwung heute, der liebe Otto.

Er tippt mit dem Finger einen nervösen Takt auf dem Lenkrad.

»Wir werden Swoboda bitten, uns eine Liste mit den Namen der Clique zu erstellen. Er soll uns sagen, wer der innere Kreis um Fabian Küster war. Von dort arbeiten wir uns nach außen vor. Ich vermute, der Täter, wenn es denn einen gibt, war in seinem sozialen Umfeld.«

Otto fährt stur links auf der Überholspur und schert sich nicht um die Geschwindigkeitsbegrenzung. Ich drehe das Radio leiser.

»Sag mal, wie war's eigentlich gestern?«, frage ich scheinheilig und wechsle das Thema.

Otto lacht. »Das interessiert dich jetzt.«

»Und ob. Nach der letzten Frau in deinem Privatleben will ich doch gern wissen, wie es um dich steht.«

Mein Ton ist ernst, und Otto bemerkt es sofort.

Der erste Fall um den Fußmörder steckt uns noch in den Gliedern, auch wenn ich körperlich wiederhergestellt bin. Ich sage es mal so, Otto hat sich etwas erlaubt, was keiner vor ihm gewagt hat.

Und das hinter meinem Rücken.

Als vertrauensbildende Maßnahme war seine heimliche Recherche um meine Herkunft ein tiefer Griff ins Klo. Er hat die Wahrheit ans Licht gezerrt, ohne meine Einwilligung. Ich weiß nun, wer meine Mutter war und dass die Dinge anders lagen, als meine Eltern mir über Jahre weisgemacht haben. Einerseits bin ich ihm dankbar dafür, auf der anderen Seite habe ich jetzt was gut bei ihm.

Wir haben uns ausgesprochen und geschworen, miteinander ehrlich zu sein. Unbedingt. Sonst funktioniert das hier nicht.

Er räuspert sich, geht etwas vom Gas und wechselt auf die rechte Spur.

»Du meinst die Nachbarin mit der Katze.«

»Du kannst dir immer noch nicht merken, wie das Tier heißt«, sage ich spöttisch.

»Ja, keine Ahnung, Katze eben. Sie hat mich zum Essen eingeladen.«

»Hat die Frau einen Namen?«

Otto stöhnt. »Ja, Doreen.«

»Doreen? Ausm Osden, nü? So heißen Menschen aus der ehemaligen DDR.«

»Ja, aber sie ist schon zu Zeiten der Mauer in den Westen gekommen. Und sie spricht kein Sächsisch.«

»Okay, ein Abendessen zu zweit?«

Otto rutscht auf seinem Sitz vor und zurück, als würde seine Hose kneifen. Er hasst es, dass ich ihn ausfrage. Da muss er jetzt durch.

»Es war noch ein befreundetes Paar dabei, Brian und Walter.«

»Zwei Jungs?«, sage ich amüsiert.

»Als Jungs gehen die nicht mehr durch, auch wenn sie sich redlich Mühe geben. Die beiden sind Ende fünfzig und kamen frisch aus Tel Aviv. Braun gebrannt und fröhlich erzählten sie von Marktbesuchen, vom Essen und von der Freundlichkeit der Menschen. Vom Schwimmen im Toten Meer und von Jerusalem.«

»Und was sagte Doreen dazu?«

»Nach dem Essen sind die beiden recht schnell gegangen. Sie haben Doreen zugezwinkert, und schon waren sie weg.«

»Merkwürdig, was?«, sage ich amüsiert.

Ottos Blick straft mich.

»Ist gut, erzähl weiter«, fordere ich.

»Doreen hat sie zur Tür gebracht und kam zurück in die Küche. Stand im Türrahmen, schaute mich an, und ich dachte, jetzt kommt: Möchtest du einen Espresso?« Ottos Ohren werden rot.

»Und, wolltest du das?«, frage ich.

»Ja, das hätte ich gut gefunden«, antwortet er und sieht nach vorne auf die Straße. Kein Blick zu mir.

Nachtigall ick hör dir trapsen.

»Was ist dann passiert?«

Otto seufzt. »Sie hat gesagt, ich müsse jetzt gehen.«

Ich stutze. »Echt?«

»Ich bin aufgestanden und habe mich für das Essen bedankt.«

»Wie habt ihr euch denn verabschiedet?«

»Och Lupe, muss ich das auch noch erzählen?«, entrüstet er sich. »Komm schon, das reicht jetzt.«

»Okay. Sorry. Ich bin nur neugierig.«

Ich lehne mich zurück und drücke den Hinterkopf gegen die Stütze.

»Sie mag dich«, stelle ich fest.

»Ach was«, bellt Otto. »Kaum waren die schwulen Anstandswauwaus weg, schmeißt sie mich raus.«

»Sie will es langsam angehen und nichts überstürzen. Wie alt ist sie denn?«

»Sie ist achtundfünfzig. Witwe seit vier Jahren. Ihr Mann ist bei einem Autounfall ums Leben gekommen. Schreckliche Geschichte.«

»Lad Sie doch mal zum Essen ein. In ein nettes Lokal. Nichts Überkandideltes.«

»Wenn du meinst«, sagt er, setzt den Blinker und nimmt die Ausfahrt zum LKA eine Spur zu schnell, sodass es mich in der Kurve gegen den Holm drückt.

Aber ich sag nix.

KAPITEL 26

Wir sind in Sinas Büro. Otto lehnt mit der Schulter am Aktenschrank, ich stehe neben Sina, die am Schreibtisch sitzt und auf den Monitor zeigt. Sina hat das Altaktenarchiv durchforstet und recherchiert, ob es andere Fälle aus der Zeit vor und nach April 1993 gab, als Fabian verschwand. Denn womöglich hat der Täter das nicht zum ersten Mal gemacht.

»Wir suchen nach vergleichbaren Vermisstenfällen«, erklärt Sina. »Grundsätzlich verschwinden täglich Menschen in NRW. Kinder, Jugendliche, junge Erwachsene, mittelalte Menschen, Rentner. Die Hälfte dieser Fälle ist innerhalb einer Woche aufgeklärt, rund achtzig Prozent nach einem Monat und siebenundneunzig Prozent nach einem Jahr. Das bedeutet, dass nur drei Prozent verschwunden bleiben.«

»Schon klar«, sagt Otto mit leicht genervtem Unterton.

»Das war für Lupe, nicht für dich, Otto. Sie soll ja was lernen«, erklärt Sina und sieht ihn streng an.

»Danke dir«, sage ich. »Und zu den drei Prozent gehört unser Fabian.«

»Richtig. Ich habe mir den Zeitraum um das Verschwinden im April 1993 vorgenommen. Wir könnten weiter zurückgehen, aber das Problem ist, dass in der digitalen Datenbank erst die Fälle ab Januar 1993 zu finden sind, der Rest ist im Altaktenarchiv. Das dauert, diese Akten durchzugehen, aber dazu gleich mehr. Wenn ich mir die männlichen Vermissten ansehe, sind da ein paar Rentner und Greise, die krank und verwirrt waren. Ein Teil wurde lebend gefunden und aufgegriffen. Unter den Jüngeren blieben ein paar wenige verschwunden, genau genommen vier. Ein Mann, zweiundzwanzig Jahre alt, der suizidale Absichten hatte und in einer offenen psychiatrischen Einrichtung behandelt wurde und kurz vor der Beendigung der Behandlung verschwand. Ein Abgleich mit der Datenbank der nicht identifizierten Toten ergab bislang keinen Treffer. Dann gibt es den Fall eines Dreiundzwanzigjährigen aus Hagen, der Urlaub in Südspanien machte. Der Rückflug war für den 14. September 1993 geplant, der Vermisste ist aber nie in Düsseldorf angekommen. Seitdem kein Lebenszeichen. Ein anderer, vierundzwanzig Jahre alt aus Herne, schrieb seinen Eltern, er bräuchte eine Auszeit, sein letztes Lebenszeichen war eine Postkarte aus Tanger. Er ist nie wieder aufgetaucht.«

»Eine lange Auszeit«, brummt Otto.

»Vielleicht brauchte Fabian das ebenfalls.«

Neben Sina steht ein großer Handwagen mit Stapeln von grauen Altakten.

»Gehen wir einen Schritt weiter. Das sind die Fälle aus dem Altaktenarchiv, aus den Jahren 1993 und 1992 in NRW, bei denen es um Personen geht, die zwischen sechzehn und fünfundzwanzig Jahre alt sind. Geschlecht: männlich und weiblich. Es sind die Fälle von Vermissten, die entweder nicht gefunden oder später tot aufgefunden wurden.«

Otto stöhnt. »Ich hasse diese Aktendurchforsterei. Das dauert Tage.«

»Och, ich mag's ganz gern«, rutscht es mir heraus.

Sina nickt. »Ich auch!«, ruft sie.

Ottos Augen bekommen einen zufriedenen Glanz. »Na, dann wisst ihr ja, was eure Aufgabe ist«, sagt er und deutet mit einer einladenden Handbewegung auf den Wagen. »Bonne chance.«

»Und was machst du?«, frage ich.

»Ich kümmere mich um die Liste mit den Namen der Freunde aus dem Dunstkreis von Fabian Küster.«

Aus der Teeküche hole ich mir einen großen Becher Kaffee und setze mich mit dem ersten Stapel Akten an meinen Platz, den Fällen aus dem ersten Halbjahr 1992 in Köln. Otto steht am Fenster und gießt seinen Bogenhanf, der den Jahrhundertsommer überlebt hat und kürzlich als einmalige Sonderleistung ein dünnes Düngestäbchen erhielt. Ich freue mich für ihn.

»Wie gehst du vor?«, fragt Otto.

»Ich suche nach Ähnlichkeiten im Verschwinden oder der Tötung«, antworte ich.

Otto nickt. »Mach das. Und wenn dir irgendetwas auffällt, zeig es mir. Sobald ich die Liste der Freunde habe, gebe ich sie dir rüber.«

Die nächsten zwei Stunden verbringe ich in Stillarbeit.

Otto stellt das Telefon leise, und es bimmelt ein paarmal. Ich höre ihn zwar sprechen, aber er ist wie hinter einer Wand aus Watte, so sehr bin ich in die Akten vertieft und tauche ein in die zu kurzen und abrupt endenden Lebensgeschichten von jungen Männern und Frauen. Notizen mache ich mir keine; ich habe die erstaunliche Fähigkeit, Gelesenes schnell zu speichern. Mein Hirn ist ein pulsierendes Whiteboard, und alles, was darauf geschrieben wird, landet im Speicher. Selbst das, was einmal weggewischt wurde. Es ist immer da, abrufbar in dem Rechner in meinem Kopf.

»Und?«, fragt Otto.

Seine Stimme kommt von weit weg, als stünde er am anderen Ende eines tiefen Waldes.

Ich sehe hoch. »Was?«

Ottos Blick schwankt zwischen belustigt und ernst hin und her. »Was sagst du? Ist was in den Akten dabei, Dr. Watson?«

Ich strecke mich, lasse die Halswirbel knacken und nehme einen Schluck von dem mittlerweile kalt gewordenen Kaffee und verziehe den Mund.

»Du bekommst gleich einen frischen«, meint Otto.

»Besser ist das. Ich habe alle möglichen Formen von Verschwinden: angefangen bei gelangweilten Teenagern, die was erleben wollten und abhauten, über Teenager, die ihre Eltern nicht leiden konnten und bei denen es vor ihrem Verschwinden heftig Zoff gab. Oder psychisch Kranke mit Suizidneigung. Und dann jene, die einfach so verschwunden sind, ohne jeglichen Hinweis.« Ich schnippe einmal mit den Fingern. »Zack. Weg. Sie hatten keinen Streit, keine Schulden, keinen Liebeskummer. Nichts. Einer war mit einer Freundin zum Kaffeetrinken verabredet. Er parkte sein Auto in einer Seitenstraße und verschwand. Er ist nie in dem Café aufgetaucht und wie vom Erdboden verschluckt. Ich dachte immer, das sei so eine blöde Floskel. Aber es stimmt.«

Otto kratzt sich an der Stirn. »An manchen Tagen ist dieser Job echt die Hölle. Mein Wunsch ist es immer, die Wahrheit zu erfahren. Das hat mir in meinem Leben einige Kratzer beschert. Aber ich will verstehen, was passiert ist. Egal, wie schlimm es ist.«

»Es gibt nur einen ähnlichen Fall. Ein fünfzehnjähriges Mädchen hat seinen Eltern ebenfalls einen Abschiedsbrief mit dem Computer geschrieben und handschriftlich unterzeichnet. Wie bei Fabian. Aber sie hat sich unter einer Brücke das Leben genommen und wurde gefunden. Ich glaube nach wie vor nicht, dass Fabian suizidale Gedanken hatte.«

Otto sieht auf den ungelesenen Stapel Akten auf meinem Tisch. Ich zähle ihn mit den Fingern durch, es sind zwölf Stück.

Er steht auf. »Ich hol dir jetzt einen frischen Kaffee«, sagt er und streckt den Arm fordernd aus, und ich reiche ihm meine gebrauchte Tasse.

Ich lese weiter. Gähne.

Wenig später kommt Otto zurück und reicht mir den Kaffee.

»Zwei Stück Zucker. Sonst ist er ungenießbar.«

Ich nicke dankbar. Öffne die nächste Akte und beginne zu lesen. Nehme einen Schluck von dem heißen Kaffee.

Moment mal.

Ich behalte den Kaffee noch in meinem Mund.

Setze mich wieder aufrecht hin und recke den Kopf nach vorn.

»Was ist?«, fragt Otto von der anderen Seite des Schreibtisches. Er richtet sich auf seinem Stuhl auf.

Erst jetzt schlucke ich den Kaffee runter.

»Und?«

Ich tippe auf die Akte.

»Ein Mädchen aus Fabians Stufe. Verschwunden im Juli 1992. Nach einer Feier am See.«

KAPITEL 27

Mittwoch, 29. Juli 1992. Abends

Die Dämmerung kam, und das Licht im Orrer Wald wurde fahl. Die Schatten, die die Bäume warfen, verdichteten sich zu einer konturlosen dunklen Masse. Sie hatten nur noch wenige Minuten, dann würde sich die Nacht wie verschüttete Tinte herabsenken und die weitere Suche unmöglich machen.

Seit Stunden durchkämmte die Mannschaft der Polizei das Waldgebiet. Aufgestellt wie die Zinken eines Kamms schritten sie ein Areal ab, so groß wie zehn Fußballfelder. Die Polizisten gingen in Abständen von wenigen Metern nebeneinanderher. Ihre Augen suchten den Waldboden ab. Sie achteten auf jede Unebenheit, jeden Fitzel, der hier nicht hingehörte. Eine Eisverpackung, ein zerknülltes Taschentuch. Eine leere Bierflasche. Jeder noch so kleine Hinweis konnte eine Spur darstellen, auch wenn es meist nur unnützer Unrat war, achtlos weggeworfen. Vom Wind unter vorstehende Wurzeln und in dichtes Gestrüpp weggetrieben.

Und mit jedem Schritt hofften die Polizisten, eine Spur zu finden.

Sie schwitzten in ihren Uniformen, denn selbst im dichten Wald war es warm. Mit langen Stecken stachen sie immer wieder in den

Boden und überprüften mit schnellem Blick, ob etwas daran hängen blieb.

Der Polizist Andreas Schulz bemerkte es als Erster.

Sie schritten durch eine Schneise zwischen den Bäumen, und er sah die Senke, die ein riesiger Baum hinterlassen hatte, der vom Sturm ausgerissen worden war. Darin lagen Laub und halblange Äste. Gestrüpp. Es sah nicht natürlich aus, sondern so, als hätte es jemand so drapiert. Absichtlich aufgehäuft, wie Gartenbesitzer ihr Laub schichten, um es zu verbrennen.

Und dann roch er etwas. Es streifte kurz seine Nase.

Es war der schwache Geruch von Verwesung.

»Hierher«, rief er seinen Kollegen zu und rutschte den kleinen Abhang hinunter. Mit den Schuhen tastete er sich voran, als sei es überfrorener Schnee. Wenn dies ein Fundort war, musste er vorsichtig sein und durfte keine Spuren verwischen. Der Einsatzleiter kam zu ihm und hob mit einem Stock das Gestrüpp an.

Der Geruch wurde stärker.

Er sah die Zehen eines nackten Fußes. Der Nagellack war an den Rändern abgeplatzt. Es war ein oranges Rot, und es leuchtete wie eine Boje, ein Kontrast zu der papierweißen Haut des Fußes.

Als die Kollegen der Spurensicherung und der Rechtsmedizin am Fundort eintrafen, war es bereits so dunkel, wie es nur in einem Wald sein konnte. Nicht mal die Sterne zwischen den Baumkronen reichten bis hierher. Die Truppe schaltete ihre Taschenlampen ein und leuchtete den Weg. Still und routiniert stellten sie grelle Scheinwerfer im Umkreis auf, die die Fundstelle wie Flutlicht ein Stadion ausleuchteten. Dann begannen sie, jede noch so kleine Spur rund um die Leiche aufzulesen und in kleine Plastikbeutel und Röhrchen zu verpacken und zu beschriften. Zigarettenstummel, Taschentuchfetzen, Glasscherben. Anschließend trugen sie

Schicht für Schicht das Laub und Gestrüpp ab. Immer wieder flammte der Blitz des Fotoapparats auf und dokumentierte jeden Schritt, bis sie die Leiche unter den Blättern und Zweigen freigelegt hatten.

Einer der Männer schlug die Hand vors Gesicht.

Es war der fast nackte Körper einer jungen Frau, die rücklings auf dem Waldboden lag. Ihre offenen Augen sahen stumpf in die nächtlichen Baumkronen. Die Tote trug nur noch Fetzen einer verkohlten gelben Bluse am Oberkörper, die blutgetränkt war. Ihre Kehle wirkte wie zerfetzt von groben, wüsten Stichverletzungen. Das viele Blut war getrocknet und fast schwarz geworden. Die Arme lagen sorgfältig seitlich am Körper an, die Finger waren gekrümmt. Die Fingernägel teilweise abgebrochen. Ihr Unterleib war entblößt, übersät von halbrunden Schnittwunden.

Sie sah aus, als sei eine Bestie über sie hergefallen.

Zwei Tage später konnte die Identität der jungen Toten aufgrund der Zahnabdrücke einwandfrei identifiziert werden. Die gefundene Leiche war die vermisste Schülerin Bianca Jäger. Gefunden nur vier Kilometer Luftlinie von dem Ort entfernt, an dem sie zuletzt lebend gesehen worden war.

Dem Escher See.

KAPITEL 28

Wir stehen nebeneinander am Schreibtisch. Otto liest den Bericht der Rechtsmedizin. Sein Finger schiebt sich von Zeile zu Zeile auf den Seiten weiter nach unten. Immer wieder schüttelt er den Kopf.

Wir lesen beide still bis zum Ende, und ich wage es kaum, zu atmen.

Der Mord ist bestialisch und grausam.

Otto blättert die letzte Seite um und lehnt sich auf seinem Bürostuhl zurück.

»Okay Lupe, was denkst du spontan? Was sagt uns der Bericht über den Täter und über den Tathergang?«

Ich setze mich auf die Tischkante und sortiere meine Gedanken.

»Bianca sollte auf jeden Fall sterben, so viel steht für mich fest. Durch die Vergewaltigung, als sie noch lebte, hat er sie gedemütigt und herabgesetzt, sie erniedrigt. Er würgt und schlägt sie, aber einen Menschen erwürgen ist eine langwierige Sache, vor allem wenn das Opfer sich heftig wehrt, wovon bei den abgebrochenen Fingernägeln auszugehen ist. Sie hat ihn dabei womöglich verletzt. Er drückt ihren Kehlkopf ein, und sie wird bewusstlos. Als sie regungslos ist, schleift er sie ein paar Meter weiter zu der Kuhle im Wald. Aber er ist immer noch nicht fertig mit ihr. Mit der Scherbe einer Flasche sticht er ihr mehrfach in den Hals, trifft ihre Halsschlagader, und sie verblutet. Er rammt ihr die Scherbe vierzehn Mal in den Unterleib. Selbst als sie längst tot ist, fügt er ihr weitere schwere Verletzungen zu. Eine Übertötung.«

»Das ist gut zusammengefasst, was macht der Täter dann?«, fragt Otto.

»Er sieht, was er getan hat, und jetzt will er das Opfer beseitigen, deshalb überschüttet er es mit Feuerzeugbenzin und zündet es an. Aber das wenige Benzin brennt nicht lange. Ein absurder Versuch. Er schämt sich für seine Tat, daher deckt er sie mit Zweigen und altem Laub ab. Er bettet sie und will die Leiche vertuschen. Er ist kein ›Schaut her, wie grausam ich bin‹-Täter. Sie sollte einfach sterben.«

Otto macht weiter. »Jochbein und Kiefer sind gebrochen, demnach waren es heftige Schläge.«

»Da steckt viel aufgestaute Wut dahinter«, schlussfolgere ich.

»Was noch?«, fragt Otto.

Ich baumele mit den Füßen vor und zurück. Denke weiter nach.

»Die Vergewaltigung war zufällig, brutal, schnell, übersprunghaft. Eine Affekttat. Ein Zufallsprodukt.«

Otto nickt langsam. »Das wäre eine Möglichkeit und ein anderer Ansatz, als die Ermittlung damals ergeben hat. Die gingen von einem Sexualstraftäter aus, der seine Tat vertuschen will.«

»Warum keine Spermaspuren? Weil er gar keinen Orgasmus hatte?«, frage ich.

»Oder weil er ein Kondom verwendete, wie damals angenommen wurde, damit er keine Spuren hinterlassen konnte.«

Ich runzele die Stirn. »Wer soll denn in der Situation ein Kondom überstreifen?«

Otto zuckt mit den Schultern. »Sie wog vierundfünfzig Kilo, für einen erwachsenen starken Mann wäre es kein Problem, sie körperlich in Schach zu halten. Aber wichtig ist, dass sie gewiss kein zufälliges Opfer war, das ein Sexualtäter nachts von einem Fahrrad runterzerrt. Sie ist bewusst ausgesucht worden. Genau wie Fabian.«

Ich spinne den Gedanken weiter, Otto macht sich handschriftliche Notizen.

»Bedeutet: Die Tat war geplant«, sage ich, und Otto rutscht auf seinem Stuhl auf die vorderste Kante.

»Bedeutet, sie kannten sich. Wir sollten uns genau ansehen, wo Bianca Jäger am Vorabend ihres Verschwindens war. Und vor allem: mit wem?«

KAPITEL 29

Samstag, 18. Juli 1992. Escher See, nachts

Als er mit seinem Wagen um die Ecke bog, erschien sie mit einem Mal im Lichtkegel der Scheinwerfer, und er atmete laut aus.

Endlich.

Er hatte sie gefunden.

Sie bewegte sich ahnungslos in der Helligkeit der Scheinwerfer. Schob ihr Fahrrad neben sich her. Er erkannte sie an ihrem Gang, an den Klamotten und den hochgesteckten Haaren. Rund zwanzig Meter lagen zwischen ihm und ihr. Für einen Moment hatte er schon gedacht, dass sein Plan nicht aufgehen würde. Enttäuschung hatte sich in ihm breitgemacht. Er hatte erst die Hauptstraße geprüft und sie nicht gefunden. Die Strecke führte am Rande eines Waldgebiets entlang. Auf dieser Seitenstraße waren die Abstände zwischen den Laternen lang, und dazwischen waren dunkle Schatten, die wie schwarze Löcher alles verschluckten. Er dachte sich, dass sie müde sein musste und schnell nach Hause wollte. Deswegen nahm sie die Abkürzung.

Dummes Mädchen.

Er hatte sie den ganzen Abend lang beobachtet, wie sie am Lagerfeuer saß, umherging, die wenigen Schritte an das Ufer des Sees ging und sich eine Bierflasche aus der Kiste angelte. Das Wasser abschüttelte. Die Flasche ungelenk an die Lippen setzte und in kleinen Schlucken trank. Sich mit einer Hand eine Haarsträhne aus dem Gesicht wischte.

Da fingen die Bilder in seinem Kopf an. Böse, dunkle Bilder. Fantasien, die sich zu groben Strichzeichnungen formten und immer mehr Gestalt annahmen. Und etwas mit ihm anstellten. Er hatte ihre Gespräche belauscht und festgestellt, dass er ihr Lachen nicht leiden konnte. In ihm keimte dieses Bedürfnis auf, ihr die

Flasche aus der Hand zu schlagen, sie fest zu ohrfeigen. Mehrfach. Links und rechts. Bei dem Gedanken daran knirschte er mit den Zähnen. Die dunkle Wut breitete sich aus und kroch in jede Faser seines Körpers. Flutete sein Hirn. Die Bilder legten einen Schalter in ihm um und ließen ihn fiebrig werden.

Sie ging zügig, mit der rechten Hand am Lenker des Fahrrads, und schob es neben sich her. Hinten hatte sie einen Platten, das erkannte er jetzt. Das Rad schlingerte bei jedem Schritt, den sie tat.

Er nahm den Fuß vom Gas und verringerte die Geschwindigkeit. Drehte das Radio leiser. Sie war noch rund zehn Meter entfernt.

Sie bemerkte es und ging schneller, sah sich aber nicht um. Zog die Schultern hoch, als wollte sie sich verstecken, wegducken vor dem Licht, das auf sie gerichtet war und sie verfolgte.

Er hielt Abstand zu ihr und kostete die Situation aus.

Seine Augen wanderten die Straße entlang, um sich zu vergewissern, dass da niemand war. Aber um diese Zeit war hier keine Menschenseele unterwegs, er hatte Glück, und die Situation war günstig. Sie war wie geschaffen, wie bestellt.

Eine freudige Erregung packte ihn. Er atmete stoßweise durch die Nase aus, während sich sein Nacken anspannte und hart wurde.

Der Abstand zu ihr wurde geringer. Fünf Meter.

Er ließ das Fenster auf der Beifahrerseite herunter, und der Luftstrom wirbelte durch das Auto, sog den Zigarettenrauch aus der Kabine ins Freie.

Als er fast neben ihr war, in Schrittgeschwindigkeit fahrend, ruckte ihr Kopf immer wieder unruhig nach links, aber noch widerstand sie dem Drang, sich umzusehen. Ihr Verstand fauchte ihr zu, sie solle das nicht tun. Nicht hektisch werden.

Aber ihre Neugierde, gepaart mit einer panischen Furcht, war stärker.

Sie blieb abrupt stehen.

Fast trotzig wirkte es, als sei sie genervt und hätte jetzt keine Lust mehr auf das Spiel.

Sie drehte schnell den Kopf und sah zu ihm.

Der Wagen stand. Der Motor wummerte leise.

Er beugte sich im Dunkel dem offenen Beifahrerfenster entgegen, und sie senkte den Kopf, um ins Innere sehen zu können.

Mit einem verstörten Gesichtsausdruck und gerunzelter Stirn.

»Hey, soll ich dich ein Stück mitnehmen«, sagte er und war überrascht, wie freundlich und wohlwollend seine Stimme doch klang. »Das Rad kann in den Kofferraum.«

KAPITEL 30

Ich blättere in der Akte und fasse die Daten mit meinen eigenen Worten laut zusammen. Otto sitzt mir aufmerksam gegenüber.

»Bianca Jäger wurde zuletzt am 18. Juli gesehen, einem Samstagabend, gegen Mitternacht. Aber von vorne: Laut Aussage der Mutter war Bianca schon am frühen Nachmittag zu einer Freundin aufgebrochen, Lena Schreiber, die vier Kilometer entfernt wohnte. Bianca und sie fuhren mit den Rädern hin. Die beiden trafen weitere Mitschüler aus der Abschlussklasse am See, verbrachten dort den Nachmittag. Es war ein heißer Sommertag, sie lagen am See, sonnten sich, badeten, spielten Frisbee, hörten Musik aus ihren Gettoblastern und quatschten. Gegen achtzehn Uhr kamen weitere Klassenkameraden dazu, sie brachten kistenweise Bier, das sie zum Kühlen ins Wasser stellten. Bianca und Lena hatten in einer Kühltasche selbst gemachten Zaziki und Salat mitgebracht. Das Ganze war eine private Sommerparty der Abistufe am Escher See, einem stillgelegten Baggersee im Norden von Köln. Fast dreißig Personen waren laut Bericht dort. Die jungen Leute machten ein Lagerfeuer, brieten Würstchen, feierten ihr Abitur und tanzten. Sie tranken Alkohol. Waren ausgelassen. Als es dunkel wurde, sind ein paar Jungs nackt und unter großem Geschrei der Mädchen schwimmen gegangen. Es gab Gitarrenmusik am Lagerfeuer und knutschende Pärchen, die sich in die Büsche verzogen. Gegen Mitternacht gingen die Ersten nach Hause, unter ihnen war Bianca, die sich mit dem Fahrrad auf den Weg machte. Lena wollte eigentlich mit, wurde aber von Martin aufgehalten, mit dem sie an dem Abend etwas hatte, und blieb. Also fuhr Bianca alleine los. Und verschwand. Keiner hat sie mehr gesehen, bis sie elf Tage später tot und fast nackt im Wald gefunden wurde. Von ihrer Kleidung und ihrem Fahrrad fehlt jegliche Spur. Was zu meiner Theorie passt: Nichts soll übrig bleiben.«

Otto nickt und fährt fort.

»Die Polizei hat an der Schule eine Befragung durchgeführt, aber es gab keinen Hinweis auf einen Täter aus den eigenen Reihen, und die Gespräche wurde schnell beendet. Zudem tippten die Kollegen auf ein Zufallsverbrechen eines Sexualstraftäters. Sie glaubten: Bianca nimmt ihr Fahrrad und fährt nach Hause, in den Westen, Richtung Pulheim, und auf dem Nachhauseweg passiert es. Der Täter schnappt sie sich und, so steht es hier, vergewaltigt sein Opfer, tötet und entsorgt es anschließend im Wald. Das Rad wurde nie gefunden. Auch ihre Kleidung nicht. Die Sache geht an die Presse. Zeugen werden gesucht, aber trotz Presseveröffentlichung gibt es keine heiße Spur zum Täter, der Fall wird vier Monate später geschlossen und gilt als ausermittelt. Ich bezweifle, dass es so war.«

Ich halte das Foto von Bianca hoch.

Sie wirkt mädchenhaft, mit ihren hellbraunen langen Haaren, dem leicht rundlichen Gesicht und dem schüchternen Lächeln. Wäre ich böse, würde ich sagen, sie ist so ein Pferdemädchen, das

Ponyposter in ihrem Zimmer hängen hatte, lieb und engagiert ist, Tiere mag und kein gesteigertes Interesse an Jungs und Sex hat. Angepasst, höflich und bieder. Sie ist weder eine frühreife Lolita noch ein durchtriebener Vamp. Sie ist einfach ein ganz gewöhnliches Mädchen.

Ich blättere in dem Bericht. Suche eine Stelle.

»Wenn wir doch mal annehmen, dass der Täter aus den eigenen Reihen kommt … In ihrer Aussage antwortete Lena auf die Frage, wer denn ein Interesse an Bianca gehabt haben könnte, dass es mehrere Klassenkameraden gab, die ein Auge auf sie geworfen hatten. Unter ihnen war auch unser verschwundener junger Mann: Fabian Küster. Aber von dem wollte sie nichts wissen. Wobei ich vermute, dass sie an keinem Jungen ein großes Interesse hatte. Sie wirkt auf mich eher so, als ob sie auf die große Liebe und den richtigen Typen wartete.«

»Fabian Küster hat ein Alibi für den Abend, er kann es nicht gewesen sein. Er blieb bis zum frühen Morgen auf der Party, das haben Mark und andere aus der Klasse bezeugt. Wobei die Erinnerung ab einer gewissen Uhrzeit und Promillehöhe deutlich getrübt ist«, sagt Otto. »Das sollten wir im Hinterkopf haben. Das Opfer hat sich heftig gewehrt, und somit würde der Täter Kratzspuren am Körper oder sogar im Gesicht haben.«

»Und was ist, wenn der Täter wirklich nicht aus der Clique ist? Vielleicht hat er sich dazugesellt, hat sie den Abend über beobachtet und ist ihr nachgefahren, als sie ging? Was, wenn es genau derselbe war, der später auch Fabian entführt hat? Und er ihn an dem Abend ebenfalls beobachtet hat?«

»Das wäre eine komplett andere Situation«, sagt Otto und zupft nervös an seinem Ohrläppchen.

KAPITEL 31

Otto und ich wollen uns den Fundort von Bianca ansehen. Auch wenn die Tat lange her ist, soll es uns ein Gefühl für den Ort geben, um den Tathergang zu rekonstruieren. Auf dem Weg zu Lena, Biancas Freundin, machen wir einen Abstecher zum Escher See und dem kleinen angrenzenden Wald, in dem Biancas Leiche gefunden wurde.

Der Escher See liegt im Nordwesten von Köln, und eigentlich sind es zwei Seen. Ein Teil ist ein Badesee. Heute gibt es ein Naturfreibad mit einem schicken Beachklub, aber 1992 gab es nur den Freibadabschnitt.

Der zweite Teil grenzt direkt daran und ist ein eingezäunter Anglersee, in dem Amphibien, Wasservögel, Welse und sonstiges Getier kreucht und fleucht.

Es nieselt und ist widerlich kalt. Keine Sau ist hier, außer uns. Otto hat den Mantelkragen hochgeklappt und den Kopf eingezogen. Mir ist eher nach einer heißen Badewanne.

»Ich finde Seen echt gruselig«, sage ich, während wir auf die stille graue Oberfläche des Wassers starren.

»Wieso?«, fragt Otto und scharrt mit den Fußspitzen im feuchten Sand. »Ist doch ein hübscher kleiner Tümpel hier.«

»Ich mag es nicht, in so ein grünes, brackiges Wasser zu steigen und zu wissen, dass unter mir meterlange Fische schwimmen und mich beobachten. Außerdem denke ich immer an Leichen.«

»Das ist ein guter Hinweis, vielen Dank«, sagt Otto und lächelt. Er zückt ein kleines Notizbuch und kritzelt etwas hinein. Ich stelle mich auf die Zehenspitzen, um es lesen zu können.

»Lupe, bitte«, stöhnt Otto.

»Schon gut. Was war denn der gute Hinweis?«

»Wieso macht sich der Täter die Mühe und bringt sie in einen Wald?«

»Weil er dort ungestört ist?«

Otto schaut auf eine Kopie der Akten, sieht hoch und deutet mit dem ausgestreckten Finger darauf. Dann macht er ein paar große Schritte und entfernt sich von mir, tippt auf das Papier und sagt: »Hier muss es gewesen sein. Hier fand die Party statt. Genau hier.« Er zeigt auf den Boden zu seinen Füßen.

Ich stelle mich zu ihm und lasse den Blick schweifen. Der See liegt nicht in einem großen grünen Naturschutzgebiet, wie ich mir das vorgestellt habe, sondern grenzt direkt an ein Wohngebiet. Die Häuser sind so nah, dass ich die Spitzen der Dächer über den Baumwipfeln sehen kann.

»Kann man um den See herumgehen?«, frage ich.

»Ja, zum Hundeausführen reicht's.«

»Wie tief ist der See?«

Ottos Schultern heben sich, während er tief ein- und ausatmet. »Etwa sechzehn Meter.«

»Das ist eine Menge«, rufe ich. »Das ist verdammt tief.«

»O ja, und Platz für viele Welse, Krokodile und Haie.« Er grinst mich fett an.

»Das ist nicht lustig, Otto«, sage ich laut.

»Jetzt mal ernsthaft.«

»Ich bitte darum.«

»Überleg mal. Es ist eine Party, es wird gelacht und gesungen. Das ist eine Geräuschkulisse. Bianca macht sich auf den Weg, radelt in Richtung Süden, denn sie will ja nach Weidenpesch. Die Ermittler gingen davon aus, dass sie auf der Straße aufgegriffen wurde und in die Hände ihres Mörders fiel. Warum fährt der Täter dann wieder in Richtung See und steuert den Wald an, wo er sie tötet? Warum der Weg zurück?«

»Weil es in Weidenpesch keinen Wald gibt? Er will ungestört

sein und seine Tat genießen. Es ist keine Tat im Affekt, sein Modus Operandi ist rational. Kalkuliert.«

Otto sieht mich streng an.

»Fahren wir mal in den Wald«, sagt er.

Die Fundstelle ist nicht leicht zu finden. Der »Orrer Wald« schließt an das sogenannte Haus Orr an. Ein altes Rittergut, das von einem Bankier im Jahr anno Blumenkohl erbaut wurde. Okay, ich hab's nachgelesen. 1838. Das Haus ist ein blockartiger, zweigeschossiger Backsteinbau, der mich an die Herrenhäuser in England erinnert. Nach dem Krieg wurde es noch eine Zeit lang genutzt, dann war es unbewohnt und ist langsam verfallen. Der angrenzende Landschaftspark verwilderte, und der dazugehörige Teich trocknete aus.

Wir parken am Straßenrand, nahe dem verfallenen Gebäude. Lassen es rechts liegen und gehen von dort in den Wald hinein.

»So eine Schande, es gehört renoviert, aber es findet sich niemand, der es wieder instand setzt«, schimpft Otto im Gehen.

Ich blicke mich noch mal um. »Das Haus sieht traurig aus, mit den fehlenden Fenstern. Wie ein alter Mann ohne Zähne.«

Wir spazieren in den Wald hinein, Otto hat eine Kopie der Karte, auf der ein rotes Kreuz eingezeichnet ist. Orientierung bietet der kleine Bach, der hindurchfließt. Wir verlassen die Wege und gehen querfeldein, irren ein wenig umher und stehen schließlich vor einer großen Wand hoch gewachsener Brennnesseln und dichter Bäume.

»Hier müsste es sein. Ist in den letzten zehn Jahren ziemlich zugewachsen. Stell es dir nachts vor.«

»Das ist doch mal ein ungestörter Ort, um jemanden feierlich zu töten«, sage ich lakonisch und drehe mich im Kreis. »Hier würden mich nachts keine zehn Pferde reinbringen.«

»Mich auch nicht«, sagt er nachdenklich. »Wenn Bianca Jäger zu dem Zeitpunkt noch gelebt hat …«

»… hatte sie eine Scheißangst«, vervollständige ich seinen Satz.

Otto bleibt stehen und sieht sich um, als würde die Wahrheit auf dem Waldboden liegen, wie ein verloren gegangenes Stofftaschentuch.

»Dann würde sie versuchen wegzulaufen«, erklärt er. »Sie würde schreien, auch wenn sie keiner hören würde. Bianca würde ihrem Mörder nicht einfach in den stockfinsteren Wald folgen. Niemals. Sie kannte ihn.«

KAPITEL 32

Als wir Lena Schreiber, Biancas ehemals beste Freundin, am späten Nachmittag in ihrer Wohnung in Bonn gegenübersitzen, bricht sie in Tränen aus, kaum dass Otto Biancas Namen erwähnt.

»Tut mir leid«, sagt sie und wischt sich mit ausgestrecktem Zeigefinger verwischte Mascara unter den Augen weg. »Aber ich denke oft an Bianca, sie fehlt mir. Das war damals echt schlimm.«

»Ich kann das gut nachvollziehen«, sage ich mit sanfter Stimme, und Otto räuspert sich neben mir. Ich habe ihm im Vorfeld gesagt, dass wir mit Lena behutsam umgehen müssten, wenn wir etwas Neues erfahren wollen.

Lena ist kleiner als ich, schlank, längeres, seidiges braunes Haar, das sie streng zurückgekämmt trägt. Sie ist noch in ihrem Arbeitsdress, einem grauen Kostüm mit Rock. Sie arbeitet im Ministerium und wirkt auf den ersten Blick tough und durchsetzungsstark, aber als die Sprache auf den Abend am Escher See kommt, bricht die Fassade in Sekunden auf.

Sie trauert immer noch.

»Ich will Sie nicht quälen, aber wir nehmen uns den Fall noch mal vor und würden Sie bitten, mit uns nachzudenken. Womöglich fällt Ihnen nach all den Jahren etwas ein, was uns helfen könnte.«

»Einverstanden«, sagt sie und atmet einmal laut aus.

Otto beginnt, und ich lächele freundlich.

»Hatte Bianca damals einen Freund?«

»Nein«, antwortet Lena, »wir waren beide nicht groß an Jungs interessiert. Ein bisschen die Spätzünder.«

Ich schalte mich ein. »Bianca fand keinen gut? Ich meine, in dem Alter quatscht man doch über die Jungs, die einem gefallen, die süß sind«, sage ich.

»Ja, schon«, antwortet Lena, »aber das war nie was Ernsthaftes, eher so eine Schwärmerei.«

»Wir nehmen auch das nicht so Ernsthafte«, sagt Otto.

»Wen fand sie denn gut?«

Lenas Blick gleitet an uns vorbei an die Wand, sie denkt nach und konzentriert sich. »Da gab es einen Jungen, aus dem Bio-LK, ich glaube, der hieß Oli, den fand sie gut, aber der war unscheinbar, das war so einer mit Brille und langweiligen Cordhosen. Der war eher asexuell, wenn Sie mich fragen, der hat sich eigentlich mit niemandem groß abgegeben. War schon damals ein Nerd. Wurde später Wissenschaftler. Trägt immer noch Cordhosen.«

»Hatten die beiden denn Kontakt?«

»Nein, vielleicht haben sie mal in einer Pause gesprochen oder nach einer Klausur oder so. Den Fabi hat sie getroffen, zwei Mal, meine ich.«

»Fabian Küster wollte etwas von ihr?«, frage ich erstaunt.

»O ja, er hat das auch laut verkündet, auf dem Pausenhof, das war ihr voll unangenehm, der Fabi war ja eh so ein bisschen ein Aufschneider und einer, der gerne rumposaunte, dass er Bianca toll fand. Das war ihr echt peinlich. Er sang einen Song von Pavlov's Dog nach, und statt ›Julia‹ hieß der Song jetzt ›Bianca‹. Bianca, you set the standards for me. Das werde ich nie vergessen, der war richtig verschossen in sie. Die beiden waren gleich groß, vielleicht fand er das angenehm, denn er war ja relativ klein für einen Mann. Jedenfalls ging er mit Bianca aus, und ich habe ihr gut zugeredet, weil ich fand, dass sie jetzt doch mal Erfahrungen machen sollte.«

»Sie war noch Jungfrau?«, frage ich.

Lena zögert einen Moment, dann nickt sie verhalten, als würde sie die tote Freundin nach all den Jahren verraten.

»Ja, sie hatte nichts mit einem Jungen gehabt, außer Knutschen in einer Ecke auf einer Party. Nicht der Rede wert.«

Das bedeutet, die Vergewaltigung war ihr erstes und ihr letztes Mal. Lena scheint meine Gedanken lesen zu können, ich sehe es ihrem Blick an.

»Wie oft haben sich Fabian und Bianca getroffen?«

»Zwei Mal. Beim ersten Mal gingen sie ein Eis essen, und da hat er sie nach einem richtigen Date gefragt. Ein paar Tage später hat er sie zu Hause abgeholt und ausgeführt. Sie war damals sehr aufgeregt, hat stundenlang Klamotten ausprobiert. Sieht das gut aus? Und das? Sie wollte schick sein, aber nicht billig und aufgetakelt. Ich habe ihr beim Schminken geholfen. Sie hat sich sonst kaum geschminkt, bisschen Wimperntusche, weil sie so helle Wimpern hatte, fertig, mehr nicht. Sie sah toll aus, ganz in Schwarz, mit Rock und Bluse. Sie fand, dass sie in Schwarz reifer wirken würde. Wir haben gewitzelt und gesagt, sie sieht aus, als ob sie zu ihrer eigenen Beerdigung gehen würde.«

Lena verzieht das Gesicht, und Tränen kullern ihre Wangen herab. Ich reiche ihr ein Taschentuch aus meinem Parka.

»Die beiden sind ins Kino gegangen, es war eine Spätvorstellung, aber vorher waren sie essen in einer American Sportsbar mit Burger und Fritten. Fabian stand ja auf alles, was Amerikanisch war. Im Kino hat sich Fabian an sie rangemacht, seinen Arm um ihre Schultern gelegt. Seine andere Hand auf ihren Oberschenkel.«

»Und was hat Bianca gemacht? Wie fand sie es?«

Lena lacht kurz auf. »Sie sagte damals, sie sei stocksteif geworden und habe sich überhaupt nicht mehr gerührt, und Fabian wurde unsicher, und weil er nicht wusste, was er tun sollte, ließ er seinen Arm und seine Hand, wo sie waren. Für den Rest des Films. Anschließend hat er sie nach Hause gefahren. Sie können sich die Verabschiedung vorstellen. Unbeholfen. Er hat sie schnell auf den Mund geküsst. Das hat mir Bianca alles brühwarm erzählt, sie rief mich sofort an von ihrem eigenen Anschluss in ihrem Zimmer, und wir haben jede in ihrem Bett gelegen und gequatscht. Fabian hat sie danach in Ruhe gelassen, weil er ja nicht bei ihr landen konnte.«

»Gab es andere, mit denen sie sich getroffen hat? Ältere Männer?«, fragt Otto.

Lena sieht ihn irritiert an. »Wieso?«

Ich beuge mich vor. »Könnte ja sein, dass sie Jungs in ihrem Alter doof fand und lieber ältere Männer mochte, einen, der schon studierte oder so.«

»Ach so. Ne, nicht dass ich wüsste. Sie jobbte damals in einer Tierarztpraxis, bei Dr. Blendermann, und wollte Tierärztin werden. Ich glaube sogar, dass sie das Talent dafür hatte. Oh, und den Tierarzt fand sie toll, von dem hat sie mir oft erzählt. Heute würde ich sagen, der war eine Art Vaterersatz für sie.«

»Wo war denn Biancas Vater?«, will Otto wissen.

»Der hatte sich mit einer jüngeren Frau aus dem Staub gemacht, Bianca wuchs bei ihrer Mutter auf. Die arbeitete in der Pharmabranche im Außendienst und verdiente sehr gut, war aber auch viel unterwegs. Bianca war oft bei mir, wir waren fast wie Geschwister.«

»An diesem Abend am Escher See, wie war das Verhältnis von Fabian und Bianca?«

Lenas Blick verdunkelt sich. Sie schluckt einmal laut.

»Wissen Sie, Bianca hat mich damals gefragt, ob ich mit ihr nach Hause fahren würde. Kurz nach Mitternacht war das, sie sagte, sie sei müde. Aber ich habe an dem Abend mit Martin was am Laufen gehabt und gesagt, ich würde gern noch bleiben, und Bianca hat geantwortet, macht nichts, gab mir einen Kuss auf die Wange und umarmte mich. Sie hatte nicht viel getrunken, ich war betrunkener als sie. Die Jungs hatten Korea gemischt, Cola mit Rotwein, widerliches Zeug.«

»Ich kenn's als Kalte Muschi«, sage ich.

Wir lachen beide, dann werden wir wieder ernst.

»Wie ging's weiter?«, frage ich.

»Wir verabschiedeten uns, und Martin stand neben mir und küsste mich auf den Hals, wir sind dann zurück ans Lagerfeuer gegangen, und das war's. Den Rest kennen Sie.«

»Wo war Fabian?«

»Zu dem Zeitpunkt? Als Bianca ging? Keine Ahnung. Ich denke, der saß am Lagerfeuer und hat Joints gedreht, wie meistens auf den Partys, und mit seiner Kamera gefilmt. Er hatte Bianca immer wieder beobachtet an dem Abend, von Weitem, das fiel uns auf. Ich habe ihr ins Ohr geflüstert, ›er beobachtet dich‹, und dann haben wir beide gelacht. Fabi hat alle gefilmt, immer wieder, das nervte manchmal echt. Er spuckte große Töne und sprach davon, dass er Regisseur werden wollte und nach Amerika gehen und Filme drehen.«

»Haben Sie ihm das geglaubt?«

»Ja, schon, Fabian war der Typ, der redete, aber auch was auf die Kette brachte. Nach dem Abitur schien er aber in eine Art Loch zu fallen, denke ich, weil plötzlich alle weg waren. Der Freundeskreis von der Schule brach auseinander. Und dann verschwand er.«

»Was war Ihr erster Gedanke?«

»Ich dachte, der hockt jetzt in Amerika und dreht Filme, und eines Tages steht er in der Zeitung.«

»Waren bei dieser Party am See auch Personen dabei, die nicht zur Stufe gehörten?«

Lena kräuselt die Stirn. »Klar, irgendeiner hat Kumpels mitgebracht, die auf einer anderen Schule waren und so. Das war eine bunte Mischung. Ich habe ehrlich gesagt im Dunkeln den Überblick verloren. Da war Musik, viel Alkohol, und ich hatte Martin im Schlepptau. In meiner Erinnerung verschwimmt das alles in einer nebligen Brühe.«

»Schon okay. Sie sollten sich keine Vorwürfe machen, Sie haben das getan, was junge Menschen auf solchen Festen tun, das war ganz normal.«

Sie legt den Kopf schief, ihr Blick ist empört und wütend zugleich.

»Aber wenn ich mit ihr nach Hause gefahren wäre, würde sie noch leben«, sagt sie, bekommt feuchte Augen.

Otto und ich sehen sie aufmerksam an.

»Ich glaube nicht, dass Sie Biancas Tod hätten verhindern können«, sagt Otto in ruhigem Tonfall.

Lena stockt. Sie lässt das Taschentuch sinken. Schnieft.

»Was sagen Sie da?«

»Wir könnten uns vorstellen, dass Bianca kein zufälliges Opfer war, wie es die Polizei damals dargestellt hat, sondern der Täter es auf sie abgesehen hatte. Der Abend am See war nur eine Gelegenheit.«

Ich hätte nicht gedacht, dass Otto mit dieser These direkt rausrückt, ohne dass wir sie im Team besprochen haben. Aber Otto fährt ungerührt fort.

»Deswegen wollen wir wissen: Gab es jemanden, der Bianca nicht mochte, dem sie etwas getan hatte, den sie verärgert hatte? Abgewiesen? Mit dem sie zerstritten war? Wer könnte das gewesen sein?«

Lena sieht müde aus. Traurig. Die Erinnerungen an die Freundin machen ihr zu schaffen.

»Nein, Bianca war ein unauffälliger, lieber Mensch, der gern lachte. Sie wollte nicht im Mittelpunkt stehen, war herzensgut, und ich kenne niemanden, der sie nicht leiden konnte, verärgert war oder ihr Böses wollte«, sagt sie, und ihre Stimme bricht.

Lena wendet ihr Gesicht von uns ab und sieht aus dem Fenster, ihr Unterkiefer zittert, Tränen laufen ihre Wangen herab und sammeln sich am Kinn, wo Lena sie mit dem Handrücken wegwischt.

Es wird Zeit für uns zu gehen.

»Es tut uns leid, dass wir Sie so aufgewühlt haben, vielen Dank für Ihre Zeit. Wenn Ihnen etwas einfällt, melden Sie sich gern bei uns.«

Lena nickt stumm und nimmt mir die Visitenkarte aus der ausgestreckten Hand.

KAPITEL 33

Samstag, 18. Juli 1992. Escher See, nachts

Die Bremse von Biancas Fahrrad quietschte schrill. Das Hinterrad hob sich abrupt in die Höhe wie ein Pferd, das bockte, und ihr Oberkörper schnellte nach vorne.

»Mann, Fabi!«, schimpfte sie, sprang von den Pedalen und landete mit beiden Füßen sicher auf dem Waldboden. Die Hände immer noch am Lenker.

Fabian hob abwehrend die Arme hoch und trat einen Schritt auf sie zu.

»Hey, entspann dich, ich wollte dich nicht erschrecken. Sorry. Tut mir leid.«

»Hast du aber«, maulte sie. »Was machst du hier? Bist du mir nachgelaufen?«

Sie standen am Rande des kurzen Waldstücks, das bis zum See reichte, wo die ersten Laternen begannen. Bianca hatte sich soeben von Lena verabschiedet und war losgefahren. Und dann war plötzlich Fabian in dem kleinen Lichtkegel vor ihr gestanden.

»Ehrlich gesagt, ja«, sagte er betont lässig und hielt ihr eine halb leere Flasche Wodka entgehen. »Möchtest du einen Abschiedsschluck mit mir trinken?«

»Nein, ich mag nichts mehr.«

»Ich dachte, wir könnten noch mal Zeit miteinander verbringen, aber du stehst ja eher auf große, dunkelhaarige Typen, wie ich sehe.«

»Was? Wer hat dir das erzählt? Was willst du von mir?«

»Habe ich doch gesagt.«

»Du bist ja betrunken.«

Er ging einen weiteren Schritt auf sie zu und berührte mit seinem ausgestreckten Zeigefinger ihren nackten Oberarm.

»Ist dir kalt? Soll ich dich wärmen?«, bot er an und stellte sich neben das Fahrrad, lehnte mit einem Ellbogen auf ihrem Sattel.

Bianca seufzte. »O Gott, Fabian. Wir waren doch nur zwei Mal aus. Hör mal, du bist ein netter Kerl …«

»Bin ich? Echt?« Er strahlte über beide Ohren, setzte die Flasche an und nahm einen Schluck. »Das ist doch gut. Aber, was ist es dann?«, fragte er, und sie konnte den scharfen Alkohol in seinem Atem riechen.

»Aber, ich …« Sie rang nach Worten. »Ich will jetzt los«, sagte Bianca. »Wir besprechen das, wenn du wieder nüchtern bis, in Ordnung? Aber nicht jetzt. Ich bin müde, und du bist betrunken, und keine Ahnung, was du sonst noch genommen hast.«

Er ließ die Arme sinken.

»Wenn du meinst«, sagte er. »Bekomme ich einen Kuss?«

»Was?«

»Nur einen. Einen echten Kuss.«

Sie sah ihm in die Augen und erkannte, dass dies kein Spiel war, es meinte es ernst. Seine Unterlippe zitterte leicht, und er sah sie mit großen, fast kindlichen Augen an, die danach schrien, geliebt zu werden.

»Bleib noch ein bisschen«, flüsterte er, als würde es den Worten weniger Gewicht geben und ihr die Entscheidung leichter machen.

So wog den Kopf hin und her.

Er fand, dass sie unendlich hübsch aussah, selbst in dem fahlen Licht der Laterne, in dem ihr Gesicht leuchtete wie ein Stern.

Bianca legte ihre Hand auf seine Wange. Als sie ihn berührte, zuckte er kurz zusammen, und sie nahm erschrocken die Hand wieder weg.

»Das geht nicht, Fabian. Heute nicht.«

»Ein anderes Mal? Wenn ich wieder nüchtern bin?«, bettelte er.

Im Gebüsch hinter ihnen raschelte es, und dann trat jemand aus dem Dunkel.

»Hey, was macht ihr hier? Störe ich?«

Es war das Mädchen, das Jan mitgebracht hatte, Ramona.

»Was machst du hier?«, fragte Fabian und sah sie erstaunt an.

»Ich suche dich«, sagte sie. »Ein Vöglein hat mir geflüstert, dass du was dabeihast. Für ein bisschen Spaß. Und ich wäre nicht abgeneigt.«

Sie schob ihre Hüfte vor und stemmte eine Hand in die Seite, reckte das Kinn, drückte ihre Brust heraus und grinste ihn an.

»Ich bin weg«, sagte Bianca, schwang sich auf das Fahrrad, stellte sich aufrecht auf die Pedale und fuhr los.

»Warte doch«, rief Fabian ihr hinterher.

Aber sie sah sich nicht um und hob nur die Hand, ein knappes Winken.

»Komm, lass sie. Die ist nichts für dich«, sagte Ramona.

Sie stand vor ihm und deutete auf die Flasche in seinen Händen.

»Krieg ich ’nen Schluck?«

KAPITEL 34

»Die Party am See? Oh, das ist echt lange her«, sagt Mark Swoboda.

Er war erstaunt, als wir ihn anriefen und um etwas zusätzliche Zeit baten.

Jetzt ist es kurz vor halb sieben. Die letzte Amtshandlung für heute.

Otto und ich sitzen wieder am Tisch. Mittlerweile ist aufgeräumt und geputzt worden und ein kleiner, schneller Blick aus dem Augenwinkel in die Küche zeigt mir, dass der Abwasch gemacht wurde.

»Gab es denn auf dem Fest ein Mädchen, auf das Sie ein Auge geworfen hatten. Wo Sie sich Hoffnungen machten?«, frage ich.

»Nein, ich hatte damals keine Freundin oder eine, mit der ich rumgemacht habe.«

»Erzählen Sie mir von der Feier, wie lange sind Sie geblieben?«

»Das war ein Fest, das in einem kleineren Kreis geplant war, aber wie das manchmal so ist, der eine lädt andere Freunde ein, und plötzlich waren es viele Leute. Ich habe an dem Abend einiges getrunken und mal am Joint gezogen. Gegen vier Uhr morgens bin ich aufgebrochen.«

»Wie sind Sie nach Hause gekommen?«

»Ehrlich gesagt, zu Fuß. Ich bin ein ganzes Stück gelaufen, bis ich zur Bushaltestelle kam und einen der ersten Busse genommen habe. Viele hatten Schlafsäcke dabei und haben dort gepennt, aber ich wollte in meinem Bett schlafen. Weil ich so betrunken war, habe ich mein Auto stehen lassen und hab's erst am späten Nachmittag abgeholt. Das war besser so.«

»Wo war Fabian, als Sie gingen?«

»Oh, der war noch da. Er war echt feierwütig, der hatte so Energie für zwei.«

»Hat Fabian an dem Abend mit einem Mädchen Kontakt gehabt?«

Mark sieht mich mit einem strengen Blick an. »Sie wollen eigentlich fragen, was mit Bianca und ihm war, richtig?«

Otto legt den Kopf schief. »Wie Sie wollen.«

»Fabian stand auf Bianca, er fand sie toll, und ich glaube, es hatte damit zu tun, dass sie sich nicht von seinem Geld und seinen Sprüchen beeindrucken ließ, wie andere Mädchen. Das hat ihn gereizt. Aber Fabian war im Grund ein gutmütiger Mensch, der keiner Fliege etwa zuleide tun konnte. Er hätte sie niemals so kaltblütig umbringen können. An dem Abend hat er mit einem Mädchen rumgemacht, das jemand mitgebracht hatte, die hieß Ramona, glaube ich.«

»Ramona. Wie fanden Sie das, dass Ihr bester Kumpel mit einer rummacht?«

»Na, prima, dazu sind doch solche Feste da, oder?«

»Gab es auf der Feier jemanden, der da nicht hingehörte. Ist Ihnen eine Person aufgefallen, die sich anders verhalten hat. Fremd wirkte? Vor allem in Verbindung mit Fabian?«

Für einen Moment herrscht Stille.

Mark senkt den Blick und starrt auf die Tischplatte. Denkt nach. Seine Augenbrauen schieben sich zusammen.

Ich höre die Wanduhr in der Küche ticken.

Otto räuspert sich. »Lassen Sie sich Zeit. Kein Stress.«

Mark hebt die Hand. »Jetzt, wo sie das sagen, fällt mir wieder was ein.« Er reißt die Augen auf. »Da war ein Typ, etwas älter als wir, und es stimmt, der passte nicht rein. Fabian meinte, der beobachtet uns.« Er wippt mit seinem Bein. »Fabi hat ihn sogar gefilmt.«

»Können Sie den Mann beschreiben?«, frage ich.

Mark fährt sich mit der Hand über den Mund. »Das ist lange her, und es war recht dunkel, aber der stand am Lagerfeuer. Ich würde sagen: Er war etwa so groß wie ich, eins achtzig, vielleicht ein bisschen größer. Dunkle Haare. Länger. Es war keine Frisur, es waren nur Haare, wenn Sie wissen, was ich meine. Ein eher schmales Gesicht, aber mit breiten Schultern. Der tauchte auf, und ich weiß noch, dass mich jemand fragte, wer das denn sei, und ich sagte, keine Ahnung, zu wem der gehört. Er lief um das Lagerfeuer herum. Er trug eine Jeansjacke. Meine Güte, ja.«

Er sieht hoch, sein Blick ist erstaunt über seine eigene Erinnerung.

Ich ziehe meine Jacke aus.

»Wie alt war er? Denken Sie in Ruhe darüber nach. Wir haben alle Zeit der Welt.«

KAPITEL 35

»Wo soll ich dich absetzen?«, fragt Otto, als wir mit der Befragung von Mark Swoboda fertig sind und wieder in seinem Auto sitzen.

Morgen früh kommt Mark ins Kölner Präsidium, und wir erstellen ein Phantombild von dem Mann, der am Escher See rumgeschlichen ist. Aber für heute ist Schluss.

Ich sehe aus dem Fenster und denke nach. Bis eben habe ich keinen einzigen Gedanken an meinen Feierabend verschwendet. Raffa ist weg, also kann ich selbst bestimmen, was ich mache. Ich könnte ins Fitnessstudio gehen, aufn Stepper oder aufs Laufband. Da war ich aber vorgestern, und ich finde, ich muss es jetzt nicht übertreiben. Oder mit einem Glas Wein, dunkler Schokolade und einem Buch im Bett liegen. Weiß aber gerade nicht, welches Buch ich lesen soll. Putzen wäre auch 'ne Möglichkeit, das macht den Kopf frei. Vor allem mit der Zahnbürste die Fugen in der Duschkabine sauber schrubben. Ne, dazu habe ich jetzt keinen Bock. DVDs schauen wäre 'ne Option. Eine Staffel *Friends*. Oder *Ally McBeal*. I love Ally, aber die kenne ich schon. Hunger habe ich keinen, denn das Kartoffelgratin vom Mittag liegt mir immer noch im Magen.

»Herrje, so schwer war die Frage doch nicht«, unterbricht Otto leicht genervt meine Gedanken. »Wir gehen jetzt was trinken, danach setze ich dich zu Hause ab.«

Wir sitzen nebeneinander in einer gemütlichen Eckkneipe am abgewetzten Tresen, jeder einen Bierdeckel vor sich, auf dem schon jeweils drei blaue Kulistriche sind. Im Hintergrund läuft eine alte Platte der Bläck Fööss. Otto hebt mir sein Kölschglas entgegen, und ich schlage mit meinem lässig unten an.

Klack, klack.

Wir nicken uns zu und trinken. Kölsche Gemütlichkeit.

»Wie war das Gespräch mit Raffa?«, fragt er, setzt das Glas ab und wischt sich den Mund mit dem Handrücken ab.

»Er hat mit mir Schluss gemacht, als ich mit ihm Schluss gemacht habe. Das geht doch nicht. Später habe ich ihm ein paar Nachrichten gesendet, aber da war ich nicht mehr ganz nüchtern. Na ja.«

Ich knibbele mit dem Fingernagel an dem Bierfilz herum.

»Und?«

»Bislang kam nichts zurück«, antworte ich und drehe das Glas auf dem Bierfilz im Kreis.

»Du magst ihn womöglich mehr, als du dachtest.«

»Quatsch. Ich war nur an ihn gewöhnt, mehr nicht.«

»Das ist das Gleiche«, sagt Otto und schnaubt einmal.

»Wenn du meinst. Aber jetzt ist eben so. Und gibt's was Neues von deiner Nachbarin?«

Otto richtet sich neben mir auf dem Hocker auf und streckt sich.

»Nichts«, sagt er und ächzt. »Bevor ich meine Wohnung verlasse, schaue ich durch den Spion, ob sie nicht zufällig im Hausflur steht.«

Ich sehe Otto von der Seite an und lege den Kopf schief. Er starrt weiter auf den abgewetzten Holztresen. Jetzt bemerkt er, dass ich ihn ansehe, und wendet sich mir zu.

»Was denn?«, fragt er erstaunt.

»Otto, echt jetzt? Das ist voll kindisch, du bist sechzig Jahre alt.«

»Na und?«

»Du bist erwachsen und erfahren. Du weißt doch, wie es läuft, oder nicht?«, sage ich und trinke einen großen Schluck.

»Eben«, sagt er. »Genau deswegen.«

Otto setzt das Glas an seine Lippen und trinkt es in einem Rutsch aus. Schaumreste kleben an seinem Oberlippenbart. Diesmal wischt er sie nicht weg.

Ich will ihn schütteln und sagen, probier's doch einfach mal. Klingel bei ihr. Frag sie, ob sie Zeit hat. Aber ich beiß mir auf die Zunge, denn ich merke, in dem Punkt klemmt er fest. Das geht nicht für ihn.

Lonely Wolf.

Was mich angeht, ich habe ein Ziehen im Unterleib, das ich gut kenne. Unter der Theke tippe ich heimlich eine SMS an Raffa.

Bock vorbeizukommen?

Die Wirtin mit den blondierten Haaren und den schwarz lackierten Fingernägeln stellt uns kommentarlos zwei neue Kölsch hin und räumt die leeren Gläser ab, an deren Rändern Schaum klebt.

Mein Handy piept. Eine SMS von Raffa.

Ein einziges Wort.

Nö.

So ein Penner.

Otto hält mir sein volles Kölschglas entgegen. »Stoßen wir jetzt an oder nicht? Wem schreibst du denn da?«

»Kennst du nicht. Moment bitte«, sage ich zu der Bedienung, die bereits auf dem Absatz kehrtgemacht hat. »Ich brauche jetzt 'ne Frikadelle, mit viel Senf«, sage ich zu ihr.

»Aber du bist Vegetarierin«, protestiert Otto.

»Scheiß drauf«, entgegne ich.

TAG DREI

Mittwoch, 8. Oktober 2003

KAPITEL 36

Hallo, Schönheit«, begrüßt mich Erkan, als ich um Punkt neun Uhr mit Mark Swoboda aus dem Aufzug im Kölner Präsidium trete. Im dritten Stock. Ich habe schlecht geschlafen und könnte ihm direkt eine knallen. Erkan steht breitbeinig da, in Hemd und Anzug, grinst und fährt sich durch die Haare. In seinem früheren Leben war er bestimmt Türsteher einer Edeldisco. Isch wette ey.

Ich seufze laut.

»Hallo, Erkan, wie geht's dir?«, grüße ich zurück und gehe an ihm vorbei.

Für einen Moment ist er tatsächlich verunsichert.

Erkan Meyer steht auf mich. Seit wir uns an meinem ersten Praktikantentag unter heißer Augustsonne an einem Leichenfundort gesehen haben. Seitdem haben wir ein paar Begegnungen gehabt. Fast rein beruflicher Natur. Okay, einmal im Schwimmbad; ich weiß daher, wie er in Badehose aussieht. Nicht übel. Und ich habe in einem schwachen Moment zugesagt, dass wir mal miteinander ins Kino gehen, einen Horrorfilm ansehen. Nicht mehr und nicht weniger. Außerdem geht er nach wie vor davon aus, dass ich einen festen Freund habe. Und das ist gut so.

In dem Glauben will ich ihn lassen.

Ich zeige auf Mark. »Das ist Mark Swoboda wegen des Phantombilds von dem Unbekannten am Escher See.«

Erkan begrüßt ihn wie einen Zechkumpan. Das ist seine Masche, und die meisten fallen darauf rein. Er gibt ihm lässig die Hand.

»Ich bin Erkan Meyer. Mordkommission. Gut, dass Sie da sind. Bitte kommen Sie mit.«

Er zwinkert mir zu und geht voraus, zieht eine Parfümfahne hinter sich her. Amber und Patschuli. Seine Bewegungen sind weit ausholend, raumgreifend, als wolle er mir ein glänzendes Cabriolet verkaufen, das ich gar nicht brauche. Aus irgendeinem Grund bekomme ich diese Autoverkäuferanalogie bei Erkan nicht mehr aus dem Kopf. Was eigentlich ungerecht ist.

Wir betreten einen leicht abgedunkelten Raum bei der Kriminaltechnik. Zwei Pflanzen auf der Fensterbank (keine Ahnung, sie sind grün), an der Wand ein Poster einer Kunstausstellung aus dem Museum Ludwig. Die Wände sind in einem gruseligen Beamten-Ocker getüncht.

Ein älterer Kollege mit rundlichem Gesicht und rötlich lichtem Haar stellt sich als Werner Gussge vor. Er hat diese kluge Ärzteaura, diese »Alles wird gut, vertrauen Sie mir«-Ausstrahlung. Werner bittet Mark, vor den zwei großen Monitoren an dem Schreibtisch Platz zu nehmen.

»Vielen Dank«, sagt Werner zu Erkan, »ich melde mich, wenn wir ein Ergebnis haben«, fügt er hinzu, und mit einem kaum merklichen Kopfnicken deutet er zur offen stehenden Tür.

Bedeutet: Macht euch vom Acker.

»Ich würde gern dabeibleiben, wenn das nichts ausmacht«, sage ich.

»Sie ist Praktikantin bei Otto in der OFA«, erklärt Erkan und lächelt mich an.

Werner wechselt einen Blick mit Mark, der nur mit den Schultern zuckt.

»Von mir aus«, meint er.

»Bis später, Erkan.«

Werner winkt, und Erkan grinst breit, zwinkert und schließt die Tür. Öffnet sie wieder. Streckt den Kopf rein. »Aber du meldest dich, Lupe, ja?«

»Geh jetzt«, knurre ich streng, und er schließt lachend die Tür.

»Bitte fangen Sie an, ich bin ganz still.«

Ich rücke meinen Stuhl von den beiden weg an die Wand, schlage die Beine übereinander und schaue stumm zu, wie Werner unserem Zeugen sein Computerprogramm mit den fast viertausend Bildchen von Nasen, Augen, Bärten, Augenbrauen und so weiter demonstriert. Mark ist Feuer und Flamme, er rückt mit dem Stuhl näher und folgt interessiert den Erklärungen von Werner. Dann beginnen die beiden mit ihrer Arbeit und scrollen sich durch Hauttöne, Nasen- und Stirnvariationen. Augenpaare. Augenabstände. Und durch viele Haare, Haaransätze und Frisuren.

Fast eine Stunde später haben wir ein Foto, ein Phantombild des Mannes, der an dem Abend am Escher See herumgelaufen sein soll.

Werner druckt es einmal aus und legt es uns hin.

»Sie entschuldigen mich kurz«, sagt er, »ich lasse Sie einen Moment mit dem Ergebnis allein.«

Die Tür fällt mit einem Klicken ins Schloss.

»Darf ich es mal sehen?«

Mark schaut hoch. Ich habe ihn bei einem Gedanken gestört. Er schiebt mir den Ausdruck auf dem Tisch rüber.

Ich betrachte das Bild.

»Sie sind also Praktikantin hier«, beginnt er.

Der Mann auf dem Phantombild sieht sympathisch aus. Er hat ein eher längliches Gesicht, eine hohe Stirn und eng beieinanderstehende Augen. Einen vollen Mund. Die dunklen Haare sind länger und strähnig, als würde er sie rauswachsen lassen.

»Ja, stört Sie das?« Ich grinse ihn an.

»Nicht im Geringsten«, erwidert er. »Das finde ich sogar spannend. Was sind Sie von Beruf? Sie sind doch nicht älter als ich, oder?«

Er lächelt und entblößt eine akkurate Zahnreihe.

Ich stelle gerade fest, dass ich Mark bislang nie lachen gesehen habe.

Na ja, gab auch wenige Anlass dazu.

»Ich bin zwar Psychotherapeutin, aber ich sage es direkt: Ich will Sie nicht analysieren.«

»Schade.« Er lacht, kratzt sich am Hals. Er ist unsicher und will mit mir flirten. Seine Augen tasten beinahe unauffällig meinen Körper ab, er checkt Oberweite und Hüfte. Dann sieht er schnell wieder weg.

Ich tippe auf das ausgedruckte Foto vor mir.

»Ist er das? Der Mann vom See?«

Mark sieht mich aufmerksam an.

Ich kann sehen, wie sich seine Nasenlöcher aufblähen, und hören, wie der Atem ausströmt.

»Ja«, sagt er mit fester Stimme. »Das ist er.«

KAPITEL 37

Um elf Uhr ist Teambesprechung im LKA. Der weiße Lamellenvorhang lässt das Licht in länglichen, parallelen Streifen auf Boden und Tisch fallen. Neben dem Konferenztisch stehen drei Whiteboards. Eins ist für Bianca reserviert und zeigt Fotos von ihr auf einer Schulfeier und das Pressefoto sowie die Aufnahmen der Rechtsmediziner von der Obduktion und dem Leichenfundort. Das zweite Board ist für Fabian mit Bildern zur Abizeit und älteren Aufnahmen aus dem Fotoalbum seiner Mutter. Außerdem hängen dort sein Abschiedsbrief, ein Foto von Mark und die Liste der

Freunde aus der Clique. Daneben haben wir den Namen »Ramona« geschrieben und mit einem Fragezeichen versehen.

An der dritten Wand hängt nur das Phantombild des Unbekannten.

Otto berichtet von der Befragung von Mark und Lena und unserer Theorie, dass es womöglich einen Täter gab, der für beide Taten infrage käme.

Die Runde hört aufmerksam zu, und als wir fertig sind, ergreift Krawatte das Wort.

»Was sagen die anderen?«, fragt er.

»Ich würde dem Ansatz folgen, es klingt plausibel«, sagt Sina.

»Deine Theorie?« Er zeigt auf den Kollegen Vogelkopf.

»Es ist nicht abwegig, aber wir bräuchten mehr Infos über den Unbekannten.« Er zeigt auf das Phantombild. »Und ob er woanders aufgetaucht ist«, erwidert Vogelkopf.

Otto bläht die Backen auf. »Wir haben zwar eine Liste des Freundeskreises um Fabian, aber uns fehlt die Zeit, alle zu befragen.«

»Und die Mittel«, fügt Krawatte hinzu und hebt dabei den Finger. »Also gut, wen suchen wir? Lasst uns ein erstes Täterprofil erstellen.«

Alle schauen mich erwartungsvoll an.

Krawatte nickt mir zu.

»Der Täter ist wütend«, beginne ich. »Er ist neidisch auf besser situierte Menschen, beobachtet seine Opfer, spioniert sie aus, checkt sie ab. Denn sie müssen in sein Muster passen und nach seinem Geschmack sein.«

»Er ist aus dem sozialen Umfeld«, wirft Otto ein.

Ich fahre fort. »Der Täter macht keinen Unterschied im Geschlecht, darum geht's ihm nicht. Er tötet rücksichtslos und ist kein Sexualstraftäter. Er begehrt seine Opfer nicht.«

»Warum nicht?«

»Die Vergewaltigung ist nicht sein Hauptinteresse. Er will demütigen und quälen. Seine Überlegenheit ausspielen bei seinem Opfer. Fabian passt für mich in dieses Opferschema: Er ist nicht groß und wirkt nicht stark. Er spielte zwar Tennis, aber das war nur Fassade. Beide sind unsicher. Fabian kompensiert seine Schwächen durch sein Auftreten, durch seinen Humor. Und beide sind von zu Hause gut versorgt und haben scheinbar keinen Mangel.«

»Mit dem Unterschied, dass Fabians Leiche bislang nicht aufgetaucht ist«, sagt Krawatte.

»Womöglich nie auftauchen wird«, wirft Sina ein. »Denn er ist noch am Leben. Ich erinnere an der Stelle an den Grabkranz.«

Krawatte grinst. »Du hältst diese Theorie nach wie vor aufrecht.«

»Weil es sonst keiner tut«, murrt Sina. »Aber denkt, was ihr wollt, Leute. Ich wühle mich weiterhin durch einen Berg von Altakten und suche nach ähnlichen Fällen, in denen die Beschreibung zum Phantom passt. Kann aber dauern.«

Krawatte nickt. »Sehr gut Sina, bleib dran.«

»Ist das nicht auffällig, dass beide von einer Schule sind?«, sagt Vogelkopf. »Oder ist das blanker Zufall? Meistens sind die Täter im Umfeld der Opfer zu finden. Ein ehemaliger Mitschüler aus einem höheren Jahrgang?«, meint er, und ich sehe ihn erstaunt an.

»Was ist?«

»Das war gut«, rutscht es mir heraus.

Vogelkopf wird rot.

Otto zeichnet mit beiden Händen zwei Kreise in die Luft. »Irgendwo gibt es eine Schnittmenge, und genau dort«, er sticht mit dem Zeigefinger ins Leere, »finden wir den Täter. Wir sollten an die Presse gehen mit dem Phantombild und die beiden Fälle vorstellen und den Zusammenhang herstellen. Das Phantomfoto könnte Erinnerungen wachrufen. Natürlich nur, wenn die Mütter der beiden zustimmen.«

Krawatte sieht zu Boden, denkt nach.

»Das könnte den Täter weiter hervorlocken«, murmelt er.

Keiner sagt etwas.

Ein Lächeln huscht über Ottos Gesicht. »Und dann wird er Fehler machen.«

Krawatte nickt zustimmend und klatscht einmal in die Hände. »Wir machen das. Weiter geht's. Die Zeit läuft. Ticktack.«

KAPITEL 38

Biancas Mutter, Renate Jäger, treffen wir in ihrer Mittagspause auf dem Parkplatz von Bayer in Leverkusen, wo sie in leitender Funktion tätig ist. Der Himmel ist grau und trübe, und es nieselt. Sie hält einen Schirm über sich. Dunkelblaues Kostüm und weiße Bluse. Die Haare zum glatten Pagenkopf. Sie steigt mit gesenktem Kopf zu uns ins Auto und nimmt auf dem Beifahrersitz Platz. Legt den zusammengefalteten Schirm in den Fußbereich. Otto sitzt vorne.

»Ich habe leider nicht viel Zeit«, sagt sie zur Begrüßung. »Ich muss eine Präsentation fertig bekommen, da ich heute Abend zu einem Kongress nach Polen fahre.«

»Danke, dass Sie sich trotzdem die Zeit nehmen.«

Sie nickt und streicht ihren Rock glatt. Ich sitze auf der Rückbank und kann ihr Parfüm riechen, etwas Schweres, das mir bekannt vorkommt. Ihre Haare sind dunkelbraun gefärbt, am Ansatz sehe ich graue Strähnen hervorblitzen. Sie trägt goldene Creolen.

»Sie haben am Telefon gesagt, Sie hätten eine Spur.« Renate streicht eine Haarsträhne zurück, und ihre kleine Rolex rutscht den Arm hinab.

»Wir ermitteln in dem Fall eines verschwundenen Klassenkameraden, aber es gibt Hinweise, dass es sich dabei auch um Biancas Mörder handeln könnte.«

»Aber sicher wissen Sie es nicht«, stellt sie resigniert fest.

Ich sehe sie von der Seite an und bemerke, dass sich ihr Make-up in den Rillen um die Augen eingenistet hat.

»Nein, aber wir wollen einen Aufruf in der Presse starten und beide Fälle vorstellen. Und bitten Sie um Ihre Zustimmung.«

»Was erhoffen Sie sich davon?«

»Dass sich andere Menschen an diesen Mann erinnern.« Otto zeigt ihr das Phantombild. »Kommt er Ihnen bekannt vor?«

Renate nimmt es ihm aus der Hand, betrachtet das Foto zwischen ihren Fingern und legt den Kopf schief.

»Ist er das? Der Mann, der meine Tochter umgebracht hat?«

»Es ist eine Spur, der wir nachgehen.«

»Nein«, sagt sie. »Den kenne ich nicht.«

»Frau Jäger, wir haben natürlich die alten Akten des Falls und alle Ihre Aussagen gelesen. Aber kommt Ihnen nach alle den Jahren irgendeine Person in den Sinn, die eine Verbindung zu Ihrer Tochter hatte? Gab es jemanden, mit dem Bianca im Streit war?«

Biancas Mutter sieht Otto aufmerksam an. »Mit ihrem Vater war sie im Streit, weil er sich nicht um sie scherte. Er hat uns sitzen gelassen wegen einer Jüngeren, und ich musste mich um alles kümmern.«

Da steckt viel Kränkung drin, dazu braucht man kein Psychologiestudium.

»Bianca fehlte der Vater. Sie suchte nach einer männlichen Bezugsperson. Sie rief ihren Erzeuger manchmal an, in der Hoffnung, eine Beziehung zu ihm aufbauen zu können. Aber außer ein paar Telefonaten und einer Karte zum Geburtstag und zu Weihnachten kam da nichts. Sie war oft traurig deswegen, und ich habe ihr gesagt, schlag ihn dir aus dem Kopf.«

»Hatte Bianca damals einen Freund? Oder schwärmte sie für jemanden?«

»Nein, nicht dass ich wüsste. Sie arbeitete zweimal die Woche nachmittags in der Tierklinik, das machte ihr großen Spaß. Sie liebte Tiere und verstand sich gut mit dem Tierarzt. Und sie war sportlich. Leichtathletik. Bianca war ein verlässliches Kind. Und ein guter Mensch«, sagt sie mit erstickter Stimme.

»Wie war Ihr Verhältnis zu ihr?«

»Ich hätte mehr für sie da sein sollen, aber einer musste ja das Geld verdienen, und da blieb manches auf der Strecke.«

Otto nickt verständnisvoll.

Biancas Mutter sieht auf ihre Uhr. »Wie kann ich Ihnen noch helfen?«, fragt sie.

»Hat Bianca ein Tagebuch geführt oder so?«

»Sie hatte ein Poesiealbum, in das ihre Schulkameraden geschrieben haben. Ein klassisches Tagebuch gab es nicht. Ich habe nach ihrem Verschwinden in ihrem Zimmer alles auf den Kopf gestellt, nach Briefen oder Sonstigem gesucht, das einen Hinweis geben könnte. Aber ich fand nichts. Mich treibt seit ihrem Tod die Frage um, wieso ihr jemand das angetan hat. Warum so grausam? Ich verstehe es bis heute nicht.«

Sie zupft ein Taschentuch aus ihrer Blazertasche und wischt die Tränen ab.

»Entschuldigung«, sagt sie. »Aber ich muss jetzt los.«

»Es tut mir leid, was Ihrer Tochter und Ihnen passiert ist. Wenn Ihnen etwas einfällt, egal was, rufen Sie mich jederzeit an.«

Renate nickt stumm und wendet ihren Kopf einmal zu mir. Ich versuche, ein freundliches, mitfühlendes Gesicht zu machen.

Sie sieht mich mit traurigen Augen an. »Ich hoffe, der Presseaufruf bringt Sie weiter. Auch wenn er meine Tochter nicht wieder lebendig macht.«

Sie steigt aus und schließt sachte die Tür.

Im Weggehen senkt sie den Kopf, und ich kann an ihrer Körperhaltung erkennen, dass sie weint.

KAPITEL 39

Da ist ein kurzes Blitzen in den Augen von Gabriele Küster, als wir ihr von dem Presseaufruf und der möglichen Verbindung der beiden Fälle berichten.

Otto legt das Phantombild vor sie auf die Tischplatte, und sie schaut es mehrfach an.

»Nein, den kenne ich nicht«, sagt sie schließlich, blinzelt, sieht zu uns und dann wieder zu dem Bild. »Nein«, wiederholt sie. »Mir völlig unbekannt.«

»Wussten Sie von dem Fall der Schulkameradin Bianca Jäger?«

»Ja, das war ja in der Zeitung. Fabian ist damals ebenso befragt worden wie alle anderen. Was für eine Tragödie. Die arme Mutter. Ist das nicht grausam, was dem Mädchen geschah?«

»Kannten Sie die Mutter?«

»Nein, wir hatten keinen Kontakt.«

»Wussten Sie denn, dass Ihr Sohn ein Auge auf Bianca geworfen hatte?«

Gabriele Küster sieht uns einen Moment lang an und bewegt leicht die Lippen, als würde sie ihre Gedanken mit dem Mund formen.

»Das wusste ich nicht«, erwidert sie leise und legt die Stirn in Falten. »Wollen Sie mir jetzt sagen, mein Sohn hätte etwas mit dem Mord an Bianca Jäger zu tun?«

»Nein, keinesfalls«, sagt Otto. »Aber da Sie es ansprechen: Gehen wir es doch gemeinsam durch.«

Gabrieles Kopf zuckt zur Seite. Sie ist irritiert, fasst sich jedoch nach wenigen Sekunden wieder. »Wie Sie meinen. Dann legen Sie mal los.«

Otto sieht mich an und nickt einmal knapp. Bedeutet: Du bist dran.

»Frau Küster, hat Ihr Sohn Ihnen von seinen Schwärmereien für Mädchen erzählt? Hat er berichtet, wen er gut fand? Auf wen er stand?«

»Welcher Junge tut denn so was? Meine Tochter hatte immer mal wieder kleine Verliebtheitsanfälle und hat mir davon erzählt, und wenn einer nicht angerufen hat, da ist sie um das Telefon herumgeschlichen wie die Katze um den heißen Brei. Das waren Dramen. Aber Fabian? Nein.«

»Hat er darüber mit seinem Vater gesprochen?«

»Nicht dass ich wüsste.«

»Warum nicht? Jungs reden doch meistens mit ihren Vätern.«

»Das kam eher seltener vor.«

»Oder sie eifern ihnen nach, imitieren das Rollenverhalten.«

Gabriele lacht kurz auf. »Nein, er eiferte meinem Mann nicht nach. Er wollte nicht so sein wie er, nur er selbst.«

»Wie war das Verhältnis der beiden denn? Herzlich? Freundschaftlich? Neutral? Kühl? Abweisend? Oder sogar gestört?«

Es klingt barsch, aber ich bin mir sicher, Gabriele hält das aus. Sie hatte genügend Zeit, ihren Sohn zu reflektieren und darüber nachzudenken, wie ihre Familienkonstellation war. Und: Sie ist nicht dumm.

»Warum ist das denn so wichtig?« Gabriele sieht mich streng an.

Ich weiß, dass sie gerne sagen würde, finde meinen Sohn und löchere mich nicht mit solchen Fragen.

»Weil es mir eine Idee davon gibt, wie er Beziehungen führte und wie er mit Nähe umging. Das ist wichtig, vor allem vor dem Hintergrund der Annahme, dass Ihr Sohn noch am Leben ist. Es würde erklären, wie er damals in einer Entführungssituation gehandelt hat. Was für eine Beziehung er zu seinem, ich nenne ihn mal Entführer aufgebaut haben könnte.«

Gabriele legt die Hände in den Schoß.

»Mein Mann wollte einen Jungen, den bekam er, und am Tag seiner Geburt war er vollkommen aus dem Häuschen. Endlich der ersehnte Stammhalter. Er hatte eine Vorstellung, wie der sein sollte.

Stattlich. Sportlich. Ein Haudegen, der mit allen Menschen etwas anfangen kann und immer einen flotten Spruch auf den Lippen hat. Charmant und im richtigen Moment stark, hart und unerbittlich. Kurzum, so wie er selbst.«

Das dachte ich mir fast.

»Aber Fabian war nicht so.«

Gabriele legt eine Hand auf den Tisch und fährt mit dem Zeigefinger eine dünne Rille im Holz nach. »Nein, er war anders. Er hörte bei eins neunundsechzig auf zu wachsen.«

»Im Pass steht, er war eins siebzig«, wirft Otto ein

»Ich weiß, er hat geschummelt bei der Größe. Eins siebzig klang würdevoller.«

Gabriele sieht uns direkt in die Augen. »Fabian hatte seinen eigenen Humor, er war ein bisschen eigen. Als Kind schüchtern, und in der Pubertät hat mein Mann ihn dann nach Amerika geschickt, für ein halbes Jahr auf die Highschool. Vormittags Schulunterricht, nachmittags Sport und sonstige körperliche Betätigung. Der Junge hatte fürchterliches Heimweh, hat geweint am Anfang, aber mit der Zeit hat er sich dort wohlgefühlt, seine Anrufe wurden weniger. Und als er wiederkam, war er ein anderer Mensch, wie ausgewechselt. Offener, fröhlicher. Aber auch eigensinniger. Er ließ sich nicht mehr so viel sagen, das hat immer mal wieder zu Streit zwischen den beiden geführt.«

»Wussten Sie, dass Ihr Sohn Drogen nahm? Und damit unter seinen Schulkameraden ein wenig dealte?«, fragt Otto.

Gabriele beugt sich ruckartig nach vorn, springt hervor wie eine Natter. Sie spuckt uns die Antwort förmlich entgegen.

»Wie bitte? Das ist nicht Ihr Ernst.« Sie macht ein empörtes Gesicht.

»Doch, wir haben Grund zu der Annahme, dass das der Wahrheit entspricht«, sagt Otto in ruhigem Tonfall.

Gabriele schnaubt, als hätten wir ihren Sohn soeben eines Mordes beschuldigt.

In der Forensischen hatten wir einen Fall, an den ich mich gut erinnerte.

Der Junge hatte Geburtstag, seinen achtzehnten, und ging zu seiner Oma. Die gab ihm zwanzig Mark. Er fand, dass das zu wenig war, und schlug die Oma nieder. Er würgte sie, aber sie wehrte sich heftig. Dann stach er mit einem Messer so lange auf die Großmutter ein, bis sie tot war. Es waren Dutzende von Stichen im Oberkörper. Ein klassischer Fall von Übertötung. Anschließend ging er nach Hause zu seinen Eltern, bekam einen Geburtstagskuchen, ein Ständchen und ließ sich feiern, regungslos und ohne jegliche Scham oder Reue. Jedoch hatte ein Nachbar der Oma etwas mitbekommen und den Vater des Jungen informiert. Der fuhr zur Oma, sah, was passiert war, schnappte sich seinen Sohn und brachte ihn zur Polizei. Der Junge war bereits achtzehn, somit voll strafmündig. Er wurde von einem Psychiater begutachtet und als hochgradig psychotisch sowie schizophren eingestuft. Die Mutter besuchte ihren Sohn regelmäßig in der Forensischen. Der Junge war ein netter Typ, so ein langer Schlaks, der immer an seiner Nagelhaut knibbelte und mir nicht in die Augen sehen konnte. Die Mutter sagte zu mir: »So was würde mein Sohn niemals tun, Sie müssen sich irren.« Sie stellte wüste Theorien auf, wer es stattdessen gewesen sei. Da hatte ich durchaus überlegt, ob wir die Mutter nicht auch direkt dabehalten, so vehement hat sie die These vertreten, dass ihr Sohn nicht der Täter war, obwohl dieser geständig war und von Stimmen erzählte, die ihm das alles befohlen hätten. Sie konnte nicht wahrhaben, was passiert war, negierte die Tat und stellte sie in den Bereich des absolut Unmöglichen.

Ich beobachte Gabrieles Gesicht.

»Haben Mitschüler das gesagt?«, fragt sie.

»Ja. Wir gehen dem Verdacht nach. Gab es in der Zeit irgendwelche Auffälligkeiten? Anzeichen für Drogenmissbrauch?«

Gabriele hat sich wieder beruhigt.

Drogen sind ein rotes Tuch für viele Eltern, sie sehen direkt den Niedergang und sozialen Abstieg des Kindes, die damit vorprogrammiert sind, wenn ihr Teenagerkind mal an einem Joint zieht. Sie fürchten sofortige Abhängigkeit und eine Karriere wie Christiane F. und die anderen Kinder vom Bahnhof Zoo, die es zu trauriger Berühmtheit gebracht haben.

»Nein, er rauchte Zigaretten, das war's auch schon. Sie meinen, das könnte im Zusammenhang mit seinem Verschwinden stehen?«, fragt sie und sieht uns aufmerksam an.

»Alles ist möglich«, antwortet Otto diplomatisch.

»Nein«, sagt Gabriele entschieden, »mein Sohn hat keine Drogen genommen. Dafür lege ich meine Hand ins Feuer.«

So, so. Nun, das wird wehtun.

Sollen wir ihr sagen, dass ihr Sohn mit einer Ramona Drogen nahm und in den Büschen verschwand?

Ramona. Ramona. Ramona.

Wer bist du, und wo zum Henker steckst du?

Du bist nur eine Nebendarstellerin in diesem Stück. Eine, die kurz mal von der Seite hereinkam, drei Sätze sagte, blöd auf der Bühne rumstand und auf der anderen Seite wieder abging.

Laut den Befragungsprotokollen gab Fabian bei der Polizei an, dass er kurz nach Mitternacht mit Ramona angebandelt hätte. Mitschüler haben das bestätigt. Der Polizei hat das gereicht, es genügte als Alibi.

Aber wir haben nur einen Vornamen.

Ramona.

Was im Übrigen ein echt blöder Name ist, so heißt heute kein Mensch mehr. Wir wissen, dass Ramona nicht auf dem Gymnasium, sondern auf einer anderen Schule war, jedoch nicht, auf welcher. Und es lässt sich nicht nachvollziehen, wer Ramona mit auf die Party geschleift hat. Das ist ein Job für unser Datenbankgenie Sina, die große Freude daran hat, solche Dinge herauszufinden. Sie hat den Fussel einer Spur und findet die alte muffige Wolldecke, die dazugehört.

Such Sina, such.

KAPITEL 40

Krawatte hat veranlasst, dass morgen der Aufruf in der Presse ist. Die Kölner Pressestelle wird von Sina mit allen Details und Fotos des Falls versorgt. Erkan stellt ein kleines Team zusammen, um die möglichen Anrufe aus der Bevölkerung aufzunehmen und zu bearbeiten. Er ist am Telefon und erklärt mir, dass erfahrungsgemäß am ersten Tag des Aufrufs am meisten Resonanz kommt, dann nimmt es von Tag zu Tag ab, bis es nach rund drei, vier Tagen äußerst mau wird.

»Ich will dir nicht zu viel Hoffnung machen, Lupe. Meistens sind viele Deppen und Wichtigtuer unter den Anrufern, und die wirklich interessanten Spuren kannst du an einer Hand abzählen.«

»Na ja, ehrlich gesagt, eine einzige würde schon genügen.«

»Du lernst schnell.«

»Ich bin ja nicht doof.«

»Das hat niemand behauptet. Ich melde mich. Deine Handynummer habe ich ja.«

Ich höre das unverschämte Grinsen in seinem Gesicht durch das Telefon.

»Wenn du das schamlos ausnutzt, werde ich nicht mehr rangehen.«

»Das würde ich an deiner Stelle nicht tun«, tadelt er mich. »Dienst ist Dienst«, sagt er pflichtbewusst.

»Ja, und Schnaps ist Schnaps«, erwidere ich trocken.

»Ciao, Lupe.« Er legt auf.

Typisch Erkan. Wenn er nicht weiterkommt, legt er auf oder bricht das Gespräch ab. Otto hat mich während des Telefonats beobachtet.

»Der gefällt dir«, brummt er und sieht mich streng an.

Ich zucke mit den Schultern.

»Ich weiß nicht, ob *mir* das gefällt«, sagt Otto weiter.

»Was hast du gegen Erkan?«

»Gar nichts«, antwortet er schnell. »Ganz im Gegenteil, er ist ein guter Polizist. Ich habe ihn schließlich ausgebildet.«

Jetzt grinst Otto und versucht, mich fröhlich zu stimmen und über seine Kritik hinwegzutäuschen.

Aber so läuft das nicht.

»Ich fange nichts mit Erkan an«, verkünde ich und komme mir ein bisschen vor wie bei meinem Vater, als er mich fragte, ob ich Geschlechtsverkehr hätte.

Da war ich fünfzehn und hatte schon länger ein Verhältnis mit meinem Sportlehrer, aber das war nur Cunnilingus und zählt nicht.

Also lautete die Antwort: Nö, habe ich nicht.

Otto sieht mich mit scharfem Blick an.

»Will ich das mal glauben«, sagt er und rümpft die Nase.

»Ich muss jetzt gleich mal los«, sage ich und deute auf meinen Kopf. »Wird mal wieder Zeit.«

KAPITEL 41

Es ist wieder Zeit, mir in den Kopf kucken zu lassen.

»Setz dich, Lupe. Wie geht es dir?«, fragt Sabine. Sie hält eine weiße Tasse mit dampfendem Tee zwischen spitzen Fingern, sieht mich über den Rand aufmerksam an und pustet in den Dampf.

»Gut«, sage ich. Mein Puls schlägt noch fest, daher lausche ich den gedämpften Geräuschen von unten auf der Straße, die durch die doppelverglasten Scheiben drängen, spüre den rauen Stoff des Stuhls an der Unterseite meiner Oberschenkel und atme viermal tief ein und aus. Dann bin ich angekommen.

Sabine bemerkt es. Eine Augenbraue hebt sich.

»Was ist seit dem letzten Mal passiert?«, fragt sie und stellt die Tasse ab.

»Ich habe mit Raffa Schluss gemacht.«

»Warum?«

»Wir passen nicht zusammen.«

»Sieht er das auch so?«

»Vermutlich.«

»Wie hat er reagiert?«

Ich sehe sie aufmerksam an. »Ich dachte, hier geht es um mich und nicht um Raffa.«

Sabine lächelt ein wenig. »Genau deswegen habe ich gefragt. Was hast du gespürt, als du seine Reaktion erlebt hast?«

»Ich war ehrlich gesagt sauer und war überrascht über diese Emotion«, antworte ich. »Er gab mir das Gefühl, dass er mich nicht ernst nimmt mit meiner Entscheidung.«

»Hat er das gesagt? Wortwörtlich?«

»Nein. Ich habe es interpretiert.«

Sie legt den Kopf schief.

Okay, ich hab's kapiert. »Ich war erleichtert. Jetzt muss ich nicht mehr versuchen, ein emotionaler, emphatischer Mensch zu sein, worin ich ohnehin nicht gut bin.«

»Ich glaube, du bist empathischer, als du denkst. Es fällt dir nur schwer, jemandem auf emotionaler Ebene zu vertrauen. Du kannst in deiner Rolle als Therapeutin durchaus emphatisch sein und dich auf das Gegenüber einstellen.«

»Ja, wenn es ein Patient ist, der eine Störung aufweist, die ich behandele. Da sind Weg und Ziel bekannt.«

»Wie war das bei dem jungen Mann und dem Suizid? Was war da das Ziel?«

»Den Tod zu verhindern. Deeskalation. Beruhigung.«

»Was nicht geglückt ist.«

»Nein.«

»Ist das Gefühl das gleiche wie bei Raffa?«

Sabines Blick ist direkt und unausweichlich. Ich denke einen Moment darüber nach.

»Ja, ich bin gescheitert. Habe versagt.«

»So, wie du das sagst, klingt es für mich, als ob du einen Hundertmeterlauf nicht in der vorgegebenen Zeit geschafft hättest.«

Ich wiege den Kopf hin und her. Der Vergleich ist nicht schlecht. Ich starre sie an. Sekunden vergehen. Mein Blick wandert zum Fenster, durch das ein Sonnenstrahl ein lang gezogenes Rechteck auf den Teppichboden wirft.

»Wenn du das Gefühl hast, versagt zu haben, dann ist das so. Es gibt keine Absolution, das ist hier kein Beichtstuhl. Sieh es mal so. Du darfst Fehler machen, das ist menschlich. Wovor hast du Angst?« Sie nippt am Tee und lehnt sich zurück auf ihrem Stuhl und schlägt die Beine übereinander.

In meinem Kopf sehe ich mich die Aschenbahn entlangrennen. Wenn ich den Hundertmetersprint vergeigt habe, muss ich härter trainieren und meine Technik überprüfen. Meine Fußspitze wippt hin und her.

»Nicht zu genügen«, antworte ich.

»In welchem Bereich?«

»In allen. Den Erwartungen nicht zu genügen, vor allem den emotionalen, die von anderen an mich gestellt werden.« Ich hab 'nen schalen Geschmack im Mund, und meine Handinnenflächen werden feucht.

Sabines Gesicht ist ernst. »Lupe, du bist Psychotherapeutin und warst mit einem Menschen konfrontiert, der nicht dein Patient war. Du hattest gar keine Möglichkeit, ein Therapiekonzept zu entwickeln, geschweige denn, es mit deinem Vorgesetzten abzustimmen. Du bist blindlings in eine Situation gestolpert. Du bist einer Bitte gefolgt.«

»Ich habe mich überschätzt, und das Setting war schwierig«, murmele ich und atme flacher.

Sabine faltet die Hände zusammen, hält kurz inne, betrachtet den Teppich und sieht mit einem Mal hoch. »Du bist Therapeutin und willst zugleich Polizistin sein«, stellt Sabine fest

»Ist das denn so falsch?«

»Du bist keine Polizistin«, sagt sie nüchtern.

»Bin ich nicht?«

»Nein.« Sie schüttelt den Kopf.

»Ich bin keine Polizistin. Was bin ich denn dann?«

Sabine sieht auf die Uhr. »Die Antwort auf diese Frage ist Gegenstand unserer nächsten Stunde.« Sie entfaltet ihre Beine, steht auf und reicht mir die Hand. »Wir machen Fortschritte«, sagt sie und lächelt mich milde an.

Wenn eine zu mir sagt, wir machen Fortschritte, habe ich immer den leisen Verdacht, dass wir gar nicht vorankommen.

TAG VIER

Donnerstag, 9. Oktober 2003

KAPITEL 42

Die Zeitungen in Köln und in NRW springen auf den Aufruf zu diesem Fall an und berichten groß davon. Bringen einen Artikel, drucken das Phantomfoto ab und rufen die Bevölkerung auf, sich zu melden. Viele Redaktionen haben die Fotos von vor zehn Jahren ausgekramt. Aber jetzt steht die Suche nach dem Mann vom See im Mittelpunkt.

Zugegeben, es ist ein kühner Versuch.

Es ist kurz nach halb elf, und Otto und ich sitzen bei Erkan in seinem Kölner Büro und warten, dass er von einer Besprechung der Pressestelle wiederkommt.

»Wenn kein hilfreicher Hinweis aus der Bevölkerung kommt, wird es heißen, der Grabkranz auf der Beerdigung war ein makabrer Scherz, Fabian bleibt verschwunden, und der Mann vom See ist über alle Berge. Klappe zu. Affe tot.«

Otto leert ein Zuckertütchen in den frischen Filterkaffee.

»Klingt mir zu einfach«, sage ich bockig.

Otto lächelt. »Mir auch, Lupe.«

Die Tür wird aufgerissen.

Wir wenden synchron den Kopf, und Erkan steht im Türrahmen.

»Da ist jemand von der Presse, der euch sprechen möchte, eine Jenny Pistorius, sie wartet unten im Foyer.«

Erkan blickt zu Otto. Mich würdigt er keines Blickes.

Da stimmt was nicht.

Heute früh hat er mich mit meinem richtigen Namen begrüßt – »Hallo, Lupe« – und mich nicht länger als nötig angesehen. Er tat geschäftig und war null flirty. Kein fettes Grinsen oder Huhu-Schönheit oder Ja-wann-gehen-wir-denn-mal-aus-ich-hol-dir-die-Sterne-vom-Himmel-Scheiß. Er wirkte fast schon desinteressiert. Jetzt schaut er mir nicht in die Augen, sondern an mir vorbei, in eine Ecke seines Büros.

»Mach du das mal«, sagt Otto zu mir und rührt mit dem Löffel seinen Kaffee um und schlägt dabei gegen das Porzellan.

»Wieso ich?«

»Ich habe keine Lust auf diese Pressehühner. Das sind meistens nur Wichtigtuer mit Profilneurosen, die sich produzieren wollen. Weißt du, das Gute am Alter ist, dass man sich entscheiden kann, auf was man sich einlässt. Hör dir an, was sie will, mach keine Zugeständnisse und berichte mir hinterher alles. Ich besuche derweil die Kollegen von der Sitte.« Er trinkt die Tasse in einem großen Schluck aus, steht ächzend auf und geht an Erkan vorbei aus dem Zimmer. Sein Paco-Rabanne-Parfüm hängt einen Moment in der Luft.

Ich starre Erkan an, und er wird rot.

Für einen Moment ist da eine Energie zwischen uns, die ich nicht kenne. So eine Sekunde, in der die Zeit stehen bleibt und sich alles einmal um die eigene Achse dreht.

»Sie wartet unten am Empfang«, sagt er und deutet nach unten.

»Dann … sollte sie doch am besten hochkommen, oder?«

Jenny Pistorius sieht anders aus, als ich sie mir vorgestellt habe. Ich dachte, da kommt so eine blonde Pressemaus mit Bluse und Blazer und viel Make-up, die beim Fernsehen arbeiten möchte. Die einen wichtigen Polittalk oder eine Samstagabendshow moderieren will und zum Schluss doch nur beim Wetter landet. Ehrgeizig und zugleich ein bisschen mädchenhaft dämlich.

Nix da. Jenny Pistorius sieht in ihrem leicht angeknitterten Trenchcoat, der engen Jeans und den knöchelhohen Stiefeln eher so aus, als hätte sie die Nacht durchgemacht und müsste noch was erledigen. Sie hat ihre braunen langen Haare grob am Hinterkopf zusammengebunden, ein paar Strähnen hängen seitlich herunter. Sie kommt mit forschem Schritt herein, taxiert mich in Sekundenschnelle und reicht mir am ausgestreckten Arm eine Visitenkarte.

Erkan verdünnisiert sich und schließt die Tür von außen.

»Hi, ich bin Jenny Pistorius.« Sie hat diesen Blick, der eine Mischung aus Strenge und Ernsthaftigkeit ist, in dem aber zugleich auch eine gewisse Belustigung mitschwingt.

»Lupe Svensson«, stelle ich mich vor, »setzen wir uns.«

Wir nehmen in der kleinen Besprechungsecke in Erkans Büro Platz. Jenny lässt den Mantel an, was so wirkt, als müsste sie gleich wieder los. Schätzungsweise sind wir gleich alt. Wenn sie lächelt, sehe ich die Nikotinflecken an den Rändern ihrer Zähne. Die Stelle zwischen den Fingern, wo sie die Kippe hält, ist gelblich verfärbt. Sie raucht Selbstgedrehte. Ihre Fingernägel sind äußerst kurz geschnitten, und sie hat nur Wimperntusche verwendet. Ihre Augen sind braun und tief.

»Kaffee?«

»Ne, danke, ich trinke nur Cola«, antwortet Jenny und holt zur Bestätigung eine Flasche aus ihrer Umhängetasche.

»Ich bin auch 'ne Cola-Tante«, erwidere ich.

Jenny lächelt. Ich kenne sie erst zwei Minuten, aber finde sie gut. Spontanes Bauchgefühl.

»Okay. Sie wollten mit uns sprechen?«

»Sie sind mit dem Fall betraut, oder … sind Sie jemand von der Pressestelle?«, fragt Jenny vorsichtig.

»Ich führe mit Herrn Hagedorn vom LKA zusammen die Ermittlungen in dem Fall durch«, erkläre ich. »Und ja, ich bin mit den Details vertraut.«

»Warum kam es jetzt zur Wiederaufnahme des Falls?«, fragt sie und sieht mich streng an, ein Erzähl-mir-keinen-Scheiß-Blick.

Da trifft sie genau des Pudels Kern.

Diesen Teil des Aufrufs haben wir absichtlich verschwiegen; die Vermutung, dass Fabian noch leben könnte und es ein Lebenszeichen gab. Warum? Weil wir ihn nicht gefährden wollen und hoffen, dass der Täter ein zweites Mal mit der Mutter kommuniziert. Weil er nicht die nötige Beachtung bekommen hat.

Aber ich werde einen Teufel tun und es ihr auf die Nase binden.

»Kein Kommentar«, sage ich.

Jenny beugt sich mir entgegen, als könnte jemand unser Gespräch belauschen.

»Sehen Sie, ich bin Kriminalreporterin und arbeite für verschiedene Medien, Zeitungen und Magazine. Begleite Prozesse. Wenn Sie wollen, gebe ich Ihnen eine Liste der Veröffentlichungen. Ansonsten schauen Sie auf meine Homepage, da steht eine Auswahl von Artikeln. Aber das ist jetzt alles Blabla. Aus meiner Erfahrung weiß ich, dass die Polizei nicht einen alten Fall ausbuddelt, weil ihr langweilig ist oder sie nichts zu tun hat. Nein, Sie haben eine neue Situation. Den Mann am See. Aber was war das auslösende Moment?«

Ich sehe sie scharf an. »Das darf ich Ihnen nicht sagen.«

Jenny schraubt ihre Colaflasche auf, nimmt schnell zwei kleine Schlucke hintereinander und schraubt sie wieder zu.

»Bianca Jäger wurde damals tot gefunden, aber Fabian Küster ist nach wie vor verschwunden. Haben Sie seine Leiche gefunden?«

»Wie es in den Presseunterlagen steht: Wir untersuchen den Fall von zwei verschwundenen jungen Menschen, die Klassenkameraden waren. Es könnte sein, dass es eine Verbindung gibt. Und das wäre der Mann, nach dem wir suchen.«

»Das weiß ich«, sagt sie, fast eine Spur gelangweilt. »Schade. Ich wollte Ihnen etwas anbieten.«

»Und das wäre?«

»Eine Hintergrundstory. Die Geschichte von Bianca Jäger und Fabian Küster. Meine Erfahrung ist, dass Menschen mehr über die Opfer und die Story wissen möchten. Ihr Leben, ihre Umstände. Ihr Zuhause. Das rüttelt Erinnerungen wach und macht aufmerksam.«

»Eine Human-Interest-Story über die beiden Opfer? Warum?«

»Frau Svensson, Sie werden mit dem Presseaufruf kein Glück haben«, erklärt sie trocken. »Sie konzentrieren sich auf das Phantombild eines Mannes und stellen ihn in den Fokus. Der Leser schlägt die Zeitung auf, sieht die Zeichnung, denkt sich, kenne ich den oder nicht? Wann war das? Vor zehn Jahren? Warte mal, ach nein. Unbekannt. Und damit ist die Geschichte vorbei, und die beiden Opfer bleiben unbeachtet und verschwinden hinter dem Aufruf.«

Das stimmt. Unser Presseaufruf dreht sich um das Phantombild des Mannes vom Escher See.

Jenny kratzt sich am Hinterkopf. »Ich würde eine Hintergrundstory anbieten. Details zu den Leben der beiden, wo kamen sie her, wo waren ihre Träume. Was war ihnen wichtig? Wer waren ihre Freunde? Was wollten sie mit ihrem Leben anfangen? Wie geht es den Familien heute? Das Ganze exklusiv. Ich glaube, dass Sie damit eine höhere Chance haben, die Aufmerksamkeit zu bekommen, die der Fall benötigt. Das bringt mehr, als nur ein Phantombild ins Schaufenster zu stellen.«

Jenny sieht mich scharf an. Meine Miene ist unbewegt.

»Überlegen Sie es sich«, sagt sie ruhig. »Ich bin noch ein paar Tage in Köln. Meine Handynummer steht auf der Karte.«

KAPITEL 43

Jenny Pistorius. Ich checke ihre Homepage, überfliege ihre Artikel, die sie veröffentlicht hat, und gebe zum Spaß ihren Namen in die Polizeidatenbank ein. Kein Treffer.

Ich muss über mich selbst lachen, weil ich mir den für Polizisten kritischen Blick angeeignet habe. Alles infrage zu stellen.

Otto kommt von seinem Ausflug bei der Sitte zurück, und ich erzähle ihm von dem Gespräch und Jennys Angebot.

»Glaubst du, das könnte funktionieren?«, fragt Otto, und ich bin erstaunt, denn ich war mir sicher, dass er es ablehnen würde.

»Ich habe darüber nachgedacht. Wenn wir mit dem Artikel keinen Erfolg haben, wird es peinlich, und Krawatte zieht uns den Fall wie einen Stuhl unterm Hintern weg. Und ich will verdammt noch mal wissen, was hinter all dem steckt.«

Otto sieht mich erstaunt an. Aber er lächelt dabei.

»Genau. Und wenn es Frank nicht passt, soll er mich doch direkt in den Ruhestand schicken. Was habe ich zu verlieren?« Er breitet die Arme weit aus und grinst.

Otto hat heute eine auffällig beschwingte Laune. Gab's Sex?

»Was hast du gestern Abend gemacht?«, frage ich.

Er grinst, und eine Augenbraue springt reflexhaft nach oben. »Das würdest du jetzt gern wissen«, murmelt er.

»Hat sie bei dir geklingelt oder du bei ihr?«

»Was glaubst du?«

Ich beiß mir einmal auf die Lippe. »Ich glaube, ihr habt euch zufällig im Hausflur getroffen.«

»Bingo. Wir sind für heute Abend verabredet und gehen in ein kleines Bistro, das bei uns um die Ecke aufgemacht hat.«

»Cool«, sage ich und zwinkere ihm zu. Er sieht mich erschrocken an, als habe er mir jetzt ein supergroßes Geheimnis anvertraut.

»Keine Sorge, ich verrate es niemandem.«

»Und du?« Er reckt mir das Kinn entgegen.

»Ich habe festgestellt, dass ich mit Raffa nur zusammen war, weil er aussieht wie der blutjunge Marvin Gaye.«

»Wer ist das?«

»Jetzt hörst du aber auf«, protestiere ich.

Er zwinkert mir zu.

Das Telefon auf Erkans Schreibtisch klingelt, und Otto reckt den Kopf, sieht aufs Display. »Das ist Düsseldorf.« Er streckt den Arm aus und nimmt ab. Am anderen Ende ist Sina, ich kann ihre Stimme durch den Hörer erkennen.

»Warte mal.« Otto kritzelt eine Nummer und eine Adresse auf den Block. »Wir rufen selber an, danke dir, Sina.«

Ich höre das Klicken, als sie am anderen Ende auflegt.

»Wir wissen jetzt, wer Ramona ist. Sie war Schülerin auf der Realschule. Es gab nur zwei Ramonas in dem Jahrgang. Und die andere ist tot, ein Badeunfall. Bereit?«

Otto wählt die Kölner Festnetznummer. Nach dem vierten Tuten wird abgenommen, und eine weibliche Stimme ist dran.

»Ja?«

»Mit wem spreche ich?«, fragt Otto.

»Die Frage könnte ich ebenso stellen.«

»Und?«

»Reden Sie schon«, sagt die Stimme mit genervtem Unterton.

»Hier ist Otto Hagedorn vom Landeskriminalamt, ich möchte mit Ramona Steiner, jetzt Ramona Koschinsky sprechen.«

Es klickt in der Leitung.

»Hat sie aufgelegt?«, frage ich belustigt.

»Hol Erkan her«, sagt Otto mit grimmiger Miene und drückt auf Wahlwiederholung. Ich öffne die Bürotür und stecke den Kopf in den Flur. Er steht mit einem Becher Kaffee am Aufzug und spricht mit einem uniformierten Kollegen.

»Erkan!«, rufe ich.

Er zuckt zusammen, dreht sich um, gibt dem Kollegen ein Zeichen und wackelt auf mich zu. »Was ist?«, fragt er und sieht mich mit seinen sanften Augen an.

Für einen winzigen Moment komme ich aus dem Takt, dann geht's wieder.

»Wir brauchen deine Hilfe.«

Ich spähe über die Schulter zu Otto, der immer noch den Hörer am Ohr hat und lauscht.

Er legt auf und sieht zu uns.

»Erkan, wir müssen eine Adresse überprüfen«, ruft Otto ihm zu. »Hast du Zeit?«

KAPITEL 44

Ramona Koschinsky lebt im Kölner Norden, im Stadtteil Bilderstöckchen. Die Speyerstraße ist eine dieser typischen ehemaligen Arbeitersiedlungen. Eine lange Reihe von kleinen Häuschen, die nebeneinandergeklatscht wurden und einen schmalen Grünstreifen als Garten besitzen. Das Haus mit der Nummer 86 ist mit hellbraunen Kacheln verklinkert. Das Küchenfenster ist gekippt, und die dünne Gardine regt sich im Lufthauch.

Otto klingelt an der Haustür mit der gelben, geriffelten Scheibe, hinter der sich nach kurzem Warten ein Schatten bewegt. Mit den Fingerknöcheln klopft er auf den Türrahmen.

»Hier ist Otto Hagedorn vom LKA, wir möchten Sie kurz befragen.«

Hinter der Glasscheibe bricht verschwommene Hektik aus. Der Schatten huscht an uns vorbei und wird schnell kleiner.

»Die geht nach hinten«, stelle ich fest, sprinte los, und mit den Augen suche ich das Ende der Häuserfront ab, damit ich in den rückwärtigen Bereich der Häuser komme. Ich zähle fünf Eingänge, dann kommt eine Lücke.

»Warte«, ruft Erkan, und ich höre seine harten Schritte hinter mir auf dem Asphalt.

»Wieso macht sie nicht auf?«, frage ich im Rennen, biege um die Ecke.

»Keine Ahnung. Hat wohl was ausgefressen. Dämlich von ihr. Erste Regel«, keucht er, »immer kooperieren mit der Polizei und nix anmerken lassen.«

Was du nicht alles weißt.

Wir kommen an das fünfte Haus in der Reihe. Da klafft eine Lücke zum nächsten Häuserblock. Mit Schwung drücke ich ein Metalltürchen auf, das krachend auffliegt, renne an einer Reihe von schwarzen Mülleimern entlang und gelange in den Gartenbereich hinter den Häusern. Am Ende der Gärten führt ein schmaler Trampelpfad entlang, und ich sprinte los. Mit der Hand streife ich Äste, die mir im Weg sind, zur Seite. In kurzer Entfernung sehe ich Ramona weglaufen. Pinke Jogginghose, grauer Hoodie. Eine schwarze Sporttasche umgehängt.

Sie hat uns nicht bemerkt.

Ich renne weiter, schalte auf höhere Geschwindigkeit, und meine Beine fliegen fast wie bei einem Pferd im Galopp. Erkan keucht hinter mir.

Nicht so trainiert, der Gute.

Ramona schaut über die Schulter, sieht uns und rennt schneller. Aber mit der umgehängten Tasche kommt sie nicht gut voran. Ihr strohblonder Pferdeschwanz wippt auf und nieder. Meine Oberschenkel brennen, und ich stelle mir dort, wo Ramona ist, die Ziellinie vor. Sprint. Jetzt.

Im Rennen streift Ramona die Tasche von den Schultern und

wirft sie in hohem Bogen in einen Garten. Der Abstand zu ihr wird wieder größer. Ich drücke mich mit voller Kraft vom Boden ab und hole auf.

»Stehen bleiben«, japst Erkan hinter mir. Er ist außer Puste.

Acht Meter.

Sechs Meter.

Drei Meter.

Ramona merkt, dass ich näher komme, und beginnt zu schreien.

»Hilfe! Lasst mich in Ruhe, ihr scheiß Bullen!«

Ich nehme Anlauf und hechte durch die Luft. Pralle auf ihrem Rücken auf und werfe sie der Länge nach auf den Boden. Sie jault auf wie eine Kreissäge. Mit einem lauten Ufff weicht die Luft aus ihren Lungen, und sie verstummt.

Got ya!

Ich bleibe rücklings auf ihr sitzen, mein Puls hämmert in meinem Schädel, während sie sich unter mir windet wie eine Schlange und dabei prustet und tobt.

Ich sollte definitiv wieder mehr trainieren.

Erkan lässt die Handschellen klicken. Ramona windet sich, wirft den Kopf herum, als wollte sie uns beißen, und Erkan greift unter den Oberarm und reißt sie mit einem Ruck hoch, sodass sie wieder auf beiden Beinen steht.

»Sie tun mir weh«, kreischt sie.

»Beruhigen Sie sich mal«, sagt Erkan. »Wenn Sie uns die Tür aufgemacht hätten, wären Sie jetzt nicht in diesem Schlamassel.«

Ramona sieht ihn mit einem verächtlichen Blick an.

»Geht doch.«

Sie spuckt Erkan mitten ins Gesicht. Er schließt für einen winzigen Moment die Augen. Atmet tief ein und aus.

Ich hätte ihr eine geknallt.

Mit seinem Ärmel wischt er sich die Wange sauber und wirbelt Ramona an den Handschellen herum, zieht die Arme hoch, sodass sie winselt und sich nach vorne beugen muss, um die Spannung auszugleichen.

»Wir gehen jetzt zu Ihnen und unterhalten uns. Wenn Sie nicht kooperieren, nehmen wir Sie fest und bringen Sie aufs Revier und befragen Sie dort. Sie haben die Wahl.«

»Gehen wir zu mir«, ächzt sie.

»Das höre ich gern«, sagt Erkan, grinst. »Lupe, hol du die Tasche, die sie weggeworfen hat. Wir gehen schon mal vor.«

Ich finde die schwarze Sporttasche in dem Gebüsch. Sie ist recht schwer. Darin ist keine Aerobic-Kleidung. Niemals. Ich öffne den Reißverschluss und spähe hinein.

Und pfeife einmal laut durch die Zähne. Wer hätte das gedacht.

KAPITEL 45

Die Haustür steht offen, und ich höre Erkans ruhige Stimme aus der angrenzenden Küche und dazu Ramonas hysterisches Gequake. Sie labert was von Bürgerrechten und Gewalt der Polizei und unbescholtenen Bürgern. Diese Frau nervt kolossal. Ich schließe die Haustür hinter mir und stelle mich in den Türrahmen.

Ramona sitzt in Handschellen am eigenen Küchentisch und Erkan ihr gegenüber auf einem Stuhl. Otto lehnt mit verschränkten Armen am Herd und beobachtet die beiden aufmerksam. Die Küche ist in die Jahre gekommen, die Ablageflächen sind vollgestellt, mit benutztem Geschirr, Milchpackungen, einer offenen Tüte Toastbrot, einem leeren Nutellaglas. Es riecht nach ungeleerter Mülltüte, und ich würde gern die Fenster aufreißen.

»Na, was haben wir denn da«, sagt Erkan.

Ich stelle die Sporttasche auf die Tischplatte. Ramona verstummt. Mit einer schnellen Handbewegung ziehe ich den Reißverschluss auf und klappe die Lasche zur Seite. Erkan greift hinein und hält kleine Plastiktütchen in die Höhe. Gefüllt mit Marihuana, bunten Pillen und weißem Pulver.

»Das gehört mir nicht«, sagt Ramona schnippisch und lehnt sich auf ihrem Stuhl zurück.

»Ach ja, wem gehört es denn?«, fragt Erkan.

»Keine Ahnung.«

»Lassen Sie mich raten«, sagt er und hat eine Stimme wie ein Märchenerzähler, »Sie sollten diese Tasche zu einer Ihnen unbekannten Person bringen.«

Einundzwanzig. Zweiundzwanzig. Dreiundzwanzig.

Ramonas Gesicht hellt sich auf. »Ja, genau so ist es.«

»Quatsch!«, ruft Erkan. »Verscheißern kann ich mich alleine.«

Otto schaltet sich ein. »Frau Koschinsky, leben Sie hier alleine?«

»Warum?«

»Keine Sorge, ich will hier nicht einziehen. Wie viele Personen gehören zu diesem Haushalt?«

»Drei. Ich wohnte hier mit meinem Mann und meiner Tochter.«

»Wo ist Ihre Tochter jetzt?«

»In der Schule.«

»Das ist gut so. Wo ist Ihr Mann?«

»Der ist nicht da und kommt erst in drei Wochen wieder, er arbeitet auf einer Ölplattform.«

Otto runzelt die Stirn. »Das ist die offizielle Version, und die inoffizielle lautet wie?«

Ramona legt die Stirn in Falten, sie ist nicht die hellste Kerze auf dem Kuchen.

»Ach, egal. Wir bekommen es auch so raus.«

Dafür, dass Ramona in etwa so alt ist wie ich, hat sie deutliche Verbrauchsspuren im Gesicht. Sie sieht abgekämpft aus, müde, mit

Schatten unter den Augen. Ihre Haare sind blondiert, am Ansatz blitzt es dunkel hervor, am gepflegtesten sind ihre Fingernägel. Sie ist recht hager, ihre Schlüsselbeine treten hervor. Ich denke, Ramona wird die lustigen Tütchen nicht nur verkaufen, sondern das Zeug selbst konsumieren. Nur mal so eine Vermutung. Zudem sieht sie so aus, als kreise ihr Leben beständig um die wiederkehrende Frage, mit welchem Lack sie ihre Nägel beschmieren soll.

»Ich weiß nicht, was Sie meinen«, sagt Ramona und schaut dämlich aus der Wäsche. Sie macht einen auf unschuldig und nichtwissend.

Otto lacht kurz auf. Schnaubt dabei wie ein Pferd.

»Passen Sie mal auf, Frau Koschinsky. Ich erkläre es Ihnen quasi vor Zeugen. Wir, Frau Svensson und ich, wollten eine Zeugenbefragung zu einem Vorfall vor zehn Jahren vornehmen. Genauer gesagt zu einem Abend am Escher See, wo Sie mit einem jungen Mann Kontakt hatten. Fabian Küster. Das wäre für Sie kein Problem gewesen. Wir hätten nur ein paar Fragen gestellt. Ihre Erinnerung angezapft. Aber jetzt *gibt* es ein Problem für Sie. Denn ich sage Ihnen, was als Nächstes passiert. Hier um die Ecke steht ein Polizeiwagen und wartet auf Anweisungen von mir. Wir werden Sie wegen des unerlaubten Besitzes illegaler Substanzen und des mehrfachen Verstoßes gegen das Betäubungsmittelgesetz festnehmen. Während der Vernehmung im Präsidium holen wir uns einen richterlichen Beschluss und durchsuchen jeden Winkel Ihres Hauses. Mit Spürhunden. Wir beschlagnahmen Ihren Computer und Ihr Handy und werten alles aus. Und ich bin mir sicher, wir treffen direkt ins Schwarze und werden fündig. Ihre Kunden werden sich daher eine neue Quelle suchen müssen, denn diese hier«, er macht eine weitschweifende Handbewegung, »versiegt und wird wie ein feuchter Sumpf trockengelegt. Für immer. Ihre Tochter wird von einer Mitarbeiterin des Jugendamts nach der letzten Schulstunde in Empfang genommen. Und Ihren Mann rufen wir auf der Bohrinsel an und sagen ihm, was passiert ist. Oder ist er woanders?«

Ramona schaut ihn mit fassungslosem Blick an. Der schwarze Kajal macht ihre Augen kleiner und ist verlaufen. Winzige Schweißperlen schimmern auf ihrer Stirn.

»Ich stelle Ihnen jetzt die Fragen, die ich eigentlich stellen wollte. Dafür nehmen wir Ihnen die Handschellen ab, damit Sie besser denken können.«

Ich grinse in mich hinein und vermeide es, Erkan anzusehen. Der steht auf, tritt hinter sie und öffnet die Handschellen.

Ramona nimmt ihre Arme nach vorne und massiert die Gelenke. Dabei verzieht sie den Mund zu einem gequälten Ausdruck.

Die arme Frau. So viel Leid.

Otto setzt sich ihr gegenüber, auf den Platz, wo Erkan gesessen hat, ich stelle mich hinter ihn und beobachte die beiden.

»Vor zehn Jahren, am Samstag, 18. Juli 1992, waren Sie am Escher See, auf einer Abiturientenfeier. Erinnern Sie sich?«

Ramona braucht einen Moment, ihr Hirn ist träge, aber nach ein paar Sekunden hellt sich ihr Gesicht auf.

»Ja, da war ich gerade mal neunzehn. Deswegen kommen Sie hierher?«

»Wie sind Sie zu der Feier gekommen?«

»Mit'm Auto«, antwortet Ramona trotzig.

»Nein, das meinte ich nicht. Wer hat Sie zu der Feier mitgenommen.«

»Ach so«, sie atmet einmal laut aus und sieht zur Decke. »Ich weiß den Namen nicht mehr, so ein Typ. Meine Freundin Bella kannte den vom Ausgehen, und der hat uns gefragt, ob wir mitkommen wollen. Eigentlich hatte ich keinen Bock, weil das diese Schnösel von dem Privatgymnasium waren. Aber Bella meinte, das wird ein Spaß, es gibt umsonst zu saufen, und wir sollten da hingehen.«

»Was ist dann passiert? Erzählen Sie weiter.«

Ramona legt die Unterarme auf den Tisch. »Darf ich eine rauchen?«, fragt sie.

»Wenn es hilft«, sagt Otto. Sie deutet auf eine Packung, die neben dem Toaster liegt, und ich reiche sie ihr zusammen mit einem Feuerzeug.

Sie klemmt einen Zigarettenfilter zwischen ihre Lippen und entzündet die Kippe. Inhaliert einmal tief, bläst den Rauch laut aus und sieht Otto wieder an.

»Wir sind dann zu der Feier gekommen …«

»Wann war das?«

»So gegen zehn. Es wurde dunkel, und da war schon gut was los. Wir haben uns zu ein paar Jungs ans Lagerfeuer gesetzt, die uns sofort ein Bier gebracht haben.«

»Wann haben Sie mit Fabian Küster gesprochen?«

Eine Erinnerung scheint ihr Hirn zu streifen, sie sieht uns unvermittelt an und saugt an dem Zigarettenfilter.

»Das war später«, sagt Ramona und atmet aus. »Da hatte ich uns schon eine Flasche Wodka organisiert.«

»Sie erinnern sich an Fabian Küster?«

Sie sackt auf dem Stuhl etwas nach unten und schnippt die Asche in einen Aschenbecher, den Erkan ihr hinstellt, und zieht die Nase hoch.

»Ja, der war witzig. Bisschen klein, aber er erzählte lustige Geschichten, und dann hat er seine Mitbringsel ausgepackt. Koks. Ich wollte unbedingt was abhaben, musste aber aufs Klo, also bin ich in die Büsche. Und als ich fertig war, sah ich ihn mit einem Mädchen quatschen, das neben einem Fahrrad stand. Die hatten irgendein Problem, aber das war mir egal.«

»Und dann?«

»Er wollte dem Mädchen hinterherfahren, aber ich hab gesagt, nun mach mal halblang Großer, die ist morgen auch noch da, jetzt gibt's erst mal Party. Wir gingen zum Lagerfeuer zurück und sabbelten dummes Zeug, und er war echt witzig, und dann holte er den Stoff raus. Da ging's richtig ab.«

Sie raucht und lässt den Rauch durch die Nasenlöcher wieder heraus.

»Was ging dann ab?«

»Er erzählte mir plötzlich, wie sehr er auf das Mädchen steht, das mit dem Fahrrad. Den Namen habe ich vergessen.«

»Bianca Jäger.«

»Aha. Okay. Bianca.« Sie schnalzt einmal mit der Zunge. »Scheißname. Bianca. Na ja, wir waren echt stoned und fummelten rum, und das war's.«

»Was genau heißt das?«

»Wir sind zu den anderen zurück.«

»Haben Sie heute die Zeitung gelesen?«, fragt Otto.

»Hä?«

»Das heißt: wie bitte«, korrigiere ich.

Otto straft mich mit einem Blick. Erkan lächelt amüsiert.

Ramona sieht uns verärgert an. »Wollen Sie jetzt andeuten, ich sei doof oder was?«, mault sie.

Otto zieht das Phantombild aus seiner Tasche und legt es auf den Tisch.

»Nein, Frau Koschinsky, aber wenn Sie Zeitung lesen würden, hätten Sie von diesem Aufruf in der Presse erfahren.«

Ramonas Miene wird wieder etwas freundlicher. Sie sieht auf das Phantombild.

»An dem Abend, an dem Sie mit Fabian Küster am See Kontakt hatten, wurde diese junge Frau, Bianca Jäger, auf dem Nachhauseweg ermordet. Wir haben Hinweise auf einen verdächtigen Mann erhalten, der sich dort aufgehalten hat, und so könnte er ausgesehen haben. Schauen Sie es sich gründlich an, Sie müssen nicht sofort antworten.«

Otto lehnt sich auf dem Stuhl zurück und verschränkt die Arme vor der Brust.

Ramona sieht es an, als sei es eine Schatzkarte, und wenn sie die richtige Antwort gibt, hat sie den Jackpot geknackt. Unter dem Tisch hat sie die Finger der beiden Hände ineinander verhakt.

So geht das eine Minute.

Als ich denke, die ist doch eingeschlafen, sieht Ramona mit einem Mal auf, löst ihre Hände und legt sie links und rechts von dem Bild auf den Tisch. Sie drückt den Rücken durch und sitzt jetzt kerzengerade.

»Es tut mir leid, ich habe keine Ahnung, wer das sein soll, ich habe diesen Menschen noch nie in meinem Leben gesehen«, sagt sie mit fester Stimme, als stünde sie vor Gericht. Wenn sie wegen der Hehlerei mit den Drogen vor den Richter kommt, möchte ich bitte dabei sein, das wird ein Schauspiel.

»Okay. Hatten Sie nach diesem Abend mit Fabian noch Kontakt?«, fragt Otto.

Sie presst die Lippen aufeinander und schüttelt den Kopf.

»Ne, das eine Mal hat mir gereicht.«

»Er hat Sie nie wieder kontaktiert?«

Sie schüttelt erneut den Kopf. »Nein«, sagt sie und reckt das Kinn.

Ich sehe Ramona unentwegt an.

Du kannst mir erzählen, was du willst, denke ich.

Aber du lügst wie gedruckt.

KAPITEL 46

Kaum sind wir bei Ramona fertig und treten auf die Straße, klingelt Erkans Handy.

Es gibt einen ersten wertvollen Hinweis aus dem Presseaufruf. Einen!

Ein Rentner, der am Escher See wohnt, erinnert sich an den Abend. Mehr wollte er am Telefon nicht verraten. Otto und ich fahren direkt hin.

»Weißt du, warum die Menschen deswegen so gern einem polizeilichen Aufruf in der Presse folgen?«, fragt er mich. »Weil sie erstens wichtig sein wollen, und zweitens, weil sie die Ordnung der Welt wiederherstellen möchten. Das Gute soll über das Böse siegen.«

»So einfach kann die Welt sein.«

»Die stoßen in ihrem Hirn auf alte Bekannte, die sie verdächtig finden und die zu dem Presseaufruf passen. Das gibt ihnen ein gutes Gefühl und zugleich Macht. Das Problem ist, dass nach zehn Jahren so viele Erinnerungen verblassen und schlichtweg falsch memoriert werden.«

»Blöde, wenn einem das Gehirn einen Streich spielt.«

Otto setzt den Blinker und fährt in eine Seitenstraße kurz hinter dem Escher See. Das Haus liegt fast am Ende der Straße, vor einem Feldweg.

»Der Zeuge heißt Günter Reinhardt. Mal sehen, an was der sich erinnert.«

Günter Reinhardt bläht die Brust auf, als er die Tür öffnet und uns begrüßt. Neben ihm höre ich ein Bellen. Eine schwarze Hundeschnauze schiebt sich schnaubend an seinem Bein vorbei.

»Ist gut, Fredi«, sagt Günter.

Fredi ist eine leicht übergewichtige braune Labradordame, ich quietsche kurz vor Vergnügen und gehe in die Knie. »Lassen Sie sie los«, bitte ich, und Fredi stürmt freudig mit wild schlagendem Schwanz auf mich zu. Ich fiepe und walke Fredis Fell durch, die sich auf die Seite legt und mit mir spielt.

Otto tippt mich auf die Schulter. Räuspert sich.

»Lupe? Lass den Hund jetzt in Ruhe.«

Ich stehe auf. »Entschuldigung, aber ich liebe Hunde.«

»Das wäre ihm fast entgangen«, sagt Otto spitz.

Fredi hat sich neben mich gesetzt und tippt mit ihrer feuchten Schnauze immer wieder meine Hand an. Ich ignoriere sie. Günter Reinhardt lacht, und lustigerweise sieht er ein bisschen aus wie Otto. Die beiden sind gleich groß und haben einen ähnlichen Bart und kaum Haare auf dem Kopf. Nur dass Günters Bart schlohweiß ist. Er trägt eine dunkelblaue Fließjacke und wackelt nervös mit dem Kopf, als er uns hereinbittet und in das angrenzende Esszimmer führt. Eine Frau kommt die Treppe herunter. Hagere Figur. Enge Jeans und ein grüner Pullover. Sie gibt uns die Hand und stellt sich als Marlene Müller vor, ist deutlicher jünger als er, mit braun gefärbtem, schulterlangem Haar und einem leicht verkniffenen Gesichtsausdruck. Mein erster Gedanke ist: Das ist nicht seine Frau.

Marlene geht in die Küche, und wir sitzen mit Günter am Esstisch.

Er senkt die Stimme. »Als ich den Aufruf in der Zeitung gelesen habe, dachte ich, Mensch, das war die Nacht. Und Marlene erinnert sich natürlich auch. Und da sollten wir erzählen, was wir damals gehört haben.«

»Fangen wir doch vorne an«, sagt Otto und faltet die Hände zusammen. »Was haben Sie an dem Abend gemacht?«

Günter holt tief Luft. »An dem Abend war ein Gartenfest, es war recht warm, unsere Nachbarn waren da, und es wurde gegrillt. Nackenkoteletts, und es gab ein paar kleine Fässer Kölsch. Es waren zwölf Personen und ein paar Kinder.« Günter deutet zum Terrassenfenster, das von dem Regen mit Wassertropfen besprengt ist.

»Marlene wohnte damals nebenan, mit ihrem Ex-Mann. Einem Arbeitskollegen von mir.«

Na bitte. Bingo.

»Es wurde an dem Abend einiges getrunken, und der Hund musste raus. Ich habe mir die Leine geschnappt. Marlene sah es, sagte, ich komme mit, und wir sind zusammen zum See gelaufen. Das war der Abend, an dem es zwischen uns gefunkt hat. Wir waren vorsichtig, schließlich waren wir beide verheiratet und zudem Nachbarn. Das war eine heikle Situation, wissen Sie? Wir spürten diese gegenseitige Anziehung schon länger, aber es war nie etwas passiert. Wir gingen spazieren, es war dunkel, kurz nach Mitternacht und … ah, der Kaffee.«

Marlene stellt ein Tablett mit Tassen und einer gläsernen Kaffeekanne auf dem Tisch ab. Sie schenkt uns mit ruhigen Handbewegungen ein, bietet Zucker und warme Milch in einem Kännchen an.

»Jetzt komm zum Punkt, die beiden haben nicht den ganzen Tag Zeit«, sagt Marlene forsch, zieht den Stuhl zurück und setzt sich zu uns.

Der Kaffee ist heiß, und ich trinke ihn schwarz.

»Wir sind ganz Ohr.« Otto gießt sich Milch ein.

»Wir haben den Hund um den halben See geführt und Händchen gehalten und beobachtet, dass auf der anderen Seite ein Lagerfeuer brannte. Eine Traube junger Menschen saß drum herum. Wir haben ihr Lachen über den See gehört und ihre Musik, dann haben wir uns geküsst und sind in die Büsche gegangen.«

»Sie wissen schon«, sagt Marlene mit einem »Ist klar, was passiert ist«-Gesicht.

Günter ist das unangenehm. Er bekommt einen roten Kopf und starrt auf die Tischplatte.

»Wir haben ein anderes Paar gehört. Junge Stimmen. Die ebenfalls Sex hatten.«

Er sieht zu Marlene auf, die aufmunternd nickt. »Zumindest klang es so. Es hätte auch ein Kampf sein können. So genau weiß ich das nicht mehr, wir waren ja beide tüchtig angedüdelt und mit uns beschäftigt. Wir haben das nicht bei der Polizei gemeldet, weil unsere Affäre gerade erst anfing. Wenn wir das erzählt hätten, das wäre ein Eklat gewesen, das können Sie sich nicht vorstellen.«

Otto holt mit einer Hand den Aufriss des Sees aus seiner Aktenmappe und legt ihn vor die beiden hin.

Ich weiß, was als Nächstes kommt: Zeigen Sie mir, wo Sie gelegen haben.

Günter lässt den Finger über der Karte kreisen und tippt schließlich auf eine Stelle.

»Wir lagen da und hörten das andere Paar. Es war weiter weg, ich weiß nicht, wie weit. Sie stöhnte und wimmerte, und er sagte …«

Günters Stimme stockt. Er sieht einmal zu Marlene, die ihm zunickt.

»Er sagte: Ich mach dich fertig.«

KAPITEL 47

Günter hat auf dem Plan gezeigt, wo er in der Nacht mit Marlene war. Aus welcher Richtung die Stimme des Mannes kam, weiß er nicht mehr; es ist zu lange her. So haben wir nur die Möglichkeit, dass Bianca mit dem Täter intim war, bevor sie ermordet wurde.

Das wäre ein anderer Tathergang als bislang angenommen.

Wir beraten uns, und mir schwirrt der Kopf. Auch Otto sieht erledigt aus, als wir um kurz nach sechs im Kölner Zentrum sind. Schluss für heute. Feierabend.

Sina ruft auf Ottos Handy an.

»Leute, ihr glaubt es nicht, ich habe was gefunden. Eine Nadel. Im Heuhaufen.« Ihre Stimme ist aufgekratzt. »Es gibt einen einzigen Fall eines Täters, auf den die Beschreibung des Phantoms passt. Aber der Fall scheidet aus, der Typ wurde geschnappt und saß zur Zeit der Party am Escher See bereits in Haft. Weiter im Text.«

Otto fährt rechts ran und parkt. Wir stecken die Köpfe zusammen und lauschen Sinas Stimme aus Ottos ollem Handy.

»Zwei Faktoren kommen ins Spiel. Die Todesart und der Ablageort der Leiche. Der deutsche Wald ist beliebt«, erklärt Sina, und Otto stöhnt leicht. »Auf Platz zwei sind Grünanlagen, gefolgt von Müllkippen.«

»Mann, jetzt spuck es schon aus.«

»Vier junge Frauen. Anhalterinnen. Das gleiche Alter und die gleiche Tötungsart. Erwürgt. Schnitte mit der Flasche. Ich verwette meinen Hintern, dass die Morde etwas mit dem Phantom zu tun haben.«

Ich meine, Sinas aufgeregten Herzschlag durch das Telefon hören zu können. Sie ist nervös wie ein Hund, der plötzlich etwas wittert, was den größten Knochenfund der Geschichte bedeuten könnte.

»Gute Arbeit, Sina, das sehen wir uns morgen früh direkt an«, sagt Otto. »Acht Uhr. Pünktlich.«

Ich sehe Otto aufmerksam an, da macht es klick in meinem Kopf.

»Warte mal, Sina«, rufe ich. »Lass mich raten. Die vier Todesfälle wurden nie gelöst, stimmt's?«

Sina lacht auf. »So ist es. Ein astreiner Cold Case. Eiskalt und so was von ausermittelt.«

»Wenn das stimmt und es eine Verbindung zu unserem Fall gibt, hast du einen gut bei mir«, sagt Otto.

»Geht klar. Wetten wir um eine Flasche Whiskey«, antwortet Sina wie aus der Pistole geschossen. »Aber keinen billigen Fusel.«

»Die Wette gilt«, antwortet Otto.

KAPITEL 48

Meine Wette geht so: Wetten, ich kann heute Nacht vor Aufregung nicht schlafen? Eigentlich würde ich jetzt gern heimlich ins Büro fahren und mir die Altakten ansehen.

Aber erst mal bin ich jetzt mit Papa verabredet.

Otto setzt mich zu Hause vor der Tür ab, und ich flitze hoch, hole meine Autoschlüssel aus der Wohnung und fahre mit meinem Fiat 500 auf die Autobahn in Richtung Rösrath. Ich will mit meinem Vater über den aktuellen Fall sprechen, um ein Täterprofil des Mannes vom Escher See zu erstellen. Und er soll mir dabei helfen.

Das ist insofern ideal, als er und ich genau genommen an zwei Enden einer Tat stehen. Beruflich gesehen. Er ist der forensische Psychiater, der Straftäter trifft, bevor sie verurteilt werden, begutachtet und die Frage klärt, ob sie schuldfähig sind oder nicht. Ich dagegen bin am anderen Ende und bin die, die Täter therapiert, wenn sie in den Maßregelvollzug in eine forensische Klinik kommen und behandelt werden. Zumindest habe ich das bis vor Kurzem getan, bevor ich für das Praktikum beim LKA freigestellt wurde.

Papa war hocherfreut, als ich anrief. Seine Stimme überschlug sich, und er sagte sofort zu. »Komm vorbei. Deine Mutter ist ein paar Tage bei ihrer Schwester in Zürich, ich bin allein hier und helfe dir, mein Älskling.«

Älskling. Liebling. Auf Schwedisch.

Ja, ja, dein Älskling ist immer noch sauer auf dich, Papa. Weil du mir Details aus den Anfängen meines Lebens verheimlicht hast, obwohl ich so oft nachgefragt habe.

Die Geschichte von mir geht so: Ich war zwei Jahre alt, als ich gefunden wurde, in einem Zimmer. Allein und verwahrlost. Ein unterentwickeltes Kleinkind, mit herausgewachsenen Fingernägeln und wüstem Haar. Ich konnte kaum sprechen, vielmehr verständigte ich mich mit Knurren und Lauten, wie ein Hund sie machte. Schrie wie am Spieß, wenn man mich hochnahm und festhielt, weil ich das Gefühl von Nähe nicht kannte.

Ein Wolfskind. Ein kleines schmutziges Bündel Mensch mit einem wirren Blick. Von meinen Eltern, beide Psychiater, adoptiert und Lupe genannt. Von Lupus. Der Wolf.

Es gab eine offizielle Version, die beide mir erzählt haben. Und heute weiß ich: Das war nicht die ganze Wahrheit, die ist viel schlimmer. Papa dachte, es sei besser, ich würde nie erfahren, wie es wirklich war. Eines habe ich dadurch gelernt: Alles, was wir verstecken, jeden Fitzel Wahrheit, spült es eines Tages nach oben, ans Licht. Und genau das ist vor wenigen Wochen passiert.

Das Vertrauen zwischen uns, das vorher grenzenlos schien, hat Schiffbruch erlitten. Aber das Schiff ist nicht untergangen. Trotzdem steckt ein Stachel in meinem Fleisch, und er pikst und schmerzt. Deswegen ist Papa so freudig, dass ich die Distanz aufbrechen und ihn sehen will. Und ich habe wiederum einen Kloß im Hals, weil es eine verdammt beknackte Situation ist. Für uns beide.

Aber da hilft alles Jammern nicht.

Mein Vater ist halber Deutscher, halber Schwede, aufgewachsen in einer kleinen Stadt, drei Autostunden nördlich von Göteborg, am Vänern-See. In Karlstad, wo es an guten Tagen nach gebranntem Malz riecht, weil die Kaffeefabrik dort Kaffeebohnen röstet und der Duft durch die ganze Stadt zieht. Als ich klein war, waren wir oft dort zum Midsommerfest, dem Sonnenwendenfest. Verwandte besuchen, um die Maistange tanzen und Erdbeerkuchen essen. Und wenn wir nach der langen Fahrt endlich aus dem Auto stiegen, reckte ich die Nase gen Himmel und sog die Luft ein. Füllte meine Lungen mit diesem unvergleichlichen Duft.

Daran denke ich, als ich vor dem Haus parke und aussteige, die wenigen Meter zur Tür gehe und dabei tief einatme. Ich klingele und höre das tiefe Dingdong auf der anderen Seite der Tür. Rieche die feuchte Erde von der saftigen Kirschlorbeerhecke, die ich so mag. Mit einer Hand greife ich ein paar Blätter, die aussehen, als seien sie lackiert worden, und lasse sie durch meine Handinnenflächen gleiten. Höre Paps Schritte, die langsam näher kommen.

Die Tür geht auf.

»Da bist du ja, hej, hej, Älskling«, sagt Papa und strahlt, aber ich sehe, dass er angespannt ist. Unsicher. Seine grauen Haare hat er ordentlich gescheitelt, er ist frisch rasiert, ich rieche sein Aftershave, aber um die Augen sieht er müde aus.

»Hej, Papa.«

Für einen Moment stehen wir unentschlossen da.

Er ruckt mit dem Kopf. »Komm doch rein.«

Er tritt zur Seite. Ich gehe an ihm vorbei, und er legt mir kurz seine Hand auf die Schulter. Mehr Begrüßung gibt es jetzt nicht, das muss fürs Erste reichen.

Am Esstisch brennen zwei Kerzen, Weingläser und eine Wasserkaraffe stehen bereit. Er hat eine Käseplatte vorbereitet. Ich nehme Platz, schaue mir die Käseauswahl genauer an. Brie. Mature Cheddar. Bergkäse. Provolone.

Er entkorkt eine Rotweinflasche.

»Primitivo?«, rate ich.

»Nero d'Avola«, sagt er und lächelt. Hält die offene Flasche abwartend über mein leeres Glas.

Ich lecke mir über die Lippen. »Alkohol lockert ja bekanntlich. Schenk ein.«

Der Wein plätschert in die bauchigen Gläser.

»Papa, ich will heute nicht über unser Problem reden, dass das gleich klar ist.«

»In Ordnung.«

Er nickt verständnisvoll, aber ich sehe eine besorgte Miene, die er hinter einem freundlichen Lächeln verbirgt. Erst jetzt öffne ich meine linke Hand und bemerke, dass ich zwei Blätter von der Hecke abgerissen habe, ohne es zu merken.

Ich sehe erstaunt darauf und lege sie neben den kleinen Teller.

»Statt Blumen«, sage ich.

»Die hast du aber schön ausgesucht, mein Kind«, meint er, und dann lachen wir beide laut auf.

»Lass uns anstoßen.« Er ist sichtlich gelöster.

Die Gläser klirren hell, und wir nehmen jeder einen tüchtigen Schluck. Den brauchen wir jetzt. Der Wein ist hervorragend, und ich schmecke Kirschen und Zimt und nicke anerkennend in seine Richtung.

Papa setzt sein Glas ab. »Sag mir, wie ich dir helfen kann.«

»Okay, hör zu.«

Ich erzähle ihm alles von dem Fall, von Fabian und Bianca, dem Mann am Escher See und meinen Gedanken zum Täterprofil. Zu der Art, wie Bianca Jäger getötet wurde. Papa hört aufmerksam zu.

»Alles, was ich jetzt sage, ist hypothetisch, und es fußt auf dreißig Jahren Erfahrungen als Gutachter. Ich kann nur Analogien bemühen, es kann sein, dass wir danebenliegen, das muss dir bewusst sein.«

»Schon klar. Du sollst nur laut mit mir denken. Ich will morgen ein mögliches Täterprofil in der Teambesprechung vorstellen und keine Fehler machen.«

Seine eine Augenbraue zuckt, aber er sagt nichts.

»Kann ich den Autopsiebericht einsehen?«

Ich öffne meine Tasche und schiebe ihm die Kopie rüber. Er liest konzentriert, während ich mir kleine Käsestücke in den Mund schiebe. Kaue. Wein trinke.

Er lässt das Blatt sinken. »Ich tippe auf eine pathologische beziehungsweise pathologisch eingefärbte Persönlichkeit mit sexueller

Störung. Auffällig ist dieser unbedingte Vernichtungswille, die Übertötung der jungen Frau. Die Verstümmelung mit einer Glasflasche. Seine Tat scheint von innen heraus motiviert zu sein, wenn er dieses Übermaß an Gewalt anwendet. Sie entstand nicht durch äußere Einflüsse, durch Stress. Der Täter will töten. Und es ist ein sexuelles Motiv dabei.«

»Was glaubst du, hat er es auf sie abgesehen gehabt, sie beobachtet?«

Papa schweigt einen Moment.

»Schwer zu sagen. Ich befrage ja Straftäter und bin kein Profiler.«

»Das weiß ich doch, aber wir gehen in der OFA hypothetisch vor, um neue Spuren und Tathergänge zu ermöglichen.«

»Verstehe. Du willst wissen, ob er die Tat plant. Die Täter, die ich befragt habe, hatten ihre Taten meistens schon lange im Kopf mit sich herumgetragen, es fehlte nur die richtige Gelegenheit, um sie umzusetzen. Die Frage ist, war sie ein Zufallsopfer, das im falschen Moment auftauchte, oder war sie das ausgesuchte Opfer?«

»Wir vermuten, dass der Mann ihr bei der Feier auflauerte.«

»Stell dir seine Erregung vor. Er will töten, da ist Dampf auf dem Kessel, er hat diese tiefe Aggression in sich, die rauswill. Da sieht er Bianca Jäger, ein leichtes Opfer. Zierlich. Und allein auf dem Rad, die sich von der Gruppe entfernt. Greifbar ist.«

Ich hebe einen Zeigefinger in die Höhe. »Aber er fällt nicht dort über sie her, sondern folgt ihr. Er will sicher sein, dass sie ihm gehört.«

»Guter Punkt!«, sagt Papa und nimmt einen großen Schluck Wein.

»Er geht rational vor. Ein *organized offender*«, sage ich.

»Wenn du so willst. Dieses Aggressionspotenzial könnte an anderer Stelle bereits sichtbar geworden sein.«

Wir sehen uns einen Moment an.

»Du meinst, er hat andere Straftaten begangen und ist auffällig geworden? Das kenne ich von meinen Patienten, ihre Vorgeschichten sind ähnlich.«

»Und du darfst den Alkoholeinfluss nicht unterschätzen, der die Hemmschwelle senkt. Wenn dein Täter am See war, hat er nicht nur Limo getrunken. Das wäre aufgefallen. Er hat sich in die Gruppe integriert und mitgefeiert. Er ist alkoholisiert.«

»Keine Vorbeziehung zum Opfer?«, frage ich.

»So, wie es sich darstellt, würde ich sagen, eher nein.«

»Dann ist der Mann nicht im sozialen Umfeld von Bianca Jäger. Und du meinst, seine Tat ist sexuell motiviert?«

»Auch, ja, aber nicht ausschlaggebend. Es geht um das Gefühl des Tötens. Wenn dein Täter jung ist, dann hat er seine Laufbahn noch vor sich. Bedeutet, er wird es wieder tun. Oder hat es bereits getan.«

»Warum würde er ein Opfer am Leben lassen? Wir gehen jetzt mal davon aus, dass er Fabian in seine Gewalt gebracht hat. Und dass der Junge lebt. Nur mal hypothetisch.«

»Das wäre ein anderes Motiv. Sadismus. Nicht töten, sondern das Besitzen und das über ein anderes Leben Bestimmen stehen im Mittelpunkt. Ein Dominanzbedürfnis. Er will Macht über einen Schwächeren ausüben. Bianca und Fabian kannten sich. Womöglich ist das ein Auslöser für den Täter, und darin steckt ein Motiv. Noch Wein?«

Papa und ich trinken weiter, und er erzählt mir von Beispielen aus seiner Erfahrung als Gutachter. Haarsträubende Fälle von Soziopathen und Psychopathen, denen er gegenübersaß.

»Wir Psychiater suchen immer nach der Täterpersönlichkeit«, erklärt er. »Wir glauben, kriminelles Handeln liegt im Inneren eines Menschen begründet. Aber keiner ist rund um die Uhr ein schreckliches Monster. Selbst die brutalsten Täter haben eine andere Seite. Das macht es so schwierig, sie zu erkennen. Und manche leben vollkommen unauffällig. Diese Täter kennen die Regeln der Gesellschaft und befolgen sie beflissentlich. Daher ist es schwer, die Zusammenhänge sofort zu sehen.«

»Du solltest ein Buch darüber schreiben«, schlage ich vor.

Er hebt einen Zeigefinger in die Höhe. »Das wäre eine Idee, ich habe ja demnächst Zeit.«

Ich stutze. Er sieht mich mitleidig an und lässt den Satz im Raum stehen.

Was kommt denn jetzt?

»Du gehst in Rente? Ist das nicht etwas früh, du bist gerade mal sechzig.«

»Nein«, sagt er und winkt ab. »Das ist es nicht.«

Er lehnt sich auf seinem Stuhl zurück und lässt die Schultern hängen.

»Was ist es dann?«

Papa seufzt schwer, nimmt die leere Weinflasche hoch, schwenkt sie vor meinem Gesicht. »Soll ich noch eine aufmachen?«

»Ist das nötig, für das, was du mir gleich erzählst?«

Er schnaubt laut durch die Nase aus, drückt sich von der Tischplatte hoch und verschwindet mit schlurfenden Schritten in die Küche.

»Lupe?«

»Ja?« Ich säbele mir ein weiteres Käsestück ab und höre seine patschenden Schritte.

»Deine Mutter und ich lassen uns scheiden«, sagt er laut, und es klingt wie ein Echo, das widerhallt. Er steht mit der entkorkten Flasche in der Hand im Türrahmen und sieht unendlich müde und traurig aus.

»Auch das noch«, sage ich leise.

KAPITEL 49

Im Gehen entdecke ich im halbdunklen Flur eine Kiste mit Klamotten.

»Ziehst du jetzt schon aus?«, frage ich Papa scherzhaft.

»Nein, ich habe nur die Zeit genutzt und meinen Kleiderschrank ausgemistet.«

Obenauf liegt eine Lederjacke, so eine für Motorradfahrer, die über den Hintern geht, nicht so eine kurze, wie James Dean sie trug. Ich hebe sie mit einem Finger an dem Aufhänger hoch und lasse sie baumeln. Schweres Ding. Dunkelbraunes Leder mit ordentlich Patina. Ein paar Flecken. Der Kragen ist speckig geworden. Der perfekte Vintage-Look.

»Und was ist mit der?«

»Willst du sie haben? Ist womöglich ein bisschen groß für dich«, sagt er. »Die habe ich von meinem ersten Geld als Psychiater gekauft. Die hing schon lange im Schrank«, erklärt er, und ich höre Wehmut raus.

»Und du willst die jetzt wegschmeißen? Das ist eine Rarität«, empöre ich mich.

»Na ja, ich hätte die Jacke dem Roten Kreuz gespendet.«

»An einen Fremden?«

Er zuckt mit den Schultern. »Probier sie mal an.«

Ich schlüpfe rein, und ja, es stimmt, sie ist eine Idee zu groß, aber als ich sie anziehe, habe ich augenblicklich das Gefühl, als würde sie einen undurchdringlichen Schutzschild um mich legen. Ich drehe und wende mich vor dem Spiegel und finde sie ehrlich gesagt genial. Im Spiegelbild sehe ich Papas Gesicht hinter mir. Da ist ein kleines Strahlen und ein bisschen Stolz.

»Ich schenk sie dir. Du siehst *cool* darin aus.«

Es klingt albern, wenn mein Vater »cool« sagt.

»Kommst du mich bald wieder besuchen?«, fragt er. »Ich vermute, dass deine Mutter länger in Zürich bleibt als geplant. Ist so mein Bauchgefühl.«

Zum Abschied drücke ich ihn einmal fest. Das muss jetzt sein.

»Versprochen«, sage ich.

TAG FÜNF

Freitag, 10. Oktober 2003

KAPITEL 50

Neugier ist das als ein Reiz auftretende Verlangen, Neues zu erfahren und insbesondere Verborgenes kennenzulernen. Wie wahr. Und ich platze vor Neugierde. Es ist 6:20 Uhr, und ich bin schon im Büro. Otto hasst es, wenn ich vor ihm da bin, weil er gern eine Viertelstunde für sich haben will, bevor der Rummel losgeht. Heute muss ich ihm einen Strich durch die Rechnung machen. Ich arbeite die Akten zu den vier Morden durch, die Sina gestern ausgebuddelt hat, und schreibe die wichtigsten Fakten auf ein großes, rollbares Whiteboard.

Es ist verdammt viel Holz. Und es ist furchtbar.

Um Viertel vor acht höre ich Ottos Schritte den Gang heraufkommen. Gerade habe ich das vollgeschriebene Whiteboard in den Konferenzraum gerollt und sitze wieder am Schreibtisch. Sina ist noch nicht da.

»Guten Morgen, Otto. Wie war's gestern mit Doreen?«

Otto steht in der Tür und sieht mich fragend an. Mir ist kalt, ob von den Fällen oder zu wenig Schlaf, und ich sitze daher in meiner neuen Lederjacke da. Otto hängt seinen Mantel hinter der Bürotür auf.

»Bist du jetzt unter die Biker gegangen?«

»Ich werde eine Biker-Lesbe, habe ich beschlossen.«

Sein Blick ist irritiert.

»War ein Scherz. Den Part überlasse ich Sina. Aber ich hätte grundsätzlich nichts dagegen, nur dass das klar ist. Die Jacke habe ich von meinem Vater abgestaubt, der wollte sie weggeben.«

»Die lässt du jetzt aber nicht den ganzen Tag an«, sagt Otto spitz. Geht mit wippenden Schritten auf seine Seite des Schreibtisches und wirft den Computer an, der mit einem Piepen hochfährt. »Um deine Frage zu beantworten«, sagt er, »es war ein angenehmer Abend.«

Ich könnte ihm eine kleben. Was ist denn das für ein Satz?

»Was heißt das, angenehmer Abend? War es kacke, oder was?« Ich starre ihn mit versteinerter Miene an und warte. Er hat rosige Haut und ein Glitzern in den Augen.

»Du lässt ja sowieso nicht locker. Punkt halb acht habe ich bei ihr geklingelt und sie abgeholt.«

Das ist zwar nicht die Antwort auf meine Frage, aber okay.

»Das ist schon witzig, wenn das Date mit im Haus wohnt, oder? Wie sah sie aus?«

Ottos Augen strahlen. »Hübsch«, sagt er und deutet an sein Ohrläppchen. »Mit so glitzernden langen Ohrringen, die hin und her schaukelten, wenn sie den Kopf bewegte. Hat mir gefallen.«

»Habt ihr euch gut verstanden?«

Ja, denke ich mir, ich bin gut darin, solche Fragen zu stellen, und klinge dabei, als ob ich wahnsinnig erfahren wäre, was Dates angeht. Aber das Gegenteil ist der Fall. Ich verkacke erste Dates und bin überfordert. Weil es ein ungeschriebenes Gesetz gibt, in dem steht, dass man freundlich ist und zuhört und nicht mit dem Handy spielt. Fragt, ob es den anderen stört, wenn man raucht, und im passenden Moment über die Witze lacht und die Geschichten wahnsinnig spannend findet. Zumindest sollte man den Anschein erwecken. Theoretisch ist mir das klar, aber so was kann ich nicht. Denn ich spiele meinem Gegenüber nix vor und sage, was ich denke. Dann heißt es, Lupe, das kannst du doch nicht tun, du verletzt den anderen damit. Aber verletzen kann ich nur, wenn die Aua-Stelle eines Menschen bekannt ist. Bei einem Typen suche ich nach einem Bruch in der Persönlichkeit, nach dem Unverstellten, dem Natürlichen. Und was bekomme ich? Männer, die mir die Welt erklären wollen und von Karriere, Geld, Status und schicken Reisen labern, und was sie nicht alles gekauft haben und wie wahnsinnig erfolgreich sie sind.

Das langweilt und macht mich schläfrig. Das sage ich dann und mache die Biege. Don't waste my time. Meine Freundin Sophia, Italienerin, ist die Einzige, die mich in dieser Hinsicht vollkommen versteht, sie sagt, ich hätte womöglich italienisches Blut in meinen Adern. *Magari!*

Zurück zu Otto. Er erzählt gestenreich von den französischen Vorspeisen, die sie gegessen haben. Die beiden haben Wein getrunken, und ich bekomme einen Vortrag über Anbaugebiete in Frankreich. Kurzum: Otto ist begeistert, strahlt über beide Ohren. Doreen und er haben sich ihr Leben erzählt, gelacht, gescherzt, eben was Menschen so machen, wenn sie sich kennenlernen und füreinander interessieren. Das Date endet damit, dass sie nach einem nächtlichen Verdauungsspaziergang durch die Stadt nach Hause kamen.

»Und dann? Wie habt ihr euch verabschiedet?«, frage ich.

Otto sieht mich verstört an. »Das geht zu weit!«, ruft er. »Jetzt ist aber genug. Ich habe dir schon viel zu viel erzählt«, poltert er.

Ich mag Otto, wenn er entflammt ist. Dann bekommt er weiche Gesichtszüge, seine Augen werden rund, und er strahlt diese Aura aus, in die man sich fallen lassen möchte, weil sie wie ein riesiges Trampolin wirkt, das jeden Stoß abfedert.

»Jetzt wird gearbeitet«, befiehlt er, und sein Tonfall duldet keinen Widerspruch. »Was ist mit den vier Todesfällen?«

»Dann komm mal mit nach nebenan.«

KAPITEL 51

»Das ist der Fall. Sie nannten ihn den Anhalter-Killer.«

Ich habe die Daten der vier Opfer mit Fotos und den wichtigsten Ergebnissen der Spurensicherung und Obduktion aufgeführt. Dazu eine Landkarte von NRW mit roten Stecknadeln, die die Fundorte der Leichen markieren.

Otto starrt auf das Whiteboard, kratzt sich den Bart und lässt die Hand langsam sinken.

Die gute Laune von eben ist mit einem Schlag verflogen.

Sina betritt mit einem Aktenordner unter dem Arm den Raum.

»O wow, da war aber jemand schon fleißig heute Morgen«, sagt sie mit anerkennendem Blick auf das Whiteboard, und wir begrüßen uns mit einem Nicken.

»Sorry, aber ich musste schon mal loslegen«, erkläre ich und deute auf ein Foto. »Opfer Nummer eins.«

Die Aufnahme eines Teenagers mit einem bockigen Blick aus großen dunklen Augen. Halblange, eher zottelige Haare, die nach einem anständigen Schnitt schreien. Kräftige Wangenknochen.

»Das erste Opfer ist Paula Zille, sechzehn Jahre alt, aus Berlin. Eine Ausreißerin. Ihre Identität wurde erst nach dem bundesweiten Aufruf an die Bevölkerung geklärt. Ihre Mutter hat den Fall im Fernsehen gesehen. Die beiden kamen seit Längerem nicht miteinander zurecht. Paula ist schon mit vierzehn Jahren von zu Hause ausgerissen. Vater unbekannt. Die Mutter ist Alkoholikerin, und Paula hatte einige Drogenprobleme.«

»Sie wurde in einem Waldstück nahe der B 58 gefunden, bei Dorsten, Höhe Schermbeck, am 21. Oktober 1992.« Ich zeige zu dem roten Stecker auf der Landkarte. Auf dem Foto vom Fundort sind Kopf und Oberkörper von Paula Zille zu sehen. Sie liegt rücklings im hohen Gras, daneben sind die kleinen Plastikaufsteller mit

Nummern darauf. Der Blitz hat die Szenerie gnadenlos ausgeleuchtet. Und sie kommt uns bekannt vor. Die Augen sind stumpf und starr gen Himmel gerichtet. An ihrem Hals klafft eine breite, tiefe Wunde, als wollte ihr jemand den Kopf abtrennen. Das Blut ist auf Gesicht und Hals verspritzt, als hätte einer einen prall gefüllten Gartenschlauch punktiert, und hat das zerrissene Oberteil durchtränkt. Das Blut ist dunkel, nahezu schwarz, und ich kann fast den Eisengeruch riechen.

Otto steht auf und geht näher an das Foto ran. Legt den Kopf schief.

»Er schlitzt ihnen die Kehle auf. Was für eine schreckliche Sauerei.«

»Ich greife mal vor«, sagt Sina und sieht auf ihre Aufzeichnungen. »Laut den Autopsieberichten weisen alle vier Opfer die gleichen Verletzungen auf. Hämatome im Gesicht, vermutlich von etlichen Schlägen, massive Stichwunden im Vaginalbereich. Außerdem wurden ihnen Gegenstände vaginal eingeführt. Die Kehlen wurden aufgeschlitzt, saubere Schnitte mit einem Messer. Mit der Tatwaffe trennt der Täter die Luftröhre und die Halsschlagader durch. Und es gibt Spermaspuren auf allen vier Körpern.«

Otto nickt einmal. »Weiter.«

»Die Opfer waren entkleidet, lagen rücklings, die Hosen und Unterhosen sind bis zu den Knöcheln runtergezogen. Arme und Beine sind mit einem Seil zusammengebunden.«

»Aber wenn eine Anhalterin angegriffen wird, die würde doch schreien, um Hilfe rufen, oder nicht? Warum hat niemand etwas gehört?«, frage ich.

»Weil er ihnen die Luftröhre durchschneidet. Wo keine Luft mehr, da kein Schrei«, erklärt Otto.

»Das bedeutet, wenn er schnell ist, machen sie im Grunde keinen Mucks?«

»So ist es. Was ist mit dem Seil?«, fragt Otto.

»Das gibt's in jedem Baumarkt. Die Knoten sind nichts Besonderes, kein Hinweis auf irgendwas Fachspezifisches«, ergänzt Sina.

Daneben hängen weitere Detailfotos der Rechtsmedizin. Nahaufnahmen des Halses, des Rumpfes, der Vagina. Ein Foto in der Totale, auf der der tote Körper und die Umgebung zu sehen sind. Und Aufnahmen von Schuhabdrücken im Gras.

»Wer sind die anderen drei?«, fragt Otto.

»Opfer Nummer zwei wurde rund sechs Wochen später, am 2. Dezember 1992, gefunden. An der Bundesstraße 237 bei Hückeswagen. Tereza Vojta aus Brno, in Tschechien. Fünfzehn Jahre alt.«

Das Foto von Tereza zeigt ein hübsches Mädchen mit dunkelblonden Haaren, das auf einer Hollywoodschaukel in einem Garten sitzt. Sie hat eine knappe Hose an, eine Art Hotpants, sie ist barfuß. Schlanke Figur.

»Ebenfalls von zu Hause ausgerissen, die Eltern hatten sie in Tschechien drei Monate vorher als vermisst gemeldet. Sie schwänzte häufig die Schule und hat sich mit merkwürdigen Typen eingelassen, erzählte die Mutter.«

»Tereza hat länger in einem Waldstück gelegen, ihr Gesicht ist angefressen«, sagt Sina und deutet auf die Bissspuren. »Das waren Tiere. Füchse oder Dachse, die haben sich über den Leichnam hergemacht. Sie wurde von einem Förster entdeckt«, lese ich aus der Akte vor.

Nächstes Foto.

»Das ist Opfer Nummer drei. Ein unbekanntes Mädchen, schätzungsweise zwischen vierzehn und achtzehn Jahren alt. Gefunden an der A 57, nahe der holländischen Grenze bei Goch im Tüschenwald. Am 14. Februar 1993. Lag unter einem Gebüsch. Die Leiche war bereits stark verwest, vermutlich hatte sie schon vier Wochen dort gelegen. Aufgrund des Verwesungszustandes wurde eine Gesichtsrekonstruktion erstellt.«

Mit einem Magneten pinne ich das gezeichnete Gesicht neben das Foto des Leichnams. »Aber das brachte nichts. Die Identität konnte bis heute nicht festgestellt werden. Der Körper weist keine Auffälligkeiten wie Brüche oder Narben auf. Das Zahnschema wurde damals erfasst und geprüft. Es gab keinen Treffer«, erklärt Sina.

»Das ist das vierte Opfer. Michaela Pflüger«, fahre ich fort. »Siebzehn Jahre. Gefunden am 27. März 1993 in der Nähe eines Parkplatzes auf der B 51 bei Weißenstein in einem Graben. Sie war knapp zwei Wochen vorher in Koblenz von den Eltern vermisst gemeldet worden, nachdem sie von einem Ausflug mit einer Klassenkameradin nicht zurückgekommen war. Ihre Freundinnen sagten, sie habe jemanden besuchen wollen, aber nicht verraten, wen. Später hat sich herausgestellt, dass sie ein heimliches Verhältnis mit einem Berufsschullehrer hatte. Dort ist sie nie angekommen. Er galt lange als verdächtig, konnte aber für alle anderen Morde als Täter glaubhaft ausgeschlossen werden. Der Fall kam Ende 1993 zu den Akten.«

»Der Lehrer sieht übrigens nicht aus wie unser Phantombildmann vom Escher See«, wirft Sina ein und zeigt auf das Foto von ihm. Rotblonder Typ mit Sommersprossen. »Interessanterweise wurden keine persönlichen Gegenstände von den Tramperinnen gefunden. Kein Rucksack oder eine Tasche. Nichts. Vermutlich hat der Täter alles entsorgt.«

»Das bedeutet, die Frauen sind nicht ausgestiegen, weil sie aussteigen wollten, sondern weil sie mussten. Ihre Taschen blieben im Auto«, sagt Otto und stellt sich an das Board.

Er nimmt die Fotos der vier Mädchen ab und hängt sie genau nebeneinander.

»Ist es Zufall, dass die Opfer eine gewisse Ähnlichkeit miteinander haben?«

KAPITEL 52

Die Fotos hängen nebeneinander. Eine traurige Ahnengalerie von zu kurzen Leben, die brutal endeten.

Melli. Tereza. Michaela. Unbekanntes Mädchen.

Wer hat euch das angetan?

Mittlerweile ist mir warm geworden, und ich habe das Gefühl, meine Wangen glühen.

»Ich könnte mir vorstellen, dass der Täter einen präferierten Opfertypus hat. Junge Mädchen. Ähnliche Körpergröße und Figur. Das gleiche Vorgehen, keine Abweichung bei den vier Taten.«

»Aber diese vier wurden mit einem Messer getötet, nicht mit einer zerbrochenen Flasche wie Bianca«, stellt Otto fest. »Was sagst du dazu?«

»Das stimmt. Bianca war die Erste, und er hat seine Technik verbessert. Seinen Modus Operandi verfeinert. Bianca wurde nicht gefesselt, die anderen schon. Der Täter lernt dazu, er will Fehler vermeiden. Er will es besser machen«, erkläre ich.

»Die Opfer sind unter achtzehn Jahre«, stellt Sina fest. »Die vier sind dunkelblond, sie haben sogar, wie ich finde, ähnliche Gesichter, sind eher schlanker und kleiner. Sportliche Figur.«

Sina schreibt unter den Tag des Fundes den vermutlichen Todestag.

»Die Todeszeitpunkte der vier Opfer sind nicht genau zu berechnen gewesen, nur grobe Zeiträume. Aber es läuft jeweils auf ein Wochenende hinaus. Die Presse hat ihn den Anhalter-Killer genannt.«

Otto steht da, die Arme vor der Brust verschränkt. »Einer, der mordet, wenn das Wochenende beginnt, weil er vorher keine Zeit hat. Berufstätig ist«, sagt er mehr zu sich selbst als zu uns.

Ich schreibe Ottos Stichworte auf Karten und hänge sie untereinander an das Board.

»Die vier Fundorte der Leichen ergeben für mich kein Muster«, erklärt Sina und zeigt auf die Landkarte und die roten Stecker. »Sie liegen alle in NRW, das ist die einzige Gemeinsamkeit. Die Kollegen haben damals Fälle von getöteten Anhalterinnen aus den anderen Bundesländern verglichen. Negativ.«

»Die Opfer decken die vier Himmelsrichtungen in NRW ab. Doch ein Muster«, sagt Otto.

»Wirkt so, oder?«, sage ich. »Dann wären vier Morde sein Plan gewesen, und nach dem letzten ist Schluss. Erledigt.« Ich schüttele den Kopf. »Aber das ist 'ne Hollywoodidee, so funktionieren Psychopathen nicht. Sie hören nicht auf zu töten, sondern sind eine tickende Zeitbombe. Diese vier Mädchen sind nur die, die gefunden wurden.«

Sina sieht mich betreten an.

Otto nickt.

»Jetzt kommt die Frage, die Frank stellen wird: Warum glaubt ihr, dass ein Zusammenhang zu dem Verschwinden von Fabian besteht?«

»Die beiden kannten sich, Bianca und Fabian. Und das kann in dem Täter etwas ausgelöst haben. Ein Wunsch, die beiden verschwinden zu lassen. Mit dem Unterschied, dass seine Leiche nicht gefunden wurde. Oder er noch lebt.«

Ottos Handy klingelt.

»Wenn man vom Teufel spricht. Das ist Gabriele Küster«, sagt Otto, deutet uns an, leise zu sein, und nimmt ab.

Sina setzt sich zu mir auf die Tischplatte. Ottos Miene ist verdächtig. Er legt den Kopf in den Nacken und starrt mit zusammengezogenen Augenbrauen zur Decke. Es sieht aus, als ob er die Luft anhält, wie jemand, der eine schreckliche Nachricht erhält und dabei die Haltung bewahrt.

Da stimmt was gewaltig nicht.

»Danke Ihnen, wir schicken gleich jemanden von der Spurensicherung vorbei«, sagt Otto und legt auf.

Er lässt das Handy sinken.

Da ist ein Funkeln in seinen Augen, das mir sagt, da ist was passiert.

Etwas Großes. Mächtiges. Bedrohliches.

Otto schluckt einmal laut. »Gabriele Küster hat soeben eine Karte aus ihrem Briefkasten gefischt.«

Er macht eine Pause und geht einen Schritt auf uns zu.

Sieht uns abwechselnd in die Augen.

»Darauf steht: *Liebst du mich noch?*«

KAPITEL 53

»Er reagiert auf unseren Aufruf in der Presse. Zeig mir bitte noch mal die Karte«, sagt Krawatte.

Wir sitzen in der Teamsitzung. Sina und ich haben den Cold Case des »Anhalter-Killer« vorgestellt. Otto schiebt ihm die Karte rüber, die bei Gabriele Küster abgeholt wurde und jetzt in einem durchsichtigen Plastikbeutel der Spurensicherung liegt. Sie lag in einem Umschlag, auf dem nur Gabrieles Namen in Handschrift stand. Keine Briefmarke.

»Gebt Karte und Umschlag direkt in die Kriminaltechnik, sie sollen es auf Fingerabdrücke und sonstige Spuren untersuchen. Ich will einen DNA-Abgleich der Spermareste auf den Kleidungsstücken der vier Opfer mit der Datenbank. Ich will jedes noch so winzige Detail überprüfen, das wir finden können.«

»Machen wir«, bestätigt Sina und nimmt den Plastikbeutel an sich. »Die Kollegen im Labor sind vorgewarnt, ich gebe Bescheid.«

Sie steht auf, geht an das Telefon in der Ecke und tippt eine Nummer.

Ich höre sie leise in den Hörer sprechen, während Krawatte fortfährt.

»Wenn wir in Betracht ziehen, dass Fabian Küster leben könnte und gefangen gehalten wird, dann nützt es nichts, die Tatorte zu besuchen und im Umfeld der vier Opfer zu ermitteln. Das bringt uns nicht weiter. Aber ich habe eine Idee, was wir unternehmen könnten, um etwas Schwung in die Sache zu bringen.«

Er schaut jedem von uns einmal tief in die Augen. Keiner sagt was.

Boah, jetzt mach es nicht so spannend, Krawatte.

»Der Täter sollte erfahren, dass wir ihm auf der Spur sind.«

Er steht vor uns und wirkt auf mich wie ein Fitnesstrainer, der gar nicht verstehen kann, dass einem seine schweißtreibenden Übungen keinen Spaß machen. Sein Gesicht ist entschieden, sein Körper angespannt und in Kampfstellung.

»Aber nicht über die üblichen Methoden der Pressestelle und den Kommentar eines ermittelnden Polizisten. Nein, es muss mehr sein. Wir zeigen ihm, was er getan hat, konfrontieren ihn mit seinen Taten und dem Schmerz der Angehörigen. Er wird es lieben. Und wir sagen dem Täter, dass wir den Kreis der Verdächtigen bereits auf wenige Personen eingrenzen konnten, die derzeit rund um die Uhr von unseren Einsatzkräften observiert werden. Und dass wir bald mit der Aufklärung des Falls rechnen können.«

»Aber das ist doch gelogen«, sage ich.

»Ja, ich weiß. Wir beunruhigen ihn und provozieren ihn zu einem Fehler.«

Krawatte tänzelt jetzt wie ein Boxer im Ring. »Und das ist genau das, was wir wollen.«

Ich hebe den Arm.

»Ich hätte da einen Pressekontakt«, sage ich und schiele zu Otto rüber.

»Wen?«, fragt Krawatte.

Mein Blick geht noch mal zu Otto, der mir zunickt.

»Jenny Pistorius«, antworte ich.

KAPITEL 54

Nach dem Mittagessen sind wir wieder im Besprechungsraum.

Es klopft. Die Tür geht auf, und Jenny Pistorius stolziert auf knöchelhohen Wildlederstiefeletten herein. Lange Beine in einer engen schwarzen Lederhose. Die Haare sind offen und etwas wild. Dicke Haare, die nach viel Spülung aussehen, in die man greifen möchte. Sie geht ohne Scheu auf jeden Einzelnen zu und gibt reihum die Hand. Mir nickt sie mit einem Lächeln zu. Ein Hauch Parfüm kommt bei mir an. Blumig-pudrig. Ich hätte was Herberes erwartet. Sogar einen Herrenduft.

So kann man sich täuschen.

Sie lässt den Trenchcoat von ihren Schultern gleiten, schält sich mit einer einzigen eleganten Bewegung heraus und setzt sich kerzengerade auf den zugewiesenen Stuhl. Schlägt die Beine übereinander und lehnt sich zurück. Jenny trägt so einen grauen großen Pullover mit einem V-Ausschnitt am Hals, der verrutscht und ihre linke Schulter freilegt. Sie zupft mit der anderen Hand den Pullover hoch, aber er rutscht sofort wieder runter.

Jenny ist locker, und zugleich hat sie etwas Vamphaftes. Verführerisches. Sie ist ein Flächenbrand, und mit ihr ist sicherlich nicht gut Kirschen essen, wenn sie schlechte Laune hat. Sie ist durchsetzungsstark, und ich glaube, die meisten Männer haben Schiss vor ihr.

Ich sehe zu Krawatte. Wäre er ein Hund, würde er Speichelfluss haben und schon mal verhalten mit dem Schwanz wedeln und auf ein einladendes Kommando warten. Sitz. Aus.

Jenny dankt für die Einladung, stellt sich vor und berichtet in wenigen Sätzen von sich. Journalistenschule in Hamburg, seitdem arbeitet sie für namhafte Magazine als Kriminalreporterin, lebt in Frankfurt. Sie erwähnt ein paar Berichte über Fälle, die sie geschrieben hat. Mühelos wandert dabei ihr Blick von einem zum anderen. Ihre Stimme ist leicht heiser, aber zugleich warm und einladend, angenehm tief für eine Frauenstimme. Nicht so kieksig.

Ich beobachte Krawatte aus dem Augenwinkel. Er steht auf Jenny. Er ist wie hypnotisiert von ihr, das merke ich.

Wieso sind Männer oft so beschissen durchschaubar?

Jenny merkt schnell, wer hier das Sagen hat. »Möchten Sie mehr wissen?«, fragt sie und sieht Krawatte freundlich an.

»Auf jeden Fall«, sagt er spontan und spannt die Schultern an.

Mir wird warm um die Wangen. Otto saugt laut die Luft ein und schielt zu Krawatte, der auf mich wirkt, als sei sein Hirn durch eine Mikrowelle spaziert. Er nickt unaufhörlich und kann seine Begeisterung kaum im Zaum halten.

»Was ist Ihr Vorschlag?«, fragt er, und für einen Moment würde ich ihm gern eine klatschen und rufen: Komm zur Besinnung. Sie ist nur eine Frau. Ja, sie hat Brüste und ein Selbstbewusstsein, also starr sie nicht an, als sei sie ein Zebra ohne Streifen im Zoo.

Jennys Blick geht zu mir, und ich recke das Kinn.

»Wir haben nicht viel Zeit, richtig? Ich bräuchte schnelle Akteneinsicht und will schleunigst mit den Hinterbliebenen sprechen. Die Daten behandele ich streng vertraulich.«

»Verstanden«, sagt Krawatte, und ich komme mir ein bisschen vor, als würden wir einen Banküberfall planen, so konspirativ ist der Tonfall. »Lupe Svensson und Sina Hülscher werden Ihnen alle Details zugänglich machen. Keine Akten verlassen dieses Gebäude.«

Er tippt zur Bekräftigung mit dem Zeigefinger auf die Tischplatte.

»Sie können mit Ihrem Laptop in einem freien Büro arbeiten. Der Kollege ist seit Längerem wegen einer Rückensache außer Gefecht. Wo wollen wir den Artikel veröffentlichen?«

Jenny zieht ein Blatt Papier aus ihrer Tasche, auf dem handschriftlich notiert ist, zu welchen Medien sie Kontakte besitzt. Viele sind es nicht, aber sie ist erst achtundzwanzig Jahre alt und noch kein alter Hase im Geschäft. Sie brennt für diese Sache und will den Artikel schreiben. Er ist ihre große Chance.

Krawatte nickt. »Ich spreche das mit meinem Vorgesetzten ab, wie weit wir den Kreis ziehen. Wir wollen in die Printausgaben und auf die Homepages.«

Er sieht auf die Uhr. »Jetzt ist es zehn nach zwei. Wann haben Sie eine erste Version des Artikels für mich?«

»Vielleicht Samstag?«, antwortet Jenny.

»Geht's genauer?«, fragt Krawatte.

»Schon, aber erst mal sollten wir über meine Bezahlung sprechen«, sagt sie, fährt mit einer Hand in ihre Haare. »Das macht den Zeitplan konkreter.«

Clever Girl. Geld beschleunigt das Schreiben.

Krawatte grinst uns freundlich an.

»Wenn ihr mich bitte allein lasst, dann klären wir das eben. Frau Pistorius kommt danach zu euch.«

»Sagen Sie ruhig Jenny zu mir«, sagt sie und kramt nebenbei ein Päckchen Zigaretten aus ihrer Tasche hervor. »So nennen mich alle.«

KAPITEL 55

Der Mann, der Fabian in seiner Gewalt hat, ist dort draußen.

Und er spielt mit uns und den Gefühlen der Hinterbliebenen.

Fabian könnte mausetot sein, verscharrt oder zerstückelt, in Säure aufgelöst oder in einem See oder der Kanalisation entsorgt. Von Ratten zernagt. Wenn ich nachdenke, fallen mir spontan ein paar üble Szenarien ein. Seit der Karte im Briefkasten bin ich mir jedoch sicher, dass Fabian noch lebt. Zumindest will ich daran glauben, dass es so ist. Sonst müsste der Täter seine Handschrift nachahmen, was nicht unmöglich ist, aber das sollen die Profis untersuchen.

Ich stelle mir vor, wie der Mann Fabian dazu zwingt, die Karte zu schreiben.

»Schreib ordentlich, damit Mutti es lesen kann.«

Dieser Gedanke erzeugt Wut in mir. Tief drinnen. Eine leise, vor sich hin köchelnde Wut auf diesen Täter und darauf, was er getan hat und wie er mit den Menschen umgeht, die er in Trauer und Verzweiflung zurückgelassen hat. Aber Psychopathen denken nicht in solchen Kategorien, es ist ihnen egal. Sie sind gefühlskalt und kein bisschen emphatisch. Sie würden einen Hund am Genick packen und so lange schütteln, bis er tot ist. Dann schleudern sie ihn in die Ecke und essen ein Stück Kuchen. Weil sie gerade Lust darauf haben.

So sieht es aus. Und dieser Psychopath ist da draußen.

Womöglich ist das, was wir sehen, nur die Spitze des Eisbergs, und der Täter hat noch mehr Frauen getötet und junge Männer in seine Gewalt gebracht. Aus meinem Studium und dem Forschungsaufenthalt in England weiß ich, dass es zwei Arten gibt, wie sich solche Täter weiterentwickeln.

Der eine wird dissozial, er begeht weitere Straftaten, ist häufig arbeitslos, geschieden, nimmt Drogen und lebt ein Einzelgängertum. Er wird auffällig und setzt damit Angriffspunkte, um ihn zu schnappen.

Das wäre das eine Suchmuster. Täter Nummer eins.

Der andere Typ ist deutlich schwieriger einzugrenzen.

Er lebt höchst unauffällig. Er lernt, sich zu tarnen, wahrt die Fassade des treusorgenden Partners und Familienvaters, geht einem Job nach und ist darin sogar überaus erfolgreich und wird geschätzt von den Kollegen und Vorgesetzten. Er spielt eine Scharade. Ein Versteckspiel. Lebt ein Doppelleben, das er mühelos meistert. Man müsste genauer hinsehen, um die Verhaltensmuster zu entdecken, die er versucht zu verbergen. Aber auch diese Fassade bekommt Risse.

Täter wie er begehen irgendwann Fehler. Vor allem, wenn sie unter Druck geraten.

Und da kommt Jenny ins Spiel. Sie lockt Mister Unbekannt aus der Reserve. Wir scheuchen ihn auf, in der stillen Hoffnung, dass er Fabian nichts tun wird. Montag soll der Artikel erscheinen. Der Countdown läuft.

Die Frage ist, in welchem Zustand Fabian sein wird, wenn wir ihn finden, nach zehnjähriger Gefangenschaft. Hat er Tageslicht gesehen? Oder liegt er angekettet in einem dunklen Kellerverlies? Während Jenny im Nebenzimmer auf ihren Laptop einhämmert, wird ein Bild von Fabian erstellt, wie er heute aussehen könnte. Wie sich sein Gesicht verändert hat in den zehn Jahren.

Ich ahne, dass der Anblick schlimmer sein wird, als wir es uns vorstellen.

Kurz vor halb sechs steht Jenny bei mir in der Tür.

»Wann kann ich mit Fabians Mutter und Mark …«, sie sieht auf ein gelbes Post-it in ihren Händen, »… Swoboda sprechen? Und ich will Fotos von ihnen machen.«

KAPITEL 56

Gabriele Küster ist sofort einverstanden, und vierzig Minuten später parken Jenny und ich vor ihrem Haus. Otto hat mich als Begleitung mitgeschickt, weil er eine Unterredung mit Krawatte hat, die hochdienstlich ist und nichts für kleine Praktikantinnen. Ich soll auf Jenny aufpassen und die Ohren spitzen und jeden neuen Hinweis, der sich durch das Gespräch ergibt, berichten.

»Hier wohnte Fabian«, sagt Jenny, als ich vor dem Haus der Familie Küster den Motor meines Cinquecento ausstelle und die Handbremse ruckartig anziehe.

»Yep, so ist es.«

»Nicht schlecht. Schicke Bude.«

»Geht so, nicht mein Geschmack. Nouveau-Riche.«

Jenny lacht amüsiert. »Wo soll der Wagen denn hinrollen?«, fragt sie und deutet zur Handbremse. »Ist doch 'ne ebene Straße.«

»Nach vorne oder hinten«, antworte ich wahrheitsgemäß. »Ist eine Angewohnheit von mir. Ich weiß, es ist Quatsch, aber es macht mich froh, sie anzuziehen.«

»Gibt Sicherheit«, bemerkt Jenny. »Coole Jacke übrigens.«

»Danke. Ist von meinem Dad.«

»In irgendetwas möchte man ja hineinwachsen, oder? Magst du auch 'nen Kaugummi?« Sie steckt eine Hand in die Tasche ihres Trenchcoats, zieht sie wieder heraus und sieht mich erstaunt an. Für einen Moment flackert Traurigkeit in ihrem Blick auf.

»Was ist?«

Sie öffnet ihre Hand, und darin liegt ein Frolic, dieser kleine stinkende, salzige rotbraune Kringel, den Hunde so lieben. Asta, die Hündin, mit der ich groß wurde, hat die geliebt.

»Oh, das isst du mal besser nicht«, sage ich. »Was hast du für einen Hund?«

»Keinen mehr, ich musste meine Hündin vor drei Wochen einschläfern. Krebs.«

Sie lässt das Seitenfenster herunter und wirft das Frolic in den Vorgarten.

»Sag mal, müssen wir noch was besprechen, bevor wir reingehen?«, frage ich.

»Nein, ich bin gut im Bilde. Ich würde im Anschluss gerne noch mal ins LKA. Wenn das okay für dich ist?«

Sie klappt den Beifahrerspiegel runter, kontrolliert ihr Mascara um die Augen, schürzt einmal die Lippen und fährt sich durch die Haare.

»Ich bin eh Single und habe am Freitagabend nichts vor«, antworte ich.

»Oh, okay. Du willst nicht mit Freunden ausgehen, feiern oder so? Party machen?« Sie klappt den Spiegel wieder hoch und strahlt mich an, als stünden wir vor dem heißesten Klub der Stadt und müssten nur aussteigen und loslegen.

»Ich bin nicht so die Tanzmaus und ich stehe nicht auf Pillen«, antworte ich, während ich aus dem Fenster aufs Haus sehe und den Eingang beobachte.

»Worauf stehst du denn dann?«, fragt Jenny.

In dem Moment öffnet sich die Haustür, und Gabriele Küster tritt heraus, sie sieht meinen Wagen, stutzt kurz. Sie erkennt mich hinter der Scheibe, hebt die Hand in Hüfthöhe und lässt sie wieder sinken.

»Ich denke, wir sollten jetzt reingehen.«

Gabriele hat sich zurechtgemacht, die Haare sind sorgfältig frisiert, und sie hat Rouge auf die Wangen aufgetragen. Sie trägt den gleichen Lippenstift wie an dem Tag, als sie zu uns ins LKA kam. Die Bluse ist weiß mit einem Stehkragen. Sie riecht nach Shalimar. Kenne ich von meiner Mutter, mag ich aber trotzdem nicht, ist mir zu viel Orient.

Jennys scannt den Flur ab, in dem wir stehen, die Bilder mit den grob gemalten Orangen und Zitronen in strahlenden Farben, die afrikanischen Masken an den Wänden, den Kalender mit den Aufnahmen von deutschen Seen.

»Wo geht's hier hin?«, fragt sie und deutet auf die Treppe.

»Zu Fabians Zimmer.«

Jenny sieht sie freundlich an. »Können wir ja später ansehen, muss nicht gleich sein. Wir unterhalten uns erst, in Ordnung?«

»Ja, das wäre mir recht«, sagt Gabriele und reißt etwas die Augen auf, als Jenny eine Spiegelreflexkamera aus ihrer Tasche zieht.

»Ich würde gern ein aktuelles Foto von Ihnen schießen und suche nach einer Stelle, wo Sie gut wirken. Was meinen Sie, wo sollte ich Sie aufnehmen? Haben Sie eine Idee?«

Clever, Jenny.

»Wie wäre es hier, vor dem Sideboard.«

Gabriele stellt sich seitlich hin, eine Hand auf dem Möbelstück, die andere hängt locker runter. Die Füße sind leicht gespreizt. Ein eingeübtes Posing. Das hat sie schon bei Dutzend Einbauküchen ihres Mannes gemacht. Die gepflegte Hausfrau, die mit einem Lächeln neben der Arbeitsplatte in Marmoroptik posiert.

Sie sieht Jenny erwartungsvoll an.

Jenny löst die Verschlusskappe vom Objektiv.

»Lupe, kannst du mal das Flurlicht einschalten.«

Ich drücke auf einen Schalter, und die in der Decke eingelassenen Halogenstrahler flammen auf und erhellen den Gang.

»Viel besser. Danke.« Jenny schaut durch den Sucher und dirigiert die freundlich dreinschauende Gabriele.

»Kinn etwas höher. Ja, genau. Die Schulter zurück. So ist es gut. Bitte so bleiben.«

Ich höre den Verschluss klicken, der wie ein Maschinengewehr abgefeuert wird.

Gabriele hat sichtlich Spaß an dem improvisierten Fotoshooting.

Sie dreht und wendet sich, hebt und senkt das Kinn.

»Nicht lächeln, bitte«, sagt Jenny, und Gabriele schürzt leicht die Lippen.

»Sind das Fotoalben, Frau Küster?«, fragt Jenny, während sie weiter abdrückt und nur mit dem Kopf kurz zu den Rücken in dem offenen Regalteil nickt.

Klick. Klick. Klick.

Gabrieles Ausdruck verändert sich für eine Millisekunde.

Das Freundliche rutscht wie ein fallen gelassener Gazevorhang aus ihrem Gesicht.

Ihre Gesichtszüge versteinern, und ihr Blick ist verschattet, ja fast grimmig.

Klick. Klick. Klick.

»Ja, vor allem von den Kindern«, antwortet sie, mit erdiger Stimme, als hätte sie das Unheil zwischen zwei Pappdeckeln versteckt.

»Ich hab's, danke«, sagt Jenny und lässt die Kamera sinken. »Da ist garantiert was dabei.«

KAPITEL 57

Für das Gespräch führt Gabriele uns in das Wohnzimmer. Wir nehmen auf dem Sofa Platz. Jenny erklärt ihr, dass sie plant, Gabriele in dem Artikel als zentralen Dreh- und Angelpunkt der gesamten Geschichte zu porträtieren. Die allein gelassene Mutter. Der Verlust des Kindes. Die quälende Unsicherheit.

Erst runzelt Gabriele die Stirn, aber als Jenny erklärt, dass sie schließlich die Kontaktperson des Täters sei und die Leser mehr auf eine wartende Mutter reagieren als auf Phantombilder und ausgeblichene Jugendfotos, verschwindet die senkrechte Falte auf ihrer Stirn.

»Sie haben recht, das klingt schlüssig.«

»Dann fangen wir an, einverstanden? Wie haben Sie sich damals gefühlt, als Ihnen klar wurde, dass Fabian nicht mehr zurückkommt?«

Gabriele beginnt erst zögerlich zu berichten, aber mit jedem Wort tastet sie sich in die Erinnerung hinein und erzählt flüssiger.

Ich lehne mich zurück, trinke Wasser mit Zitrone und beobachte die beiden bei ihrem Gespräch. Jenny nickt immer mal wieder und macht sich Notizen. Zudem hat sie ein digitales Aufnahmegerät eingeschaltet, auf das Gabriele einen kurzen Blick wirft und es für den Rest des Gesprächs ignoriert. Für mich kommt nichts Neues dabei rum, außer, dass ich jetzt auch den emotionalen Part erfahre.

Als Jenny auf die Karte zu sprechen kommt, die heute im Briefkasten lag, wird Gabriele nervös.

»Das hat mich so aufgewühlt.«

»Erzählen Sie es mir der Reihe nach.«

Jenny macht das gut. Dieses Tänzeln zwischen neugierig sein und zugleich ausfragen. Zwischen Sachinformationen und der emotionalen Ebene.

Gabriele erzählt. »Ich hörte das Klappern des Briefkastens und das Pfeifen des Postboten und sah durch das Küchenfenster, wie er mit seinem Fahrrad weiterfuhr. Ich bin aus dem Haus getreten und habe die Post herausgenommen, drei Briefe lagen drin. Noch im Stehen habe ich den Umschlag aufgerissen, weil ich Fabians Schrift erkannt habe.«

Ihre Stimme erstickt. Sie schluckt zwei Mal hohl. Nimmt einen Schluck Wasser.

»Ich bin ins Haus gerannt und habe Annika angerufen. Und dann Ihren Kollegen. Ich hoffe nur, die Nachbarn haben es nicht mitbekommen.«

Nach dem Gespräch gehen wir eine Etage höher, und Gabriele schließt das Zimmer von Fabian auf. Abgestandene Luft schlägt uns entgegen. Es ist genau so wie Anfang der Woche, als Otto und ich drin waren. Jenny darf ein paar Fotos knipsen. Bett. Schreibtisch. Aussicht vom Fenster. Bücherregal. Dabei verwickelt sie Gabriele in ein Gespräch, fragt Belangloses, so was wie: »War der Fabian denn ordentlich? Das ist doch für Jungs eher untypisch, oder?«

Es funktioniert. Gabriele wird lockerer, und Jenny bittet sie auf dem akkurat gemachten Bett Platz zu nehmen. Sie setzt sich langsam auf die Bettkante, so als könnte das Gestell unter der Last der Erinnerung und unseres Vorhabens zusammenbrechen. Sie legt die Hände flach auf die Knie, hebt den Kopf und sieht Jenny an.

Klick. Klick. Klick. Klick.

Es wirkt wie ein Foto eines Menschen, den man in seiner Gefängniszelle porträtiert. Wo die kargen Wände und die Bettstatt eine Trostlosigkeit verströmen, die wehtut. Ich stehe hinter Jenny, und mein Blick fällt auf den Fleck auf dem Teppich, am Fuße des Bettes.

»Fabian hat wohl gern Rotwein getrunken«, sage ich scherzhaft und deute auf den blassen Fleck neben ihren Schuhen, den ich schon bei der ersten Begehung des Zimmers gesehen habe.

Gabriele sieht einen Moment hin. »Das war kein Rotwein, das war Blut«, sagt sie beiläufig, während die Kamera weiterklickt, und erschrickt in der Sekunde, in der sie es ausgesprochen hat.

»Was für Blut?«

Jenny knipst einfach weiter.

Gabrieles Mund wird zu einem Strich, die Schultern hängen nach vorne. »Genug jetzt«, sagt sie. »Hören Sie auf!«

Ich lege Jenny eine Hand auf die Schulter, und sie nimmt die Kamera von ihrem Auge. Gabriele atmet schwer. Ihr Brustkorb hebt und senkt sich. Sie legt eine Hand flach auf ihr Dekolleté.

»Ist es das Blut von Fabian?«, frage ich und gehe einen Schritt auf sie zu.

»Ja, er hatte sich verletzt, an der Hand.« Sie deutet auf ihre Handinnenseite. »Er hat in eine Glasscherbe gefasst. Es war ein Unfall.« Gabriele senkt den Blick.

»Wie lang ist das her?«

»Das war einen Tag vor seinem Verschwinden«, sagt sie leise und fährt mit der Sohle ihres Schuhs über den Fleck, als könnte sie ihn damit unsichtbar machen.

Ich gehe in die Hocke. Meine Knie knacken.

»War er betrunken?«

Gabriele sieht mich erstaunt an. Nickt kaum merklich.

»Wollte er sich etwas antun?«, frage ich leise und achte auf jede Regung in ihrem Gesicht.

Ihre Augen wandern umher und suchen einen Ausgang. Gabriele braucht nichts zu sagen. Die Reaktion genügt mir vollkommen.

KAPITEL 58

Sonntag, 11. April 1993, 4:10 Uhr. Die Nacht vor Fabians Verschwinden

Er hasste das. Dabei wollte er nur seine Ruhe. Er hörte das schrille Rufen seiner Mutter, die an die Tür pochte.

»Stell die Musik leiser!«, drang es gedämpft an sein Ohr.

»Verpiss dich!«, brüllte er zur Tür. »Lass mich in Ruhe! Verschwinde!«

Fabian konnte nicht schlafen. Das Taxi hatte ihn vor dem Haus abgesetzt, und er hatte blind einen Geldschein nach vorne gereicht und das Wechselgeld nicht abgewartet.

Als er in seinem Zimmer ankam, wusste er, dass er keinen Schlaf finden würde.

Er lag auf dem Bett und hörte diesen krachenden Song von Lenny Kravitz auf Repeat, der sich in sein Ohr schraubte und hämmerte und nicht mehr herauswollte.

Are you gonna go my way.

Are you gonna go my way.

Ein brüllendes Mantra. Und er war nicht alleine. ER war auch da, saß auf der anderen Seite des Zimmers auf der kleinen Couch, wippte mit dem Kopf zu den Gitarrenriffs und den Schlagzeugschlägen und lachte ihn dabei an. Fabian setzte die Flasche mit dem Wodka an und trank ihn, als sei es Wasser. Er schmeckte die Schärfe des Alkohols nicht mehr, weder in seinem Rachen noch in seinem Magen, der ein fester Klumpen war, als sei er mit Teer gefüllt. Seine Zunge fühlte sich taub an, und er schluckte dieses klare Wasser hinunter und wartete auf den Knacks in seinem Kopf. Auf diesen Moment, in dem die Bilder aufhörten, zerplatzten und zerstoben. Sich in winzige Teile auflösten und verschwanden.

Fabian stellte den Song wieder an.

»So geht das nicht«, sagte er vom Sofa aus und zündete sich eine Zigarette an.

Die Wodkaflasche war leer und fiel zu Boden, aber zerbrach nicht. Fabian hob sie auf und warf sie nach ihm. Verfehlte ihn, und die Flasche zerschellte mit einem Klirren am Bücherregal, die Scherben verteilten sich im Zimmer.

»Beruhig dich mal«, sagte er und atmete den Rauch der Zigarette weiter aus. »Das ist eben in dir drin, das verschwindet nicht einfach so.«

Fabian stand auf. Sein Kopf schwang hin und her wie bei einem Säugling, unfähig, sich zu stabilisieren. Die Ecken des Zimmers schaukelten, und er tastete sich schrittweise zu den Scherben, die am Boden lagen.

»Sieh dir an, was du getan hast«, sagte er und zerdrückte die Zigarette auf dem Teppichboden.

Fabian ging in die Knie, verlor das Gleichgewicht und fiel nach vorne, eine Scherbe bohrte sich in seine Handinnenfläche. Als er sich mühsam wieder aufrichtete, sah er das Blut, das seinen Arm in Rinnsalen hinunterlief. Er torkelte zurück zu seinem Bett und setzte sich schwer. Hielt seinen Arm fest und betrachtete die Wunde.

Den Glassplitter, der darin steckte.

Aber er fühlte nichts. Das war kein Schmerz. Da war gar nichts mehr.

Wie konnte das sein?

»Schau es dir an, innen bist du überall rot.«

Fabian nahm die Scherbe heraus und steckte sie in die Wunde zurück.

Als wäre es ein Legostein.

Das Blut quoll dickflüssig wie Sirup hervor und tropfte auf den Teppich.

In dem Moment brach die Tür seines Zimmers krachend auf.

KAPITEL 59

»Ein Suizidversuch? Dazu stand nichts in den Akten«, sagt Otto zu mir am Telefon, als ich ihn auf der Rückfahrt zum LKA auf dem Handy erreiche. Mittlerweile ist es halb sieben und Otto bereits zu Hause.

Es regnet, und die Scheibenwischer ziehen Schlieren über die Windschutzscheibe und gehören mal ausgetauscht.

»Gabriele sagt, es war ein Unfall.«

Ich steuere den Wagen durch den Feierabendverkehr, der langsam abnimmt. Jenny sitzt neben mir in meinem Fiat 500 und klickt sich auf dem Display ihrer Digitalkamera durch die geschossenen Fotos.

»Ich schaue mir gleich noch mal die Akten an, wenn wir wieder in Düsseldorf sind«, sage ich.

»Sieh nach, ob der Fleck untersucht worden ist.«

Ich höre im Hintergrund Besteck klappern. Teller klirren. Eine Schublade wird zugeschoben. Klingt wie ein aufgeregtes Tischdecken.

»Mach ich.«

Jetzt höre ich Musik im Hintergrund bei Otto. Gitarrenriffs. Schlagzeug. Die Musik wird lauter. Er scheint durch seine Wohnung zu gehen, näher zur Musikquelle.

»Sind das die Stones?«

»Ähm, ja, wieso?«

»Was machst du denn? Kochst du?«, frage ich amüsiert und ziehe ihn ein bisschen auf. Es freut mich ja, dass er mit seiner Nachbarin anbändelt.

Ottos Stimme klingt aufgekratzt.

Er räuspert sich. »Wir sollten Montag mit der Kriminaltechnik sprechen und sie noch mal vorbeischicken, falls der Fleck nicht untersucht wurde. Montag kommen die Ergebnisse der Untersuchung der Karte. Wann trefft ihr Mark Swoboda?«

»Morgen, Samstag, um elf Uhr bei ihm zu Hause.«

»Wie geht es mit dem Artikel voran?«

Wir stehen an der Ampel, und ich linse rüber zu Jenny.

Ich frage Jenny und höre Otto im Hintergrund pfeifen.

»Läuft, alles prima. Schreibt sich quasi von alleine.« Sie sieht mich zuversichtlich an.

»Morgen will Krawatte den Text sehen. Einige Zeitungen machen mit und halten Platz frei für die Montagsausgabe. Gebt Gas«, sagt Otto, und ich kann sein Grinsen durchs Telefon hören.

»Schicken Abend«, wünsche ich, aber Otto hat bereits aufgelegt.

»Was glaubst du, wie hat er es gemacht?«, fragt Jenny.

»Was meinst du?«

»Na, wie hat der Täter die Mädchen dazu gebracht, ihm zu vertrauen? Mit ihm auszusteigen?«

»Womöglich hat er ihnen nur eine Waffe an den Kopf gehalten.«

Mit meinen Fingern ahme ich eine Pistole nach und halte den Lauf an Jennys Stirn.

»Aussteigen!«, sage ich in scharfem Tonfall.

Jenny reißt die Augen weit auf.

Ich nehme meine Hand runter. »Sorry, ich wollte dich nicht erschrecken. Aber so könnte es gewesen sein.«

KAPITEL 60

November 1992

Sie ging seit fast einer Stunde am Straßenrand entlang. Gleichförmig stelzend wie ein müder Soldat. Sie fror in ihrem Bundeswehrparka. Ihr Rücken schmerzte, und sie trug den Rucksack in der rechten Hand, in der Hoffnung, dass es leichter wurde. Als das Auto näher kam und sie das Motorengeräusch mit einem Mal unter der Musik des Walkman wahrnahm, hob sie schnell den Kopf und streifte die Kopfhörer von den Ohren. Schnell drehte sie ihren Körper in einer fast nervösen Bewegung zur Fahrbahn.

Ein BMW.

Weiß. Blitzsauber und glänzend. Besser als schwarze Autos, die hatten etwas Unheimliches an sich. Sie kniff die Augen zusammen und versuchte, durch die Reflexion auf der Windschutzscheibe zu erkennen, wer hinter dem Steuer saß.

Lass es eine Frau sein, wünschte sie sich.

Eine gemütliche Mollige mit Katzen zu Hause, die eine Stunde munter von sich erzählt. Die hatte sie letzte Woche. Oder wieder so eine besorgte Mutter, die sie ausfragt und der sie eine tolle Geschichte auftischte, die von vorne bis hinten erstunken und erlogen war. Aber jedes Mal gut ankam und manchmal zu einem hastig zugesteckten Zwanziger führte, wenn sie wieder ausstieg. Oder eine in ihrem Alter, die es besser getroffen hatte im Leben als sie. Nicht mit so einer beschissenen Mutter und einem saufenden Vater. Eine, die ihre eigene Karre fuhr, die 'nen Typen hat, für den sie schwärmte und erzählte, wie süß seine himbeerfarbenen Lippen schmeckten. Das hatte sie gestern erlebt.

»Zeig mal ein Bild«, hatte sie gesagt, und die junge Frau am Steuer, Sabrina, hatte beim Fahren ein Foto aus ihrem Portemonnaie gezogen und ihr gereicht, und sie hatte in die Augen eines Neunzehnjährigen geblickt: sympathisches Lachen, wache Augen, Sommersprossen auf der Nase. Sie hatte Sabrina Komplimente für ihren grellen Nagellack gemacht, obwohl der fast ein bisschen Achtziger war, und sie hatte sich gefreut. Es war wie eine Art Kneipenbekanntschaft, der sie für eine Stunde oder zwei das Gefühl gab, sie hätte eine neue beste Freundin gefunden. Und obwohl sie bei den Geschichten über sich dick aufgetragen hatte, wollte Sabrina mehr hören und rief: »Echt? Das glaube ich ja nicht, ist das irre.«

So war es eine ganze Zeit gegangen, bis sie Sabrina kurz vor Münster an den Straßenrand lotste.

»Echt jetzt, hier?«, fragte Sabrina.

»Passt schon, ich suche mir was zum Schlafen, bin müde. ’ne Scheune oder so«, antwortete sie.

»Okay, wenn du meinst.« Sabrina nahm zwei Zigaretten aus ihrer Marlboro-Schachtel. »Warte mal.« Sie kramte eine Tankrechnung aus dem Seitenfach in der Tür und kritzelte ihre Nummer mit dem Kajal darauf.

»Kannste das lesen? Ruf mich mal an, ja. Pass auf dich auf.«

Sie steckte die Kippen und den Zettel in ihre Brusttasche und nahm ihren Rucksack von der Rückbank.

»Danke fürs Mitnehmen.«

»Gerne. Geile Doc Martens übrigens. Stehen dir. Voll gut.«

Sie warf die Tür zu. Winkte. Der Motor röhrt auf, und Sabrina fuhr davon.

Ich könnte ein Buch darüber schreiben, dachte sie. Mein Weg in den Süden. Bis Italien wollte sie reisen, dort würde sie Gianni treffen. Und der würde Augen machen.

Never ending story.

Der BMW kam näher und verringerte die Geschwindigkeit. Das Motorengeräusch wummerte gleichmäßig. Sie war schon darauf konditioniert und konnte Autotypen voneinander unterscheiden. Das wäre was für *Wetten, dass …?*.

Es dämmerte, und die Sonne stand schon tief. Hinter der Scheibe konnte sie nur eine schwarze Sonnenbrille erkennen.

Besser nicht, dachte sie und wollte weitergehen. Das Auto war jetzt auf ihrer Höhe. Musik wummerte. Der Fahrer ließ surrend das Beifahrerfenster herunter, während er in Schrittgeschwindigkeit neben ihr fuhr. Sie warf einen schnellen Blick zur Seite und sah, wer hinter dem Steuer saß.

Ein junger Typ mit schwarzer Sonnenbrille und blöder Popperfrisur, so sahen die Jungs momentan alle aus, wie eine Kaste. Er hatte die Musik aufgedreht, INXS. »Suicide blonde«. Den Song mochte sie, der machte ihr immer Bock zu tanzen.

Der Typ konnte nicht so verkehrt sein. Frisur hin oder her.

»Hey, soll ich dich ein Stück mitnehmen?«, rief er ihr über die Musik hinweg zu. Sie blieb stehen, kaute ihren Kaugummi, machte eine Blase damit und ließ sie platzen. Leckte sich mit der Zunge rasch über die Lippen.

»Wo fährste denn hin?«, fragte sie.

»Düsseldorf«, antwortete er und machte keine Anstalten, die Musik leiser zu drehen. Er lachte sie an.

Das wären über hundert Kilometer. Glückstag. Bingo!

»Geil. Ich bin dabei«, sagte sie, verstaute ihren Rucksack auf dem Rücksitz und warf sich auf den Sitz neben ihm. Wischte ihre Hand an der Hose ab und reichte sie ihm.

»Melli«, sagte sie. Aber das war gelogen. Sie hieß bei jedem anders. Wer sie wirklich war, ging niemanden etwas an. Sie hielt ihm weiter die Hand entgegen, aber er nahm sie nicht an.

»Passt schon«, meinte er, legte den ersten Gang ein und fuhr los. »Ist ohne Anfassen.«

Als sie eine halbe Stunde gefahren waren und es bereits dunkel war, stellte sie fest, dass er anders war als die anderen Fahrer, die sie mitgenommen hatten. Er fragte sie aus, wo sie herkam und wo sie hinwollte und ob jemand auf sie wartete, und Melli tischte ihm eine Geschichte auf und log das Blaue vom Himmel runter. Aber das war nicht, worum es ihm ging. Er beobachtete ihre Gestik, ihre Handbewegungen. Er hatte die Sonnenbrille abgenommen und gegen eine getönte andere Brille getauscht, die seine Augen versteckte, was sie unangenehm fand. Er warf ihr gelegentlich einen Blick von der Seite zu, während sie die Bundesstraße entlangfuhren und die Scheinwerfer des BMW den Asphalt beleuchteten.

»Ist eine Augenkrankheit«, erklärte er.

»Was für eine denn?«

Sie bekam keine Antwort. Er flirtete nicht mit ihr und wollte ihr nicht an die Wäsche, und eigentlich müsste sie sich denken, wie prima, ich kann mich entspannen, womöglich ist der Typ einfach schwul. Aber da war die Art, wie er sie ansah, was ein merkwürdiges Gefühl in ihrem Magen verursachte. Du musst auf deinen Bauch hören, sagte sie sich. Das ist die oberste Regel beim Trampen. Hör auf deinen Bauch.

Sie sah sich unbemerkt in dem Wagen um und stellte fest, dass sie noch nie so ein sauberes Auto gesehen hatte. Kein Staubkorn gab es auf dem Armaturenbrett. Alles war blitzblank und glänzte. Auf der Fußmatte lag eine Plastiktüte, da sollte sie bitte ihre Schuhe drauf abstellen. Auf der Rückbank lag ebenfalls eine Plastikplane zum Schutz der Sitzfläche.

»Wegen der Hunde«, erklärte er. »Außerdem will ich den Wagen nächste Woche verkaufen.«

Im Laufe der Fahrt veränderte er sich. Er hörte auf, ihre Fragen zu beantworten, seine Gesichtsmuskeln verspannten sich, und er richtete sich in dem Sitz auf wie eine Kobra. In dem Moment wusste sie, dass er etwas im Schilde führte. Sie konnte die List riechen, die sich in dem Wagen ausbreitete und ihr die Kehle zuschnürte. Er hielt das Lenkrad so fest, dass sich seine Knöchel weiß abzeichneten.

Sie fuhren jetzt auf einer Bundesstraße, die durch ein längeres Waldgebiet führte.

Melli wusste nur eins. Sie musste hier raus. Sofort.

»Mir ist ein Malheur passiert«, sagte sie. »Tut mir leid, aber ich habe gerade meine Tage bekommen. Ich glaube, da ist etwas auf den Sitz gekommen.«

»Ne, oder? Was soll die Scheiße?«, rief er, bremste abrupt und fuhr rechts ran. Links und rechts der Fahrbahn war nur Wald. »Raus hier, verschwinde!«, schrie er sie an.

Sie zuckte zusammen, war für einen Moment unfähig, sich zu bewegen.

»Los jetzt, sonst mach ich dich platt.«

Sie stieß die Beifahrertür auf und sprang hinaus. Sie war noch nicht ganz draußen, da fuhr er mit Vollgas an. Die Reifen drehten auf dem feuchten Asphalt durch. Melli rannte ein paar Meter neben dem Wagen her und riss die hintere Beifahrertür auf. Sie zerrte ihren Rucksack heraus und fiel der Länge nach hin. Hob den Kopf und sah die roten Bremslichter des BMW aufleuchten wie bei einer Verkehrsampel. Er legte den Rückwärtsgang ein, das weiße Licht leuchtete auf, und der Motor heulte auf.

Nichts wie weg, schoss es ihr durch den Kopf.

Sie rappelte sich hoch, schulterte ihren Rucksack und rannte in den Wald hinein. Sie hatte keine Ahnung, wo sie war. Äste peitschten ihr ins Gesicht, sie stolperte, schrie auf. Fing sich wieder. Lief weiter.

Sieh dich nicht um, befahl sie sich. Sieh dich bloß nicht um.

KAPITEL 61

Ich bin noch im LKA und suche in den Akten nach dem roten Fleck. Als ich damit durch bin, schicke ich Otto eine SMS: Der rosa Fleck in Fabians Zimmer ist 1992 nicht untersucht worden, weil er als Rotweinfleck in den Unterlagen geführt wurde.

Warum haben Fabians Eltern damals der Polizei nicht erzählt, was passiert ist? Hatten sie Angst, dass sie selbst verdächtigt werden, ihrem Sohn etwas angetan zu haben?

Aus dem Zimmer nebenan höre ich Jennys anfallsartiges Klappern der Computertastatur.

Gegen 20:30 Uhr verstummt es, und sie steht mit rot geränderten Augen vor mir, wühlt sich durch ihre Haare und meint: »Genug für heute.«

Wir sind beide hundemüde, gähnen abwechselnd. Löschen die Lichter, geben die Schlüssel an der Pforte ab und treten aus dem Gebäude in die Nacht.

Es regnet und ist kalt geworden.

Wir verabschieden uns schnell und laufen jede mit eingezogenem Kopf zu unseren Autos. Ohne ihr nachzusehen, steige ich ein. Jennys Geruch hängt in meinem Wagen, der Duft nach Leder und dieses merkwürdige, blumige Parfüm. Ich schiebe eine CD von Al Green ein, und er krächzt »So tired of being alone«, und ich fahre los. Drehe die Heizung auf und stelle das Gebläse auf höchste Stufe. Es regnet heftig, und der Scheibenwischer schrappt über die Scheibe wie ein stetiges Winken. Erst als ich in Köln ankomme, hört es auf zu regnen, und ich nehme eine Abkürzung zu meiner Wohnung, weil ich nicht über die Hauptstraße fahren will, wo die feiernden Besoffskis unterwegs sind. Die Straße führt am Kölner Schlachthof vorbei, der im Dunkeln liegt. Heute wird nix mehr getötet. Als ich in meinem Viertel um die Häuser kreise und nach einem Parkplatz suche, bringen mich Al Greens Gesang und der Schlachthof in meinem Kopf zurück zu Henry, der plötzlich wie ein ungebetener Gast erscheint. Paff.

Henry, der Schlachter.

Sein Bild erscheint vor meinem inneren Auge.

Hello again, denke ich. Was willst du denn in meinem Kopf?

Ich fahre zum vierten Mal die Parallelstraße entlang und versuche meine Gedanken an Henry, den Ex-Patienten, abzuschütteln, der wie ein Geist aus der Vergangenheit hervorspringt, weil er eine Chance wittert, um mir mal wieder gehörig auf den Sack zu gehen. Da entdecke ich eine Parklücke, die selbst für meinen Cinquecento eng ist. Aber ich quetsche ihn hinein, und eine Heckseite ragt wie ein ausladendes Hinterteil in die Straße. Wurscht.

Ich schmeiße die Fahrertür scheppernd zu, schließe ab, atme durch und gehe zum Haus. Ich öffne die Tür zu meiner Dachwohnung auf, und da steht dieses große Nichts und sagt: Na, wir haben auf dich gewartet, und lockt mich mit einem hässlichen Hexenfinger ins Innere der kalten Wohnung. Ich drehe die Heizung auf und knipse ein paar Lampen an. Schalte den Fernseher ein, aber sehe nicht hin. Entkorke eine Flasche französischen Weißwein, die eiskalt im Kühlschrank wartet, und trinke das erste Glas im Stehen. Weil ich diese Leichtigkeit spüren will, die dich hochhebt und schwerelos werden lässt. Ich stelle mich eine Viertelstunde unter die heiße, prasselnde Dusche, den Kopf gesenkt, und sehe zu, wie sich das Wasser am Boden zu einem Strudel formt und mit einem monotonen Gurgeln im Abfluss verschwindet.

Und dann kommen die Bilder wieder.

Von Henry.

Der mit seinen Opfern badete.

Henry der Schlächter, der Frauen verführte und in sein Haus in der Eifel einlud, aus dem sie nie wieder lebend herauskamen.

Es waren allesamt schwarzhaarige Frauen. Wie ich eine bin.

Henry war der begnadete Koch, der über Rezepte und Zutaten schwärmen konnte. Der einen feinen Sinn für Aromen, Geschmack und die gelungene Komposition von Speisen hatte und mir in einer unserer ersten Therapiestunden ein Menü ersann, dass mir das Wasser im Mund zusammenlief. Diese Frauen machten sich schick für ihn, zogen ihre besten Kleider an, legten Make-up auf und bespritzten ihre Dekolletés mit teurem Parfüm. Als würden sie auf einen Ball gehen.

»Die Musik ist wichtig«, hat Henry zu mir gesagt. »Das schafft Atmosphäre. Klassik ist gut. Klaviermusik. Keine Geige, das nervt schnell, dieses Gefiedel.«

Die meisten waren gelangweilte Ehefrauen, die er im Internet und im Supermarkt aufgabelte. Sie betraten mit glühenden Wangen sein Haus. Sahen die brennenden Kerzen auf dem festlich gedeckten Tisch mit den gestärkten Tischdecken, dem prasselnden Kaminfeuer und der klimpernden, sanften Klaviermusik und waren zu allem bereit. Ihre Freude war groß und glitzernd. Was für ein sagenhafter Mann, der mit einer Schürze über dem blütenweißen Hemd und dem gepflegten Ziegenbart eine Vorspeise servierte, die zum Niederknien war. Begleitet von einem Glas eiskaltem Champagner. Nach dem Festessen, einem köstlichen mehrgängigen Menü, verführte er die Frauen, schlief mit ihnen, brachte sie zu einem letzten gewaltigen, unvergesslichen Orgasmus.

Spermareste fanden die Rechtsmediziner in Vagina, Mund und Rektum.

Ich habe mich oft gefragt, wie es wäre, zu wissen, dass man sterben würde und diesen letzten perfekten Abend mit ihm erlebte. Voller Geschmack, Hingabe und einer letzten Ekstase.

Sollte man nicht gehen, wenn es am schönsten ist?

Henry nahm diesen Satz ernst. Nach dem Beischlaf holte er einen spitzen Silberpickel aus der Schublade seines Nachtschranks und tötete die Frauen mit einem einzigen Stich in ihren Nacken.

Ein dankbarer und schneller Tod, der kein Leiden verursacht. Ein Sekundentod durch einen akuten Atem- und Kreislaufstillstand. Ihm ging es nicht um das Leiden seiner Opfer. Er schenkte ihnen Freude und war von der Idee besessen, diesen Frauen den besten Abend ihres Lebens zu bereiten.

»Sie gehörten mir. Vollkommen. Sie gaben sich hin und vertrauten mir bedingungslos.«

Aber es war nicht so, dass er sie nur umbrachte. Nein, Henry ließ heißes Wasser in die Badewanne einlaufen, schleifte die toten Frauen ins Badezimmer und legte sich mit ihnen in ein nach Heublumen duftendes Schaumbad.

»Zum Vergnügen, und weil es die Haut so schön weich macht.«

Anschließend tranchierte er sie wie ein Kalb an Ostern. Er wusste, wo die besten Stücke waren, und zerschnitt diese Frauen zu Fleischstücken, Sehnen und Knochen. Das Fleisch fror er ein, und die abgeschnittenen Köpfe vergrub er im Garten, in seinem großen Gemüsebeet hinter dem Haus, wo sie als Dünger für schmackhafte Karotten, Kohlrabi und Radieschen dienten.

»Ich war stets aufmerksam diesen Frauen gegenüber«, erklärte er, als sei das die einzige mögliche Entschuldigung.

Während der Therapiesitzungen in der forensischen Klinik begann er mit mir zu flirten. Ich war seine Therapeutin, die mit ihm arbeiten sollte. Diagnose: massive Persönlichkeitsstörung, narzisstisch psychopathische Persönlichkeit. Wahnhaft. Schizophren. Er war ein Patient wie aus dem Lehrbuch und erzählte, dass er es getan hatte, um seinem Bruder zu gefallen.

Das Problem ist nur: Henry hatte keine Geschwister.

Er war ein Einzelkind.

Er imaginierte einen Bruder, den er nie hatte. Mit dem er all diese Morde erlebte und zelebrierte. Der ihm einflüsterte, was er kochen sollte, und ihn mit Ideen für Menüs fütterte.

So waren wir anfänglich zu dritt in diesen Therapiegesprächen.

Und da begann der Schlamassel, denn nach einer Zeit brach mein Schutzpanzer auf. Henry hatte eine schmale Lücke gefunden, die zu meinem Innersten führte, und wie ein gefräßiger Parasit, der nur auf eine Chance wartet, drängte er über diesen winzigen Spalt ein und wollte mich besitzen. Verführen. Kontrolle erlangen und mein Denken bestimmen.

Denn Henry sah nicht ein, dass er krank war.

Eines Tages bemerkte ich, dass ich nicht mehr aufhören konnte, an ihn zu denken. Ich mochte seine Höflichkeit und seinen Charme. Er wurde zu einer Obsession. Ich hatte begonnen, mich in ihn zu verknallen, eine absurde Vorstellung, aber ich sah nicht nur den Täter, sondern auch den Menschen. Ich meldete es, sprach mit meinem Vorgesetzten darüber, und ein erfahrener Kollege übernahm ihn. Wenn in unseren Teambesprechungen die Sprache auf ihn kam, spitzte ich die Ohren und hörte genau hin und dachte abends beim Einschlafen an ihn.

Und jetzt kommt Henry wieder, und ich frage mich, was mir mein Hirn damit sagen will.

Zur Ablenkung lege ich ein Album von Marvin Gaye auf. Der großartige Marvin mit der samtenen Stimme, der schon die Radieschen von unten ansieht, weil sein Vater ihn im Streit erschossen hat. Pech. Was für ein dramatisches Ende eines Musikers, der so wunderbare Songs gesungen hat, die mich immer wieder trösten. Ich drehe den Ton lauter und hole den Rest des Weißweins aus dem Kühlschrank und eine Tüte Paprikachips dazu, was mein Abendessen darstellt.

Der Stand der Dinge ist: Raffa ist fort. Otto hat seine Nachbarin, und Papa sitzt allein zu Hause, trinkt Rotwein und hört alte Soulplatten, die er mir schon als Kind vorgespielt hat, während meine Mutter in der Schweiz in ihr Käsefondue weint. Böse Welt.

Ich trinke die Flasche Weißwein genüsslich aus, während Marvin passenderweise »I heard it through the Grapevine« in mein Ohr trällert.

Ich denke an Henrys Hände.

An diese sorgfältig manikürten Fingernägel.

Sein aufmerksames Lächeln.

Mit meinem beduselten Kopf errege ich mich an der Fantasie, wie Henry meinen willigen Körper die Treppe hoch in sein frisch bezogenes Bett trägt, entkleidet und tief in mich eindringt. Mich mit schaukelnden Bewegungen zu einem infernalen Höhepunkt treibt und ich so laut aufschreie, dass es sogar Marvins Gesang übertönt.

Ich habe echt nicht alle Latten am Zaun.

KAPITEL 62

Ich träume von Henry.

Ein absurder Traum, in dem ich an seinem Haus klingele und er die Tür aufmacht. Klaviermusik weht mir entgegen, und es riecht nach Essen, und er sagt, komm doch rein. Ich würde gern eintreten, weil ich wissen will, wie die Dramaturgie ist, die er mir in den vielen Stunden erzählt hat, aber meine Füße sind festgewurzelt, und ich komme keinen Schritt nach vorne. Und seine Türklingel bimmelt unaufhörlich weiter. Kann er das nicht abstellen? In dem Moment bemerke ich, dass es ein Handyklingeln ist, das mich in die Realität zurückholt. Mein Rücken jault, ich habe merkwürdig verdreht auf dem Sofa geschlafen. Der Regen trommelt gegen die Fensterscheiben, und ich ächze, rolle mich auf den Boden und krieche auf allen vieren zu meinem Rucksack, greife hinein und fische das Handy heraus.

»Ja?« Meine Stimme ist ein tiefes, versoffenes Krächzen, und ich räuspere mich.

»Lupe?«

»Ja, ich bin dran. Hallo, Erkan.«

»Hab ich dich geweckt?«

»So in etwa.« Ich schiele auf die große Uhr in der Küche, die 8:37 anzeigt. »Was gibt's?«

»Hast du schon gefrühstückt?«

»Ich geh mit dir nicht frühstücken«, sage ich spontan, und es klingt ernster, als es gemeint war.

Er lacht nicht wie sonst. »Wann kannst du in der JVA sein?«, fragt er ernst. »Ramona Koschinsky, die kleine Drogenbaronin, sitzt in U-Haft und will mit dir sprechen. Und nur mit dir«, fährt er fort, während ich versuche, meinen Kopfcomputer hochzufahren.

Ich habe einen fiesen, schalen Geschmack im Mund.

»In einer halben Stunde?«, sage ich und kratze mich am Kopf.

»Okay, wir treffen uns am Eingang«, antwortet Erkan und legt auf.

Ich taumele in die Küche, drehe den Wasserhahn auf, lasse mir ein Glas mit kaltem Wasser volllaufen und trinke es gierig aus.

Beim Anziehen denke ich über den Traum nach. Darüber, dass ich im Grunde wissen will, wie der Anhalter-Killer diese Mädchen umgarnt, wie er sich ihr Vertrauen erschleicht. Und wie stellt er es an, ihnen mit diesem scharfen Messer den Hals aufzuschneiden? Henry kennt sich damit aus. Der könnte was Erhellendes dazu beitragen.

Erkan steht breitbeinig in Jeans und frisch gebügeltem weißem Hemd im Eingangsbereich der JVA. Im Neondeckenlicht glitzern winzige Regentropfen auf seinem dunkelblauen Parka. Ich nehme das Baseballkäppi ab und richte meinen Pferdeschwanz.

»Da bin ich.«

Er starrt auf meine neue alte Lederjacke von Papa und taxiert mich mit seinen großen, dunklen Augen. Pupille und Iris haben die gleiche Farbe.

»Hallo, Lupe.«

Für einen Moment entdecke ich etwas in seinem Blick, das ich fast nicht glauben kann: Schüchternheit. Und er lächelt nicht wie sonst; ich bekomme keine schimmernde weiße Zahnreihe präsentiert. Kein strahlendes Hollywoodlächeln. Die Laune scheint im Keller zu sein. Sein Atem riecht nach schwarzem Kaffee und Zigaretten.

»Wusste gar nicht, dass du rauchst«, lüge ich, und sein Mundwinkel zuckt.

»Ramonas Mann ist nicht auf einer Bohrinsel, sondern sitzt ein, wegen Diebstahls.«

»Das hatte ich mir schon gedacht.«

»Die Kollegen haben bei einer Hausdurchsuchung einen Jackpot geknackt. Im Fußboden unter den Dielenbrettern fanden sie kiloweise Drogen. Sie fährt definitiv für ein paar Jahre ein, wegen Besitz und Dealens und Verstoß gegen das Betäubungsmittelgesetz. Hier geht's lang«, sagt er, und ich entdecke in einer Ecke des Vorraums einen Automaten mit kalten Getränken und Süßigkeiten.

»Warte mal.«

Ich krame Münzen aus meiner Hosentasche und lasse zwei Snickers und eine Cola raus, die noch nicht lange drin sein kann, weil sie lauwarm ist.

»Jetzt können wir.«

Als wir nach der Kontrolle durch die Sicherheitsschleuse sind, führt uns ein Beamter in hellblauem Hemd mit Krawatte und dunkelblauer Hose den Gang entlang zum Besucherraum. Bei jedem Schritt klirrt der Schlüsselbund an seinem Gürtel.

»Ich habe Ihnen was mitgebracht.«

Ramona steht von ihrem Stuhl auf und nimmt sofort wieder Platz. Ich platziere ein Snickers und die Cola vor ihr auf den Tisch. Von meinem Vater, der als psychiatrischer Sachverständiger regelmäßig Gutachten von Straftätern in U-Haft erstellt, weiß ich, dass es ein kluger Schachzug ist, dem Häftling etwas mitzubringen. Er bringt Berliner mit und hat aufgrund der Reaktion einen ersten Blick auf den Menschen vor sich. Die einen essen den Berliner sofort auf, die anderen nehmen ihn mit in die Zelle und zelebrieren die kleine Köstlichkeit, und die dritte Variante lautet: Den esse ich nicht, der könnte vergiftet sein.

Letztere haben ein großes Problem.

Wir sind die Einzigen in dem Besucherraum, weil Samstag keine offizielle Besuchszeit ist. Der Beamte, der uns gebracht hat, steht neben der Tür und wartet. Wir setzen uns zu Ramona an den Tisch mit der abgewetzten hellbraunen Tischplatte, der neben einer Wand aus Glasbausteinen steht.

Ramona schraubt die Cola auf und nimmt einen langen, durstigen Schluck.

»Ist nicht gekühlt, tut mir leid.«

Ramona sieht furchtbar aus. Die schwarzen Haare hängen kraftlos herunter wie ungegossener Schnittlauch. Ihre Haut ist weißlich und schimmert von einem leichten Fettfilm. Sie ist ungeschminkt, was sie schutzlos wirken lässt. Ihre Wimpern sind kurz und mickrig, die Augen müde. Und sie ist gerade mal zwei Tage hier.

»Egal. Danke«, sagt sie leise.

Erkan legt ein Aufnahmegerät zwischen uns.

»Fangen wir an.« Erkans Stimme hallt in dem leeren, großen Raum wider.

»Muss er dabei sein?«, fragt Ramona mürrisch.

»Ja, konzentrieren Sie sich auf mich«, antworte ich in mildem Ton und rücke etwas näher an die Tischplatte, sodass ich ihr gegenübersitze und Erkan seitlich von ihr. Er lehnt sich auf seinem Stuhl zurück und verschränkt die Arme vor der Brust.

Ein, zwei Herzschläge passiert nichts.

»Ich habe nachgedacht«, sagt Ramona und starrt auf das Snickers, aber sie rührt es nicht an, als sei dies ein psychologisches

Experiment, bei dem sie am Schluss zwei bekommt, wenn sie fünfzehn Minuten durchhält.

»Ich habe Ihnen nicht die ganze Wahrheit gesagt«, fährt sie fort und rückt die Colaflasche ein paar Zentimeter zur Seite. Sie legt die Hände auf die Tischplatte. An einigen Fingern ist der pinke Nagellack abgeplatzt. Ramona bemerkt es und krallt die Hand zusammen, sodass ich es nicht mehr sehen kann.

»Wollen Sie einen Anwalt?«, fragt Erkan von der Seite, weil er ahnt, dass das nach einer Einleitung zu einem Geständnis klingt.

»Nein, ich brauche keinen«, sagt sie schnell.

»Erzählen Sie einfach. Fangen Sie an, wo Sie wollen«, schlage ich vor, und die Therapeutin in mir erwacht.

»Der Fabian hat weiter mit mir Kontakt gehabt.«

Sie schlägt die Augen nieder.

Es ist still im Raum, und ich lasse den Moment wirken und antworte nichts.

Ramona fährt fort.

»Er hat sich bei mir drei Wochen nach der Party am See gemeldet, da war ich gerade frisch mit meinem jetzigen Mann zusammen. Er war scheißfreundlich am Telefon und hat gemeint, er säße auf dem Trockenen und bräuchte was und ob ich nicht was hätte. Und ich dusselige Kuh sage noch: Klar, ich kann dir alles besorgen, was willste und wie viel. Das war ein Fehler.«

»Warum?«, frage ich. Ramona atmet laut durch die Nase ein.

»Wir haben einen Treffpunkt ausgemacht. An der U-Bahn-Haltestelle Hansaring, da beim Eigelstein.«

Ich nicke einmal. Bekanntes Pflaster.

»Er war ziemlich aufgekratzt und kein bisschen freundlich. Da stimmt was nicht, dachte ich und habe ihn in so eine Ecke gezogen, wo es nach Pisse roch, weil die Penner immer an die Wand schiffen.«

»Haben Sie ihm etwas verkauft?«

»Ha, schön wär's. Er wollte Gras und Koks. Also habe ich ihm was angeboten. Jeweils ein Gramm. Er hat mich ausgelacht, und als ich ihm den Preis nannte, hat er noch lauter gelacht. Sei still, du Penner, habe ich gesagt. Ich dachte, spinnt der? Was will der von mir. Aber er sagte, Bianca sei tot wegen mir, ich hätte ihn verführt, und das sei meine Schuld. Ich habe ihm den Vogel gezeigt und gesagt, dass er nicht alle Tassen im Schrank hat. Was hab ich denn mit der Alten zu tun? Gar nichts!«

Ramona redet sich in Rage, ihre Stimme wird lauter und fester. Sie dreht die Cola auf und nimmt einen weiteren Schluck. »Psswarm«, murmelt sie.

»Haben Sie ihm Stoff verkauft?«

»Nee«, sagt sie, schüttelt den Kopf und reißt die Augen weit auf. »Er hat gesagt, wenn du mich nicht abgelenkt hättest, dann hätte ich Bianca nach Hause begleiten können. Der war total wirr im Kopf, und wir haben gestritten. Hör mal zu, ist völliger Unsinn, was du da erzählst, ich habe ja gesehen, wie du mit ihr gesprochen hast, kurz bevor sie mit dem Rad losgegurkt ist. Die wollte doch gar nichts von dir.«

»Wie hat er darauf reagiert?«

»Er hat sich aufgeregt wie ein Auto. Fuchsteufelswild ist der geworden und hat gesagt, er wolle jetzt was zum Runterkommen von mir, aber zackig. Und er würde nichts zahlen. Das sei ich ihm schuldig.«

»Sie haben es ihm gegeben. Umsonst«, rate ich.

»Ja, das war ein Fehler. Denn er kam immer wieder. Der hat ja spitzgekriegt, dass man bei mir alles bekommen kann. Beim nächsten Mal habe ich gesagt, dass er eine andere Festnetznummer wählen muss.«

In meinem Kopf macht es klick.

»Moment.«

Ich erinnere mich an die Kölner Nummer auf dem Rolodex, die nicht mehr existiert. Firma Jeckalux. Mein Zahlengedächtnis ist prima, und ich sage die Nummer.

Ramona wird kreidebleich.

Jetzt könnte sie ein wenig Zucker vertragen.

»Essen Sie ruhig das Snickers.«

Sie nimmt es mit spitzen Fingern, reißt die Verpackung am Ende auf und beißt ein Stück ab. Kaut, schiebt den Bissen in ihrem Mund von links nach rechts, schluckt und spricht weiter.

»Ja, das ist die Nummer meiner Oma«, erklärt sie, und Erkan lacht laut auf.

Ich sehe ihn einmal streng an.

Ramona verdreht die Augen, als wäre ich schwer von Begriff.

»Das ist 'ne Tarnung. Meine Oma hat die Anrufe entgegengenommen und sie mir dann durchgegeben. Sie hatte Spaß daran und hat ein paar Mark von mir bekommen, ich bin ja kein Assi. Die hat sich damit ihre Rente aufpoliert.«

Ramona beißt wieder von dem Riegel ab. Kaut hektisch.

»Diese kleine Ratte hat mich erpresst. Monatelang. Wollte immer mehr, die Sau. Er hat gedroht, mich bei den Bullen zu verpetzen. Ich lass dein Drogenstübchen hochgehen. Ich habe gesagt, wenn du das tust: bring ich dich um.«

Kaum haben die Worte ihren Mund verlassen, ist ihr klar, dass es besser wäre, erst zu denken und dann zu sprechen.

Sie schlägt sich einmal mit der Hand auf den Mund.

»So habe ich das jetzt nicht gemeint«, sagt Ramona schnell, »ich habe mit seinem Verschwinden nichts zu tun!«, empört sie sich. »Aber als er plötzlich weg war, über alle Berge, da war ich echt froh! Da hatte ich diese Zecke endlich los. So.«

Sie schraubt die Colaflasche auf und trinkt sie mit vier Schlucken leer. »Von dem Snickers bekomme ich Zahnweh«, jammert sie, fährt sich mit der Zunge über die Zähne und schaut mich beleidigt an.

Vielleicht hätte ich ihr besser einen Apfel mitbringen sollen. Man lernt ja nie aus.

»Wo haben Sie ihm die Drogen übergeben?«

»An verschiedenen Treffpunkten. Parkplätze von McDonald's, Kioske, Tankstellen und so. Einmal bin zu ihm nach Hause, weil er eine Party geschmissen hatte. Seine Eltern waren verreist. Und jedes Mal sah er mich an, als hätte ich sonst was angestellt. Aber ich war clever und habe sein Zeug gestreckt.«

Für einen Moment reckt sie triumphierend den Kopf, doch die Freude währt nur kurz, und Trübsal schleicht sich zurück in ihr Gesicht.

»Was hat er konsumiert?«, will ich wissen.

»Vor allem Koks und Gras. Manchmal Speed.«

»LSD?«

Ramona schüttelt den Kopf. »Ne, der war so ein Kokser.«

»War er abhängig?«

Sie zuckt mit den knochigen Schultern.

»Keine Ahnung. Dem war langweilig, er hat ja nix gemacht, nicht studiert, nur rumgehangen, und seine Eltern hatten Kohle, das hat mich am meisten geärgert. Irgendwann habe ich den Spieß umgedreht und ihm gesagt: Was machste denn, wenn ich das deinen Eltern verklickere? Was ist dann? Hä?« Ramona plustert sich auf, sie drückt im Sitzen ihren Rücken durch und fährt sich durch die schlappen Haare. »Das war zwei Wochen, bevor er verschwunden ist. Und dann habe ich ihn nicht mehr gesehen. Keine Anrufe. Ruhe im Karton. Bis ich davon in der Zeitung gelesen habe.«

»Was war Ihr erster Gedanke?«

»Das er tot ist, weil er es übertrieben hat.«

Sie sieht mich mit ihren hohlen Augen an, in denen verdammt wenig Feuer brennt.

»Hat er jemanden erwähnt, den er trifft? Hat er Namen genannt? Hat er irgendetwas aus seinem Leben erzählt?«

Ramona legt den Kopf schief und lächelt mich an, nach dem Motto: Wo denkst du hin?

»Nein, gar nichts. Er hat bestellt, wir trafen uns, Ware übergeben und tschüss. Einmal sagte er, ich werde dich weiterempfehlen, das läuft ja prima mit uns. Als wären wir Geschäftspartner. Da habe ich gesagt: Untersteh dich. Nicht mit mir Freundchen.«

»Was hat Fabian geantwortet?«, frage ich.

»Verpiss dich, hat er gesagt.«

Erkan löst sich aus seiner Sitzstarre, entfaltet die Arme und sagt: »Die Zeit ist um.« Er stoppt die Aufnahme.

Ramona blickt grimmig zu ihm, schiebt mir ihr angefressenes Snickers über den Tisch zu.

»Danke, trotzdem. Und es wäre echt nett, wenn Sie ein gutes Wort für mich einlegen könnten.«

»Warum wollten Sie unbedingt mit mir sprechen?«, frage ich.

Ramonas linkes Auge zuckt.

»Weil ich das Gefühl habe, dass Sie mich ernst nehmen.«

KAPITEL 63

11:00 Uhr. Dingdong.

Mark öffnet die Tür und grinst Jenny und mich an. Der Duft von frisch gekochtem Kaffee dringt in meine Nase, und ich will ihm folgen wie ein Hund.

»Hallo, Sie müssen Jenny Pistorius sein«, sagt er höflich und gibt ihr die Hand.

»Sag Jenny zu mir. Bitte.«

Er wirkt charmant, in seinem hellblauen spießigen Hemd, das frisch gebügelt und glatt ist, bis auf die Ärmel, die haben leichte Bügelfalten. Hinter uns schließt er die Tür und deutet einladend zu einem gedeckten Tisch. Weiße Kaffeetassen und Spritzgebäck auf einem Teller. Ein kleiner Strauß Tulpen in einer eckigen Glasvase. Er weiß, wie man mit Besuch umgeht, und gefällt sich in der Rolle des Gastgebers. Gegenüber unserem Kennenlernen wirkt er jetzt selbstsicher und zuversichtlich. Kein Wunder, denn Jenny wird ihm mit ihrer Reportage seine Andy-Warhol-»15 Minutes of Fame« schenken. Und er liebt es jetzt schon.

Mir fällt auf, dass die Wohnung penibel aufgeräumt und gesaugt ist.

»Darf ich Fotos machen?« Jenny hat bereits ihre Kamera gezückt.

»Schau dich ruhig um«, sagt Mark aufmunternd, verschwindet in der Küche und kommt kurz darauf mit einer Thermoskanne wieder. Jenny lässt die Umgebung auf sich wirken, geht den Flur entlang, kommt zurück, studiert aufmerksam, was an den Wänden hängt, und schlendert zum Bücherregal. Ich höre immer wieder das rhythmische Klicken der Kamera.

»Kaffee?«, fragt er uns.

»Für mich gerne Tee, danke«, ruft Jenny herüber, während sie mit geneigtem Kopf die Buchrücken studiert. »Haste grünen Tee?«

Mark schenkt mir ein, seine Hand zittert leicht. »Ich habe nur Kamillentee«, antwortet er und gießt seine Tasse randvoll.

»Ja, das passt. Ich trinke momentan zu viel Kaffee«, erklärt sie. »Aber es riecht gut, ich mag den Geruch. Wusstet ihr, dass nur die Deutschen Kaffee kochen, während ihn die anderen ›machen‹? Italien, England, Frankreich. Der Deutsche kocht ihn, als sei es Eintopf.« Jenny lacht und wirft ihre Haare nach hinten.

Mark kommt mit einer großen dampfenden Tasse aus der Küche zurück, und darin schwimmt ein einsamer Beutel, der eine gelbgrüne Brühe erzeugt.

»Das ist ekelhaft«, sage ich, verziehe angewidert den Mund und nehme einen Schluck vom heißen Kaffee. »Sind die Spritzkringel gekauft?«, frage ich und beiße von einem ab.

»Ja, klar. Ich backe nie, meine Mutter konnte das gut«, ruft Mark heiter und aufgeregt.

»Leben Ihre Eltern denn noch?«, frage ich.

»Ja, tun sie.«

»Und kannten Fabians und Ihre Eltern sich?«

»Nein, die haben sich nie kennengelernt. Gab keine Berührungspunkte.«

Jenny setzt sich zu uns an den Tisch, legt ihre Kamera vorsichtig auf die Tischplatte.

»Was machen Sie denn gern in Ihrer Freizeit, außer nicht backen?«, fragt Jenny, deutet auf die Spritzkringel, legt das Aufnahmegerät auf den Tisch und drückt direkt die Record-Taste. Ein rotes Licht leuchtet auf.

Mark räuspert sich. »Lesen oder Filme schauen. Ins Kino gehen«, zählt er auf.

»Was denn für Filme?«

»Science-Fiction finde ich gut. *Matrix.* Das ist genial. Und zuletzt *Matrix Reloaded,* das hat mich total begeistert. O Mann, der war gut. Da steckt so viel Philosophie in den Filmen drin, das ist nicht nur so ein Actiongehampel. Das ist mehr. Hab überlegt, mir ein rotes Telefon zuzulegen.«

Jenny grinst. »Ja, aber der zweite Teil hat Längen. Viele Dialoge, das hätte es nicht gebraucht. Ich mochte diesen Song von Massive Attack aus dem ersten Teil gern. ›Dissolved Girl‹.«

»Den Song, den Neo am Anfang hört, wenn er die Kopfhörer aufhat?« Mark strahlt Jenny begeistert an.

»Genau den.« Jenny wackelt so mit dem Kopf, dass ihre Haare wippen.

»Ist von dem Album Mezzanine. Aber ich fand Teardrop geiler«, sagt Mark und gießt gedankenverloren Milch in seine ohnehin volle Tasse. »Oh, das ist zu viel«, bemerkt er, senkt den Kopf und schlürft Kaffee ab.

Ich kann mir vorstellen, dass es einige Frauen gibt, die ihn gut finden. Er kennt sich aus mit Filmen, kann passabel kochen und ist charmant und witzig, und vor allem ist er eins: Er ist begeisterungsfähig.

»Was meinen Sie, hätte Fabian der Film gefallen?«, frage ich dazwischen.

Marks Gesicht verdunkelt sich, er sieht betreten drein. »Ja, auf jeden Fall. Wir haben damals *Blade Runner* ein Dutzend Mal angesehen. Fabian mochte solche Filme, Science-Fiction und Actionfilme. Das war genau nach seinem Geschmack. Geile Scheiße, hat er dann gerufen und ist immer wieder aufgesprungen und vor dem Fernseher hin und her gesprungen. Ich denke, *Matrix* hätte er gemocht.«

Mark zieht die Mundwinkel nach oben, aber das Lächeln gelingt ihm nicht.

»In der Reportage will ich eure Freundschaft darstellen, von Fabian und dir. Gibt es Fotos von euch beiden? Vom Abiball oder dergleichen?«

Mark nickt. »Ja, die gibt's, habe ich in einer Kiste gesammelt. Soll ich die mal holen?«

»Das wäre prima«, antwortet Jenny.

Mark steht auf und verschwindet im Flur, und ich höre, wie eine Schranktür geöffnet wird. Das Scharnier quietscht.

Jenny schlürft ihren Kamillentee und sieht mich an. Unsere Blicke treffen sich.

»Du redest mit ihm, ich bin still«, sage ich, und Jenny nickt zur Bestätigung einmal.

Das Motto von Jennys Bericht lautet: Sieh, was du dem besten Freund von Fabian angetan hast. Sie macht ein paar Aufnahmen von Mark, wie er mit betretener Miene am Küchentisch sitzt, vor sich einen Stapel Fotos und ein Album von der Klassenfahrt der Oberstufe. Eine kleine Auswahl fotografiert Jenny vom Tisch direkt ab, und eines der Fotos wird sie in den Artikel aufnehmen.

»Das ist auf unserer Berlin-Reise aufgenommen worden, Studienfahrt«, erzählt Mark.

Vor dem Brandenburger Tor steht im hellen Sonnenlicht 1992 eine Gruppe Jugendlicher, wie sie damals eben aussahen. Merkwürdig weite Jeans, neongelbe Schnürsenkel, Sweater in Pastelltönen, Jeansjacken mit Buttons und Aufnähern darauf. Nur Fabian trug ein Hemd. Frisuren mit enormem Stylingaufwand. Haare, in die alles geschmiert wurde, was klebt und sie für Stunden in einer Position verharren lässt. Und über dem schwebt der Ton von Heiterkeit und Ausgelassenheit, von Freiheit und diesem unbändigen Gefühl, aus diesem Leben alles herausholen zu wollen, was möglich ist. Auf den Fotos albern sie herum. Keiner schafft es, normal in die Kamera zu blicken. Auf einem weiteren sind vier Jungs abgebildet, sie haben sich ineinander verhakt, umarmen sich wie Fußballer, die das Spiel für sich entschieden haben. Sie grinsen breit in die Kamera.

»So war er, strahlend und fröhlich, so habe ich ihn kennengelernt«, sagt Mark, und er klingt wehmütig. »Und er trug gern Hemden.«

»Wieso das?«

»Er fand, dass er darin erwachsener aussah. Und ein bisschen italienisch.«

Mark lächelt dabei.

»Aber Fabian hat sich verändert«, wirft Jenny ein. »Er war nicht immer so?«

Mark klappt das Fotoalbum zu. »Für Fabian war Freundschaft mehr als für andere, das war sein Halt. Deswegen war es so wahnsinnig schwer, als wir alle zum Studieren gingen und viele Kontakte weniger wurden oder abbrachen. Ich habe in Bonn studiert, und wir haben uns weiterhin gesehen, aber nicht mehr so regelmäßig, und die Clique fehlte, sie studierten in anderen Städten, ja sogar im Ausland. Wir haben sie öfters zusammen abtelefoniert, aber damals gab's keine Handys, und wer saß schon zu Hause neben seinem Festnetztelefon und wartete auf einen Anruf. Er sabbelte ihnen den Anrufbeantworter voll: Hey, hier ist Fabi, wie geht's, wie steht's? Das Schlimmste war für ihn, dass kaum einer zurückrief. Sie meldeten sich einfach nicht. Das hat ihm zu schaffen gemacht.«

»War er schwermütig?«

»Fabian? Nein!«, ruft Mark. »Der hatte mal 'nen schlechten Tag, aber das war schnell wieder vorbei.«

»Hat er noch mal von Bianca gesprochen?«, fragt Jenny.

»Ja, das hat er. Sogar öfters. Er hat gesagt, wie schlimm er das findet. Den Escher See durfte ich nicht mehr erwähnen, der Abend war ein rotes Tuch für ihn. Ich glaube, er hat sich lange die Schuld gegeben am Tod von Bianca. Aber das war Quatsch.«

»Womit hat er sich beschäftigt, als alle studierten?«

Mark wischt mit der flachen Hand über den Tisch. »Genau genommen mit nichts. Er hat ferngesehen, Tennis gespielt. Sich gelangweilt. Ach ja, ein Praktikum hat er gemacht, bei einem Notar, weil er aus Spaß gesagt hat, er wolle Jura studieren. Was ein Scherz war, aber sein Vater besorgte ihm ein Praktikum bei einem Bekannten. Er hat es nach vierzehn Tagen geschmissen, und wir haben abends die Kuh fliegen lassen und auf die Kacke gehauen. Es war geil. Mit Fabian konnte man das Leben feiern.«

»Hat er Drogen genommen?«

Mark winkt ab. »Ach klar, ja, aber wir haben damals alle was genommen, logisch. Hasch. Bisschen Speed, meine Güte. Das gab's an jeder Ecke.«

Jenny legt den Kopf schief. »Was meinst du, ist Fabian abgehauen?«

Er atmet laut ein und zuckt mit den Achseln.

Jenny sieht ihn regungslos an, ohne etwas zu sagen.

Mein Handy piept.

»'tschuldigung«, sage ich und drücke darauf rum.

Es ist eine SMS von Otto. Krawatte hat die Vorversion des Kapitels für gut befunden. Jetzt fehlt nur noch der Teil von Mark, dann ist er komplett, und das Baby kann morgen veröffentlicht werden.

»Eine letzte Frage«, sagt Jenny, zückt die Kamera und richtet sie auf Mark.

»Würdest du Fabian gern wiedersehen?«

Mark beißt sich auf die Lippe, sein Blick ist traurig wie bei einem Hund.

Die Kamera klickt mehrmals hintereinander.

»Ja, ich denke oft an den letzten Samstagabend, bevor er verschwand. Er fehlt mir, und ich hoffe, dass er noch lebt. Und wir uns wiedersehen.«

Seine Augen sind feucht und schimmern.

Was für ein Mummenschanz.

KAPITEL 64

Samstag, 10. April 1993. Marks und Fabians letzter Abend

»Lass uns ausgehen«, hatte Fabi verkündet, und sie trommelten ihre Freunde zusammen, oder solche, die sie dafür hielten. Fabian und Mark aßen jeder ein großes Steak, als ordentliche Grundlage, tingelten von Bar zu Bar. Gingen in diese neue Nobeldiskothek auf dem Ring. Wo die schönsten Menschen der Stadt lauthals feierten, aufreizend angezogen, und die Hüften auf der Tanzfläche schwangen. Daneben stand Fabian, kleiner als sie, warf die Hände in die Luft und winkte Mark zu sich heran, der auf einem Barhocker saß und dem bunten Treiben amüsiert zusah. Und doch kam es Mark so vor, als wollte Fabian mit dem exzessiven Feiern etwas übertünchen. Wie schwarzer Schimmel auf einer Tapete, der mit frischer Farbe überstrichen wird.

Aber die Wand darunter bleibt feucht.

Die Nobeldisco lag metertief unter dem Erdboden. Fensterlos, mit künstlichem Nebel, der nach Zuckerwatte roch, wummernder Tanzmusik und überteuerten Cocktails in zu kleinen Gläsern, mit zu viel Eiswürfeln drin.

»Was für ein beschissener Trick«, schrie Fabian über die Theke, »wollt ihr uns verarschen?«, und bestellte eine ganze Flasche Wodka bei dem verdutzten Barmann. Dazu einen Kübel Eis und Gläser. Und schwupps, waren sie nicht mehr allein. Die Frauen kamen wie die durstigen Tiere in der Savanne zu dem einzigen Wasserloch weit und breit. Jeder von ihnen hatte zwei im Arm, hübsche Frauen, die gut rochen und an den Wodkagläsern nippten. Mit schlanken Fingern in Marks Nacken fuhren und ihm ins Ohr gurrten.

Er küsste sie.

Erst die eine und dann die andere.

Aus dem Augenwinkel sah er, dass die Dunkelhaarige neben Fabi die leere Wodkaflasche hochhielt und theatralisch die Mundwinkel nach unten zog. Aber der lachte nur laut und bestellte eine weitere Flasche bei der Bedienung mit dem strengen, hochmütigen Gesicht, die nur sparsam nickte und die Mundwinkel nicht einen Millimeter verzog. Die Frauen klatschten erfreut in die Hände, und eine, deren Lippen nach Erdbeeren schmeckten, schob ihre kleine Hand an dem Gürtel vorbei in Marks Hose.

Irgendwann war auch die zweite Flasche leer, und als die Dunkelhaarige hinter das Sofa kotzte, sprang Fabi auf und rief über die wummernden Bässe hinweg.

»Los, Swobo, wir gehen! Ist ja nicht auszuhalten hier, was für ein mieser Schuppen!«

Mark stand auf.

Sie schüttelten die besoffenen Weiber ab, die an ihren Armbeugen hingen, verabschiedeten sich von den zwei Freunden, die noch da waren und mit verkokstem Blick grinsten. Gingen zur Garderobe, holten ihre Jacken und fuhren mit dem Aufzug, in dem es penetrant nach Parfüm roch, nach oben.

»Fabi, ich muss in mein Bett«, lallte Mark, als sie auf der Straße standen und die feiernden Menschen an ihnen vorbeizogen. »Hab genug für heute, mein Freund.«

Er schwankte leicht. Die kühle Nachtluft war wie ein Schlag ins Gesicht.

Fabian umarmte ihn. Dafür musste er auf die Zehenspitzen steigen.

»Och komm, wir trinken noch einen Absacker. Nur einen. Ich lade dich ein.«

Mark konnte es ihm nicht abschlagen. Nicht nur, weil Fabi sein bester Freund war, sondern weil es ihm so vorkam, als ob er etwas ausbrütete. Er war schnell gereizt, rief ihn mitten in der Nacht an, wenn er nicht schlafen konnte, und redete wirres Zeug. »Du musst das Leben umarmen«, hatte er vor zwei Tagen nachts am Telefon gesagt, und »du musst das ausschalten, was dich kaputt macht«. Außer in diesen nächtlichen Momenten war Fabian unnahbarer geworden, als habe sich eine gläserne Wand vor ihn geschoben, hinter der er rastlos auf und ab lief.

Wie der berühmte Tiger im Käfig.

»Na guuut«, sagte Mark und lenkte ein.

Sie kehrten in eine Bar auf der Aachener Straße ein, in der es Dutzende Biersorten gab. Es war kurz nach drei. Ein paar Nachtschwärmer klebten an dem Tresen, und im Hintergrund lief eine Platte von Nina Hagen.

Fabi bestellte vier Bier, zwei für jeden.

»Prost«, sagte er, »von diesem Wodka-Gesaufe bekomme ich immer rasenden Durst.« Er setzte die erste Pulle an und trank sie in langen Schlucken leer, ohne abzusetzen. Das Bier lief an den Mundwinkeln heraus und tropfte auf sein Hemd.

Er schnappte sich das zweite Bier und legte dabei Mark eine Hand auf die Schulter.

»Mein lieber Freund«, erklärte er. »ich kann das nicht mehr. Das geht nicht mehr so weiter.« Er klang mit einem Mal ernst.

»Wovon redest du?«

»Du musst mir helfen. Versprichst du mir das?«

Mark packte ihn am Nacken und zog sein Gesicht nah zu seinem. »Na klar, ich bin doch dein Freund.«

»Du bist mein bester Freund«, sagte Fabian. Und es klang stolz.

»Wenn es etwas gibt, das ich für dich tun kann, sag es mir.«

»Du bist ein guter Mann«, bemerkte Fabian, »pass auf.« Er nahm einen großen Schluck von dem zweiten Bier. »Schmeckt wie Wasser«, rief er angewidert, »da ist bestimmt kein Bier drin.« Er hielt die Flasche von sich weg und starrte auf das Etikett. »Betrug«, schimpfte er lauthals, und die Gäste neben ihnen reckten die Hälse.

»Schon gut, war 'n Scherz«, rief er und knibbelte das feuchte Etikett in Fetzen von der grünen Flasche.

Dann sah er auf.

Sein Blick war plötzlich klar und seine Pupillen groß und aufmerksam.

»Ich habe einen Plan«, murmelte er leise und sah kurz an ihm vorbei, hinter Mark, als stünde dort jemand und beobachtete ihn.

TAG ACHT

Montag, 13. Oktober 2003

KAPITEL 65

Jennys Artikel ist an diesem Montag erschienen. Exklusiv in einer Printausgabe und auf ein paar Onlineportalen. Otto und ich sind im Kölner Polizeipräsidium bei Erkan.

»Viele Anrufe kommen nicht rein«, stöhnt Erkan und deutet mit dem Kinn auf die Glasscheibe, hinter der das Callcenter der Polizei Köln sitzt und wo keine Hektik herrscht, sondern eher entspannte Betriebsamkeit. »Bei alten Fällen ist das kein Wunder. Dafür haben wir wieder die Wünschelrutengänger, die Kartenleger und die Pendler, die für uns herausfinden wollen, wo Fabian ist.«

»Und, laden wir die ein?«, frage ich, und Erkan schaut mich ungläubig von der Seite an.

»Ich würde diese Deppen und Wichtigtuer anschnauzen und hätte keine Geduld«, sage ich laut.

Erkans Gestöhne ist keine Show. Er braucht Action. Wenn ich eins in meiner kurzen Zeit bei der Polizei gelernt habe, dann, dass Stillstand tödlich ist. Polizisten hassen es, abzuwarten und nichts zu tun. Es quält sie. Es bringt sie um.

Auf dem Bildschirm des Computers neben mir ist die Homepage einer Zeitung aufgerufen. Gabriele Küster und Mark Swoboda starren mich mit leidenden Mienen von ihren Fotos an. »Der Schmerz, der nie vergeht – dem Täter auf der Spur« lautet die fette Überschrift von Jennys Artikel.

»Ich finde es etwas zu dick aufgetragen«, sage ich zu Otto vor mir und sehe ihm über die Schulter, wie er abermals den Artikel durchscrollt. Die Lesebrille auf der Nasenspitze. Außer Gabriele und Mark gibt es auch ein Foto von Krawatte, mit hochgekrempelten Ärmeln, breitbeinig auf dem Tisch sitzend, der berichtet, dass der Ermittlungserfolg zum Greifen nah ist.

»Frank ist begeistert«, nuschelt Otto in seinen Bart. »Er glaubt, der Artikel wird etwas bewirken und den Täter verunsichern.«

»Glaubst du das etwa nicht?«, frage ich erstaunt und schiebe mir einen Kaugummi in den Mund.

Otto sieht zu mir auf. Er hat weiche Gesichtszüge, die Haut um die Augen ist entspannt. Er wirkt auf mich so, als käme er von einem Hardcore-Wellnesswochenende. Wobei ich ahne, dass er zu so was niemals gehen würde.

»Nein, der Täter wird sich nicht verunsichern lassen und jetzt erst recht mit uns spielen. Der wird versuchen, den Spieß umzudrehen.«

Ich bin sprachlos. »Warum hast du das nicht in unseren Meetings gesagt?«

Otto atmete einmal tief ein und wieder aus. »Lupe, wenn mich mein Alter eines gelehrt hat, dann das: Bestimmte Dinge behalte für dich oder teile sie nur mit wenigen. In diesem Fall mit dir.«

Meine Wangen werden warm, und ich würde jetzt gern weggehen, aufs Klo oder zum Süßigkeitenautomaten. Otto winkt mich zu sich heran, er will mir etwas zuflüstern. Ich neige ihm mein Ohr entgegen.

»Du hattest recht mit deinen Tipps, ich hatte gestern einen schönen Abend. Und ich muss dir gleich noch was erzählen. Lass uns mal vor die Tür gehen.«

Das Telefon neben dem Monitor klingelt, es ist Düsseldorf. Er zwinkert mir zu, und mein Grinsen fühlt sich breit und dämlich an. So wie man Kinder anlächelt, wenn sie dir ein selbst gemaltes Bild schenken, auf dem außer Strichmännchen-Außerirdischen mit flusigen Haaren nichts zu erkennen ist.

Otto geht ans Telefon. Nickt.

»Und?«

»Das war die Kriminaltechnik, sie haben die Karte von Fabian untersucht. Die Schrift ist deckungsgleich mit dem Brief von vor zehn Jahren. Und sie haben darauf Schweißspuren gefunden, sie versuchen, die DNA zu extrahieren.«

Eine Viertelstunde später stehen wir vor dem Präsidium, und ich will eine Zigarette rauchen, ernte beim Entzünden einen missbilligenden Blick von Otto.

Der isst einen Schokoriegel aus dem Automaten im Erdgeschoss und trinkt einen doppelten Espresso im Pappbecher. Ich schenke ihm dabei ebenfalls einen missbilligenden Blick, den er mit einer Ja-Ja-Ja-schon-verstanden-Miene quittiert. Ich blase den Rauch in den bedeckten Oktoberhimmel.

Ich bin schließlich nicht seine Tochter, verdammt noch mal.

Otto kaut auf dem Schokoriegel herum. »Weißt du, einen Menschen zu töten, ist keine leichte Sache. Aber die Schwierigkeit fängt danach erst an. Wohin mit dem Körper? Wo sollst du den entsorgen? Und Leichen fallen auf, wenn sie verwesen. Sie stinken, locken Hunde an, oder es entstehen Gase, und sie treiben in einem See an die Oberfläche. Du solltest sie schon tiefer verbuddeln, oder einmauern, und das bedeutet, dass du überlegt handeln musst. Aber daran denken die Täter nicht. Die sind high von ihrer Tat, und wenn die Ernüchterung kommt, wollen sie die Leiche schnell loswerden. Weg damit. Schau Lupe, der Anhalter-Killer hat sich nicht mal die Mühe gemacht, die toten Mädchen wegzuschaffen. Es war ihm vollkommen egal, dass sie gefunden werden. Wenn es ein und derselbe Täter ist, hätte er Fabian ermordet und ebenfalls irgendwo abgelegt.«

»Dann hätten wir den toten Fabian schon vor Jahren entdeckt«, murmele ich. »Was wolltest du mir eigentlich erzählen?«, hake ich nach und erinnere mich an den Halbsatz von vorhin. In seinem Gesicht erscheint ein Grinsen, das ich nicht deuten kann.

Otto räuspert sich. »Ich habe dir doch von meiner Tochter erzählt.«

»Die in Spanien lebt und zu der du keinen Kontakt hast«, werfe ich ein, weil ich lange Einleitungen von Geschichten nicht leiden kann.

Er nickt. »Nun«, sagt er und fährt sich durch den Bart. »Wir haben sie gestern Abend angerufen. Doreen und ich.«

»Aber ich dachte, du weißt nicht, wo sie wohnt?«

Otto sieht mich erwartungsvoll an. Es ist ein Jetzt-denk-schon-nach-Blick.

Ach so, klar. Ich spreche mit einem Polizisten. Natürlich bekommt er die Telefonnummer seiner in Spanien lebenden Tochter heraus.

»Und? Ist sie rangegangen?«

»Ich habe es zwei Mal versucht, abends und morgens. Es war ein Mann dran, er sprach Spanisch.«

»Das ist ungewöhnlich.«

»Wart's ab. Ich habe in meinem schlechten Spanisch gesagt, hier ist Otto Hagedorn und ich möchte meine Tochter sprechen.«

»Was hat er gesagt?«

Otto lacht auf. »Ich habe keine Ahnung, es folgte ein spanischer Redeschwall. Ein paar Fragen waren auch dabei. Aber: ich nix verstehen.«

»Lass mich raten, du hast wieder aufgelegt.«

»Logo. Bringt ja nichts. Gestern habe ich mit Doreen angerufen, die hat an der Volkshochschule Spanisch gelernt.«

»Wie praktisch.«

»Der Mann war wieder dran. Er ist ein Mitbewohner von meiner Tochter, er hat gesagt, dass sie auf einem Lehrgang ist, Töpferei, und erst am Freitag zurückkehrt.«

Ottos Augen strahlen. Das Blau in seinen Augen sieht aus, als ob er eine Taschenlampe im Kopf hätte, die von innen leuchtet.

»Das heißt, sie weiß noch nichts von ihrem Glück?«

»Ich rufe sie Freitagabend an, es steht fest in meinem Kalender.«

»Und? Hast du Schiss?«

Die beiden haben seit knapp zehn Jahren keinen Kontakt gehabt, und eines Tages klingelt das Telefon in deiner WG und dein Vater ist dran. Spooky.

»Mir geht so die Muffe«, erwidert Otto und fährt sich mit der Hand über den Mund.

»Was ist denn damals eigentlich passiert?«

Otto denkt einen Moment nach und sieht mich an. In seinem Inneren ringen verschiedene Mächte miteinander, ob er mir, der Psychotante, das erzählen soll oder nicht.

»Du musst es nicht sagen, wenn du nicht willst«, lenke ich ein. »Aber vielleicht wäre es ja gut. Gerade jetzt, so kurz vor der Wiederaufnahme des Kontakts.«

Er atmet laut ein und aus.

Tippt sich einmal an die Narbe, die an seiner Schläfe prangt.

»Versprich mir, dass du es für dich behältst«, sagt er streng.

»Meinetwegen.«

Otto schließt für Sekunden die Augen. »Die kurze oder die lange Version?«

»Die kurze, bitte.«

»Meine Ex-Frau Elisabeth und ich hatten vor rund zehn Jahren Probleme in der Ehe. Ich habe zu viel gearbeitet, war zu wenig zu Hause. Das nahm sie mir übel, zu Recht. Zudem habe ich angefangen zu trinken, und …« Er hält kurz inne. »Sie hat einen anderen Mann kennengelernt. Als sie es mir erzählt hat, bin ich ausgerastet.«

Ottos Handy klingelt wieder.

Erkan ist dran und bittet uns, zurück ins Büro zu kommen.

»Er hat eine interessante Spur«, sagt Otto zu mir. »Ich erzähl es dir später zu Ende. Okay?«

KAPITEL 66

»Was macht ihr beiden denn da draußen so lange?«, fragt Erkan neugierig.

»Hallo? Offizielle Mittagspause?«, erwidere ich schnippisch und zeige auf die Uhr an der Wand, die 13:24 zeigt, und setze mich an den Besprechungstisch.

Erkan und ich sehen uns einen Moment an, als wären wir die Vertreter verfeindeter sizilianischer Familien, die jetzt die unheilvolle Aufgabe haben, den Frieden wiederherzustellen, und genau genommen keinen blassen Schimmer haben, wie sie das anstellen sollten. Dazu Sonnenschein, im Hintergrund der Ätna und eine bescheuerte Ennio-Morricone-Musik.

Stop.

Erkan legt uns einen Ausdruck vor und tippt mit seinem behaarten Zeigefinger auf einen orangen Kringel.

»Den Anruf hier«, erklärt er in sachlichem Ton. »Den finde ich interessant.«

Otto und ich beugen uns darüber.

Erkan fährt fort. Er steht genau zwischen uns, und ich kann ihn riechen. Er ist ein olfaktorischer Superbooster. Ein Gemisch aus einem Parfüm, seifig, frisch, Zitrone, Moschus, und seinem Eigengeruch, eine würzige männliche Note, die durch die Nase in mein Hirn steigt, das in dem Moment einen Salto vollführt. Meine Kopfhaut kribbelt. Das tut sie immer, wenn etwas passiert, das ich noch nicht einordnen kann.

»Eine ältere Frau aus Venlo. Sie hat den Artikel gelesen und meint, ihr käme das Gesicht von Fabian Küster bekannt vor von früher. Mehr konnte sie nicht sagen, weil sie auf der Arbeit war. Sie hat ihre Handynummer hinterlassen, ist aber erst ab fünfzehn Uhr erreichbar, da sie im Dienst ist.«

»Was für ein Dienst?«, frage ich.

»Pflegerin in einem Altersheim«, erklärt Erkan.

Otto sieht auf die Uhr. »Gut, dann haben wir ja noch etwas Zeit.«

Er sieht mich an und runzelt die Stirn.

Jetzt wäre der richtige Zeitpunkt, um mit meiner Henry-Idee um die Ecke zu kommen.

»Wir müssten da was besprechen, ich habe eine Idee. Ich will einen ehemaligen Patienten in der Forensischen besuchen und ihn befragen. Er hat neun Frauen getötet und zerstückelt.«

»Und warum willst du den treffen?«, fragt Otto erstaunt, und Erkan wird etwas blass um die Nasenspitze.

»Er ist ein Serientäter und hat mit allen Frauen geschlafen und sie im Beischlaf getötet. Erstochen. In den Nacken. Danach zerstückelt und im Garten verbuddelt. Das ist die Kurzversion. Er hatte einen gewissen Typ Frau und hat ein Muster bedient, wie der Anhalter-Killer.«

»Die Story kommt mir bekannt vor«, murmelt Erkan.

»Ich habe ihn nur kurz betreut, eine Kollegin hat dann die therapeutischen Maßnahmen weitergeführt. Ein Gespräch könnte helfen für das Täterprofil.«

»Und du meinst, er würde sich darauf einlassen?«

»Absolut«, sage ich.

Erkan sieht mich mit erstauntem Gesicht an. »Henry der Schlächter. Wusste ich es doch«, und schlägt sich auf die Brust.

»Was brauchst du dafür?«, fragt Otto.

»Eine offizielle Genehmigung, und Henry muss zustimmen. Aber das wird er.«

»Das bekommen wir hin.«

KAPITEL 67

Mit Glockenschlag fünfzehn Uhr wählt Otto die Nummer der Frau aus dem Altersheim, und sie nimmt nach dem vierten Tuten ab. Er schaltet den Festnetzapparat auf laut, damit ich mithören kann. Elke Willems hat einen leicht holländischen Akzent und ist außer Puste.

»Der Aufzug ist kaputt, und ich komme eben mit den Einkäufen nach Hause. Sechs Etagen sind verdammt anstrengend.« Sie stöhnt laut in den Hörer.

Otto stellt uns namentlich vor, und währenddessen kann sich Elkes Puls regulieren. Im Hintergrund höre ich, wie sie flüsternd jemandem Anweisungen gibt, die Lebensmittel in den Kühlschrank zu packen.

»Entschuldigung, die Einkäufe. Als ich das Foto von dem jungen Mann in dem Artikel gesehen habe, dachte ich mir für einen kurzen Moment, den kenne ich doch.«

Otto stöhnt leise, die Nummer schon wieder. Nee, is klar. Als Nächstes kommt: Den habe ich am Bahnhof gesehen, oder der arbeitet in einem Schuhgeschäft.

»Woher meinen Sie ihn zu kennen?«, fragt Otto knapp.

»Wissen Sie, ich habe mit vielen Menschen zu tun und kann mich an Gesichter gut erinnern. Ich bin Krankenpflegerin und habe vor zehn Jahren in einer Klinik am Niederrhein gearbeitet, auf der holländischen Seite. In Asten.«

»Was für eine Klinik war das?«

Für einen Moment ist Stille, als wäre die Leitung unterbrochen worden.

»Eine für Menschen mit Suchtproblematiken. Aber diese Einrichtung setzt großen Wert auf Diskretion. Wir mussten alle eine Verschwiegenheitserklärung unterschreiben. Die Geldstrafen bei

Missachtung waren drakonisch. Ich denke, Sie würden die eine oder andere Person kennen, wenn ich Ihnen Namen nennen würde. Es waren bekannte Gesichter darunter. Politiker, Schauspieler.«

»Verstehe ich das richtig: Die Patienten checken dort unter einem falschen Namen ein?«

»Richtig, und der junge Mann von dem Foto, der war dort. Da bin ich mir sicher. Mindestens ein Jahr.«

»Wann war das?«

Otto und ich halten beide die Luft an. Er kritzelt »BEWEISE?« auf ein Blatt Papier.

»Im Dezember 1994 bin ich von der Klinik weggegangen, und er war ein Jahr vorher dort, also muss es 1993 gewesen sein.«

»In welchem Monat? Könnten Sie das präzisieren?«

Elke macht ein Mh-Geräusch, wie Menschen, die nachdenken.

»Im Frühsommer, aber genau weiß ich das nicht mehr.«

»Gibt es die Klinik noch? Wie heißt sie?«

Elke lacht kurz. »Vrijheit Boerderij. Niederländisch für Freiheitsfarm. Das Ganze war als Hotel getarnt. Dass es eine Klinik ist, haben sie erst bemerkt, wenn sie drin waren.«

Klingt wie 'ne Sekte, denke ich. Komm auf die Freiheit-Farm in unsere Gemeinschaft, in der du willkommen und geborgen bist. Und von der du nie wieder loskommst.

Elke fährt fort. »Nein, die gibt's nicht mehr, die ist schon lange geschlossen, die haben Probleme mit dem Finanzamt bekommen. Steuerhinterziehung. Jemand hat sie angeschwärzt. Die Betreiber waren Halunken, die haben mit den Entzugstherapien viel Geld gescheffelt und sich die Anonymität dicke bezahlen lassen. Aber ich wette, sie haben die Klinik unter anderem Namen woanders neu aufgemacht. Das würde mich nicht wundern.«

»Unter welchem Namen kannten Sie den Jungen denn?«

»Ich glaube, es war Andreas Müller.«

Otto notiert es auf dem Papier. »War er noch Patient, als Sie 1994 gegangen sind?«

»O ja, das war er.«

Ich beuge mich vor zum Apparat. »Frau Willems, hier ist Lupe Svensson, eine Frage bitte: Wie groß war Andreas Müller in Ihrer Erinnerung?«

»Nicht groß, vielleicht eins fünfundsechzig? Eins siebzig? Wir nannten ihn den kleinen Mann. Das war nicht schmeichelhaft, aber wir Pflegekräfte haben untereinander einen gewissen Humor. Ich selbst bin eins achtzig.«

»Wussten Sie, woher er kam? Etwas über seine Familie? Freunde? Hatte er Besuch?«

»Nein, wir sollten auch gar keinen intimeren Kontakt aufbauen. Besuch war nicht erlaubt. Die meisten Patienten quasselten viel Stuss, psychotischer Kram. Halluzinationen. Die hatten anfangs oft mit anderen psychischen Problemen und Begleiterscheinungen zu kämpfen.«

»Was für eine Erkrankung lag bei ihm vor?«

»Abhängigkeit von Tabletten und Kokain. Alkoholmissbrauch. Wie bei den meisten gehen damit gewisse Persönlichkeitsstörungen einher. Wahnvorstellungen. Schizophrenie.«

»Ist Ihnen etwas Besonderes in Erinnerung geblieben?«

»Ja, er hat im Schlaf oft einen Namen wiederholt. Wir haben es dem diensthabenden Arzt gemeldet, und die nahmen es mit in die Therapiegespräche. Was es damit auf sich hat, haben wir nie erfahren.«

»Wie lautet der Name? Wissen Sie das noch?«, frage ich.

Elke räuspert sich.

»Ja. Ramona. Er hat ihn immer wieder gerufen.«

KAPITEL 68

Ich winke Erkan im Gehen zu.

»Bis in einer halben Stunde«, sage ich. »Ciao.«

Er bleibt mit leichtem Schmollmund im Besuchsbereich der forensischen Klinik in Köln-Porz zurück, in der Henry seit neun Jahren behandelt wird.

Kollege Erkan hat darauf bestanden, mich hinzufahren.

Er meinte, er würde sich sicherer fühlen (er!), aber ich glaube, er wollte mit mir allein sein. Ich bin ja nicht doof. Er hat mich echt nett angesehen, und Otto stand daneben, und es wäre in dem Moment blöde gewesen, die Zicke zu mimen. Also habe ich zugestimmt. Womöglich war es falsch, aber es war eine Entscheidung innerhalb einer Zehntelsekunde.

Jetzt finde ich es gut, dass er mit dabei ist, denn ich muss gestehen, dass ich doch etwas Bammel vor dem Wiedersehen mit dem Patienten habe, der mich lange in meinen Träumen verfolgt hat. Außerdem war mein Abgang in der Klinik vor einem Vierteljahr »etwas überschattet«. Aber das ist eine andere Geschichte.

Henry hat darauf bestanden, mit mir allein zu sprechen. Die Einzigen, die uns zusehen werden, sind die Überwachungskameras, die in zwei Ecken des Raumes unter der Decke angebracht sind.

Neben mir ist Ingrid, eine kleine, resolute Frau mit wiegendem Gang und kurz geschnittenen grauen Haaren, die zum Inventar der Klinik gehört und mit der ich in meiner Zeit hier gut konnte. Sie führt mich über die bekannten Gänge zu dem Besprechungsraum im Erdgeschoss, öffnet und schließt mit dem Chip die vielen Türen. Wir plaudern, und sie erzählt, was es Neues gibt. Klatsch und Tratsch aus der Klinik. Belangloses. Alltägliches. Vertrautes. Wir lachen.

Jetzt stehen wir vor dem Besucherzimmer.

Ich habe einen Sicherheitsknopf erhalten, der an meinem Handgelenk baumelt. Wenn ich den drücke, kommt Hilfe. Oder wenn ich plötzlich fallen sollte, schlägt er sofort Alarm.

»Na, dann viel Erfolg«, sagt Ingrid mit einem kurzen Blick auf ihre Armbanduhr. Es ist genau achtzehn Uhr.

»Bereit?«, fragt sie und lächelt mich an.

»Jawohl«, antworte ich, und sie schließt die Tür auf, und wir treten ein.

Als Henry mich im Türrahmen entdeckt, blitzt etwas in seinen Augen auf, das mich kurz erschaudern lässt. Zugleich weiß ich: Ich muss alle meine Kanäle schließen. Er darf mir nicht zu nahe kommen, nicht in meinen Kopf hinein und erst recht nicht in meinen Gefühlsbereich. Er ist hochgradig manipulativ, und ich vermute, dass unser Phantom es ebenfalls ist, daher: *learn from the best.*

»Da ist ja mein Schneewittchen«, sagt er mit seiner samtenen Stimme. Mir scheint, er ist an den Schläfen grauer geworden, seit wir uns das letzte Mal gesehen haben. Seine Haare sind wie immer ordentlich geschnitten und frisiert. Er ist von allen Langzeitpatienten stets der gepflegteste und höflichste gewesen. Keine Neigung zu Gewalt. Kein Gegenstand, den er Pflegern aus Wut entgegenwirft, wenn sie die kleine Luke in der Tür öffnen, bevor sie die Zelle aufschließen.

»Hallo, Henry.« Ich nehme Platz und bemerke, das klingt wie ein Kaffeetrinken. Fehler!

Ingrid nickt mir kurz zu. »Ich bin vor der Tür«, verkündet sie. »Ihr habt eine halbe Stunde und keine Minute länger.«

»Geht klar.«

Mein Herz schlägt mir bis zum Hals, aber das darf ich ihm auf keinen Fall zeigen.

Die Tür fällt hinter mir leise ins Schloss. Ein mechanisches Klicken. Dann sind wir allein, nur wir zwei.

Ich atme gleichmäßig ein und aus, beruhige meinen nervösen Puls. Er ist nur ein Patient, den du befragst, weiter nichts, sage ich mir im Stillen. Nur jemand, dem du ein paar Fragen stellst, die er bitte schön beantworten soll. Du kannst jederzeit aufstehen und gehen. Er ist eingesperrt, und du bist frei. Und du brauchst Distanz, also sieze ich ihn.

»Ich vermute, Sie haben nichts dagegen, wenn ich unser Gespräch aufzeichne?«

Er schüttelt leicht den Kopf und taxiert mich. Ein kleines Lächeln huscht wie ein Schatten einmal über sein Gesicht.

Ich kann es förmlich spüren, wie er seine Aura auffächert; wie ein Phönix seine Schwingen, wie er groß und mächtig sein will. Ich lege mein Aufnahmegerät auf die Tischplatte und starte die Aufnahme.

Hello again, Henry. Jetzt spielen wir nach meinen Regeln.

Mit einem Mal wird mir bewusst, wie klein Henry ist. Nicht in der Körpergröße, sondern als Mensch. Er ist ein Patient, ein menschliches Wesen mit einem heftigen Defekt. Und plötzlich ist da eine große Entzauberung in mir. Dieser Mensch, der mich zu Beginn meiner Laufbahn als Psychologin hier manipulieren konnte und mit seiner unfassbaren Aura dafür sorgte, dass ich mich in ihn verknallte, ist nun lediglich ein Insasse, ein Häftling. Nicht mehr und nicht weniger.

Henry hat einen dünnen dunkelblauen Pullover an. Seine Unterarme liegen auf dem Tisch. Seine Fingernägel sind ordentlich gefeilt und die Nagelhaut sorgfältig zurückgeschoben.

»Du bist stark geworden«, sagt er. »Und egal, was du tust. Es scheint dir gutzutun, wenn du mir diese Bemerkung erlaubst.«

Ein Lächeln, ein freundlicher Blick. Er kann es perfekt. Vollendet. Er tänzelt auf dem schmalen Grat zwischen Flirten und Schleimen. Seine Augen tasten mein Gesicht und meine Haare ab, während er mit mir spricht. Und er duzt mich, weil er mir damit näher sein will. Vertrauter.

»Gestattet«, erwidere ich und gebe ihm drei Sekunden Zeit, mich zu erfassen und in seinem Kopf Fotos von mir zu machen, die er in seine Zelle mitnehmen wird. Er wird sie wie einen Schatz in seinem Inneren verwahren und immer wieder rausnehmen, wenn ihm danach ist. Womöglich onaniert er darauf, benutzt sie als Verstärker für seine Fantasie, in der er all das mit mir macht, was er mit den anderen dunkelhaarigen Frauen gemacht hat.

Eins. Zwei. Drei.

»Henry, ich brauche Ihre Einschätzung zu einer Sache.«

Er zieht die Augenbrauen hoch und sieht mich erstaunt an. Bevor er etwas sagen kann, fahre ich fort. »Ja, das klingt erstaunlich.«

Er wendet den Blick nicht eine Sekunde von mir ab.

»Es ist so«, erkläre ich und lache einmal auf. »Ich will in Ihr Inneres blicken.«

Das gefällt ihm nicht, das sehe ich. Er verengt seine Augen zu Schlitzen und ist nicht sicher, worauf ich hinauswill.

»Es gibt einen Fall mit einem Täter, und ich will Ihre Einschätzung dazu. Ihre Meinung.«

»Meine Meinung als … Mann?«, sagt er belustigt.

»Als Täter.«

»Oh, verstehe. Du meinst, nur ein Narr erkennt einen Narren. Ist es das?«

Ich nicke.

»Was habe ich davon?«, fragt er und lehnt sich zurück, reckt das Kinn und sieht mich genüsslich an.

»Sie dürfen«, sage ich und sehe auf meine Armbanduhr, »noch exakt vierundzwanzig Minuten mit einer attraktiven, schwarzhaarigen jungen Frau in einem Raum sitzen und dieselbe Luft atmen.«

Stille. Einundzwanzig. Zweiundzwanzig.

Er lacht auf, ein verächtliches, empörtes Lachen. Wirft den Kopf zurück. Er wehrt sich innerlich. Will nicht.

»Okay, dann nicht«, sage ich entschieden, nehme das Aufnahmegerät und stehe auf. In zwei Schritten bin ich an der Tür und erhebe schon die Hand, um zu klopfen.

»Warte«, ruft er erschrocken, und ich drehe mich um.

Straffe die Schultern.

Ich sehe ihn an, wie er auf seinem Stuhl sitzt, und denke dabei: deine letzte Chance, Henry. Verkack es nicht. Ich kann hier jederzeit wieder raus. Du nicht.

»Ist gut, ich höre es mir an und versuche zu helfen.« Er deutet auf den freien Stuhl. »Bitte.«

Jetzt können wir beginnen, denke ich. Jetzt wirst du *mir* zuhören.

»Lass Sie uns keine Zeit verlieren«, sage ich mit professionellem Tonfall und nehme wieder Platz. »Ich schildere mehrere Taten, die vermutlich von ein und demselben Täter ausgeführt wurden.«

Dann beginne ich von Bianca Jäger und den vier toten Anhalterinnen zu erzählen. Dabei gebe ich ihm nur die Eckdaten und Fakten, keine Interpretationen und Bewertungen, nur die puren Taten. Ich lege ihm Fotos der Tatorte und Detailaufnahmen der Leichen vor, die er leicht angewidert ansieht und dann schnell zur Seite schiebt.

»So eine Sauerei«, sagt er.

Henry hört mir weiter aufmerksam zu, starrt auf die Tischplatte. Dann sieht er mit einem dösigen Blick auf. Seine schmeichelnde, gurrende Aura ist verschwunden. Er ist nun konzentriert bei der Sache. Henry hebt ein paarmal die Hand, was bedeutet, dass er eine Zwischenfrage stellen will. Seine Fragen sind erstaunlich präzise, und wenn die Antwort ausreichend war, nickt er knapp und sagt »weiter«.

»Das ist die Faktenlage. Ich will Ihre Einschätzung, was die Motivation des Täters ist. Wie handelt er und warum?«

Henry sieht mich nachdenklich an.

»Töten ist nicht gleich töten. Mein Töten war ein Genuss, ich habe es inszeniert, und es war gut gemacht. Der Täter von Bianca ist schlecht«, sagt er, und ich sehe, dass er diesen Vergleich genießt. »Er geht nicht planvoll vor, ist hektisch und von der Situation überfordert. Ein Anfänger. Er weiß im Grunde gar nicht, was er tut. Aber er will es tun. Er will sie töten.«

»Warum Bianca?«

»Jemanden immer sehen zu müssen, den man nicht erträgt, das schaukelt sich hoch. Die Wut wächst, und dann kommt der Gedanke.« Er legt seine Zeigefinger links und rechts an die Schläfe. »Es ist ein Blitz, ein gigantischer Stromstoß, der dich aufweckt, wie bei Dr. Jekyll und Mister Hyde. Und plötzlich ist da diese fixe Idee in dir, die dich nicht mehr loslässt. Und du siehst nur einen Ausweg.«

Er strahlt, ist begeistert und schaut mich auffordernd an.

»Der Täter muss es tun«, sage ich.

»Richtig, sonst wirst du diese Energie nicht mehr los. Sie frisst dich auf. Ich hatte das bei jedem neuen Opfer. Diesen Blitzeinschlag. Diesen Wunsch, es zu Ende zu bringen. Dein Täter hat das ebenfalls, und er ergreift die erstbeste Chance, als sie mit dem Fahrrad nach Hause fährt.« Er lehnt sich auf dem Tisch mir entgegen. Seine Hände schieben sich zu mir, und seine Fingerspitzen berühren fast meine Unterarme.

Ich sitze regungslos auf dem Stuhl und sehe ihn an.

»Wo ist diese junge Frau hin, die ich einst vor mir hatte? Wo ist sie nur hin?«

Er meint mich damit.

Ich ziehe eine Augenbraue nach oben und richte meinen Blick zur Decke.

Er nickt ein paarmal hintereinander. »Verstanden«, sagt er.

»Wir haben noch zwölf Minuten«, sage ich, und er schließt für einen Moment die Augen.

»Die Anhaltermorde funktionieren anders. Der ist ein Jäger und ein Genießer, der Verlauf der Tat ist für ihn das Wichtigste. Das Töten ist Nebensache. Er weiß, wonach er sucht. Ich wusste auch, nach was für einer Frau ich suchte. Wie sie aussehen sollte, ihre Haare, ihr Gesicht. Ich wusste, wie sie sich bewegt, wie ihr Lächeln aussieht, wenn ich ihr schmeichele. Kannst du dir meine Freude vorstellen, wenn ich die Frau fand, die genau in mein Suchraster passte? Da schoss mir das Blut direkt zwischen die Beine. Es war pure Erregung, die ich aber nicht zeigen durfte. Diese Kraft zu spüren, war jedes Mal wie ein Überschäumen vor Glück. Reine Euphorie.«

»Weiter«, fordere ich ihn auf und tippe auf die Uhr.

»Der Täter sucht sie nach einem Muster aus, die Mädchen müssen jung, unschuldig, aber auch eine Spur verloren sein. Ein bisschen schäbig und mitleiderregend. Eine gruselige Vorstellung, aber bitte. Und verzweifelt. Das sind leichte Opfer, wie meine erkalteten, verblühten Ehefrauen, die ich wieder zum Leben erweckt habe, die wie eine Rose von Jericho aufblühten, als ich sie wässerte.«

»Keine unnötige Prosa bitte«, sage ich. »Das verbraucht unnötig Zeit.«

Einen Moment sieht er mich fragend an, und ich überlege, ob ich zu streng war. Dann fährt Henry fort.

»Er tötet planvoll, die Opfer fühlen sich anfangs bei ihm wohl, steigen mit ihm aus, dann greift er sie an.«

»Warum steigen sie mit ihm aus?«

Er sieht mich erstaunt an.

»Weil sie nicht allein sein wollen«, sagt Henry. »Sie fürchten sich.«

»Okay, weiter.«

»Er tötet sie schnell, damit er Zeit hat, und dann lässt er sich an ihnen aus. Es erregt ihn. Er onaniert auf sie. In dem Moment, wo er gekommen ist, sind sie wertlos geworden. Das kenne ich.«

»Du meinst, es geht ihm nur um die Erregung?«

»Ja, es geht ihm nur darum. Er lässt sie liegen, sie sind Abfall. Ich dagegen habe mich ordentlich um meine Frauen gekümmert, das möchte ich an der Stelle betonen.«

»Aber dem Mörder von Bianca: Worum ging es dem?«

»Um die Vernichtung. Um diesen Blitz in seinem Kopf. Und …«

Er verstummt.

»Wir haben noch drei Minuten.«

»Danke, dass du zu mir gekommen bist. Ich hätte nicht gedacht, dass ich mal die Möglichkeit habe, mich mit einem Kollegen zu beschäftigen. Das hat mir doch eine gewisse Freude bereitet.«

Moment mal.

»Da war doch noch ein Gedanke.«

Ein Lächeln zeigt sich in seinem Gesicht. Es tritt mit einem Mal hervor, wie die kleine Sonne bei der Schulaufführung, die hinter dem dunkelroten Samtvorhang auftritt, und alle rufen laut »Aaahh« und sind verzückt.

»Wie lange haben wir noch?«, fragt er.

»Eine Minute.«

Sein Blick geht rasch zur Tür und zu den beiden Videokameras in den Ecken.

»Lupe, hör mir genau zu«, sagt er. »Der Unterschied ist: Bianca hat dem Mann vollkommen vertraut. Sie ist mit ihm in den Wald gegangen. Sie kannte den Täter. Und er kannte sie. Der Jäger kennt seine Opfer nicht.«

Ich höre, wie das elektronische System einen langen Piepton von sich gibt.

»Es sind zwei Täter, Lupe. Es ist nicht derselbe Mann.«

KAPITEL 69

Erkan steht abrupt von der Besucherbank auf, als er mich entdeckt und ich auf ihn zugehe.

»Alles klar, Schönheit?«, fragt er, und für einen Moment zuckt er und will die Arme ausbreiten, besinnt sich dann aber und lässt sie, wo sie sind.

Besser ist das. Wir wollen es nicht übertreiben.

»Du siehst so aus, wie ich mich fühle«, sage ich zu ihm.

»Willst du einen Drink?«

»Unbedingt.«

»Musst du noch jemandem Tschüss sagen?«, fragt er mich.

Ich drehe mich um und rufe in den leeren Gang. »Tschüss!«

Erkan sieht mich irritiert an. »Lupe, ich denke, du bist ein wenig unterzuckert.«

»Ja, ich könnte einen Happen vertragen.«

»Ich hätte da eine Idee. Keine Sorge, es ist nicht romantisch«, sagt er und lächelt sein blödes schönes Lächeln.

»Okay.«

Knapp dreißig Minuten später stehen wir mit vielen anderen Feierabendwütigen dicht beieinander auf dem Gehsteig in der Siegesstraße in Deutz und halten jeder ein volles Kölschglas in den Händen. Ich beiße in einen Halven Hahn, ein kölsches Käsebrötchen. Es hat aufgehört zu regnen. Die Straßen sind feucht, und der Regen tropft von den schweren Blättern der Bäume und Sträucher auf der anderen Straßenseite. Die Gaststätte Lommerzheim ist das Skurrilste, was Köln zu bieten hat. Ein kleines, in die Jahre gekommenes, abgewracktes Häuschen, das eine über vierzig Jahre alte Schankwirtschaft ohne Dachstuhl beherbergt, die niemals renoviert wurde. Wo die Menschen in der Schankstube stehen, die wie ein Museum aussieht, dicht gedrängt oder an schmalen Tischen sitzend. Die wenigen Plätze sind heiß begehrt, und wer einen Sitzplatz ergattert hat, bekommt die legendären dicken Koteletts aus der Pfanne serviert. Wer fertig gegessen hat, steht gleich auf und macht Platz. Mein Vater hat mich mal hierher mitgenommen, und es kam mir vor wie ein Wunderland für Trinker.

Also kein schlechter Schuppen.

»Dass du das Lommerzheim kennst«, sagt Erkan anerkennend.

»Klar. Ich dachte schon, du schleppst mich zu so einem dämlichen Weiße-Tischdecken-Italiener mit opulenter Fischkarte auf der Tafel.«

»Da schätzt du mich falsch ein.«

»Mag sein.«

Erkan lacht, prostet mir zu, trinkt aus und hält das leere Glas in die Höhe, auf dessen Innenseite der Schaum langsam nach unten rutscht.

»Erzähl mir von dem Gespräch mit Henry. Was hat es dir gebracht?«

»In mir keimte seit gestern ein Verdacht. Seit dem Gespräch bin ich mir sicher. Es ist anders, als ich angenommen habe.«

»Was meinst du?«

»Erkan, ich bin mir jetzt ziemlich sicher. Die beiden Fälle Bianca und die Anhaltermädchen haben nichts miteinander zu tun. Es sind zwei unterschiedliche Täter.«

Zwischen Erkans Augenbrauen entsteht eine tiefe Furche. »Aber es war der Ermittlungsansatz, dass sie zusammengehören. Ja, dass der Täter auch für das Verschwinden von Fabian verantwortlich ist.«

Seine Stimme ist ernst.

»Es bedeutet, zurück auf Los. Ich habe mich geirrt.«

Ich schäme mich ein wenig.

»Du entscheidest nicht allein über die Ermittlungen, es ist Teamarbeit. Die anderen haben deine Theorie mitgetragen, weil sie plausibel klang. Du bist ja auch keine ausgebildete Profilerin.«

»Mir ist klar geworden, was die Motivation des Täters ist und was ich die ganze Zeit übersehen habe«, sage ich.

»Und das wäre?«

Erkan steht breitbeinig vor mir und legt den Kopf schief. Wenn er diese Autohändlerattitüde ablegt, ist er eigentlich ganz nett.

Nein, Lupe, lass die Finger davon.

»Der eigentliche Punkt ist, ob sie sich kennen, Täter und Opfer. Biancas Mörder tötet sie, weil er sie kennt. Die Anhaltermädchen werden genau deswegen getötet, weil der Täter sie nicht kennt. Und darin liegt der entscheidende Unterschied.«

»Aber die Parallele in der Tötung? Die Erniedrigung, die Verletzungen.«

»Sind nahezu identisch, das stimmt. Aber der Modus Operandi ist es nicht, ich dachte, der Täter lernt dazu und wird besser, solche Täterprofile gibt es. Aber das war der Trugschluss in der Betrachtung. Serientäter sind auch nur Menschen, das wurde mir durch das Gespräch mit Henry klar. Sie sind Gewohnheitstiere und wollen sich nicht neu erfinden. Sie bleiben bei dem, was sie kennen und können und was sie befriedigt. Es ist der Opfertypus, der entscheidend ist.«

»Das bedeutet, es sind zwei verschiedene Täter, und der Mörder von Bianca hat vielleicht keine andere Tat begangen? Weil er nur sie umbringen wollte und sonst niemanden.«

»Jetzt hast du es kapiert«, sage ich und schiele ihn über den Rand des Kölschglases an. »Und womöglich kennen sich die beiden Täter. Und einer hat vom anderen gelernt.«

»Und wer von den beiden hat Fabian jetzt in seiner Gewalt?«

Ich seufze. Das Stimmengewirr der Menschen in der Kneipe wird lauter, hie und da werden erste Lieder angestimmt. Mir ist trotz Papas Lederjacke kalt, und ich fröstele. Erkan bemerkt es und kommt einen Schritt näher auf mich zu.

»Das ist das große Rätsel für mich«, sage ich.

»Lupe, du bist mir auch ein Rätsel«, erwidert Erkan, und ich sehe ihn mit leicht zusammengekniffenen Augen an.

»Was?«

»Deine Unnahbarkeit. Deine Art, jemanden auf dich aufmerksam zu machen, ein wenig heranzulocken, und dann, bämm, knallst du die Tür zu.«

»Und winke freundlich dabei.«

»Ja!«, ruft er. »Genau so.«

Wir müssen beide lachen.

»Wann gehen wir ins Kino?«, fragt er. »Herrgott Lupe, es ist ein Kinoabend. Du gehst kein Risiko ein.«

»Ich nicht, aber du.«

Er tritt einen Schritt zurück und mustert mich. »Du traust dich was.«

»Du bist auch kein Kind von Traurigkeit.«

Erkan tritt von einem Bein auf das andere. Ich merke, dass ich nervös werde, aber lasse es mir nicht anmerken. Das Bier macht mein Hirn weich.

»Müsstest du jetzt nicht wie andere Türken mit diesem Perlenspiel an deinem Hosenbund rumfummeln. Wenn du nervös bist?«, frotzele ich und recke das Kinn.

Erkan lacht auf, schüttelt den Kopf und sieht zur Seite.

»Du hast echt keine Ahnung, wer ich bin. Hast du Vorurteile gegen Türken?«, fragt er. Er baut sich vor mir auf, breitbeinig. Aufrecht. Die Schultern gestrafft. Das hat er gelernt, das kann er. Imposant sein und physische Präsenz schaffen, die einschüchtert.

»Nein, habe ich nicht. Keinesfalls«, erwidere ich, streich mir die Haare langsam aus dem Gesicht. So eine doofe kokette Geste. Aber ich kann nicht anders.

»Du bist also nur unwissend«, folgert er und tritt noch einen Schritt auf mich zu. Wir berühren uns fast.

Ich klammere mich an meinem Glas fest und sehe ihm starr in die Augen.

»Wovor hast du solche Angst?«, fragt Erkan.

»Erzähl ich dir ein anderes Mal«, sage ich und funkele ihn an.

TAG NEUN

Dienstag, 14. Oktober 2003

KAPITEL 70

Ich stehe in einem großen Garten. Es ist Nacht, der Mond ist rund und voll, und ich höre ein Klingeln, es sind kleine Glöckchen, die auf einer gespannten Leine zwischen zwei Bäumen hängen. Der Wind, der aufkommt, lässt sie erklingen, und sie ergeben eine Tonfolge. Der Garten ist von dunklem Gebüsch umrandet, das mir unheimlich ist und in dem jemand lauert, der mich beobachtet; ich kann es spüren. Er ist dort.

Der Mann, der Fabian hat.

Das Klingen der Glöckchen wird lauter, und in dem Moment schaltet mein Hirn ein und katapultiert mich aus dem Traum in die Realität.

Ich schrecke hoch.

Mein Handy klingelt, und ich rolle mich geschwind zur Seite, greife danach, aber kann das Display nur verschwommen sehen. Meine Augen sind verklebt, und mit der anderen Hand reibe ich die Lider sauber.

»Hallo?« Meine Stimme ist schlaftrunken.

»Lupe?«

»Otto? Was ist passiert?« Ich sitze kerzengerade im Bett. Der Wecker auf meinem Nachttisch zeigt 6:48 Uhr an. Das bedeutet, ich habe nur sechs Stunden geschlafen. Erkan hat mich heimgefahren, und wir haben im Auto noch gequatscht. Sonst nichts.

»Wie schnell kannst du fertig sein?«, fragt Otto.

»Zehn Minuten. Was ist passiert?« Ich steige aus dem Bett, laufe zum Bad. Gähne.

»Ich hole dich ab, bis gleich.«

Es ist saukalt an diesem dunklen Morgen, einstelliger Bereich. Ich stülpe den schwarzen Hoodie über den Kopf, ziehe den Reißverschluss der Lederjacke bis unter das Kinn und stelle den Kragen auf. Es dämmert, die Nacht steckt noch in den Straßen. Die Laternen brennen.

Ottos Auto biegt um die Ecke. Lichthupe.

Ich hebe den Arm, und er fährt vor. Ich reiße die Beifahrertür auf, und kaum dass ich sitze, fährt Otto an.

»Guten Morgen.«

Die Heizung läuft auf Hochtouren, hier drin ist es wohlig warm.

»Das wird sich zeigen, ob das ein guter Morgen ist«, antwortet Otto. Er hat kleine verschlafene Augen und ist auch noch nicht lange wach. Er trägt die gleichen Klamotten wie gestern und ist vermutlich einfach hineingesprungen.

»Erkan hat mich angerufen«, sagt er und steuert den Wagen zügig durch das morgendliche Köln und den dünnen Verkehr. »Ein Jogger hat heute Morgen im Park einen Mann in einem Baum hängend gefunden und die Polizei verständigt.«

»Was für einen Mann?« Ich bin mit einem Schlag wach.

»Das werden wir uns jetzt ansehen«, sagt Otto in ruhigem Tonfall. »Der Tote trägt keine Papiere bei sich. Warten wir es ab.«

Der Park ist im Nordosten der Stadt, in Bilderstöckchen. Von mir aus sind das knappe zehn Minuten mit dem Auto, Otto schafft es in acht. Der Park schmiegt sich längs an die nach nördlich verlaufende A 57. Wir fahren auf den angelegten Wegen mit dem feinen Kiesschotter, wo sonst Jogger und Hundebesitzer unterwegs sind, Kinderwagen spazieren fahren und verliebte Teenager auf der

Parkbank knutschen. Vorbei an Wiesen, kleinen Baumgruppen und Anhöhen. Es ist kurz nach sieben, eine ältere Frau führt ihren Hund Gassi. Ein junger Kerl joggt im blauen Ballonseidenanzug an uns vorbei. Über den Wiesen liegt ein Hauch von Nebel, dort, wo die Bäume in Gruppen und Reihen stehen, ist es feucht und finster.

Langsam kriecht das Tageslicht über die Wipfel.

Otto fährt im Schritttempo über den knirschenden Kies, trotzdem schlagen die feinen Steine leise prasselnd von unten gegen den Boden.

»Da ist es«, sagt Otto, als wir um eine Kurve biegen.

In zwanzig Metern Entfernung ist Alarm.

Zwei Polizeiautos versperren den Weg. Ihr Blaulicht strahlt kalt in das fahle Dämmerlicht. Menschen in Uniform wuseln umher. Als wir näher kommen, stellen sie weiße Trennwände an einer Baumreihe auf, in der die dunkle Silhouette eines Mannes zu sehen ist. Mir rutscht das Herz in die Hose. Ein Notarztwagen mit geöffnetem Heck steht bereit, zwei Sanitäter entladen eine Trage. Wir parken kurz vor einem Flatterband, das großzügig um die Fundstelle gezogen ist, und steigen aus. Uniformierte Polizisten stehen patrouillierend davor, und Otto zückt seinen Ausweis, und eine Polizistin, die uns zwei Schritte entgegenkommt, wirft einen Blick darauf, sagt nur »Morgen« und hält das Absperrband am ausgestreckten Arm hoch, damit wir darunter durchgehen können. Sie spricht dabei in die Funke an ihrer Brust, aus der eine Stimme plärrt. Wir gehen auf zwei Trennwände zu, hinter denen jetzt Licht aufflammt, ein unwirklich helles Licht, als sei ein Ufo gelandet. Eine weitere Wand wird gerade eilig aufgerichtet und danebengestellt. Das Knarzen und Fiepen von Funkgeräten liegt in der Luft.

Mittlerweile ist der Baum, in dem der Mann hängt, komplett hinter weißen Faltwänden verschwunden, und somit ist der Fundort vollkommen abgeschirmt.

Ich entdecke Erkan. Erkenne die Umrisse seiner Statur, die sich aus einer kleinen Gruppe von Menschen am Rande der Absperrung löst und mit schnellen Schritten auf uns zukommt, ein Funkgerät in der Hand. Sein Gesicht ist professionell konzentriert. Er trägt einen schwarzen Trenchcoat aus Nylon, dessen Kragen hochgeschlagen ist, und gibt uns beiden die Hand, erst Otto, dann mir. Seine Hand ist kalt und feucht. Für eine Millisekunde sieht er mich an und lächelt. Dann ist er wieder professionell.

»Ein Jogger hat den Mann im Baum heute früh gegen sechs Uhr gefunden. Jetzt sitzt er dort drüben und ist fertig. Kein Wunder.«

»Der joggt im Dunkeln?«

»Ja, vor der Arbeit. Ist seine Laufstrecke. Er dachte erst, der Mann im Baum sei eine Puppe und da habe sich einer einen Scherz erlaubt. Aber ich sage euch: Der Tote, das könnte er sein«, sagt Erkan und deutet hinter die weißen Wände.

Sein Atem riecht nach Pfefferminzkaugummi gemischt mit schwarzem Kaffee.

»Wer könnte es sein?«, frage ich.

»Fabian Küster«, sagt Erkan, und seine Stimme klingt nervös.

Sein Blick irrlichtert von Otto zu mir.

»Sieht er aus wie der Junge von den Fotos?«, frage ich.

Erkan schüttelt den Kopf. »Nein, aber er ist klein. Wie Fabian. Das Alter könnte ebenfalls hinkommen. Mein Bauch sagt mir, dass er es ist. Der Täter hat zugeschlagen. Schauen wir ihn uns an.«

Otto nickt mir aufmunternd zu. »Ist Teil deines Praktikums. Beobachte nur. Merke dir Details. Und lass die anderen ihre Arbeit erledigen.«

Wir erhalten Tatortanzüge, Fußüberzieher, Handschuhe und Mundschutz und treten hinter die Absperrwände.

»Die Spurensicherung ist noch zugange, und der Notarzt hat soeben den Tod bestätigt«, erklärt Erkan und nickt einem Kollegen zu, der in einem weißen Schutzanzug mit Mundschutz und Plastiktüten über den Schuhen am Boden kniet und einen Koffer schließt. Ein anderer fotografiert die gelben Plastikschildchen mit den Nummern darauf. Der Blitz flammt grell auf.

»Li ist gleich da, sie will nicht warten, bis der Bestatter den Leichnam zu ihr in die Rechtsmedizin bringt«, fährt Erkan fort.

»Das dachte ich mir«, sagt Otto und wartet, bis die drei Kollegen der Spurensicherung fertig sind und den Bereich vor dem Baum verlassen.

»Ihr könnt jetzt«, sagt der Mann und hebt die Hand zum Gruß.

»Danke, Atze«, sagt Otto, verschränkt die Arme hinter dem Rücken und sieht hoch zu dem Toten im Baum.

Erst jetzt traue ich mich, ebenfalls hinzusehen.

Im Baum hängt an dem stärksten Ast, der fast waagrecht aus der Mitte des Stamms ragt, ein junger Mann. Sein Körper scheint aufrecht über dem Boden zu schweben, vielleicht dreißig oder vierzig Zentimeter. Er ist kahlköpfig und hat einen dichten braunen Bart. Um seinen Hals liegt eine Schlinge, ein blaues dickes Seil, wie ein Tau. Der Kopf ist nach vorne geneigt, das Kinn in Richtung Brust. Das Gesicht ist aufgedunsen. Sein Körper hängt wie schwere, nasse Wäsche an einer Leine. Er trägt ein schwarzes T-Shirt. Die Arme baumeln links und rechts herunter und sind übersät mit Tätowierungen, die bis zum Handgelenk reichen. Blaue, ausgewaschene Jeans mit einem dunklen Fleck im Schritt. Keine Schuhe, aber dafür weiße Sportsocken. Seine Fußspitzen zeigen gen Boden. Seine Augen sind geschlossen.

Mein erster Gedanke ist: Das ist er nicht. Das ist nicht Fabian Küster.

Otto steht neben mir. »Und, ist er das?«, fragt er trocken. »Er sieht kein bisschen so aus wie auf den Fotos. Womöglich ein Suizid, stark alkoholisiert, sodass er kein Gefühl mehr für Wärme oder Kälte hat. Könnte erklären, warum er keine Jacke und keine Schuhe trägt.«

»Guten Morgen, Freunde«, schallt es plötzlich neben uns auf Deutsch mit amerikanischem Akzent. Li Yang, die Leiterin der Rechtsmedizin in Köln, betritt mit zwei jungen Männern im Gefolge den Tatort. Sie trägt einen weißen Kittel über einer dünnen Daunenjacke und sieht aus wie ein kleines aufgepolstertes Wesen aus einer Zeichentrickserie. Ihr großes Gesicht strahlt, und sie blickt uns mit ihren Mandelaugen freundlich an.

»Hi, Otto, hi, Erkan.« Dann erkennt sie mich. »Hi, Lupe, schön, dich wiederzusehen«, sagt sie, legt den Kopf schief, und ihre lakritzfarbenen Haare schwingen mit.

Ich versuche ein Lächeln, aber mein Kreislauf ist gerade auf Achterbahnfahrt.

»Tief ein- und ausatmen«, raunt Li mir zu, zwinkert, dreht sich um die eigene Achse und sieht zum Baum hoch. »Dann machen wir uns mal ans Werk«, sagt sie laut zu dem Toten, und ein paar Kollegen lachen erleichtert auf.

»Galgenhumor«, raunt Otto mir zu, während Li ihren Mitarbeitern Anweisungen gibt. »Im wahrsten Sinne des Wortes. Das nimmt der Sache den Schrecken.«

»Jonas, nehmt ihn runter und messt direkt die Temperatur. Rektal. Hose runter«, bellt Li.

Ich kann mir ein Grinsen nicht verkneifen.

Da fällt mir etwas ein. »Otto? Du musst dir die Handinnenflächen ansehen. Die Narbe von der Verletzung, der Fleck in seinem Zimmer am Boden. Erinnerst du dich?«

Otto nickt. »Darf ich kurz etwas nachsehen, bevor du anfängst?«, ruft er.

»Nur zu«, antwortet Li. »Aber nur kucken, nicht anfassen.«

Otto stellt sich neben den hängenden Toten und legt den Kopf schief und betrachtet erst die eine, dann die andere Handinnenfläche. Er kommt schnurstracks zu mir zurück und stellt sich neben mich.

Mich fröstelt, und ein Schauer fährt durch mich hindurch.

»Und? Jetzt mach es nicht so spannend«, sage ich und puste in meine kalten Hände.

»Narbe an der linken Handinnenfläche. Wie von einem Schnitt.«

KAPITEL 71

Während Li und ihre Kollegen den Leichnam vom Baum abnehmen und ihn entkleiden, fotografieren, Boden-, Luft- und Körpertemperatur messen sowie eine erste optische Begutachtung der Leiche vornehmen, ziehen Otto und ich uns in eine Ecke zurück. Die aufgehende Sonne blitzt zwischen den Ästen durch und nimmt dem Tatort Minute für Minute seinen Schauer. Eine Polizistin kommt auf uns zu und drückt mir einen Plastikbecher mit etwas Heißem in die Hand.

»Von Erkan«, sagt sie.

Ich danke ihr, klammere meine steifen Finger darum und stöhne kurz auf.

»Was ist dir aufgefallen, Lupe?«, fragt Otto.

Ich puste und trinke. Ein stark gezuckerter Instantkaffee.

»Wie kommt er ohne Stuhl in diese Schlinge?«, frage ich.

»Gute Frage. Er könnte sich auf den Ast setzen, sich die Schlinge um den Hals legen und runterspringen. Ich frage mich, wo seine Schuhe sind. Und seine Kleidung. Heute Nacht waren es knapp drei Grad. Ziemlich kalt, um nur im T-Shirt herumzuspringen.«

Ich sehe zu den Kollegen der Rechtsmedizin, die am Boden knien und sich um den Leichnam kümmern.

»Und was sind das für Tattoos an seinen Armen? Hat er noch mehr? Ich hab selbst eins …«, sage ich und zeige ihm den Totenkopf an der Unterseite meines rechten Handgelenks, »… und ich würde behaupten, dass es eine Landkarte ist. Wenn du den Code weißt, kannst du sie lesen. Viele hinterlassen ihre Erfahrungen und Lebensereignisse auf ihrer Haut.«

»Du meinst so was wie den Namen meiner Tochter auf den Unterarm tätowieren? Das ist gerade total in.«

»Das ist schrecklich!«, sage ich.

»Wir besorgen uns Fotos von seinen Tattoos. Weiter.«

»Warum hier? Warum so öffentlich?«, frage ich.

»Wer sagt denn, dass er das freiwillig getan hat?«, brummt Otto, und ich sehe ihn mit großen Augen an.

»Du meinst …«

»Ja, das ist ein Gedanke. Sein Peiniger hat keine Lust mehr auf ihn, setzt ihn unter Drogen, fährt mit ihm hierher und hängt ihn auf.«

»Eine Hinrichtung«, murmele ich. »Und das an einem öffentlichen Ort. Wo ihn jeder finden kann. Er sollte gefunden werden. Er stellt ihn zur Schau. Er sagt: Ich bin der Herrscher über sein Leben.«

Li reckt den Kopf und sucht uns. Als sie Otto und mich entdeckt, kommt sie mit federnden Schritten auf uns zu.

»Oh, da hat jemand wieder Farbe im Gesicht«, sagt sie zu mir und lächelt. Und dann zu Otto gewandt. »Bevor du mich mit deinen Fragen nervst, komme ich und berichte, was wir auf den ersten Blick sehen.«

»Schieß los«, sagt Otto.

»Das Opfer ist eins neunundsechzig groß. Er ist nicht lange tot, die Totenstarre setzt erst ein. Totenflecken an den Händen und Extremitäten. Urin und Kotabgang, wie wir das häufiger bei Strangulation vorfinden. Keine frischen Wunden oder Verletzungen am Körper oder am Kopf. Keine Spuren eines Kampfes, keine Kratzer an den Händen oder Unterarmen, wobei wir das bei den Tattoos nicht so gut sehen können, da will ich mich, was die Unterarme angeht, noch nicht festlegen. Das Interessanteste ist eine auffällige Einstichstelle am Hals. Aber warten wir, bis die Obduktion abgeschlossen ist. Morgen weiß ich mehr. Einverstanden?«

Eigentlich ist es keine Frage, denn Li dreht sich auf dem Absatz um und verschwindet wieder.

»Und was machen wir jetzt?«, frage ich.

»Warten. Und hoffen, dass wir hier weg sind, bevor die Presse aufschlägt.«

KAPITEL 72

»Das soll er sein?«, sagt Krawatte und dreht und wendet den Kopf, während er auf das Foto des Toten auf meinem Monitor sieht. »Das ist Fabian Küster?«

»Die Augenpartie und die Nase zeigen es, lass dich nicht von der Glatze und dem Bart ablenken.« Ich öffne das JPG des alten Fahndungsfotos von Fabian und schiebe es daneben.

»Du hast recht, das ist er«, sagt Krawatte. »Der Täter hat gehandelt, allerdings anders, als wir vermutet haben. Und das ziemlich schnell. Ich hoffe auf Spuren, die er hinterlassen hat.«

»Sehe ich auch so«, sagt Otto. »Und wir haben die Narbe in der Handinnenseite. Die Körpergröße stimmt ebenfalls exakt. Wir sollten die Mutter zur Rechtsmedizin bringen und die Identität bestätigen lassen.«

»Das ist kein Suizid«, fährt Krawatte fort. »Es wirkt zu ausgestellt.«

»Ich hätte noch was zu berichten«, werfe ich ein und schiele zu Otto, der aufmunternd nickt. Ich räuspere mich und habe einen Kloß im Hals.

»Bezüglich des Täters von Bianca Jäger und des Anhalter-Killers. Ich habe mich geirrt und bin mir nun sicher, dass es zwei Täter sind. Nicht nur einer. Nach dem Gespräch gestern mit Henry ist mir einiges klar geworden.«

Ich berichte Krawatte von dem Besuch in der Forensischen, von dem Gespräch und meiner neuen Theorie der beiden Täter. Otto muss es sich zum zweiten Mal anhören, weil ich ihm auf der Fahrt hierher bereits alles erzählt habe. Unser Chef hört aufmerksam zu, unterbricht mich nicht, und sein Kopf nickt immer wieder leicht auf und ab.

»Das wundert mich nicht, das war ehrlich gesagt auch mein Gedanke. Aber wir fanden deine Theorie schlüssig. Wir besprechen das und korrigieren unseren Ermittlungsansatz«, sagt Frank trocken. »Ihr fahrt jetzt zu der Mutter, und ich rufe Jenny Pistorius an.«

»Wieso das?«, fragt Otto.

Er stöhnt einmal. »Weil Jenny mit uns einen Exklusivvertrag hat, der besagt, dass, wenn es Neuigkeiten in dem Fall gibt, sie zuerst veröffentlichen darf. Erst dann sind alle anderen dran. Das ist der Deal.«

Krawatte lächelt, und es ist so ein kaschierendes Lächeln, wie jemand, der etwas verheimlicht und zugleich hofft, dass du ihn genau danach fragst. Es liegt mir auf der Zunge, zu fragen, ob er mit ihr gestern aus war.

Aber ich halte die Klappe.

In meinem Kopf formt sich bereits ein Bild von Frank und Jenny, die ausgehen, lachen, umeinander herumspringen. In bester Balzmanier.

»Das bedeutet, sie wird eine neue Story daraus machen«, sagt Otto.

»Ja, das ist so sicher wie das Amen in der Kirche«, meint Krawatte. »Und ich kümmere mich jetzt darum, wie wir genau in der Sache vorkommen und gut dabei aussehen.«

KAPITEL 73

Gabrieles freundliche Miene erstarrt, als sie in unsere Gesichter blickt. Hinter ihr steht Annika und streckt den Kopf neugierig hervor.

»Was ist passiert?«, fragt sie. »Sie sehen nicht so aus, als hätten Sie gute Nachrichten.«

Otto räuspert sich. »Frau Küster, wir haben heute einen Leichnam gefunden, von dem wir mit hoher Wahrscheinlichkeit davon ausgehen, dass es sich um Ihren Sohn Fabian handelt.«

Annika stößt einen spitzen Schrei aus und schlägt die Hand vor den Mund.

Gabriele wird aschfahl, und sie sieht aus, als hätte sie aufgehört zu atmen. Das hält ein paar Sekunden an, und ich bereite mich schon darauf vor, sie aufzufangen, wenn sie gleich umkippt wie ein gefällter Baum.

»Frau Küster?«

Annika heult auf. »Wie ist er gestorben? Was ist passiert?«, stammelt sie, atmet hektisch, umarmt ihre Mutter von hinten. Wie ein Ertrinkender, der sich festklammert. Gabrieles Miene ist unverändert und ihr Körper stocksteif. Auf die Umarmung von Annika reagiert sie gar nicht.

Sie blinzelt, öffnet den Mund und schließt ihn wieder. »Ich will ihn sehen«, sagt sie.

Hinter ihr im Flur schlägt eine Uhr neunmal. Ein helles Klingen, und ich habe ein Déjà-vu und denke an meinen Traum.

»Ich will ihn sehen«, wiederholt Gabriele.

»Wir warten im Auto auf Sie«, sagt Otto und steckt die Hände in seine Manteltaschen.

Otto und ich gehen stumm zu seinem Auto zurück. Ich setze mich hinter ihn auf die Rückbank. Er spricht über die Schulter mit mir.

»Das ist der schwierige Teil unseres Jobs. Wenn du den Angehörigen sagen musst, dass die Person, von der sie die ganze Zeit gehofft haben, dass sie noch lebt, tot ist. Und ihnen dann den Leichnam zeigst. Und weißt du, was das Schlimmste ist? Du kannst in dem Moment nichts richtig machen. Egal, was du sagst, es ist immer falsch. Weil es nie das ist, was sie hören wollen.«

»Und das bedeutet?«

»Du musst es einfach aushalten. Jede Reaktion zulassen. Es ertragen. Die Mutter eines Kindes hat mich ins Gesicht geschlagen und ist mit Fäusten auf mich los. Ich bin ruhig geblieben und habe die Frau ausflippen lassen. Ein Kollege hat sie von mir weggeführt. Sie hat getobt und geschrien, geheult und mich alles geheißen. Dann ist sie wimmernd zusammengebrochen. Wir hatten ihr totes Kind gefunden. In dem Moment bist du ein Fels. Unverrückbar.«

Gabriele und Annika treten aus dem Haus und eilen schnellen Schrittes zu Ottos Wagen. Gabriele nimmt vorne Platz, Annika neben mir auf der Rückbank. Sie gibt mir die Hand, sie ist eiskalt, flüstert ein »Hallo«, und ich denke mir: Jetzt bin ich ein Fels.

Ich drücke ihre Hand und zwinkere ihr mit beiden Augen zu.

Wir fahren schweigend zum Institut für Rechtsmedizin auf dem Melatengürtel in Köln. Annika starrt während der zwanzigminütigen Fahrt stur aus dem Fenster und unterdrückt ein Schluchzen, drückt ihre Nase in ein zerknülltes Taschentuch. Ich weiß nicht so recht, was ich sagen soll. In solchen Momenten bin ich gänzlich unbegabt. Small Talk liegt mir nicht, und mein Hirn ist leer. Tut mir leid. Aber ich kann so was nicht.

Gabriele fragt, ob wir das Radio einschalten könnten, sie möchte WDR 3 hören, den Klassiksender.

»Natürlich«, sagt Otto, und kurz darauf erklingt ein Violinkonzert, und ich habe den Eindruck, dass Gabriele sich ein wenig entspannt und aus ihrer Schockstarre erwacht. Ich lausche der Musik und stelle mal wieder fest, dass mich klassische Musik runterholt. Vielleicht sollte ich statt Soul öfters auf Klassik umschwenken. Auf den letzten Metern erklärt Otto, wie die Leichenbeschauung vonstattengeht. Annika fängt wieder an zu weinen.

Als wir auf das Gebäude zugehen, ein Flachdachbau mit Wänden aus Waschbeton, sagt Gabriele zu ihrer Tochter. »Du musst mich nicht begleiten, ich kann das auch alleine.« Gabriele legt ihr eine Hand auf den Unterarm.

»Ich komme mit.« Annika stampft mit dem Fuß einmal auf, und stumme Tränen laufen ihre Wangen herab.

Wir werden erwartet. Der Empfang begrüßt uns höflich, und wir zeigen alle unsere Persos vor und erhalten einen Besucherausweis. Erkan steht ein paar Meter weiter, und als sich unsere Blicke treffen, hebt er eine Augenbraue in die Höhe. Er gibt Gabriele und Annika freundlich die Hand, stellt sich als Leiter der Ermittlung in dem Mordfall vor. Seine Stimme ist weich und geerdet. Er führt uns über das Treppenhaus in den Keller der Rechtsmedizin, wo die Leichen in einem langen, fensterlosen Raum kühl gelagert werden. An den Wänden links und rechts sind quadratische große Schubladen aus Metall. Unsere Schritte hallen auf dem grauen Fliesenboden wider. Über der Eingangstür tickt leise eine Uhr.

Li steht in ihrem weißen Kittel bereit, daneben steht ihr Kollege, rothaarig mit milchweißer Haut und großen Ohren, und lächelt milde. Es hat fast etwas Madonnenhaftes an sich und versöhnt mich mit der nüchternen Kälte in diesem Raum.

Otto wendet sich an Gabriele und Annika: »Sind Sie bereit?«

Gabriele atmet laut durch die Nase ein und nickt kaum merkbar.

»Sieht er schlimm aus?«, fragt Annika und nestelt an ihrem Jackenkragen. Ihr graut vor dem Anblick.

»Er wird anders aussehen als in Ihrer Erinnerung«, sagt Otto.

Auf ein Zeichen fährt der rothaarige Assistent von Li, ich glaube, er heißt Ben, eine höhenverstellbare Bahre vor eine der Kammern und öffnet sie.

»Wir werden nur den Kopf abdecken«, erklärt Li freundlich.

Ben fährt den zugedeckten Leichnam auf einer Schiene aus der Kammer und schiebt den Rolltisch zu uns. Er bleibt am Kopfende stehen.

»Wir haben uns erlaubt, den Leichnam für eine bessere Erkennbarkeit zu rasieren. Er trug einen dichten Vollbart«, erklärt Li.

Ben nimmt das Ende des Tuchs mit beiden Händen, schlägt es vorsichtig zurück und entblößt das Gesicht.

Ich recke meinen Hals, um etwas zu sehen, weil ich wissen will, wie er ohne Bart aussieht.

Tatsächlich.

Annika schluchzt nur leise.

Ich sehe Gabriele aufmerksam an. Ihre Augen ruhen auf dem Gesicht des Toten. Ihre Miene ist regungslos, wie vorher an der Haustür.

Ein paar Herzschläge lang sagt keiner etwas.

»Das ist nicht mein Sohn.« Gabrieles Stimme ist fest und durchbricht die Stille.

Wie bitte?

Annika hält inne und starrt ihre Mutter an. Ihre Wangen sind feucht und die Augen rot geweint.

»Das ist er nicht«, erklärt Gabriele und schüttelt dabei wie besessen den Kopf.

»Nein, das ist er nicht«, sagt sie jetzt lauter, und ihre Hände ballen sich zu Fäusten.

Otto und ich schauen uns betreten an.

Ihr ganzer Körper schüttelt sich, als ginge ein Erdbeben durch sie hindurch.

Ben deckt das Gesicht des Toten mit routinierten Handbewegungen wieder zu.

»Doch Mama …«, sagt Annika resigniert, und ihre Worte hallen wider. »Das ist mein Bruder Fabian. So wahr ich hier stehe.«

KAPITEL 74

Otto und ich treten durch die Glastüren der Rechtsmedizin ins Freie, und ich entdecke Jenny Pistorius, die uns vom Parkplatz knapp zuwinkt.

»Was will die denn schon hier«, murmelt Otto.

Jenny hat am Fuße der Treppe geparkt, wo eigentlich Sperrfläche ist, und lehnt mit dem Hintern an ihrem dunkelblauen Volvo. Gabriele und Annika gehen voraus, die breite Treppe hinunter, und ich will direkt hinterher, aber Otto hält mich am Arm zurück.

»Lass mal«, sagt er leise zu mir, und wir verlangsamen unsere Schritte und bleiben stehen.

Er sieht auf sein Handy. »Ich hab 'ne Nachricht von Frank auf meiner Mailbox.«

Otto hält das Handy an sein Ohr, und ich beobachte, wie Jenny sich vom Wagen löst, auf Gabriele zugeht und ihr sanft die Hand schüttelt. Sie legt den Kopf schief und macht ein betretenes, trauriges Gesicht. Ihr Mund öffnet sich, und ich höre sie leise sprechen, kann aber nicht verstehen, was sie sagt, dazu sind wir zu weit weg. Annika steht daneben, und als Jenny ihr ebenfalls die Hand gibt, schluchzt Annika laut auf und schlingt plötzlich ihre Arme um sie.

Jennys Hand tätschelt sanft Annikas Rücken. Dann lösen die beiden sich wieder voneinander.

Wir gehen die Treppe runter.

»Wie unterschiedlich Menschen doch mit Verlust umgehen«, flüstert Otto im Gehen. »Frank sagt, Jenny darf ein Interview mit den Küsters machen, und dann ist Schluss. Das hat er mit ihr ausgemacht. Ich soll aber dabei sein.«

»Okay«, sage ich.

Otto drückt auf seinen Autoschlüssel, und sein Wagen piept zweimal und blinkt dazu. Diesmal setzen sich Gabriele und Annika nach hinten, und ich sehe, wie Gabriele Annikas Hand nimmt. Jenny tritt uns entgegen, in Jeans und Stiefeln und einer langen Strickjacke, die bis zu den Knien reicht.

»Ich bin sprachlos. Das hätte ich echt nicht gedacht, dass so etwas passiert«, sagt Jenny zu uns und schüttelt dabei den Kopf.

Sie legt die Stirn in Falten und blinzelt gegen das Sonnenlicht, das grell zwischen Wolkenfetzen hindurchbricht.

»Es ist Fabian Küster«, erklärt Otto. »Er wurde soeben identifiziert. Frank hat mich bereits informiert, dass Sie jetzt direkt das Interview machen möchten. Ich begleite Sie. Fahren Sie mir hinterher.«

Jenny nickt und geht zu ihrem Wagen.

Gabriele steigt wieder aus und stellt sich neben uns. Ihre Augen wirken grau, und ihre Gesichtsfarbe ist nicht anders.

»Ich habe eine Bitte«, sagt sie leise. »Kann jemand zu Mark fahren und es ihm mitteilen. Das ist mir wichtig. Ich kann es jetzt nicht und Annika sowieso nicht. Würden Sie das machen? Bitte?« Sie sieht uns mit einem flehenden Blick an.

Otto wirft mir einen delegierenden Blick zu.

»Check mal, ob Mark Swoboda zu Hause ist«, sagt er zu mir. »Nimm dir ein Taxi. Von hier ist es nicht weit. Ruf mich an, wenn du fertig bist.«

Gabriele setzt sich wieder in Ottos Auto und schließt die Tür.

»Und Lupe«, sagt Otto leise zu mir. »Versuch mitfühlend zu sein. Und keine Infos zur Ermittlung.«

KAPITEL 75

Das Taxi wirft mich an der Ecke zu Mark Swobodas Straße raus. Ich gehe die letzten Meter zu Fuß und rauche noch eine. Mark ist direkt ans Handy gegangen. Er ist zu Hause, weil er diese Woche ebenfalls Urlaub hat, und klang fast freudig, als ich ihn anrief. Aber seine Stimme verdunkelte sich, als ich meinte, ich müsste dringend vorbeikommen.

Otto kennt mich schon ganz gut. Der Auftrag »Mitgefühl« fällt unter die Kategorie »angemessenes soziales Verhalten trainieren«. Zugegeben, mir geht diese Sache mit dem Mitgefühl ein wenig ab. Das liegt nicht daran, dass ich kaltschnäuzig oder herzlos bin, aber wenn jemand vor mir weint, dann ist es einfach selten, dass ich mitheule. Weil ich nicht empfinden kann, was das Gegenüber empfindet. So bereite ich mich darauf vor, Mark gegenüberzutreten und ihm nicht zu sagen: Hey, Mark, dein ehemals bester Freund hing heute früh tot im Baum. Wir wissen nur noch nicht, ob es Selbstmord war oder Mord.

Was macht das mit dir? Wie geht's dir jetzt?

Gut wäre: Was kann ich jetzt für dich tun?

Als ich den letzten Zug von der Zigarette nehme, vibriert mein Handy.

Es ist Sina.

»Bist du schon bei Mark Swoboda? Otto hat mir gesagt, dass ich dich auf dem Handy erreichen kann.«

»Stehe gerade vor seiner Tür.«

»Du wolltest wissen, was es über Mark in den vielen Datenbanken gibt, deren Herrin ich bin.« Sie hat etwas Triumphierendes in ihrem Ton.

»Schieß los. Was hast du?«

»Viel ist es nicht. Keine großen Auffälligkeiten. Ein paar Verstöße wegen zu schnellen Fahrens, ist mehrfach im Bergischen Land geblitzt worden. Ansonsten ist er nicht aktenkundig. Aber zur familiären Situation kann ich was berichten: Seine Eltern sind beide tot. Der Vater starb im Juli 1988 in Plauen, damals noch DDR.«

Wie bitte?

Ich werfe die brennende Kippe auf den Boden und trete sie mit dem Schuh aus.

»Bist du dir sicher? Und die Mutter?«

»Starb im Oktober 1993.«

Ach! Mit der freien Hand krame ich in der Tasche der Lederjacke nach einem Kaugummi.

»Woran starb sie?«, frage ich.

»Eine merkwürdige Sache. Ist nie geklärt worden. Es gab Ermittlungen in die Richtung, dass sie von einem Unbekannten vor einen einfahrenden Zug gestoßen wurde. Am Hauptbahnhof. Zumindest gibt es eine Zeugenaussage dazu, aber es wurde nie ein Schuldiger gefunden. Damals gab es keine Kamera an den Bahngleisen. Daher wurde ein Suizid oder ein Unfall in Betracht gezogen.«

Mir wird schlecht. Mark hat uns gesagt, dass beide Eltern noch leben, ich erinnere mich genau. Sein Vater hat bei Ford gearbeitet. Die Mutter hat Schokolade verkauft.

»Danke, Sina, ich gehe jetzt mal zu Mark Swoboda und melde mich danach.«

»Alles klar. Ciao Süße. Bis später.«

Mark öffnet die Tür und wirkt aufgekratzt. Nach der Begrüßung sieht er hinter mich und ist fast erleichtert, dass niemand mehr kommt.

»Sie sind allein?«

»Ja, diesmal schon«, sage ich und trete ein. In der Wohnung riecht es nach einem billigen Raumspray, das einen mediterranen Zitrusduft imitieren soll, was leider gar nicht gelingt. Es riecht eher wie fiese Klosteine auf Herrentoiletten.

Wir setzen uns an den Tisch, der noch feucht vom Abwischen ist.

Mark schenkt mir aus einer Glaskaraffe Wasser ein.

»Sie haben gesagt, dass es Neuigkeiten gibt«, sagt er, und seine Stimme schwankt zwischen gleißend hellem Glück und totaler Finsternis. Er weiß nicht, wohin die Reise geht. Ich habe einen Kloß im Hals und brauche Zeit. Also schlüpfe ich erst mal langsam aus meiner Lederjacke, hänge sie hinter mich an den Stuhl, nehme einen Schluck Wasser und sehe ihn an.

»Frau Küster hat uns gebeten, Sie zu informieren. Herr Swoboda, ich bin nicht gut in Einleitungen und Prologen, daher komme ich direkt zum Punkt. Wir haben heute Morgen die Leiche von Fabian Küster im Park in Bilderstöckchen gefunden. Erhängt. Wir ermitteln, mehr kann und darf ich nicht dazu sagen.«

Mark lacht auf und schnaubt dabei wie ein Hund, der etwas in die Nase bekommen hat. »Das ist ein schlechter Scherz«, sagt er laut.

Er sieht meinen Blick, und sein Lachen erstirbt.

»Nein, das ist kein Witz. Ich komme von der Rechtsmedizin, Gabriele Küster und ihre Tochter haben den Leichnam soeben identifiziert. Mein Beileid.«

Mark springt vom Stuhl auf und läuft im Raum auf und ab. Ich bleibe sitzen und beobachte ihn. Er ringt mit sich.

»Das kann nicht sein«, sagt er laut und zu sich selbst. Er wiederholt es mehrfach. Dann stellt er sich vor mir auf.

»Nein, das kann nicht sein«, brüllt er, packt meine Schultern und rüttelt mich. »Das darf nicht sein! Nein!«

Ich lasse es ein paar Sekunden geschehen, dann reißt mir der Geduldsfaden.

»Stop! Hören Sie auf, mich anzufassen«, sage ich laut und schlage seine Hände weg.

Er erschrickt, als sei er aus einem bösen Traum geweckt worden, und weicht zurück.

»'tschuldigung«, stammelt er und sinkt in sich zusammen. Mark hockt am Boden, schlägt die Hände vor das Gesicht und schluchzt.

Die Therapeutin in mir sagt: ausflippen lassen. Kontrollierter Ausbruch von Emotionen. Beobachten. Erst einschreiten, wenn es länger andauert oder in die Richtung kippt, die keinem nutzt. Er will aufstehen, kniet auf allen vieren, schlägt mit der flachen Hand mehrfach auf den Boden. Ein klatschendes Geräusch. Seine Handinnenflächen müssen brennen.

»Nicht so!«, ruft er dabei, und Spucke tropft auf das Laminat, wie bei einem sabbernden Hund.

»Herr Swoboda, beruhigen Sie sich«, sage ich laut und streng. »Atmen Sie tief ein und aus. Jetzt.«

Er hört auf, setzt sich auf den Hintern und nimmt einen großen Atemzug, atmet ein und bläst die Luft zitternd wieder aus.

»Sehr gut, noch einmal.«

Mark nimmt weitere tiefe Atemzüge.

»Kommen Sie, setzen Sie sich zu mir an den Tisch«, sage ich und deute auf den leeren Stuhl. Er steht langsam auf, wie ein Betrunkener, reibt sich die Augen und lässt sich mir gegenüber auf den Stuhl plumpsen.

»Trinken Sie einen Schluck Wasser.«

Seine Hände zittern, als er das Glas ansetzt und hastig trinkt.

»Ich brauch was Härteres«, sagt er, steht auf und geht zu einem Sideboard, öffnet die untere linke Klappe und zieht eine Flasche mit einer durchsichtigen Flüssigkeit hervor. »Das ist wie ein beschissener Albtraum.« Er schraubt die Flasche auf, setzt sie an und trinkt zwei große Schlucke.

»Wollen Sie einen Schluck Wodka?« Er streckt mir die Flasche am ausgestreckten Arm entgegen.

Ich schüttele den Kopf. »In Russland wird viel Wodka getrunken«, erkläre ich. »Da liegt immer eine Gurke auf dem Tisch. Und wenn einem beim Saufen schlecht wird, beißt man in die Gurke, das unterdrückt den Würgereiz.«

Er sieht mich verstört und fiebrig an.

»Was reden Sie da?«

»Wurde mir erzählt. Ich habe es nie ausprobiert.«

Er nimmt wieder am Tisch Platz, fährt sich durch das Gesicht und die Haare.

»Haben Sie ein Foto von Fabian? Ich kann es nicht glauben. Wer war das? Wer hat das getan?«

»Ich hab kein Foto von dem Toten, sorry.«

»Egal. Wie geht es denn jetzt weiter?« Er nimmt einen Schluck aus der Pulle.

Gute Frage.

»Wir ermitteln in dem Fall, mehr kann ich aktuell nicht dazu sagen.«

Der Moment ist günstig. Er ist schutzlos. Unkontrolliert. »Mich würde interessieren, wie es Ihren Eltern geht«, frage ich und beobachte jede kleinste Regung in seinem Gesicht.

Er sieht mich perplex an. Lehnt sich auf dem Stuhl zurück.

»Meinen Eltern? Wieso interessieren Sie sich denn jetzt für die? Und was hat das mit Fabi zu tun? Ich verstehe das alles nicht.« Er beugt sich mir entgegen. »Sagen Sie, waren Sie nicht lediglich eine Praktikantin beim LKA?«

Er sieht leicht belustigt aus dabei, mit einem Flackern in den Augen.

Mir ist klar: Er will mich aus der Fassung bringen. Und er will von sich ablenken. Aber warum?

»Kann ich bitte mal Ihre Toilette benutzen?«

Er bläht die Backen auf. »Den Gang runter neben der Eingangstür, die linke Tür«, murmelt er.

Von der Wohnungstür geht ein kurzer Flur ab, fünf Schritte sind es bis zum Bad. Klein, quadratisch, mit hässlich grünen Fliesen von anno Blumenkohl. Die üblichen Sünden der späten Siebzigerjahre. Mein Nacken schmerzt, und ich lasse, mit Blick in den Spiegel, die Halswirbel knacken. Löse meine Haare, fahre mit den Fingern durch und binde sie wieder zum Pferdeschwanz zusammen. Dann wasche ich mir die Hände und betrachte dabei die Kosmetika auf dem Regal. Luxustiegel mit Tages- und Nachtcreme *Pour Homme* und Booster. Zwei Flakons mit englischen Parfüms. Grüne Flüssigkeiten, die teuer aussehen. Amerikanische Zahnpasta. Superwhite. Ich öffne die Badezimmertür und höre Wasserrauschen und Geschirr klappern in der Küche. Mein Blick fällt im Flur auf drei Reihen von gerahmten Fotos, die wie bei einem Memory zusammenhängen. Fotos von Freunden. Partyfotos, teilweise mit zu viel Blitz aufgenommen. Momentaufnahmen von Ekstase und Fröhlichkeit, von durchfeierten Abenden und Nächten, in denen losgelassen und der Stress des Lebens weggetanzt wird. Daneben Bilder von ihm bei der Zeugnisverleihung an der Uni in Bonn. Ich erkenne das Gebäude im Hintergrund. Fotos von ihm vor dem Kölner Dom. Er sieht jung aus, die Gesichtszüge glatt, das Lachen offen und rebellisch zugleich. Die Farben sind schon ausgeblichen. Daneben ein Foto von ihm als Schüler, mit Erwachsenen darauf, ich tippe, es sind seine Eltern, die ihn einrahmen. Und eine dritte Person ist dabei. Links. Die Mutter hat ihm die flache Hand auf die Brust gelegt, sie lacht und wirft den Kopf zurück. Neben dem Vater mit dem vor Stolz gereckten Kopf steht ein weiterer Mann.

Er ist einen knappen Kopf größer als der Vater.

Er ist dunkelhaarig.

Und ich kenne das Gesicht.

Ich weiß, wer das ist.

Für einen Moment kneife ich die Augen zusammen und gehe näher ran. Mein Atem geht stoßweise, und mein Herz poltert in meiner Brust.

Das kann nicht sein.

Der Mann auf dem Foto sieht aus wie unser Phantom vom Escher See.

Haargenau.

Es gibt gar kein Phantom vom See, schießt es mir durch den Kopf.

In dem Moment fällt mir auf, dass das Klappern in der Küche aufgehört hat.

Es ist still in der Wohnung. Unangenehm still.

Ich zücke mein Handy aus der Hosentasche und fotografiere das Foto ab.

Drehe mich und gehe einen Schritt. Die Dielen des Holzbodens knarzen laut. Es klingt verräterisch.

»Was machen Sie da?«, ertönt Marks Stimme, und für einen winzigen Moment fühle ich mich ertappt.

Mark steht am Ende des kurzen Flurs und versperrt mir den Weg zur Haustür.

»Hübsche Fotoreihe haben Sie da. Haben Sie die Fotos selbst ausgesucht?«

Sein Kopf ruckt zur Seite, als wären meine Fragen zugeworfene Tennisbälle, denen er ausweichen wollte.

Ich gehe langsam auf ihn zu. Fahre fort.

»Ist immer spannend, was Menschen an ihren Wänden hängen haben.«

Noch einen Schritt.

Er weiß längst, was ich entdeckt habe; ich sehe es seinem Gesicht an. Er kann es nicht verstecken. Seine Augen sind zu schmalen Schlitzen verengt und taxieren mich. Das Adrenalin schießt ihm ins Gehirn, er zittert leicht, und sein Atem ruckelt.

»Schauen Sie jedes Mal darauf, wenn Sie daran vorbeigehen?«

Ich stelle mich vor ihn und halte immer noch mein Handy in der Hand. Ohne hinzusehen, drücke ich mit einem Finger Tasten. Er bemerkt es, seine Augen wandern blitzschnell zu meinen Händen und zurück zu mir.

»Warum haben Sie uns angelogen?«, frage ich.

Seine Faust saust auf mich zu, so schnell, dass mich der Schlag völlig unvorbereitet am Jochbein trifft. Ein zuckender Schmerz, und ich werde gegen die Wand geworfen. Mein Kopf kracht hart dagegen, und für einen Moment sehe ich Sternchen. Das Handy halte ich weiterhin fest in der Hand, als wäre es das Einzige, was es zu retten gilt.

Er sprintet zurück zum Esstisch, ich rappele mich auf, hechte hinterher und stelle mich vor die Wohnungstür. Mark schnappt sich Schlüssel und Portemonnaie, wirbelt herum, rutscht auf seinen Socken aus, fällt der Länge nach hin. Ich wähle Sinas Nummer im LKA und stecke das Handy in die Tasche, breite die Arme aus und bin ein Fels. Und hoffe, Sina geht ran und hört zu.

»Sie kommen hier nicht raus, Mark Swoboda«, sage ich laut, in der Hoffnung, dass Sina mithört. »Sie bleiben hier und warten auf meine Kollegen, und dann erzählen Sie uns in aller Ruhe, warum Sie gelogen haben. Sie haben das Phantom erfunden.«

Er sieht mich mit einem irren Blick an. So stelle ich mir ein tollwütiges Tier vor.

»Machen Sie den Weg frei«, knurrt er und sieht sich panisch um. Sein Blick geht zum Fenster.

»Das ist zu hoch«, sage ich schnell, »Sie brechen sich die Beine und kommen nicht weit. Das ist 'ne Scheißidee.«

Er schnappt sich die halb volle Wasserkaraffe vom Tisch, leert das restliche Wasser auf den Boden und kommt damit schwingend auf mich zu.

»Beruhigen Sie sich«, sage ich mit scharfer Stimme, die Hände beschwichtigend erhoben.

»Du blöde Schlampe«, zischt er durch die zusammengepressten Zähne. »Von dir lasse ich mir gar nichts sagen.«

»Warum haben Sie das Phantom erfunden. Warum?«

»Gehen Sie von der Tür weg!«, zischt er.

»Sie kommen nirgendwohin. Sagen Sie mir, warum Sie das Phantom erfunden haben.«

Er keucht. Geht einen Schritt auf mich zu. Ich stehe breitbeinig und stabil. Mir schießt plötzlich ein Gedanke durch den Kopf, der vermutlich schon länger in einer dunklen Ecke meines Hirns kauert und es jetzt ans Licht schafft.

»Ist es, weil Sie Bianca Jäger ermordet haben?«

Der Schrei, den er ausstößt, ist ein zorniges Brüllen. Darin ist eine so große Wut, die sich über Jahre angesammelt hat. Und das Brüllen haben wir von unseren Vorfahren gelernt. Affen versuchen so, ihre Feinde einzuschüchtern.

Wer am lautesten brüllt, gewinnt.

Mark hechtet auf mich zu, als wären wir beim Rugby, und schleudert meinen Körper mit seinem Gewicht gegen die Wohnungstür. Die Luft entweicht laut aus meinen Lungen. Ich umfasse mit beiden Armen seinen Oberkörper und presse sie fest zusammen. Versuche, ihn umzuwerfen.

Er ächzt, ich höre es knacken in Höhe der Rippen.

Er reißt seine Arme auseinander, befreit sich aus dem Schwitzkasten, holt aus, und mit einem Klirren zerplatzt die Karaffe an meinem Schädel, sodass mir schwarz vor Augen wird.

Ich gehe zu Boden. Falle der Länge nach hin.

Fühle etwas Feuchtes an meinem Hinterkopf, aber bleibe bei Bewusstsein. Glassplitter knirschen unter mir.

»Du dumme Sau«, schreit er und greift nach der Türklinke, reißt daran.

Mit aller Kraft presse ich den rechten Fuß gegen die Tür, und er bekommt sie nur einen schmalen Spalt auf.

»Lass mich raus!«, schreit er, zerrt weiter an der Klinke, doch ich kann die Tür noch einen Moment zuhalten.

Sein harter Fußtritt trifft meinen Bauch, und ich krümme mich reflexartig zusammen. Stöhne laut auf vor Schmerz. Lege meine Hände schützend vor mein Gesicht.

Aber es kommt kein weiterer Tritt.

Ich würge.

Höre, wie er aus der Wohnung rennt und polternd die hölzerne Treppe im Treppenhaus nach unten stürzt.

Als die Haustür geht und es mit einem Mal still ist, kotze ich auf den Fußboden, auf dem rot gefärbte Glassplitter liegen.

KAPITEL 76

»Ich will dabei sein, wenn ihr Mark verhört. Ich gehe nicht nach Hause, auf keinen Fall«, protestiere ich und sehe Erkan scharf an.

Er weiß, dass er mich nicht wegschicken kann. Nicht jetzt.

Es ist kurz nach halb zwölf. Wir stehen hinter der Glasscheibe des Vernehmungsraums im Kölner Polizeipräsidium. Diese Scheibe ist ein Einwegspiegel, und die gibt es wirklich, es ist keine Erfindung von Drehbuchautoren. Ein sogenannter Venezianischer Spiegel. Es sind zwei Räume, der Überwachungsraum, in dem wir stehen und in dem die Aufzeichnungstechnik untergebracht ist, und daneben, durch den großflächigen Spiegel getrennt, der Vernehmungsraum. Ein fensterloses Zimmer mit hellgrauen Wänden, einem simplen Tisch und vier Plastikstühlen. In der Mitte des Tisches sind fest installierte Mikrofone, die wie schwarze Blumenstile emporwachsen.

Auf einem Stuhl sitzt Mark.

Seine Flucht war von kurzer Dauer, er rannte direkt in den Streifenwagen, und als er die gezückten Waffen sah, blieb er stehen und schrie nur: »Sie hat mich angegriffen! Sie ist gefährlich! Bitte helfen Sie mir!« Das ganze Theater begleitet von einem großen Heulen und Zähneklappern.

Mark, du bist eine beschissene, verlogene Ratte.

Die Platzwunde an meinem Hinterkopf ist genäht worden, sie haben ein Büschel Haare drum herum wegrasiert und ein weißes Pflaster draufgeklebt. Auf die kleinen Schnittwunden an Stirn, Wange, Hals und Unterarmen habe ich runde Pflaster bekommen. Jetzt sehe ich aus, wie das Sams mit seinen Wunschpunkten.

Er sitzt im Verhörraum. Alleine. Er hat auf den Beistand eines Anwalts verzichtet. Seine Hände sind mit Handschellen hinter seinem Rücken fixiert.

Otto kommt herein und setzt sich ihm gegenüber. Mit stoischer Miene. So habe ich ihn bislang nicht erlebt. Er legt einen Stapel Papiere vor sich hin und blättert, ohne etwas zu sagen, darin.

»Du bleibst hier, in diesem Raum«, sagt Erkan neben mir. »Du kommst auf keinen Fall herein.« Hinter uns sitzt ein Beamter in Uniform an einem Computer und sieht über den Monitor hinweg zu uns.

»Geht klar«, sage ich.

Erkan zeigt mir zwei Ausdrucke.

»Das ist das Foto von Marks Wand, das du gemacht hast?«

Ich nicke, und er hält das Phantombild des Mannes vom Escher See daneben.

Kein Zweifel.

»Dann lege ich mal los«, sagt Erkan. »Brauchst du was?«

Ich halte als Antwort eine Colaflasche hoch.

»Okay, setz dich, das kann dauern.« Er deutet auf zwei Stühle, die direkt an der Spiegelwand stehen. »Der Kollege Brauner bleibt hier und passt auf.«

Ich knurre wie ein Hund, den man zur Strafe in seinen Korb geschickt hat. Der Kollege, »BRAUNER« steht auf seinem Namensschild, stellt sich breitbeinig neben die Tür.

»Ruhig, Brauner«, murmele ich und nehme auf dem Stuhl Platz.

Ich sehe der Befragung zu und kann über die Anlage alles mithören.

Erkan beginnt. Nennt Datum, Uhrzeit und Namen der Anwesenden. Klappt seine Akte auf und zieht das Foto heraus. Auf ein Zeichen nimmt der Beamte, der an der Tür steht, Mark die Handschellen ab. Er reibt sich die Handgelenke und sieht beide finster an.

»Erkennen Sie dieses Foto?«, fragt Erkan und legt den Ausdruck, den er mir eben gezeigt hat, auf den Tisch.

Mark sagt erst mal nichts. Er lehnt sich vor, sieht das Foto an und macht eine Miene, als würden wir ihm Tante Lottis altes Fotoalbum vorlegen, das er noch nie in seinem Leben gesehen hat. Er will Zeit schinden.

Er sucht nach einer Strategie, wie er aus der Sache rauskommt.

»Ich möchte mich bei Frau Svensson entschuldigen«, sagt Mark, und es klingt linkisch und einstudiert, und ich stöhne einmal auf und sage leise: »Leck mich.«

Otto erhebt die Stimme.

»Sie haben eine Mitarbeiterin des LKA tätlich angegriffen. Ihr mit einer Glaskaraffe eine Kopfverletzung zugefügt und sie in den Bauch getreten.« Ottos Stimme ist scharf und laut. Die Ader an seinem Hals tritt deutlich hervor, und sein Gesicht hat eine rote Färbung bekommen.

»Ich dachte, die ist nur eine Praktikantin«, sagt Mark und lächelt dabei fies. Der Kollege Brauner hinter mir pfeift leise durch die Zähne. »Das wird teuer«, meint er. Ich wende kurz den Kopf zu ihm: »Hoffentlich.«

Er nickt mir konspirativ zu.

Auf der anderen Seite des Spiegels explodiert Otto fast. Ich sehe ihm an, wie er versucht, ruhig zu bleiben. Er würde dem Kerl gern eine zementieren. Erkan tippt Otto kurz am Unterarm an, ein kleines Zeichen, und er lehnt sich augenblicklich zurück. Starrt Mark grimmig an und atmet nur ein und aus. Reguliert den Stress. Sein Brustkorb hebt und senkt sich.

Erkan übernimmt.

»Warum haben Sie die Kollegin Svensson angegriffen?«

»Sie wollte mich nicht gehen lassen, aus meiner eigenen Wohnung. Hat mich gefangen gehalten. Das ist Freiheitsberaubung und Hausfriedensbruch. Ich werde Anzeige erstatten.«

»Tun Sie das, es wird der Staatsanwaltschaft vorgelegt. Die wird Ihre Version hören wollen. Wer hat Frau Svensson in Ihre Wohnung gelassen?«

»Ja, ich natürlich.«

»Taten Sie das freiwillig?«

»Ja. Klar. Was für eine Frage.« Marks Augenbrauen schieben sich fragend zusammen. Erkans Miene ist wie eine Teflonpfanne. Alles rutscht daran ab.

»Was ist passiert, bevor Frau Svensson Sie nicht aus der Wohnung ließ?«

Mark schnappt nach Luft. »Sie hat dieses Foto im Flur gesehen. Und abfotografiert. Ohne meine Erlaubnis.«

»Was ist auf dem Foto zu sehen?«

Mark wackelt auf seinem Stuhl hin und her. Er windet sich, weiß nicht recht, was er sagen soll. Er hat seine Strategie nicht zu Ende gedacht.

Dämlich.

»Beschreiben Sie bitte, was Sie auf dem Foto sehen«, sagt Erkan.

Mark stöhnt einmal auf. »Das bin ich mit dreizehn. Das war am Tag der DDR, dem 7. Oktober 1987. Rechts ist meine Mutter, und links ist mein Vater.«

»Da ist eine weitere Person zu sehen, neben Ihrem Vater. Wer ist das?«

Erkan deutet mit seinem Finger darauf.

»Keine Ahnung«, sagt Mark und zuckt mit den Achseln.

Otto lehnt sich vor. Seine Gesichtszüge haben sich entspannt.

»Doch, das wissen Sie. Denn diese Person sieht genauso aus wie diese hier.«

Er legt das Phantombild neben das Foto. »Dieses Bild wurde nach Ihren Angaben angefertigt, und es soll der Mann sein, der an dem Abend am Escher See war, in der Nacht, in der Bianca Jäger brutal ermordet wurde.«

Mark zuckt mit den Schultern. »Zufall. Wie das Unterbewusstsein eben so arbeitet. Gibt viele Männer, die groß und dunkelhaarig sind.«

Erkan deutet wieder auf den Mann auf dem Foto. »Wer ist das?«

»Wie gesagt, ich weiß es nicht mehr, kann mich nicht erinnern.«

»Fragen wir doch Ihre Mutter«, schlägt Otto vor.

Mark sieht ihn an. »Sie ist tot.«

»Sie hängen ein Foto in Ihrem Flur auf, auf dem Ihre Eltern und eine unbekannte Person zu sehen sind. Warum haben Sie dieses Foto ausgesucht?«, fährt Otto fort.

Mark reibt sich mit einem Finger ein Auge.

Er kann seine Deckung nicht länger halten. Es ermüdet ihn, und er bemerkt, dass er so lange in die Zange genommen werden wird, bis etwas herauskommt.

Und wenn es Stunden dauert.

»Es ist das letzte Foto von meinem Vater, als er noch lebte«, sagt er.

»Was ist mit Ihrem Vater passiert?«

»Er hat zwei Tage später bei einem Ausflug nahe der Grenze einen Fluchtversuch unternommen und ist dabei gestorben. Er wurde von Grenzpolizisten erschossen.«

Otto macht sich Notizen. »Wir werden das überprüfen«, sagt er und sieht einmal in Richtung des Spiegels zu mir. Es ist ein Du-hattest-recht-Blick.

Ich muss grinsen.

»Ist sie dort, hinter dem Spiegel?«, will Mark wissen.

»Wer?«, fragt Erkan.

»Na, Ihre Praktikantin. Lupe Svensson.«

»Das ist für diese Befragung unerheblich«, antwortet Erkan.

»Was haben Sie gestern, am Montag, gemacht?«, fragt Otto.

»Wie bitte?«

»War die Frage zu kompliziert?«

»Äh, ich war zu Hause. Erst beim Sport und dann auf dem Sofa.«

»Wann war das?«

»So gegen neunzehn Uhr.«

»In welchem Fitnessstudio?«

»Im Fit For You. Auf der Venloer Straße. Ich bin dort seit Jahren Mitglied, und die kennen mich dort. Die können das bezeugen.«

»Und danach?«

»Wie gesagt, da war ich zu Hause. Auf dem Sofa. Wollen Sie wissen, was ich gegessen habe?«

»Wer war dabei?«

»Niemand. Ich habe ferngesehen.«

»Was lief?«

Mark lacht. »James Bond. *Moonraker.* Kennen Sie den?«

»Was haben Sie noch gemacht?«

»Mit einer Freundin telefoniert.«

»Wie heißt sie?«

Mark zögert.

Zu lang. Er erfindet etwas. Er lügt wieder.

»Michaela«, sagt er.

»Herr Swoboda, wir haben Ihr Handy und werden es auswerten und herausfinden, wo Sie waren und mit wem Sie telefoniert haben. Möchten Sie Ihre Aussage in dem Punkt korrigieren?«

Mark schweigt. Er knibbelt an seiner Fingerhaut herum.

Otto schaltet sich dazwischen. »Herr Swoboda, ich denke, Ihnen ist nicht ganz klar, was gerade passiert. Und ich werde Ihnen ein wenig auf die Sprünge helfen. Wir vermuten, dass Sie dieses Phantombild nur erfunden haben, um von Ihrer eigenen Täterschaft abzulenken, und verdächtigen Sie des Mordes an Bianca Jäger.«

Durch Marks Gesicht geht eine Welle der Erkenntnis oder des Geistesblitzes.

Etwas hat sich geändert.

Er lehnt sich zurück und legt die Hände locker in den Schoß.

»Kein Kommentar. Und ohne einen Anwalt beantworte ich Ihre Fragen ab sofort nicht mehr.«

Mark verschränkt die Arme vor der Brust, wendet den Kopf und blickt zum Spiegel, genau in meine Richtung.

Es ist, als würde er mich direkt ansehen.

In seinem Blick funkelt tiefe Verachtung, begleitet von einem arroganten Lächeln.

KAPITEL 77

Mark ist womöglich ein notorischer Lügner.

Der Gedanke kam mir, als ich ihn durch den Spiegel beobachtet habe. Wir alle lügen mal. Erfinden Dinge. Sagen die Unwahrheit, weil eine Situation schneller zu klären ist oder ein Konflikt vermieden werden kann.

Aber diese kleinen Notlügen meine ich nicht.

Mark lügt permanent und versteckt sich dahinter.

Solche Menschen lügen, weil sie Aufmerksamkeit wollen oder sich in eine andere Realität flüchten. Sie sind in einer Umgebung von großer Entbehrung aufgewachsen, und häufig fehlt ihnen Zuwendung und Aufmerksamkeit. Das passt auf Mark, und es würde mich nicht wundern, wenn er schon seit langer Zeit lügt.

Was wir sicher wissen, ist: Mark hat die letzten beiden Tage neun Telefongespräche mit dem Handy getätigt.

Darunter war keine Michaela, aber ein Arbeitskollege, ein Pizzalieferdienst, seine Krankenkasse, zwei männliche Freunde und mehrfach eine Nummer, die zu einem Prepaidhandy gehört und nicht nachverfolgt werden kann. Ich fresse einen Besen, wenn die zu einer Michaela gehört. Otto ist meiner Meinung.

Die Experten warten jetzt auf die Handydaten des Mobilfunkbetreibers.

Sobald diese vorliegen, werden sie die Bewegung von Marks Handy auswerten, um zu sehen, ob er am Montag in der Nähe des Fundorts war.

Nach der Befragung sitzen wir in Erkans Büro.

Otto sitzt am Rechner.

Erkan stellt zwei dampfende Espressi in kleinen Pappbechern auf den Tisch und wirft vier Zuckertütchen und einen Papplöffel daneben.

»Trink das, Lupe, wird dir guttun«, sagt er zu mir.

Mein Kreislauf baut gerade ab, was er mir offensichtlich ansieht.

»Danke«, sage ich, leere zwei Zuckertüten in die schwarze Brühe und rühre um.

»Wann hast du zuletzt was gegessen?«, fragt Erkan.

Ich denke nach.

»Gestern?«

Heute Morgen bin ich aus dem Bett direkt zum toten Fabian im

Baum, danach ging's mit den Küsters in die Rechtsmedizin und dann zu Mark.

»Ich lass dir was bringen, okay? Otto, willst du auch was?«

Er sieht vom Computer auf und schüttelt den Kopf.

»Nein, jetzt nicht. Hört mal, es gab gestern Abend keinen James-Bond-Film im Fernsehen. Weder *Moonraker* noch sonst einen. Auf keinem Programm.«

»Das wundert mich nicht«, sage ich.

Erkan nimmt den Hörer ab und bittet eine Kollegin, mir aus dem Kiosk im Erdgeschoss zwei Käsebrötchen, einen Salat und eine Cola zu bringen.

Ich nicke im dankbar zu, und er lächelt zurück.

»Mir kam der Gedanke, dass Mark ein Pseudologe sein könnte, ein pathologischer Lügner. Pseudologia Phantastica. Die sogenannte Lügensucht. Aber um das zu bestätigen, müsste ich mehr Zeit mit ihm verbringen und ihn befragen.«

»Das geht nicht, du bist von ihm angegriffen worden und damit befangen.«

»Ach, und ihr beide seid neutral?«, sage ich.

Das Koffein wirkt. Ich komme wieder auf Touren.

»Zumindest haben wir eine Distanz.«

Ottos Handy klingelt. »Es ist Sina.«

Sie spricht, und Otto sagt nur: »Ja, verstanden.«

Als er auflegt, sieht er uns an.

»Lupe, du könntest recht haben. Der Vater, Ulrich Swoboda, ist 1989 in Plauen gestorben. Aber er ist nicht an der Grenze erschossen worden, sondern starb an einem Hirnaneurysma.«

Bingo.

»Die Geschichte mit dem Fluchtversuch soll Mitleid erzeugen und ihm Aufmerksamkeit schenken. Bei notorischen Lügnern ist die Flucht in die Fantasie ein Mittel zur Lebensbewältigung«, erkläre ich.

»Pass auf«, sagt Otto und hebt mahnend den Zeigefinger in die Höhe. »Das Merkwürdige ist, der Name des Vaters wurde beim Kölner Einwohnermeldeamt registriert, kurz nach dem Mauerfall, gemeinsam mit der Mutter. Und jetzt ratet mal, wer auf dem Passfoto zu sehen ist?«

»Das Phantom«, sage ich.

Otto dreht den Monitor zu Erkan und mir.

»Korrekt«, sagt er.

Ich stehe auf und trete einen Schritt näher.

Auf dem Bildschirm ist der alte DDR-Pass von Ulrich Swoboda zu sehen, und sofort erkenne ich ihn von dem Foto wieder. Das ist der leibliche Vater, die Augenpartie ist identisch. Daneben der Ausweis der BRD, ausgestellt auf Ulrich Swoboda, aber ein anderes Foto. Am Tag der Ausstellung war Marks Vater längst tot.

»Der Mann hat die Identität des toten Vaters angenommen«, stelle ich fest.

Ottos linke Augenbraue schnellt nach oben. »Und ich wette, das Phantom ist kein Unbekannter, der zufällig aufs Erinnerungsfoto kam. Der gehörte dazu. Ein Freund oder ein enger Verwandter. Sina recherchiert bereits.«

»Ich fasse es nicht«, sagt Erkan.

»Er lügt, um sein vermindertes Selbstwertgefühl zu kaschieren«, sage ich. »Wie beim Mord an Bianca Jäger. Du hast ihm ins Gesicht gesagt, dass er des Mordes verdächtigt wird. Und was hat er gemacht?«

»Er hat nicht protestiert, gut beobachtet. Das macht ihn verdächtig. Jeder Unschuldige würde einen solchen Verdacht sofort und entschieden von sich weisen und protestieren. Wir werden ihn heute Nachmittag, wenn der Anwalt parat steht, weiter befragen.«

Es klopft, und die Kollegin bringt das bestellte Essen.

»Danke«, sage ich und beiße direkt in eins der Brötchen.

Erkan schüttelte sein Handgelenk und sieht auf seine metallene Armbanduhr.

»Ich muss jetzt los, zur Obduktion von Fabian Küster. Kommst du mit?«, fragt er mich.

Es klingt, als ob wir auf ein Eis um die Ecke gehen wollten.

Ich schlucke den halb zerkauten Brocken in meinem Mund runter.

»Ja. Klar«, sage ich, stehe auf und schlüpfe in meine Lederjacke. Packe das Essen in meinen Rucksack.

Otto sieht mich schief an. Es ist ein »Willst-du-dir-das-wirklich-antun«-Blick. Oder ein »Ob-du-dafür-bereit-bist«-Blick.

»Meine erste Obduktion. Ich denke, ich gewöhne mich besser daran. Mein Praktikum dauert ja noch ein paar Monate.«

Ich zwinkere ihm zu.

In seinen Mundwinkeln erscheint ein Grinsen.

Erst klein, und dann wächst es, und schließlich strahlt er von einem Ohr zum anderen.

KAPITEL 78

Irgendwann ist immer das erste Mal, aber da muss ich jetzt durch. Immerhin ist mir der Tote nicht unbekannt.

Ich habe ihn am Baum hängen sehen, und jetzt liegt er vor mir.

Hello again.

Auf Erkans Rat hin habe ich meine Lederjacke angelassen und den hellblauen Schutzanzug darübergezogen. In dem Obduktionsraum ist es kühl.

Erkan und ich stehen mit Mundschutz und Haarnetz ausgestattet neben dem blanken Edelstahltisch, auf dem Fabian Küster rücklings liegt.

Vollkommen nackt.

Die Augen geschlossen.

An seinem Hals sehe ich deutlich den violett gefärbten Striemen, dort, wo der Strick war. Der Knoten war hinten, daran erinnere ich mich.

Sein magerer Körper ist fast überall kalkig weiß. Seine schwarzen Tattoos zeichnen sich deutlich ab. Manche sind älter und ausgeblichen, andere sehen frischer aus. Es sind bis auf das Gesicht eines Mannes, eines Wizards, nur Tiere oder Symbole: Rabe, Spinne. Ein Tigerkopf, zwei Würfel, Kirschen, eine gezackte Sonne mit dunklen Augen, Sterne. Eine Münze. Eine Taube. Ein Totenkopf, aber nicht so freundlich wie der, den ich auf meinem Handgelenk habe, der mexikanisch ist. Dieser ist klassisch. Und ich entdecke ein Auge in einem Dreieck, das alles sehende Auge. Ein Zeichen der Freimaurer und Illuminaten. Im Kontext von Judentum und Christentum bedeutet es die Allgegenwärtigkeit Gottes.

Ich bezweifle, dass Fabian und der liebe Gott etwas gemein hatten.

Li steht auf der anderen Seite des Tisches, in einem mintgrünen Kittel und einer weißen Schürze und einer Haube auf dem Kopf, unter der ihre lackschwarzen Haare versteckt sind. Daneben ist ihr rothaariger Assistent Ben, der mit letzten groben Stichen den langen Schnitt zunäht, der vom Hals des Toten bis zum Schambein reicht.

Ich denke dabei an die gefüllte Ente an Weihnachten, die mit Kochgarn verschlossen wird.

Li zeigt auf mich. »Lupe, wir Rechtsmediziner nähen den geraden Schnitt, nicht das Y, wie du es aus Filmen kennst. Das machen nur die Pathologen«, erklärt sie mir.

»Geht klar«, sage ich selbstsicher, und sie kichert.

Mittlerweile ist meine Übelkeit einer Faszination gewichen.

Der tote Körper kommt mir jetzt unmenschlich vor. Wie ein puppenhaftes Studienobjekt. Die Nacktheit, die ich anfangs fast beschämend fand, ist einer Distanz gewichen, die es mir möglich macht, Lis Ausführungen zu folgen. Erkan schielt rüber. Er will sehen, ob es mir gut geht. Ich nicke ihm knapp zu.

Alles roger.

Seine Augen leuchten mich über dem Mundschutz an.

Li schiebt mit behandschuhten Händen ein Augenlid des Toten nach oben.

»Schau, hier.«

Ich komme einen Schritt näher und beuge mich vor.

»Kleine Einblutungen, siehst du die Punkte?«

»Ja, aber wenige.«

»Unser Job ist es, die Todesursache festzustellen. Wir haben daher auf zwei Möglichkeiten untersucht. Entweder starb der Mann durch Erhängen. Bedeutet, der Strick um Hals und Wirbelsäule behindert den venösen Blutabstrom und drückt bei ausreichendem Eigengewicht auch zusätzlich die hirnversorgenden Arterien ab. Dafür ist nicht viel Kraft notwendig. Das Problem ist, dass beim Erhängen der Strick manchmal an atypischer Stelle ist und es zu einem längeren, qualvollen Tod durch Ersticken kommen kann. Wenn der Strick aber richtig liegt, klemmt er die Halsarterien ab. Als Folge kann man das Eindrücken der Halsweichteile«, sie deutet mit dem Zeigefinger auf seinen Kehlkopf, »oder das Brechen des Zungenbeins erkennen. Wenn der Blutstrom zum Hirn abgeklemmt ist, kommt es schnell zum Verlust des Bewusstseins. Es können Kot- und Urinabgang folgen. Die Blutversorgung ist unterbrochen. Die Atmung setzt aus, es folgt Herzstillstand. Ein charakteristischer vitaler Befund bei frei hängenden Personen sind die sogenannten Simon'schen Blutungen: Einblutungen in das vordere Längsband auf Höhe der Zwischenwirbelscheiben am häufigsten auf Höhe der Lendenwirbelsäule, am ehesten aufgrund von Dehnung und krampfbedingten Bewegungen.«

Klingt wie eine Vorlesung. Sie gibt Ben ein Zeichen, und er greift mit beiden Händen den toten Fabian und kippt ihn zur Seite, damit wir den unteren Rücken sehen können.

»Verstanden«, sage ich laut.

»Die Temperaturmessung der Leiche und die Untersuchung von möglichen Leichenflecken erlauben uns eine Einschätzung, wann der Mensch gestorben ist. Und jetzt seht euch das an.«

Sie nimmt einen Arm und hält ihn hoch. Zeigt auf die Innenseiten.

Li fährt fort. »Mit hoher Wahrscheinlichkeit wurde der Mann bewegt, bevor er aufgehängt wurde. Vermutlich war er dabei bewusstlos. Wir haben die Arme präpariert und haben Einblutungen in Fettgewebe und Muskeln an den Oberarmen gefunden, die auf einen festen Griff hinweisen, wenn ein Körper durch eine andere Person bewegt wurde. Von außen sind sie nicht immer sichtbar, aber sie hinterlassen dennoch Spuren im Körper, die man finden kann.«

Erkan nickt zustimmend.

»Der Mann war zwischen sechs und acht Stunden tot, als wir ihn untersucht haben.«

»Das bedeutet, er ist um Mitternacht herum gestorben«, murmelt Erkan. »Was ist mit der Einstichstelle am Hals?«

»Wir vermuten, dass ihm ein starkes Betäubungsmittel injiziert wurde. Genaueres wird im toxikologischen Bericht stehen.«

Zu mir gewandt fährt Li fort. »Sein Urin und Blut werden auf fremde Substanzen untersucht, ebenso Haare. Wir überprüfen es auf Abbaustoffe von Drogen.«

Ich nicke zur Bestätigung.

»Das sind unsere ersten Ergebnisse. Unser Bericht liegt voraussichtlich morgen vor.«

»Danke, Li, das hilft uns weiter«, sagt Erkan.

»Ich habe noch etwas.«

Li winkt uns ein paar Meter weiter zu einer Art langen Küchenzeile aus Edelstahl. Dort nimmt sie ihren Mundschutz ab und sieht uns tief in die Augen.

»Wir haben in der Hosentasche des Toten einen kleinen Zettel gefunden.«

Li hält einen Plastikbeutel hoch, in dem ein fast quadratischer, zusammengefalteter Zettel liegt, der so aussieht, als ob er einmal mitgewaschen worden wäre.

Die Ränder sind ausgefranst, und das Papier sieht aufgequollen auf.

»Was steht drauf?«, fragt Erkan.

Li sieht ihn mit ihrem typischen Ich-kann-es-nicht-fassen-Blick an.

»Vielleicht ist es ein Liebesbrief für dich?«, sagt sie und legt den Kopf schief. »Wir haben ihn spurenschonend aus der Tasche genommen und vorsichtig eingepackt. Das Auseinanderfalten und Untersuchen des Zettels dürfen die Kollegen von der Kriminaltechnik übernehmen. *Good luck with your love letter.*«

Li drückt Erkan die Plastiktüte in die Hand und grinst mich breit an. Ihre Augen funkeln unter dem Licht der Neonröhren.

KAPITEL 79

Die Kriminaltechniker im LKA in Düsseldorf bekommen den zusammengefalteten Zettel aus der Hosentasche des Toten. Otto und ich haben ihn nicht angerührt und warten jetzt vor dem Untersuchungsraum auf das Ergebnis.

»Was soll schon groß drauf stehen?«, brummt Otto. »Bestimmt nicht, wer sein Mörder war.«

»Wart's ab«, sage ich.

Der Kollege aus der forensischen Handschriftenuntersuchung, Johannes Farian, ein junger Mann mit Nickelbrille, beginnender Glatze und einem dunklen Fünftagebart, kommt heraus und lächelt.

»Wir konnten den Zettel auseinanderfalten, die Schrift war fast mit bloßem Auge zu erkennen. Wir haben es mit unserem Stereomikroskop untersucht, hier ist das Ergebnis.«

Er hält uns eine Kopie des Zettels hin.

Otto schnappt ihn sich und blickt darauf. Dann fängt er schallend an zu lachen.

»Was sonst!«, sagt er und drückt mir das Blatt in die Hand. »Ich geh mir einen Kaffee holen.«

Er stiefelt kopfschüttelnd den Gang runter, in Richtung des Kaffeeautomaten, und ich lese, was auf dem Zettel steht.

Tabak
Eier
Cola
Chips
Q-tips

Johannes' Augen lächeln mich an. »Glückwunsch«, sagt er.

»Ähm, wozu jetzt?«, frage ich und sehe zu Otto, der am Ende des Gangs am Automaten steht, laut flucht und mit dem Fuß so fest dagegentritt, dass es scheppert.

»Wenn das der Einkaufszettel des Toten ist und er ihn selbst geschrieben hat, dann ist er nicht der Verfasser des Briefes und der Karte.«

Ich starre ihn an, und meine Kopfhaut beginnt zu kribbeln.

»Sagen Sie das noch mal«, fordere ich ihn auf.

»Wirklich?«, antwortet er.

Ich starre auf die Buchstaben.

Es stimmt, auf den ersten Blick sind sie sich ähnlich.

Aber das hier ist eine andere Schrift.

Tatsächlich.

»Otto!«, rufe ich, aber er reagiert nicht.

Ich renne zu Otto, der gedankenverloren in einen dunkelbraunen Plastikbecher pustet. Mir kriecht der fiese Geruch von billigem Automatenkaffee in die Nase.

»Wie kannst du diese Plörre trinken?«, sage ich angewidert zu ihm und wiederhole, was Johannes gesagt hat.

Er hört auf zu pusten.

»Verstehst du, was das heißt?«, sage ich aufgeregt.

»Ich bin ja nicht blöd.«

»Das bedeutet, dass an Fabians Verschwinden und seinen Hinweisen etwas verdammt faul ist.«

»Das ist untertrieben. Es stinkt zum Himmel. Wer fälscht diese Nachrichten?«

Ich räuspere mich. »Wie wär's mit Mark Swoboda? Ich traue ihm alles zu.«

Otto bekommt für einen Moment große Augen.

Ich spinne den Gedanken weiter. »Er hat das Phantom vom Escher See erfunden, da kann er auch Briefe und Karten fälschen. Und er kannte Fabians Schrift, die beiden waren zusammen auf der Schule. Es würde mich nicht wundern, wenn er uns noch mehr verheimlicht.«

Otto legt mir eine Hand auf die Schulter. »Warum erfindet Mark Swoboda das Phantom vom Escher See? Er hätte bei seiner Aussage von damals bleiben können. Warum belastet er sich selbst?«

»Er will Aufmerksamkeit, möchte wichtig sein, wertgeschätzt werden. Er erfindet den Mann, weil er damit die Bedeutung erhält, die er sonst nicht hat«, sage ich. »Befragt ihn weiter.«

»Ich vermute, er wird sich zu gar nichts mehr äußern«, sagt Otto.

»Nein, du irrst dich. Er wird nicht schweigen. Das hält er nicht aus.«

KAPITEL 80

Die zweite Befragung von Mark Swoboda.

Mittlerweile ist es fast siebzehn Uhr, und die Angelegenheit gestaltet sich zäh. Es hat etwas von einer Schultheateraufführung mit schlechten Darstellern und einer dünnen Dramaturgie.

Ich stehe wieder hinter meiner Scheibe.

Otto und Erkan befragen Mark. Diesmal mit einem Anwalt an seiner Seite.

»Wo ist eigentlich die Svensson?«, fragt Mark, sieht zum Spiegel und winkt in meine Richtung. »Sollte die nicht dabei sein?«

»Der Typ ist irre, oder?«, sagt der Kollege Brauner hinter mir im Raum.

»Kann sein.«

Ich stehe genau an der Glasscheibe des Venezianischen Spiegels und kann sie fast mit meiner Nasenspitze berühren.

»Was wollen Sie denn von unserer Kollegin?«, fragt Erkan auf der anderen Seite. »Reicht es nicht, dass Sie sie angegriffen haben?«

»Das ist die Einzige, die was drauf hat. Die ist richtig gut«, sagt Mark, und ich pruste wie ein Pferd hinter meiner Scheibe.

»Er *ist* irre«, sage ich zu dem Kollegen Brauner hinter mir. »Sie hatten recht.«

Mark Swoboda feixt. Sitzt mit verschränkten Armen da und fühlt sich mit dem Pflichtverteidiger im dunkelblauen Anzug sicher.

Aber das wird nicht lange so bleiben.

»Wir brauchen eine Speichelprobe von Ihnen«, sagt Otto, und Erkan öffnet das Röhrchen mit dem Wattestäbchen.

Mark sieht gelangweilt zu seinem Anwalt. Dr. Martin Haas, einem schlaksigen Typen mit großen Händen, die mich an Pianistenfinger erinnern.

Otto fährt fort. »Und bevor Sie fragen, hier ist die Anordnung der Staatsanwaltschaft.«

Der Anwalt überfliegt das Schriftstück und nickt.

Mark öffnet theatralisch den Mund, als sei es eine Wurzelbehandlung beim Zahnarzt. Erkan nimmt die Speichelprobe, verschraubt das Röhrchen und gibt es dem Beamten, der an der Tür steht. »Sofort ins Labor.«

»Und eine Schriftprobe?«, fragt der Anwalt.

»Ja,« sagt Otto, zückt ein leeres Blatt Papier aus seiner Tasche, legt es vor Mark auf den Tisch und platziert einen schwarzen Kugelschreiber in die Mitte.

»Bitte schön, legen Sie los.«

Mark sieht irritiert von Otto zu seinem Anwalt. Der nickt wieder zustimmend, aber mit unglücklicher Miene.

»Was soll ich schreiben?«, fragt Mark.

»Fangen wir mit Ihrem Namen an«, sagt Otto.

»Darf er das?«, fragt Mark seinen Anwalt.

»Ja«, erklärt der Anwalt. »Schreiben Sie.«

Mark schnappt sich den Kuli und schreibt seinen Namen auf das Blatt.

»Und jetzt schreiben Sie den Satz: ›Liebst du mich noch?‹«

Mark legt theatralisch den Stift beiseite. »Das ist ein Scherz«, sagt er und lacht auf. »Sie wollen, dass ich …«

»Nein, das ist kein Scherz«, unterbricht Erkan und sieht ihn mit strenger Miene an.

»Sie glauben ernsthaft, dass ich was mit dem Verschwinden von Fabian zu tun habe?«

Otto kratzt sich seinen Bart.

»Es bedeutet, dass wir Sie als Verdächtigen ausschließen wollen. Dazu dient diese Schriftprobe.« Er sieht zu Anwalt Haas. »Oder stellt das ein Problem dar?«

Der Anwalt hat nach wie vor eine stoische Miene.

»Nein, das ist kein Problem«, antwortet er.

Juristen sind echt merkwürdige Typen, denke ich mir im Stillen.

Anwalt Haas nickt Mark zu, und er schreibt mit schwungvoller Handbewegung auf das Blatt, als würde er den Walk of Fame in Hollywood signieren; für sein Schmierentheater. Otto diktiert ihm ein paar weitere Sätze.

Ich klebe im Nebenraum so nah an der Scheibe, dass sie durch meinen Atem kreisrund beschlägt, aber ich kann von hier aus nicht erkennen, ob es eine andere Schrift ist. Ich habe den Schriftzug von der Karte genau im Kopf und kenne die Bögen und Unterlängen auswendig.

Mein Handy vibriert, und ich sehe kurz drauf. Eine Bonner Nummer. Ich weiß, wer das ist: Lena Schreiber, die Freundin von Bianca Jäger. Jetzt nicht, Lena. Ich drücke den Anruf weg.

Mark schiebt das beschriebene Blatt am langen Arm über die Tischplatte.

Komm schon, Otto. Gib mir ein Signal.

»Danke, wir werden das überprüfen«, sagt Otto, und für eine Millisekunde sieht er zu mir. Nur mit den Augen.

Aber: kein Blinzeln. Nicht das kleinste Zucken.

Die Message lautet: Er ist es nicht.

Er hat die Karte nicht geschrieben.

Aber wer dann?

KAPITEL 81

Was für ein Tag. Nach dem Verhör mit Mark ist Feierabend für heute.

Ich fahre nach Hause und lege mich in eine heiße Badewanne mit Zitronenmelissenöl, um aufzuweichen und um meinen Kopf leer zu bekommen. Außerdem habe ich schlechte Laune, weil wir diesen Mark nicht drankriegen.

Der Dampf steigt zur Decke, und ich lege den Kopf auf ein zusammengefaltetes Handtuch und schließe die Augen. Im Wohnzimmer läuft laut eine CD von Dionne Warwick. Sie singt die alten Burt-Bacharach-Lieder wie »Do You Know The Way To San Jose«. Ich summe mit, stecke den Zeh immer mal wieder in den Wasserhahn und brüte vor mich hin. Bei »Walk On By« singe ich den Refrain laut mit und überlege ernsthaft, Raffa anzurufen. Er hat sich nicht mehr bei mir gemeldet und lässt mich zappeln. Wir könnten ja wenigstens lose befreundet sein. Für ab und zu. Für untenrum.

Als das Badewasser lauwarm ist, ziehe ich den Stöpsel heraus.

Bestelle mir jetzt 'ne Pizza und bin nackt

schreibe ich Raffa und wickele mich in den flauschigen Morgenmantel.

Seine Antwort kommt postwendend.

Schön für dich.

Riesenarsch.

Dann eben nicht. Ich bestelle Pizza mit Anchovis und Artischocken bei Mario, wo ich Stammkunde bin, und schalte die Glotze ein.

Der tote Fabian Küster ist heute in den Regionalnachrichten. Sein Foto wird eingeblendet, und es gibt Aufnahmen vom Park in der Morgendämmerung. Erkan steht an der Fundstelle und spricht in die Kamera. Er berichtet von dem unbekannten Leichnam, der gefunden wurde, und dass die Bevölkerung gebeten wird, Hinweise zur Identität und zum letzten Aufenthaltsort zu geben.

»Wir verfolgen jede Spur«, sagt Erkan mit ernstem Gesicht, und ich muss gestehen, er macht eine *bella figura* vor der Kamera.

Die Pizza wird geliefert. Ich nehme sie mit vor den Fernseher, beiße in ein Stück, kaue und frage mich: Fabian, was hast du in den letzten zehn Jahren gemacht?

Warum hast du keinen Kontakt zu deiner Familie gesucht?

Was ist vorgefallen?

Drogensucht, Entzug und dann ein neues Leben? Ja, klar, das ist möglich.

Aber was hast du gearbeitet? Wovon hast du gelebt?

Und wenn Mark dein bester Freund war, warum hast du den Kontakt zu ihm abgebrochen?

Wer schreibt Nachrichten in deinem Namen, die nicht von dir sind?

Karten mit der Aufschrift: LIEBST DU MICH NOCH?

Wieso diesen Satz?

Die TV-Nachrichten gehen weiter.

Die feierliche Wiedereröffnung eines Kindergartens, der vor einem halben Jahr abgebrannt ist. Brandstiftung. Nachts, als glücklicherweise keiner dort war. Es kommen Bilder von der Bürgermeisterin, die mit einer übergroßen Schere ein Band durchschneidet. Applaus brandet auf, und schreiende Kinder reißen sich von ihren Eltern los und stürmen in das Gebäude. Stürzen sich auf die Spielsachen, die in dem nigelnagelneuen Spielzimmer bereitliegen, als sei Weihnachten. Ein Kind stottert einen Halbsatz in die Kamera, während seine Mutter nervös lacht.

LIEBST DU MICH NOCH?

In dem Moment wird es mir klar: Es ist eine verschlüsselte Botschaft des Täters, mit der er uns auf etwas stoßen will.

Es sind keine Informationen für die Mutter.

Es ist eine Nachricht, die genau zum richtigen Zeitpunkt in unserer Ermittlungsarbeit kam. In dem Moment, in dem wir uns mit den anderen Fällen beschäftigt haben, mit Bianca und dem Anhalter-Killer.

Als würde uns der Täter beobachten und jeden unserer Schritte mitbekommen.

Und wüsste, was wir tun.

Das bedeutet, er ist näher an uns dran, als wir glauben.

Womöglich ist er einer von uns?

Er ist ein Schatten, der um uns herumschleicht.

Komm, denke ich.

Tritt ins Licht.

Und zeig dich.

TAG ZEHN

Mittwoch, 15. Oktober 2003

KAPITEL 82

Die Polizei darf einen Verdächtigen vierundzwanzig Stunden festhalten, dann muss sie ihn auf freien Fuß setzen oder Anklage erheben. Für Mark bedeutet das, dass er in wenigen Stunden, so gegen Mittag, wieder entlassen wird.

Wenn wir nicht einen klaren Hinweis für seine Täterschaft haben, den wir dem Richter vorlegen könnten.

Das Problem ist: Wir haben nichts.

Die Handyauswertung zeigt, dass er sich am Montag und Dienstag nicht groß bewegt hat und nie in der Nähe des Fundorts von Fabians Leiche war.

Genauer gesagt, sein Handy hat sich nicht bewegt.

In den Tagen und Wochen davor gibt es Regelmäßigkeiten.

Sein Handy hat sich alle vierzehn Tage am Wochenende in einem Funkmast bei Gummersbach eingewählt, ein Ort im Osten von Köln, eine halbe Stunde mit dem Auto entfernt. Die DNA-Auswertung seiner Speichelprobe dauert an.

Aber das eigentliche Problem ist: Wir haben auf den Resten der verbrannten Bluse von Bianca Jäger keine DNA gefunden, nur auf den vier toten Mädchen. Und das bedeutet, Otto und Erkan befragen ihn weiter und brauchen ein Geständnis, das er ihnen nicht geben wird.

Er wird wieder lügen.

Außer wir bekommen ihn anders zu packen. Uns rennt die Zeit davon.

Es ist Punkt acht Uhr morgens. Wir sind wieder im Polizeipräsidium in Köln-Kalk und warten darauf, dass Mark aus seiner Gewahrsamszelle in den Vernehmungsraum hinter der Scheibe geführt wird.

»Ich habe noch mal nachgedacht«, sage ich.

»Das ist schön. Denken hilft«, brummt Otto.

»Lena Schreiber hat mich gestern während der Vernehmung angerufen. Sie hat Fotos von der Party am Escher See gefunden und mir per Mail gesendet. Es fiel mir erst heute Morgen wieder ein.«

Ich lege einen der Ausdrucke auf den Tisch.

»Dieses stach für mich sofort heraus.«

Das Foto zeigt Lena und Bianca, wie sie dicht nebeneinanderstehen. Die Sonne ist fast untergegangen und scheint ihnen warm und golden ins Gesicht. Ihre Silhouetten werfen einen langen Schatten hinter sie, auf den Kies und den See, der im Abendlicht glitzert. Lena hat ihren Arm um Bianca gelegt; er liegt auf ihrer Schulter. Beste Freundinnen. Zu ihren Füßen sind Taschen und ein ausgebreitetes Handtuch. Ein Fuß von jemandem ist zu sehen, der rechts ins Bild ragt. Die beiden grinsen in die Kamera, in Jeansröcken, Sonnenbrillen auf, in Bluse, T-Shirt und Flipflops. Bianca hat eine Flasche Wodka am Hals, mit dem Boden gen Himmel, als wolle sie den Inhalt in einem Schluck exen.

Eine Pose, die ich von ihr nicht erwartet hätte. Von dem braven Mädchen.

Und genau das ist der springende Punkt.

»Warum zeigst du mir dieses Foto?«, fragt Otto, und seine Augenbrauen schieben sich zusammen.

»Vielleicht ist Bianca nicht das Mädchen, als das sie uns beschrieben wurde. Wahrscheinlich lief der Abend anders ab, als wir annehmen. Womöglich hat der Täter Bianca versehentlich getötet. Was, wenn es gar keine Absicht war?«

Otto zupft an seinem Bart. »Das wäre entgegen jeglicher Theorie, die wir aufgrund des Leichnams und des forensischen Berichts aufgestellt haben. Du hast selbst gesagt, da war eine große Wut dahinter. Das Töten stand im Mittelpunkt.«

»Bianca kannte ihren Mörder. Sie ist mit ihm gegangen. Freiwillig. Was ist, wenn Mark Swoboda ebenfalls in Bianca verliebt war und keine Aufmerksamkeit bekam? Gerade er, der die ganze Zeit Bestätigung braucht. Oder wenn Bianca eigentlich auf ihn stand? Wenn ich ihn befragen dürfte, dann anders als ihr. Als Therapeutin würde ich ihn zuerst zu seiner Kindheit und Jugend befragen, sein Verhältnis zu den Eltern. Dann kommt das Thema Sexualität: erste Erfahrungen, Fantasien und Vorstellungen. Wünsche. Was ist ihm wichtig? Wir würden in die Richtung gehen, wo sie von der üblichen Romantik abweichen. Und erst dann kämen wir zur Tat.«

Ottos Augen tasten mein Gesicht ab. »Erkan, ich will, dass Lupe bei dem Verhör dabei ist.«

Erkan starrt mich an. »Du bist voreingenommen und nicht mehr neutral in der Befragung. Nein, ich lasse Lupe nicht teilnehmen.«

Otto hebt entschuldigend die Hände. »Du bist der Boss.«

»Ist er das?«, flüstere ich.

»Ja«, flüstert Otto zurück, »er leitet die Ermittlung in dem Mordfall Fabian Küster.«

»Ich kann euch hören«, ruft Erkan.

Ich setze eine mitleidige Miene auf.

»Okay, mein Angebot: Otto setzt sich einen Empfänger ins Ohr, und Lupe kann hinter der Scheibe sitzen und dir was ins Ohr flüstern. Einverstanden?«

»Den Trick hat er von mir«, sagt Otto leise.

Otto und ich sehen uns an und nicken gleichzeitig.

»Geht klar«, sage ich laut.

Mark wird hereingeführt und nimmt Platz. Er sieht müde aus. Sein Anwalt trägt wieder den gleichen langweiligen blauen Anzug, als hätte es den gestrigen Tag nie gegeben. Erkan und Otto sitzen den beiden gegenüber und starten das Gespräch.

»Schlecht geschlafen?«, fragt Erkan. »Ist nicht gerade das Ernst Excelsior hier.«

Er hat es auf Mark abgesehen.

Er will ihn wütend machen und den Schutzpanzer durchbrechen. Druck aufbauen, damit er aus sich herauskommt.

»Eure Matratzen sind wie Futons, anfangs hart und ungewohnt, aber letztlich bequem«, antwortet Mark.

»Das sagen Sie in ein paar Tagen nicht mehr«, meint Erkan spitz.

»Das habe ich gehört«, sagt der Anwalt. »Sie haben bislang keinerlei Beweise vorgelegt, die meinen Mandanten eindeutig belasten. Wenn Sie bis zwölf Uhr dreißig keine vorlegen können, ist Ihre Zeit abgelaufen, und er kommt frei.«

Gut gebrüllt, Anwalt-Löwe.

»Beschreiben Sie mir Ihr Verhältnis zu Bianca Jäger«, fordert Otto ihn auf.

»Ich hatte kein Verhältnis *mit* Bianca Jäger«, erwidert Mark und lehnt sich auf dem Stuhl zurück.

»Hätte Bianca gern ein Verhältnis mit Ihnen gehabt?«, fragt Otto weiter.

»Wie bitte? Nicht, dass ich wüsste.«

»Wollten Sie denn etwas von Bianca Jäger?«

Mark legt den Kopf leicht schief.

In das Mikro sage ich zu Otto: »Er denkt nach. Sein Hirn läuft jetzt auf Hochtouren. Er merkt, dass sich der Wind dreht und er dagegen ansteuern sollte. Aber er muss rasch antworten und aufpassen, dass er nicht über seine eigenen Lügen stolpert.«

»Nicht wirklich«, sagt Mark.

»Was heißt das?«, fragt Otto.

Ich flüstere ihm ins Ohr, was ich denke.

Otto fährt fort. »Ich sag Ihnen, wie es war. Fabian hat Ihnen von Bianca vorgeschwärmt. Und da haben Sie das Mädchen, das Sie bislang nicht beachtet haben, plötzlich mit neuen Augen gesehen. Ja, mit einem Mal fanden Sie Bianca gar nicht so verkehrt. Sogar recht hübsch. Also haben Sie das Ganze beobachtet, wie Fabian versucht hat, bei ihr zu landen. Ich wette, Sie haben ihm Tipps gegeben, was er sagen soll. Fabian war unsicher, jetzt konnten Sie sich endlich bei Ihrem Freund revanchieren, der Ihnen sonst so oft geholfen hat.«

Warte, Otto. Nicht weiterreden. Lass es einen Moment wirken.

Otto verstummt.

Mark beugt sich vor und legt die Unterarme auf die Tischplatte. »Ja, ich war erfahrener mit Mädchen und konnte ihm da helfen. Fabian war in diesen Dingen schüchtern und unbeholfen. Unerfahren. Er hatte noch nie was mit einer gehabt und konnte meine Hilfe gebrauchen.«

»Das kann ich mir vorstellen«, sagt Otto, und ich flüstere weiter in sein Ohr.

»Fabian war richtig in das Mädchen verknallt?«

»O ja, das stimmt«, antwortet Mark.

»Und das machte Ihnen Angst.«

»Mir? Wieso?«

»Sie wollten doch gar nicht, dass Bianca Jäger mit Fabian zusammenkommt. Aber nicht, weil Sie Angst hatten, dass Ihre Freundschaft darunter leidet. Nein. Sie wollten Bianca Jäger für sich haben. Sie hatten Angst, dass er Ihnen Bianca wegschnappt.«

Mark blinzelt Otto an. Er verschränkt die Arme vor der Brust. »Warum sollte ich sie dann töten? Das macht keinen Sinn.«

»Sie haben Fabian absichtlich falsch beraten. Sie wollten, dass er sich blamiert. Und das hat er. Sie haben ihm gesagt, was er sagen soll. Ich wette, Sie haben ihm sogar die Witze aufgeschrieben, die er erzählen sollte, um bei ihr zu landen.«

Mark schnaubt einmal. Wir liegen richtig.

»Ihr Plan ging auf. Fabian blamierte sich. Es war klar, dass aus den beiden nix werden würde.«

»Das erklärt gar nichts«, sagt Mark schnippisch.

»Was mögen Sie beim Sex mit einer Frau?«, fragt Otto ganz ruhig. »Mögen Sie es lieber, wenn sie stillhalten und stumm sind? Wenn Sie nur Ihren eigenen Atem hören? Oder mögen Sie es, wenn sie sich winden und laut werden? Ist es das, was Sie erregt?«

Mark rutscht aufgeregt auf seinem Stuhl hin und her.

»Sie müssen diese Frage nicht beantworten«, sagt der Anwalt zu ihm.

Otto fährt fort. »Oder sind Sie jemand, der es mag, sie zu schlagen. Erregt sie das? Wollte Bianca genau das?«

»Das geht zu weit«, sagt Anwalt Haas.

Mark ist rot geworden. Er wird nervös, und wenn Menschen nervös sind, machen sie Fehler.

Unter Druck zeigen sie ihr wahres Gesicht.

Ich glaube, in seinem Kopf läuft gerade ein kleiner Film ab.

Otto fährt fort. »Aber Bianca war anders, als Sie dachten. Sie wollte Dinge, die Sie überfordert haben. Sie waren beide angetrunken, und Sie haben mitgemacht.«

»Das stimmt nicht«, sagt Mark.

Ich flüstere wieder in Ottos Ohr.

»Sie leben so lange mit dieser Last, mit dieser Schuld. Morgen vergleichen wir Ihre DNA mit der, die wir auf Biancas Kleidung gefunden haben und …«

»Sie lügen! Die Kleider sind verbrannt«, platzt Mark heraus. »Sie können gar keine DNA haben, Sie bluffen nur. Weil Sie mich für einen Mord drankriegen wollen, den ich nicht begangen habe.«

Otto sieht ihn an. Ein leichtes Lächeln sitzt wie ein Kobold auf seinem Gesicht.

»Aber es war kein … Mord«, sagt Otto langsam. »Sie wollten Bianca doch gar nicht töten.«

Marks Oberkörper vibriert. Ein Zittern geht durch ihn durch.

»Wollen Sie eine Pause?«, fragt der Anwalt.

Mark schüttelt den Kopf.

»Jetzt sind wir so weit gekommen, Mark. Ich glaube, dass Sie gar nicht vorhatten, Bianca etwas anzutun. Sie entpuppte sich als ein ganz anderes Mädchen als gedacht. Was sollten Sie mit ihr tun?«

Marks Augen sind weit aufgerissen. Er atmet so laut durch die Nase ein und aus, dass ich es über die Mikrofone hören kann.

»Wollte Bianca, dass Sie sie fesseln? Schlagen? Wollte sie das?«

Ich halte die Luft an.

Erkan und Otto blicken wie angespannte Raubtiere auf Mark.

»Sagen Sie es uns. Was ist in dieser Nacht passiert mit Bianca Jäger, das Sie so aus dem Gleichgewicht gebracht hat?«

Mark stammelt etwas vor sich hin, was ich nicht verstehen kann.

»Sagen Sie es bitte so laut, dass wir es alle hören können«, fordert Erkan ihn auf.

Ich starre in diesen fensterlosen, hell erleuchteten Befragungsraum. Hier drin haben Lügen keine Chancen, weil hier die Möglichkeiten weniger werden und die Betrachtung der Dinge geschärft ist. Hier lenkt nichts ab.

In dem Raum ist nur die Anklage. Und die Schuld.

»Fickt euch«, zischt Mark und fletscht die Zähne wie ein wütender Terrier.

»Ich denke, mein Mandant braucht jetzt eine Pause«, ruft der Anwalt.

KAPITEL 83

Die Zeit vergeht, und allmählich wird alles wahr, was wir erlogen haben.

Der Satz ist nicht von mir, sondern von Proust.

Es ist eines der wenigen Dinge, die aus der Schule hängen geblieben sind. An das Zitat denke ich, als die Befragung zu Ende ist und ich zusehe, wie Mark und sein Anwalt hinausbegleitet werden, Erkan seine Unterlagen zusammenrafft und aufspringt und Otto in Gedanken noch einen Moment sitzen bleibt.

Das Problem bei Mark ist, dass wir nie wissen, ob er die Wahrheit sagt oder ob er sich eine zurechtlegt. Ich denke, er möchte lieber in einer Lüge leben, denn die ist um einiges bequemer.

Erkan ist in sein Büro vorausgegangen.

Otto kommt zu mir in den Nebenraum hinter die Scheibe und holt mich ab.

»Seine Reaktionen zeigen deutlich, dass unsere Vermutungen richtig sind«, erkläre ich im Gehen.

»Wäre Mark unschuldig, würde er sich anders verhalten. Er würde beteuern, dass er nichts mit dem Tod zu tun hat. Aber er schraubt sich immer weiter in die Sache rein«, sagt Otto, und wir gehen nebeneinanderher zu Erkans Büro. »Aber das wird dem Richter nicht reichen. Wir werden ihn freilassen müssen.«

Erkans Bürotür steht offen, und wir treten ein.

Er sitzt an seinem Rechner.

»Ich habe den Eindruck, es liegt alles vor uns, und wir sehen es nicht«, sagt Otto. »Was hat die Auswertung der Spurensuche am Tatort gestern ergeben?«

Erkan lehnt sich auf seinem Stuhl zurück und verschränkt die Arme hinter dem Kopf. »Die sind noch dran, ich nerve sie stündlich. Aber der Park wird von vielen Menschen und Tieren frequentiert, entsprechend gibt es einige Spuren. Haare, Zigarettenstummel. Taschentücher. Fußabdrücke. Münzen. Alles im Umkreis des Fundorts der Leiche. Das dauert.«

»Das sind zu viele Spuren, und wir wissen nie, welche wirklich zum Täter gehören. Aber warten wir es ab, vielleicht kommt noch was dabei heraus.«

Erkans Telefon klingelt, und er angelt lässig nach dem Hörer und nimmt ab.

Er streckt ihn Otto entgegen. »Sina ist dran.«

Otto stellt sich breitbeinig neben den Schreibtisch. »Ich stelle dich mal auf laut.«

Er drückt einen Knopf, und Sinas Stimme ertönt.

»Guten Morgen, ihr Hübschen. Ich war heute schon fleißig und habe etwas rausbekommen. Das Phantom von dem Foto, der Mann, der unter dem Namen von Marks Vater in Köln gelebt hat, ist der Onkel von Mark. Reinhard Machnow, der Halbbruder des toten Vaters. Sein Pass ist auf Peter Swoboda ausgestellt. Er hat sich eine neue Identität erschaffen. Und wisst ihr wann? 1987. Er ist über einen Ausreiseantrag nach Deutschland gekommen, hat die DDR verlassen. Unter falschem Namen. Er war also bereits in Köln, als Mark und seine Mutter eintrafen.«

»Das bedeutet, Mark hat hier mit seinem Onkel und seiner Mutter gelebt, aber allen erzählt, das sei sein Vater?«, fasst Otto zusammen.

»Er wurde zum Lügen trainiert«, sage ich. »Sie haben es ihm beigebracht.«

Otto zieht eine Augenbraue nach oben.

»Ich habe einen Antrag beim BStU-Stasi-Archiv in Berlin gestellt, um mehr rauszufinden. Die arbeiten mit Hochdruck dran, hab ihnen ordentlich Feuer unterm Hintern gemacht. Und ich habe nach dem Onkel gesucht, aber die Spur verliert sich 1994.«

»Abgehauen. Der ist längst über alle Berge«, schnauft Otto. »Warum schiebt Mark es seinem Onkel in die Schuhe? Warum benutzt er ihn als Sündenbock?«

»Gute Frage«, sage ich und grübele.

»Lupe, was ist?«

In mir keimt so ein unspezifisches Bauchgefühl, das ich nicht deuten kann.

Wie ein unscharfes Dia, das an eine schneeweiße Leinwand projiziert wird, und ich müsste nur das Rädchen weiterdrehen und mit jeder Umdrehung der Auflösung näher kommen.

»Ich muss mich mal zurückziehen und nachdenken.«

»Hast du Schmerzen?«, fragt Otto und deutet auf das Pflaster an meinem Hinterkopf.

Ich erschrecke. »Nein, ich bin okay. Wirklich.«

»Wenn es dich zu sehr beschäftigt, sag es mir. Hörst du?«

Er sieht mich streng an.

»Ich hätte mich wehren können, Otto. Das darfst du mir glauben. Ich hab einen Selbstverteidigungskurs absolviert und kann einen Typen ruckzuck schachmatt setzen.«

»Aber du hast dich bei Mark nicht gewehrt.«

»Das stimmt. Ich wollte, dass er sein wahres Gesicht zeigt.«

Otto taxiert mich, schließlich lächelt er. »Was willst du tun?«

»Ich glaube, dass wir etwas Entscheidendes übersehen haben, daher will ich alle Unterlagen noch mal durchgehen. Mir ist da gestern ein Gedanke gekommen.«

Otto sieht mich aufmerksam an, und ich berichte von meinen Überlegungen, die ich vor dem Fernseher hatte.

Dass der Täter beobachtet, was wir tun. Dass er in unserer unmittelbaren Nähe ist.

Ottos Gesicht hellt sich auf. »Den Gedanken hatte ich auch. Das Timing ist auffällig.«

»Ist das nicht merkwürdig?«

KAPITEL 84

Ich fahre ins LKA, setze mich allein in den Besprechungsraum und starre auf die vier Wände, auf denen die Fotos von den Tatorten und alle Details des Mordes an Bianca Jäger und den vier Anhalterinnen angebracht sind. Aus dem Automaten im Erdgeschoss habe ich mir einen doppelten Espresso und einen Schokoriegel gezogen.

Ich sitze auf dem Tisch, beiße vom Schokoriegel ab und mische ihn im Mund mit einem Schluck Espresso.

Zehntelsekundenglück.

Otto schreibt mir um dreizehn Uhr eine SMS ins Büro, dass Mark Swoboda soeben entlassen wurde, aber in Köln bleiben und zur Verfügung stehen muss. Der Richter sah keine Verdunkelungsgefahr, und Mark ging mit hocherhobenem Haupt neben seinem schlaksigen Anwalt in Richtung Ausgang.

Otto schreibt weiter: »Habe ihm ›Wir werden uns wiedersehen‹ hinterhergerufen. Also streng dich an.«

Meine Augen wandern über die Fotos, die Berichte, die Schlagwörter und die Karteikarten mit den Theorien und Vermutungen. Mein Hirn ist ein Schwamm, und ich sauge die Daten auf, bringe sie in eine Ordnung und schreibe alles auf eine Mindmap in meinem Kopf, die nur ich sehen kann.

Ich zerknülle den Pappbecher in meiner Hand und werfe ihn in hohem Bogen in den Mülleimer neben der Tür.

»Klopf, klopf«, sagt eine Stimme.

Es ist Jenny, sie erscheint mit einem Lächeln im Türrahmen.

»Störe ich?«

»Nein, komm rein.«

»Geht's dir gut?«

Jenny hat diesen Ausdruck im Gesicht, den Menschen haben, wenn sie dir etwas Besonderes mitteilen wollen, das den Moment dazu bringt, sich ins Gedächtnis zu graben und unvergesslich zu werden.

»Ich weiß ehrlich gesagt nicht, wie es mir geht, ich habe mich länger nicht getroffen«, sage ich zu ihr.

Jenny sieht mich perplex an. Dann wandert ihr Blick von mir über die Fotos und Ausdrucke auf den Wänden. Ich komme mir vor wie ein Tier im Zoo, und die anderen sehen sich mein Gehege an.

»Ein merkwürdiger Fall, oder? Krasse Wendung, darauf habe ich mein Leben lang gewartet«, sagt sie, und es klingt beiläufig.

»Ja, in der Tat.«

»Werdet ihr den Mörder von Fabian fassen?«, fragt sie, und für einen Moment schießt mir durch den Kopf, dass sie Journalistin ist und ich mich schon in einem ihrer Artikel zitiert sehe. Für sie ist der Fall Bombe. Ein gefundenes Fressen für ihre Karriere.

»Wir sind auf einem guten Weg«, sage ich lahm, und sie lacht spontan.

»Keine Angst, ich schreibe nicht über dich. War eben bei Frank«, sagt sie und deutet in seine Richtung, »und habe meinen Artikel abgegeben, den ich geschrieben habe. Die Überschrift lautet …«

Jenny hält ihre Hand am ausgestreckten Arm hoch und unterstreicht in der Luft eine riesige Überschrift. »Der tote Mann im Baum. Wie findest du es?«

»Es klingt fast poetisch. Wie lief das letzte Gespräch mit Gabriele und Annika Küster?«, frage ich, obwohl Otto mir längst davon berichtet hat.

Sie lässt die Arme einen Moment kraftlos hängen, ihre Tasche rutscht ihr fast von der Schulter.

»Traurig, ich denke, sie werden eine ganze Zeit brauchen, bis sie begreifen, was passiert ist. Die größte Überraschung für sie war, dass er tatsächlich gelebt hat. All die Jahre. In denen sie schwankten, zwischen der Hoffnung und der unheimlichen Vermutung, dass er längst tot und von Maden zerfressen ist. Das waren die Worte von Gabriele, nicht von mir.«

Kein schönes Bild für den eigenen Sohn.

Weil ich nicht weiß, was ich sagen soll, schweige ich und sehe Jenny einfach nur an. Nach zehn Sekunden wird sie unruhig.

»Okay, Lupe, ich wollte mich verabschieden. Bin nur noch morgen und Freitag in Köln und treffe Mark. Er ist ja wieder auf freiem Fuß, und wir haben einen Deal. Wir werden ein Buch über diese ganze Sache schreiben.«

Wie lautet der Titel? Das Buch der Lügen?

Jenny fährt fort. »Das verdanke ich auch dir. Daher vielen Dank für alles.«

Sie geht auf mich zu.

»Ein Buch? Du meinst, das will jemand lesen?«

Ich verbiete mir, auch nur den Hauch einer Andeutung zu machen, was ich über Mark weiß und denke. Meine Lippen sind versiegelt.

Jenny lacht ein kehliges Lachen. »Absolut, die Leute sind verrückt nach solchen Geschichten und der persönlichen, menschlichen Seite.«

Jenny reicht mir die Hand. Ihr Händedruck ist fest.

»Ach, fast hätte ich es vergessen, ich habe ein Geschenk für dich, warte.«

Sie öffnet die Tasche und kramt mit einer Hand darin. »Wo ist es denn?« Es muss mir rausgefallen sein, im Auto. Magst du kurz mitkommen? Ich habe direkt vor dem Eingang geparkt.«

Wir fahren mit dem Fahrstuhl nach unten.

»Wohin geht es dann, wenn du in Köln fertig bist?«, frage ich.

»Nach Frankfurt zurück. Ich habe da eine kleine Wohnung in Bornheim, bei der Berger Straße um die Ecke. Wenn du mal in der Nähe bist, sag Bescheid. Es gibt ein paar hübsche Restaurants und Bars. Ich lade dich auf einen Drink ein. Wie wär's?«

Der Aufzug öffnet sich, und wir verlassen das Haus über die automatischen Türen.

»Danke für die Einladung. Das mache ich, wenn ich mal in Frankfurt bin«, sage ich, und jedes Wort ist gelogen. Ich bin NIE in Frankfurt.

Wir gehen auf Jennys alten Volvo zu, dessen dunkelblaue Lackierung stumpf ist und eine Politur benötigt. Sie schließt auf und kriecht auf allen vieren über Fahrersitz und Beifahrersitz.

»Schau mal unter die Sitze«, sagt sie, und ich öffne die Tür hinter dem Fahrer.

»Siehst du da ein Päckchen? Am Boden?«

Ich stecke den Kopf rein, und augenblicklich rieche ich einen typischen Hundegeruch und erinnere mich, dass Jenny erzählt hatte, dass sie ihren Hund einschläfern musste.

»Ich hab's!«, ruft Jenny von vorne und rangiert sich mit dem Hinterteil rückwärts aus dem Auto heraus. »Bitte«, sagt sie und überreicht mir ein rechteckiges Päckchen mit einer üppigen rosa Schleife darauf.

Ich hasse Rosa.

»Danke«, sage ich artig und wiege es einen Moment in der Hand, als sei es ein Stein. »Ich mach's oben im Büro auf, allein. Okay? Bin nicht gut in solchen Sachen.«

Verkrampftes Lächeln meinerseits.

Für eine Sekunde stockt Jenny der Atem, dann lacht sie. »Nein, quatsch, überhaupt nicht. Mach es auf, wo du willst. Okay? Danke noch mal«, sagt sie, schlingt ihre Arme um mich und drückt mich fest.

Ich versteife in Sekundenschnelle.

»Sorry, jetzt muss ich aber los. Alles Gute für dich, Lupe. Und bis bald in Frankfurt.«

Jenny springt schwungvoll auf ihren Sitz und schmeißt die Wagentür zu.

Winkt. Wirft den Motor an. Winkt.

Ich hebe die Hand und schalte auf ein »freundliches Gesicht mit kleinen Sprenkeln von Dankbarkeit«.

Jenny fährt davon.

Ich habe eine lose Verabredung in Frankfurt, die ich nicht will, und ein Geschenk, das ich nicht öffnen mag.

KAPITEL 85

Die Tür unseres Büros steht offen, und ich höre Ottos Schritte näher kommen.

»Und?«, fragt Otto, als er eintritt.

Ich sehe ihn einen Moment an. Schüttele leicht den Kopf.

»Ich habe nichts gefunden. Tut mir leid.«

Ich wollte etwas finden, ein kleines Detail, eine winzige Spur und habe mir alles noch mal angesehen. Jetzt fühle ich mich wie ein Versager.

Otto lässt sich auf seinen Stuhl fallen, der laut ächzt.

»Das ist der Moment, den ich am meisten hasse«, sagt er. »Du hast einen Verdächtigen und kannst ihn nicht überführen. Übrigens steht eine zivile Streife vor seinem Haus und beobachtet ihn. Aber wir müssen einen Beweis haben. Verfluchte Kacke.«

Er steht auf und fährt sich hektisch mit der flachen Hand über seinen Kopf.

Ich halte die Luft an. Will was Kluges sagen, aber mir fällt nichts ein.

»Wir müssen auf die Ergebnisse warten. Auf den DNA-Abgleich von Mark, auf das Ergebnis des toxikologischen Berichts und der Spurensicherung. Und ich kann diesen Stillstand nicht leiden. Es ist so ein Innehalten. Ein lahmes Rumsitzen. Es ist wie diese berühmte Ruhe vor dem Sturm.«

Ich lasse die Halswirbel knacken. »Aber du bist dir sicher, dass ein Sturm kommt«, entgegne ich.

Otto macht ein lang gezogenes »Mh«-Geräusch. »Ja, ich habe da eine Idee.«

Er zeigt auf das Geschenk von Jenny, das ungeöffnet auf meinem Schreibtisch liegt. »Was ist das?«

»Jenny war noch mal hier und hat sich verabschiedet, sie hat sich bedankt und mir ein Geschenk gemacht.«

»Und warum machst du es nicht auf?«

Schulterzucken. »Keine Ahnung. Ich will's überhaupt nicht haben.«

»Soll ich es aufmachen?«, fragt Otto.

»Nein!«, sage ich entschieden.

Er hebt abwehrend die Hände. »Schon gut. Wie auch immer. Morgen sehen wir weiter, geh jetzt nach Hause. Ruh dich ein bisschen aus. Du siehst müde aus«, sagt er.

»Und du? Was machst du?«, frage ich.

»Lupe, geh nach Hause. Ich ruf dich an, wenn es was Neues gibt. Okay?«

»Na gut«, sage ich, fahre den Rechner runter und schnappe mir meinen Rucksack.

»Aber du rufst mich an. Versprochen?«

»Ehrenwort«, brummt Otto.

Recht ist es mir nicht.

Es fühlt sich an, als dürfte ich nicht mitspielen und müsste wie ein Auswechselspieler auf der Bank sitzen und dem Spiel zusehen.

Ich gehe langsam zur Tür, nehme meine Lederjacke vom Haken und schlüpfe in Zeitlupe hinein, als könnte ich damit den Feierabend verhindern.

»Tschüss, Otto«, sage ich, und er nickt mir zu.

TAG ELF

Donnerstag, 16. Oktober 2003

KAPITEL 86

Ottos Gesicht sieht genauso aus wie am Vortag. Mir scheint, er hat sogar die gleichen Klamotten an, und ich frage mich, ob ich jetzt in einer beschissenen Zeitschleife festhänge.

»Guten Morgen. Heute ist doch ein anderer Tag, oder?«, frage ich.

»Bist du betrunken?«

»Kennst du den Film *Und täglich grüßt das Murmeltier?*«

Über Ottos Kopf schwebt ein großes Fragezeichen.

»*I got you babe?* Jeden Morgen?«

Otto Gesicht faltet sich zusammen wie eine lappige Serviette. »Was faselst du da?«, fragt er.

»Sorry, ich hatte nur eine Wahrnehmungsstörung.« Ich stelle meinen Rucksack ab und fahre den Rechner mit einem Piepton hoch.

Otto steht wortlos auf und geht aus dem Raum.

Mich beschleicht so ein Gefühl, dass hier etwas verdammt schiefläuft.

Als er wiederkommt, hat er zwei dampfende Kaffeebecher in der Hand.

»Fangen wir noch mal an …«, sagt Otto und reicht mir einen der Becher, »… und damit meine ich diesen Morgen und unsere Ermittlungen.«

Ich spitze die Ohren, trinke einen Schluck, der verdammt heiß ist, sodass ich mir fast die Zunge verbrenne.

»Ich habe etwas für dich. Als guten Start in den Tag. Versprich mir, dass du nicht sauer bist, okay?«

Ich ahne es.

»Gestern Abend hat ein Mann angerufen. Nach der erneuten Ausstrahlung im Fernsehen, und er behauptet, der Tätowierer von Fabian zu sein.«

»Das ist nicht wahr. Und du hast mich nicht angerufen?«

»Still jetzt. Der Mann heißt Charly und betreibt ein Tätowierstudio in Gummersbach.«

Ich stelle die Tasse ab.

»Moment mal, das ist die Ecke, in der Mark war, laut seiner Handybewegung. Mehrfach im Monat.«

Ottos Handy klingelt.

»Das ist Erkan«, sagt er und geht ran. Sein Gesicht spricht Bände. Er legt auf und sieht mich an. Hebt eine Augenbraue.

»Der Aufruf wirkt. Wir haben jetzt einen Nachbarn von Fabian: Heinz Gaul. Der Tote habe in seiner Straße gelebt, mitten in der Pampa, im Bergischen, in so einem kleinen Kaff bei Lindlar. Er sagt, der Tote heißt Andreas Müller und lebte von Sozialhilfe und war sehr zurückgezogen.«

Ich reiße den Mund vor Begeisterung weit auf. »Hör auf. Mark hat Fabian regelmäßig gesehen.«

Otto hebt den Zeigefinger. »Um genau zu sein, war sein Handy regelmäßig dort.«

»Schlaumeier.«

Otto prostet mir mit seiner Kaffeetasse zu.

»Wir knöpfen uns Mark vor. Erkan ist bei Heinz Gaul und Charly und befragt sie. Und die Spurensicherung wird sich die Wohnung von Fabian ansehen.«

Er nippt an dem Kaffee und schüttelt den Kopf. »Andreas Müller. Ein Allerweltsname. Die perfekte Tarnung. Warte mal, da kommt eine Mail.«

Otto tippt auf der Tastatur.

»Der DNA-Abgleich liegt vor. Sie haben Marks DNA durch die Datenbank laufen lassen und mit den Spermaspuren auf den toten Anhalterinnen abgeglichen. Das Ergebnis ist negativ.«

»Mist. Auf der Kleidung von Bianca Jäger gibt es keine DNA.«

Otto fährt sich über den Mund und zupft hektisch an seinem Bart. Stellt sich ans Fenster und sieht hinaus auf den Parkplatz vor dem Haus. Streicht dabei mit einem Finger über die Blätter des Bogenhanfs, als wollte er ihn damit beruhigen.

In meinem Kopf macht es klick.

Als schnappe eine Mäusefalle zu.

»Erinnerst du dich, was Mark in der Vernehmung gesagt hat?«, frage ich.

Otto wendet den Kopf. »Was meinst du?«

Meine Kopfhaut kribbelt gewaltig.

Das ist es. Ich habe es gefunden.

»Wo sind die Presseunterlagen von damals?«, frage ich.

»Nebenan, im Besprechungsraum.«

Ich springe auf, und Otto folgt mir.

»Sag mir, was du denkst«, ruft er hinter mir, als ich mit schnellen Schritten den Gang hinunterlaufe und die Tür zum Besprechungsraum aufreiße.

»Eins habe ich gestern nicht angesehen«, sage ich. »Die alten Pressemitteilungen und Berichte in der Zeitung. Sie sind hier in einer der Akten.«

Otto und ich klappen die Akten auf und blättern sie hektisch durch.

»Warum die Presseberichte?«, fragt Otto, während wir suchen.

»Pass auf. Erkan hat gestern im Fernsehen gesagt, dass wir die Identität des Toten nicht kennen und die Bevölkerung helfen soll, ihn zu identifizieren. Dabei wussten wir, dass es Fabian ist.«

»Aus ermittlungstaktischen Gründen hat er der Presse nicht die ganze Wahrheit gesagt.«

»Schon klar. Im Fall von Bianca Jäger, 1992, haben die Kollegen ebenfalls nur einen Teil des Wissens an die Presse gegeben.«

Ottos Mund steht offen.

»Mark hat bei der Vernehmung gesagt, wir könnten auf der Leiche von Bianca keine DNA haben, die Klamotten seien verbrannt.«

Ich ziehe die beiden Papiere aus dem Aktenberg.

Wir sehen darauf.

»Das gibt's nicht«, sagt Otto leise.

»Mark konnte nicht wissen, dass Biancas Kleidung angebrannt war«, erkläre ich. »Dieses Detail hat die Polizei der Presse verschwiegen. Es ist nie veröffentlicht worden. Schau dir die Artikel an.«

Ottos Gesicht wechselt in dem Moment die Gesichtsfarbe.

»Nur der Täter weiß, dass die Kleidung von Bianca angezündet wurde«, sagt er und läuft los.

»Komm mit«, ruft er mir hinterher. »Jetzt grillen wir ihn.«

KAPITEL 87

Mark sitzt mit seinem schlaksigen Anwalt vor uns, und von dem hochnäsigen Schmierendarsteller von gestern ist wenig übrig.

»Ach, die Praktikantin darf heute dabei sein«, nuschelt Mark.

Ein letztes freches Aufbäumen. Das lasse ich ihm.

Ab heute wird sich für ihn einiges ändern.

Ich sitze neben Otto in dem Verhörraum am Tisch. Erkan ist auf dem Weg und kommt gleich hinzu. Ein Beamter steht an der Tür.

Jetzt, wo ich in dem Raum sitze und nicht mehr hinter dem Spiegel, fällt mir auf, wie unbarmherzig das Deckenlicht ist. Es leuchtet jeden Winkel aus und lässt keinen Platz für Schatten, in denen einer kauern könnte. Ich kann jetzt verstehen, warum die einen bockig werden, weil sie es als bedrohlich empfinden, und die anderen einknicken, weil sie die Nacktheit des Raumes einschüchtert.

Otto und ich haben einen Plan erarbeitet, wie wir das Gespräch führen.

Ich lege los.

»Wissen Sie, ich bin Psychotherapeutin, also keine Polizistin und somit keine ausgebildete Ermittlerin. Das brauche ich auch nicht zu sein, denn ich betrachte die Dinge aus einer anderen Perspektive.«

Mark sieht mich direkt an. Sein Blick ist wach und unverstellt. Ich habe seine Aufmerksamkeit geweckt. Vielleicht hat ihm auch sein Anwalt gesagt, dass bei einer erneuten Festnahme davon auszugehen ist, dass es belastende Beweise gibt.

Und es klug wäre, ab jetzt zu kooperieren.

Besser ist das.

»Warum führt Frau Svensson die Befragung, wenn sie keine Polizistin ist?«, wirft der Anwalt dazwischen.

»Hören Sie zu, dann erfahren Sie es«, sagt Otto knapp, klappt seine Akte auf und zieht die Fotos der toten Bianca Jäger hervor.

Grausame Bilder. Vom Blitzlicht kalt erhellt. Aufnahmen ihres geschundenen Körpers und der Reste der zerrissenen, angekokelten Bluse.

Ihres Gesichts, ihres Halses, ihrer Hände, ihrer Vagina.

Schonungslos legt Otto ein Foto nach dem anderen auf den Tisch, als würde er seinen Trumpf beim Skat ausspielen. Eine Galerie des Todes.

Mark sieht mit leicht angeekeltem Blick darauf.

Ich zähle im Kopf bis zehn und fahre fort.

»Einen Tatort betrachte ich anders als ein Ermittler. Ich schaue mir das größere Ganze an und überlege mir, in welcher Situation das Opfer und der Täter waren. Wie war die Stimmung? Was haben sie empfunden, und was bedeutet der Ort für sie? Welche Fluchtmöglichkeiten gibt es? Als ich an der Fundstelle im Wald war, ist mir klar geworden: Es war nicht so, wie alle dachten.«

Ich nehme einen Schluck Wasser aus dem weißen Pappbecher.

»Was dachten denn alle?«, fragt Mark mit gespielter Neugierde.

»Dass es eine geplante Tat war, und dass der Täter den Tatort selbst gewählt hat.«

Mark schluckt einmal hohl, und sein Adamsapfel hüpft auf und nieder.

»Ich sage Ihnen, was ich denke. Die Stelle im Wald, das war nicht Ihre alleinige Entscheidung.«

Mark sieht mich mit großen Augen an. Er wechselt einen Blick mit dem Anwalt.

Ich fahre fort. »Es war Biancas Wunsch. Sie stand auf Sie, mochte Ihre fast abweisende Art ihr gegenüber. Als Fabian sich für Bianca interessierte, schob sich das Mädchen mit einem Mal in Ihr Blickfeld. Denn was Ihr bester Freund Fabian haben wollte, das wollten Sie auch haben. Dieselbe Jeans, dieselben Zigaretten, dieselbe Musik. Dasselbe Mädchen. Er hat Ihnen Geschenke gemacht, und Sie haben diese dankbar angenommen. Er gab Ihnen das Gefühl, wertvoll zu sein. Und dann war da Bianca, dieses nette Mädchen, das klug genug war, Ihnen heimlich den Hof zu machen, sonst hätten Sie direkt dichtgemacht.«

Ich lege das Foto von Lena auf den Tisch, auf dem sie beide ausgelassen aus der Flasche trinken. Mark lehnt sich vor und sieht das Foto genau an.

»Bianca war nicht dieses kleine brave Ding. Sie hatte Sehnsüchte und Wünsche und wollte etwas anderes. Ich habe es erst nicht bemerkt, aber hinten links stehen Sie auf dem Foto. Sie sehen Bianca genau an, und wenn ich Ihr Gesicht richtig deute, ist es ein Grinsen, das sagt: Die gefällt mir.«

Mark legt den Kopf schief.

»Bianca wollte nichts von Fabian. Er war ihr zu aufgedreht, zu unsicher und unerfahren. Und Sie haben Ihren Freund absichtlich falsch beraten, damit die Sache in die Hose geht. Bianca gab Fabian den Laufpass und konzentrierte sich mit einem Mal auf Sie. Und Sie mochten dieses Spiel. Diese kleine Jagd aufeinander. So ging es den ganzen Abend. Sie haben sich gegenseitig beobachtet, und als Bianca allein die Party verließ, schlug Ihre Stunde, und Sie sind ihr mit dem Auto gefolgt. Es war kein Problem, sie zu finden. In der Nacht war wenig los. Sie stieg zu Ihnen ins Auto, und Sie fuhren zusammen weiter. Es sollte nur ein Mal sein. Ein einziges Mal wollten Sie den Triumph auskosten und etwas vor Fabian besitzen. Wohin sind Sie mit Bianca gefahren?«

»Wir sind …«, er stockt.

Sein Anwalt räuspert sich.

»Sagen *Sie* es mir doch«, sagt Mark und faltet die Hände zusammen.

»Ich weiß es nicht, aber ich kann es mir vorstellen. Bianca wollte etwas erleben, sie wollte den Kitzel spüren. Sie empfand Sie als autoritär. Ein erfahrener junger Mann mit harter Schale und mit einer Armlänge Abstand zugewandt. Das hat Bianca unwahrscheinlich angezogen. Sie wollten ihr etwas bieten, aber es sollte relativ nahe sein. Sie wollten nicht zu lange weg sein vom See, weil es sonst aufgefallen wäre. Sie haben sich ein kleines Nest gesucht, und ich wette, Sie hatten etwas zu Trinken dabei. Wodka? Ja, ich denke, es war Wodka.«

Ich nehme einen weiteren Schluck Wasser und lege ein Foto von Bianca auf den Tisch, das die Presse damals verwendet hat.

»Das hier war nicht Bianca. Das brave Mädchen, das den Kopf schief legt. Der süße Augenaufschlag. Sie wollte etwas erleben. Sie sind mit ihr in diese Ruine gefahren, ein Ort, wo viele sich heimlich mal zurückziehen. Zum Trinken, Drogennehmen oder zum Vögeln.«

Bei dem Wort zuckt er kurz zusammen, als hätte er einen Stich in den Nacken bekommen.

»Bianca wollte Sie. Ganz und gar. Aber Sie wollten Bianca nicht so schnell ranlassen, sondern mit ihr spielen und ein bisschen einschüchtern, damit Sie sich groß und mächtig fühlen konnten. Aber so kam es nicht. Bianca war außer Rand und Band, alkoholisiert. Enthemmt. Bianca hat sich auf Sie gestürzt. Diese verfallene Ruine im Dunkeln, das fand sie aufregend. Es war wie nachts bei Kerzenschein eine Gruselgeschichte vorzulesen. Sie wollte diesen Kitzel, diese Spannung spüren. Das genügte nicht. Da kamen Sie auf eine Idee.«

Mark fährt sich mit der Hand über den Mund.

»Es sollte noch unheimlicher sein«, sagt er leise. In seinen Gedanken ist er wieder in diesem Abend vor über zehn Jahren. Meine Methode hat funktioniert, ich habe seine Erinnerung wachgerüttelt und daran angedockt.

»Sie wollten Bianca weiter einschüchtern und gefügig machen. Sie sollte wirkliche Angst spüren und nicht blöde herumkichern, denn sonst würde das mit dem Sex nicht klappen. Aber Bianca ist ein mutiges Mädchen, sie ließ sich nicht so schnell verängstigen. Sie wollte hart rangenommen werden und Ihre Dominanz spüren. Also sind Sie mit ihr und der Flasche Wodka in den Wald gegangen, das sind fünf Minuten zu Fuß. Wir sind es abgegangen. Mark, was ist dann passiert? Beschreiben Sie es mir.«

Mark starrt auf die Tischplatte, als würde dort ein Film ablaufen, den nur er sehen kann.

»Wir gingen hinein … und anfangs funktionierte es. Sie wurde stiller, und ich ließ mit einem Mal ihre Hand los und ging ein paar Meter weg ins Dunkle. Ich hatte eine Taschenlampe aus dem Auto dabei. Durch die Bäume kam kein Licht, es war stockduster. Dann schlich ich mich von hinten an sie ran. Sie fand es geil, schrie, und ich schnappte sie, riss ihr die Bluse auf. Zog ihr den Rock runter, ging ihr an die

Brüste und fuhr ihr mit der Hand in den feuchten Schritt. Wir waren aufgegeilt. Ich hatte ein Kondom in der Tasche und hab sie von hinten genommen. Die Taschenlampe fiel zu Boden.«

Marks Gesicht ist rot vor Erregung.

»Aber dann ist etwas passiert, was Sie nicht bedacht hatten. Was war das?«

Mark beißt sich auf die Lippe. »Wir waren fertig, und plötzlich fing sie an zu lachen. So ein dämliches Mädchenlachen, und da brannte bei mir die Sicherung durch.«

»Bianca lachte Sie aus. Aber vielleicht fand sie die Situation nur lustig oder schräg.«

Mark deutet ein Nicken an.

»Was ist dann passiert?«, frage ich.

Mark schließt einmal die Augen.

Ottos sonore Stimme ertönt neben mir. »Erleichtern Sie sich nach all den Jahren und erzählen Sie es uns. Es wird Ihnen danach besser gehen.«

Mark hat Tränen in den Augen, als er hochblickt und Otto ansieht. Fast flehend.

»Woher wussten Sie es? Woher?«

Otto blickt auf ein Blatt und sagt. »Sie sagten, wir könnten keine DNA haben, die Kleidung sei verbrannt. Diese Information ging aber nie an die Presse. Nur der Täter konnte es wissen. Sie haben sich selbst verraten. Und: Wir wussten, dass Sie ein Kondom verwendet haben, denn sonst hätte man Spermaspuren gefunden. Aber Sie sind kein Vergewaltiger, der planvoll vorgeht und schon vorher weiß, dass die Spurensicherung diese finden würde.«

»Nein, ich bin kein Vergewaltiger«, sagt Mark leise. »Das bin ich nicht.«

»Mark, erzählen Sie, was passiert ist, nachdem Bianca gelacht hat.«

Er schnieft und zieht die Nase hoch.

»Ich habe sie geschlagen, ins Gesicht, so heftig, dass sie umfiel. Ich habe mich auf sie gestürzt und war so sauer auf Bianca, auf ihr blödes Spiel, und wie sie mich genarrt hatte. Und Fabian.« Er tippt sich an die Schläfe. »Dass ich so doof war und das mitgemacht und meine Freundschaft wegen ihr aufs Spiel gesetzt habe. Ich kam mir echt verarscht vor. Ich habe sie gewürgt. Und dann war da die leere Flasche.«

Er greift nach einer imaginären Flasche.

»Ich habe sie zertrümmert und ihr in den Hals gerammt, in ihren Unterleib. Immer wieder. Ich war so wütend und konnte gar nicht aufhören. Dann habe ich gedacht, ich muss hier abhauen, bin schon viel zu lange von der Party weg. Ich habe sie ein paar Meter weiter in diese Kuhle geschleift und das Feuerzeugbenzin aus meinem Zippo auf ihr ausgeschüttet und angezündet. Schwachsinnige Idee. Das brannte nicht lange. Dann habe ich Äste genommen und sie zugedeckt. Die kaputte Flasche habe ich mitgenommen und ihre Klamotten. Die Schuhe. Wegen der Fingerabdrücke, und habe alles unterwegs aus dem Fenster geworfen.«

»Hat Bianca zu dem Zeitpunkt noch gelebt?«

Er zuckt mit den Achseln. »Ich weiß es nicht.«

Otto legt das Foto der toten Bianca neben das der lebenden, die mit ihrer Freundin aus der Flasche trinkt.

»Sie ist erstickt. Sie wollten Bianca Jäger nicht töten. Sie wollten, dass sie still ist und Ihre Freundschaft nicht mehr stört.«

Tränen laufen über Marks Gesicht.

Er sieht hoch, durchlebt noch einmal die Tat. Gebückt sitzt er da, die Hände verkrampft, der Rotz läuft ihm wie eine Schneckenspur aus der Nase und in den Mund.

»Ich wollte …, dass es aufhört«, wimmert er. »Und ich will, dass es jetzt aufhört.«

Dann legt er den Kopf auf den Tisch und schluchzt so heftig, dass sein ganzer Körper bebt.

Zeit für eine Pause.

KAPITEL 88

Es ist Mittag. Personalwechsel.

Erkan ist von der Zeugenbefragung aus Gummersbach zurück und bringt uns auf den neuesten Stand. Er und sein Team waren in Fabians kleiner Wohnhütte. Die Jungs von der Spurensicherung in ihren weißen Schutzanzügen und Hauben haben jedes Staubkorn unter die Lupe genommen und einige Spuren sichergestellt. Währenddessen hat Erkan mit einem Kollegen die wenigen Nachbarn befragt, und natürlich hat keiner am Montag etwas Auffälliges beobachtet oder gesehen. Fabian wohnte in einem kleinen Häuschen, am Ende einer einsamen Straße, die sich in den Berg windet und an deren Fuß nur zwei Wohnhäuser stehen.

Viele Menschen wohnen in dieser Ecke des Bergischen Lands ohnehin nicht.

Eine Gegend, wo früher entlang der Flüsse die Holz- und Papierindustrie florierte und wo es heute Arbeitslosigkeit, frustrierte Teenager, dunkle Wälder und finstere Ecken gibt. Und ein paar vereinsamte Bushaltestellen, wo höchstens zwei Mal am Tag ein Bus kommt.

Wenn überhaupt.

Und in solch einer tristen, wenngleich grünen Ecke hauste Fabian.

Am Sonntagabend wurde er zuletzt gesehen. In der schummrigen Kneipe an der Straße, drei Kilometer weiter, wo er Stammgast war und oft seinen Deckel rund getrunken hat. So viele Striche bekam er für jedes Bier, dass der Kreis sich schloss. *The vicious circle.* Das war der Zeitpunkt, an dem Fabian Küster zuletzt lebend gesehen wurde.

»Knöpfen wir uns Mark Swoboda noch mal vor«, sagt Erkan entschlossen.

Ich verkrümele mich wieder hinter meinen Spiegel und sehe von dort aus zu.

Mark und sein Anwalt sind noch nicht da.

Erkan sitzt in einem nachtblauen Anzug und einem weißen Hemd mit einer schmalen Krawatte an seinem Platz. Otto in einem grauen Pullover neben ihm.

Die Tür geht auf, und Mark und sein Anwalt werden von einem Beamten hereingeführt. Sein Anwalt wird ihm erklärt haben, was auf ihn zukommt. Er nimmt Platz und wirkt erleichtert. Weil er es hinter sich hat, und diese Wahrheit, die ihm im Rachen steckte wie eine zu große Gräte, jetzt endlich heraus ist.

Mit all ihrer bedrückenden, dunklen Kraft.

Aber das dicke Ende kommt noch, denke ich mir.

Und stelle fest: Ich liebe diesen Job.

»Was gibt es denn noch zu besprechen?«, fragt Mark. »Ich habe doch schon alles gesagt.« Er kratzt sich mit dem Zeigefingernagel über die Wange.

»Wir machen es kurz und knapp«, beginnt Erkan. »Ich will Ihnen lange Herleitungen und das Vorstellen von Beweisen ersparen, Sie haben heute schon einiges durchgemacht.«

Mark nickt dankbar. Zustimmend.

»Wir nehmen Sie fest wegen des Mordes an Bianca Jäger und Fabian Küster.«

Mark springt von seinem Stuhl auf, so schnell, dass ich hinter meiner Scheibe zurückweiche. Er deutet mit ausgestrecktem Finger auf Erkan und schreit: »Das war ich nicht! Niemals!« Er brüllt seinen Anwalt an. »Los, sagen Sie es ihm, dass ich es nicht war. Ich bin unschuldig und würde niemals meinem Freund Fabian etwas antun.«

Erkan und Otto sitzen da wie die Ölgötzen.

Völlig unbeeindruckt und unbewegt.

»Jetzt setzen Sie sich mal wieder hin«, meint Otto streng und deutet mit dem Kinn auf den Stuhl. »Beruhigen Sie sich.«

Mark tippelt wie ein Boxer hin und her. Schließlich sieht er ein, dass es keinen Sinn hat, zu stehen, und setzt sich. Sein Anwalt klopft ihm auf die Schulter.

»Ganz ruhig, wir hören erst mal zu«, sagt der Anwalt leise.

»Was ist mit Fabian passiert? Wir wissen durch die Handyauswertung, dass Sie regelmäßig bei ihm waren und dass er unter falschem Namen im Bergischen lebte. Und wir werden sicherlich auch DNA-Spuren von Ihnen in der Wohnung finden.«

Mark legt sein Gesicht in seine Hände.

»Oh, Gott«, stammelt er. »Das ist ein Albtraum.«

»Lassen Sie sich Zeit«, sagt Otto. »Wir sind da. Den ganzen Tag und die ganze Nacht.«

Der Anwalt räuspert sich und will schon ansetzen, da erhebt Mark die Hand und bringt ihn damit zum Schweigen. Er zeigt mit dem Zeigefinger auf Erkan.

»Nur dass das klar ist. Ich habe Fabian Küster nicht umgebracht. Ja, ich habe ihn regelmäßig getroffen. Er war ein Junkie und hat sich dort verkrochen, wie ein Tier, das man ausgestoßen hat und das Schutz sucht. Das in einer Höhle haust. Er wollte alleine sein, hatte wenige Kontakte. An manchen Tagen zockte er stundenlang auf der Playstation und war nicht ansprechbar. Ich habe immer wieder nach ihm gesehen.«

»Wovon hat er gelebt?«

»Er hatte einen kleinen Job in einem Sägewerk, wo er Lastwagen mit Holz beladen musste. Lausige Bezahlung. Der Chef wusste von seiner Drogenabhängigkeit, und wenn er mal nicht zur Arbeit erschien, weil er drauf war, hat er ihm das Gehalt gekürzt.«

»Was haben Sie bei Ihren Besuchen gemacht?«

Mark verzieht den Mund zu einem Schluchzen, aber es kommt kein Ton aus seiner Kehle. Er fängt sich wieder.

»Meistens aufgeräumt, Abfälle beseitigt. Essen gebracht. Geputzt.«

»Haben Sie ihn nie gefragt, warum er seine Mutter und seine Schwester nicht sehen will?«

»Die waren ihm egal. Ich scheiß auf die, hat er gesagt. Auf meine ganze beschissene Familie. Verlogen hat er sie genannt.«

»Was meinte er damit?«

»Nach außen hin war alles schön und geordnet und gepflegt, aber innen drin war es lieblos und kalt. Er fand seine Schwester zickig und dumm. Seine Mutter ging ihm auf die Nerven, mit ihrer permanenten Neugierde, ihrem Hinterherspionieren. Nur wenn er sagte, dass er Zeit mit mir verbringen würde, war sie zufrieden. Ich war der Katalysator.«

Mark legt die Unterarme auf den Tisch und faltet die Hände zusammen.

»Ich habe Fabian nicht umgebracht, ich hätte keinen einzigen Grund, es zu tun.«

»Wusste Fabian, dass Sie Bianca Jäger getötet haben?«

Mark beißt sich auf die Lippe. Schüttelt den Kopf.

»Bitte sprechen Sie laut, für die Aufzeichnung«, sagt Otto.

»Nein, das habe ich niemandem erzählt«, sagt Mark. »Ich habe es all die Jahre für mich behalten. Es war beschissen.«

»Was ist im April 1993 passiert, als Sie Fabian das letzte Mal gesehen haben?«

»Fabian hatte ein Alkohol- und Drogenproblem, das war klar. Und er brauchte Hilfe. Das wusste er selbst und sprach in der Nacht, als wir ausgingen, von seinem Plan: ein neues Leben mit einer neuen Identität. Neu anfangen und alles hinter sich lassen. Ich sollte der Einzige sein, der es weiß. Früh am Morgen rief er mich an und hat nur gesagt, ich geh weg und mache einen Entzug. Das waren seine Worte am Telefon. Er klang wirr und fahrig. Sag mir, wo du hingehst, sagte ich, und er antwortete: Nein, ich werde es dir nicht verraten, ich melde mich bei dir. Ich habe ihn angefleht, ihm angeboten zu helfen. Aber er hat nur gesagt: Tschüss, Marki, und hat aufgelegt. Ich habe zurückgerufen, aber er hat nicht mehr abgenommen. Erst drei Jahre später hat er sich eines

Tages bei mir gemeldet. Einfach so, als wäre nichts gewesen. Das Telefon klingelte, und er war dran. Er sagte, er lebe jetzt ein neues Leben, unter neuem Namen und wolle nie wieder über die Vergangenheit sprechen. Wir trafen uns, aber er hatte sich verändert. Seine Persönlichkeit hatte sich verändert, er war nicht mehr derselbe.«

»Inwiefern?«

»Er war ängstlich geworden. Wollte sich immerzu zurückziehen. So war er früher nie gewesen. Diese großspurige Art, für die wir ihn in der Schulzeit gefeiert haben, die war weg, als hätte sie jemand rausgeschnitten. Seine Nerven waren angegriffen, und ich dachte mir schon, dass er bald rückfällig werden würde. Und so kam es dann auch.«

»Haben Sie damals den Abschiedsbrief für ihn geschrieben?«

Mark schüttelt heftig den Kopf. »Nein. Wieso sollte ich das tun? Das ist doch absurd. Ich habe den Brief nie gesehen. Fabians Mutter hat mir davon am Telefon erzählt.«

»Hatten Sie mit ihr noch Kontakt?«

»Es gab zwei, drei Telefonate nach seinem Verschwinden, aber dann war Schluss. Bis dieser Kranz plötzlich bei der Beerdigung auftauchte.«

»Wer hat den Kranz gesendet?

Mark lehnt sich auf dem Stuhl zurück. Legt die Hände in den Schoß. Die Spannung weicht aus seinem Körper. »Ich weiß es wirklich nicht«, sagt er erschöpft.

Von meiner Position hinter dem Spiegel beobachte ich genau Marks Gestik und Mimik. Tränen laufen seine Wangen herab.

Er hängt schlaff im Stuhl, und ich höre seine Stimme. Jede Nuance kann ich wahrnehmen.

»Ich schwöre, dass ich Fabian nicht getötet habe.«

Auch wenn ich es mir anders gedacht hatte und ihn als einen großen, notorischen Lügner einschätze, so komme ich jetzt zu dem entscheidenden Schluss: Mark Swoboda sagt in diesem Moment die Wahrheit.

Diesmal lügt er nicht.

Er hat Fabian nicht getötet.

KAPITEL 89

Otto und ich stehen zu zweit im Besprechungsraum des LKA vor den drei großen Tafeln mit allen Details zu »Fabian Küster«, »Bianca Jäger« und dem »Anhalter-Killer«.

Otto zeigt auf die Tafel von Bianca Jäger.

»Diesen Fall haben wir gelöst. Mark hat gestanden. Aber wer hat Fabian und die vier Mädchen ermordet?«

Er deutet auf die Porträts der vier jungen Frauen, die in einer Reihe untereinander stehen. Freundliche, junge Gesichter, als würden sie sich für einen Au-pair-Job in New York bewerben.

Ich habe die Fotos, die mir Lena Schreiber per Mail gesendet hat, als Ausdruck unterm Arm. Nehme Magnete und setze sie in zwei Reihen daneben. Es sind zwölf Fotos. Manche sind so dunkel, dass man nichts erkennen kann, außer Lagerfeuer und von einem Blitz erhellte, grinsende Gesichter und dahinter nur Schwärze und Nacht.

Ich trete einen Schritt zurück.

Unser Gehirn ist zu Erstaunlichem fähig. Es kann Dinge erkennen, bevor wir sie sehen. Wir können spüren, wenn jemand hinter uns steht oder uns aus der anderen Ecke eines Raums beobachtet. Wir können fühlen, bevor eine Berührung stattfindet.

Eine intuitive Wahrnehmung.

Und unser Gehirn kann Dinge verbinden, wenn sie sichtbar sind, was daran liegt, dass es permanent arbeitet und Neues mit dem abgleicht, was es gespeichert hat. Daher kommt das Phänomen des Déjà-vu. Einer Sequenz, die wir meinen bereits erlebt zu haben. Weil unser Hirn meldet, dass es dieses Erlebnis schon mal gab. Und manchmal braucht das Gehirn eine Krücke.

Mein Blick wandert über die Gesichter der toten Mädchen und über die Partyfotos von Lena.

Moment mal.

Ich höre auf, Kaugummi zu kauen.

Kann das sein?

Ich trete einen Schritt näher.

»Wer ist das?«, sage ich und zeige auf das elfte Foto vom Escher See. »Das Mädchen da, zwischen den beiden Jungs am Lagerfeuer. Die mit der Flasche in der Hand.«

Mir wird warm. Mein Herzschlag beschleunigt.

Otto geht näher ran. Beugt sich runter.

Studiert aufmerksam das Foto. Hebt den Kopf und schaut mir mit einem ernsten, tiefen Blick direkt in die Augen.

Er denkt, was ich denke.

Ich bekomme eine Gänsehaut.

»Sie sieht genau aus wie die toten Anhalterinnen«, sagt er. »Die Ähnlichkeit ist verblüffend.«

»Wer ist das?«, frage ich, ziehe dabei mein Handy aus der Hosentasche und wähle die Nummer von Lena Schreiber.

KAPITEL 90

Otto und ich sitzen an dem Besuchertisch der JVA und warten.

Ramona hat etwas Krähenartiges an sich, als sie hereingeführt wird, mit ihren schwarzen Haaren und den zu großen Klamotten auf ihren knochigen Schultern. Sie ist erstaunt, als sie uns sieht, und zugleich flackert ein wenig Freude über ihr Gesicht.

Ich habe ihr ein Bounty auf den Tisch gelegt. Da hätte ich früher darauf kommen können, dass ein Snickers Quatsch ist. Ramona sieht es und reißt die Augen auf, will danach greifen, aber überlegt es sich im letzten Moment anders.

Ihre Hand zuckt wieder zurück.

»Greifen Sie zu, wenn Sie wollen«, sagt Otto einladend.

Sie presst die Lippen aufeinander, grapscht danach, reißt langsam das Papier auf und beißt genüsslich in einen der braunen Riegel. Wenn die wüsste, dass da gar kein Kokos drin ist.

»Ramona, wir bitten Sie, ein Foto anzusehen und uns zu sagen, wen Sie darauf erkennen können«, sagt Otto.

Er legt Lenas Foto vom Escher See vor sie auf den Tisch.

Ramonas Blick verfolgt Ottos Bewegungen.

Sie hört kurz auf zu kauen.

»Wo haben Sie das denn her?«, fragt sie kaum verständlich und isst weiter.

»Können Sie die Personen darauf erkennen?«, fragt Otto.

Ramona sieht uns belustigt an.

»Scheiße, wie die Zeit vergeht.« Sie steckt sich den nächsten Riegel in den Mund, kaut weiter. Bräunlicher Speichel sammelt sich in ihren Mundwinkeln.

»Da-bich«, sagt sie mit vollem Mund.

Ich verstehe kein Wort.

»Essen Sie erst zu Ende«, schlägt Otto vor.

»Ab zwanzig Gramm wird es undeutlich«, erkläre ich mit einem Zwinkern und grinse sie breit an.

Ramona kaut rhythmisch und schluckt. Der Mund ist leer.

»Meine Güte, war das lecker. Danke.« Sie tippt auf das Foto. »Das auf dem Foto da, das bin ich. Unglaublich, oder? Ich war echt fett. Da hatte ich noch hellbraune Haare. Kaum wiederzuerkennen, was?«

Sie sieht uns triumphierend an, mit ihren schwarzen Haaren und den kajalumränderten Augen. Den dünnen Brauen.

Ramona denkt wirklich, dass sie heute um Längen besser aussieht. Ich würde ihr gern reinen Wein einschenken. Sie weiß nicht, dass sie den Opfern des Anhalter-Killers auf frappierende Weise ähnlich sieht. Unsere Reaktionen sind nicht das, was sie erwartet hat, und sie kratzt sich verlegen am Schlüsselbein. Ich hoffe, dass der Zucker mittlerweile ihr Hirn geflutet hat und wir einen lichten Moment erleben.

»Bitte erinnern Sie sich noch mal an den Abend am Escher. Mit wem hatten Sie engeren Kontakt.«

Sie verdreht die Augen. »Das habe ich Ihnen doch schon gesagt. Mit Fabian, der ollen Zecke. Mann, war der druff.«

Ich schalte mich dazwischen. »Sie waren intim, das wissen wir. Mit wem hatten Sie noch Kontakt? Gab es andere Männer, mit denen Sie an dem Abend zusammen waren. Hat Sie jemand mit Fabian beobachtet? Haben Sie einen abgewiesen? Verärgert? Ist Ihnen einer nachgelaufen?«

Otto legt seine Hand kurz auf meinen Unterarm und stoppt den Fragenschwall.

Ramona ist davon vollkommen überfordert. Sie lehnt sich auf dem Stuhl zurück und verschränkt die Arme vor der Brust.

»Worum geht es hier eigentlich?«, sagt sie.

Ich stütze meinen Ellbogen auf und lege mein Kinn in die Hände.

Otto nimmt das Foto und hält es hoch.

»Sie sehen auf dem Bild vier Mädchen äußerst ähnlich, Anhalterinnen, die in den Monaten nach dem Mord an Bianca Jäger umgebracht wurden. Wir glauben, dass der Mörder an dem Abend am Escher See war. Und wir fragen uns, ob Sie ihm begegnet sind.«

»Was?« Sie verengt die Augen zu Schlitzen und schüttelt ungläubig den Kopf.

»Ramona, ich glaube, dass der Mörder der Mädchen eine schwere sexuelle Störung hat und sich an einem Frauentypus rächen will. Weil er womöglich gedemütigt wurde und nicht das bekam, was er wollte. Daher die Frage, ob Sie an dem Abend mit weiteren Männern zu tun hatten.«

Ramonas Murmeln im Kopf schwingen langsam. Es dauert, bis sie an ihren Platz gefallen sind. Sie öffnet den Mund und schließt ihn wieder, sieht durch mich hindurch.

»Ich hatte mit niemand anderem was an dem Abend«, erklärt sie, und es klingt, als stünde sie vor Gericht und müsste eine Aussage machen und möglichst deutlich sprechen. »Ich habe mit keinem anderen geflirtet, aber ich war scharf auf Drogen, und als ich erfuhr, dass Fabian was dabeihatte, dachte ich mir, yeah, jetzt lassen wir die Kuh fliegen. Und ja, ich hatte Sex mit Fabian. Oder so ähnlich.«

»Was war daran ungewöhnlich?«

Ihre Augen erinnern mich an Hundeaugen. Leicht treudoof.

»Na ja, der war echt hart drauf.«

Sie schluckt einmal.

Keiner sagt etwas.

»Was heißt das? Hat er Sie vergewaltigt?«, frage ich Ramona.

Sie sieht mich an und schüttelt den Kopf.

»Nein, der war nur total wild, küsste mich überall, steckt seine Finger in mich rein. Das war, als ob er mich auffressen wollte, in mich reinkriechen. War geil, aber auch unheimlich. Der war echt drauf. Dann hat er versucht, mich zu ficken, aber es ging nicht, und da hat er angefangen zu heulen, wie ein kleines Kind, fiel auf mich drauf und hat sich wie ein Äffchen festgeklammert. Der konnte sich gar nicht beruhigen. Schließlich rollte er von mir runter, stand auf, und ich sah ihn im Mondlicht. Wir lagen hinter so einem hohen Busch. Und ich schaute auf seinen Schwanz, und der war echt klein. Wie von einem Kind. Und ich musste grinsen, weil ich die ganze Zeit nichts gespürt hatte, als er in mir war. Gar nichts. Null. Nada. Nullinger.«

»Was ist dann passiert?«

»Er hat nichts mehr gesagt, hat irgendwas gemurmelt und seine Sachen angezogen und ist zu den anderen zurück. Ich habe mich verkrümelt; hatte keinen Bock mehr auf diese Bande am See.«

In meinem Kopf rattert es gewaltig.

»Warum haben Sie das nicht gleich beim ersten Mal erzählt?«

»Weiß ich, dass ihr euch für schlechten Sex interessiert?«

Ich sehe Otto an und bemerke: Wir beide denken dasselbe.

Wie konnten wir das nicht sehen.

KAPITEL 91

Es gibt eine Möglichkeit, herauszufinden, ob Fabian Küster die Anhaltermädchen auf seinem Gewissen hat. Ein DNA-Abgleich. Kaum dass wir die JVA in Ossendorf verlassen haben, ruft Otto im LKA an und beauftragt einen Abgleich der DNA von Fabian Küster mit der Spermaprobe des Anhalter-Killers. Diesmal sind wir uns sicher, dass es ein Treffer sein wird.

Wenn nicht, sind wir richtig gearscht.

Gegenüber der JVA ist eine Tankstelle, und ich deute darauf.

»Ich brauch einen Kaffee«, sage ich, und Otto nickt.

»Gute Idee.«

Ich lasse uns zwei schwarze Kaffee aus dem Automaten in der Tanke raus und zwei so Minifläschchen Korn dazu. Ich habe mich schon immer gefragt, wer eigentlich diese kleinen Schnapsdinger kauft. Was sind das denn nur für Leute?

Jetzt weiß ich es: solche wie ich, die es tagsüber brauchen.

Mein Körper schreit nach Alkohol und Entspannung.

Dieser Fall macht mich kirre.

Otto wartet vor der Tür, und ich beobachte einen Typen, der seinen Porsche betankt. Ich reiche ihm seinen Kaffee. Er entdeckt die Schnapsfläschchen in meiner Hand und sieht mich streng an.

»Ich brauche das jetzt«, erkläre ich, drehe die kleine Kappe ab, lege den Kopf in den Nacken und lasse die scharfe Flüssigkeit mit einem Gurgeln in meinen Mund fließen.

»Du fängst jetzt nicht an zu trinken«, herrscht er mich an. »Du bist im Dienst.«

Er packt mich am Arm und schüttelt mich.

»Du darfst nicht trinken, hörst du!«

»Aua, das tut weh. Geht's noch?«, sage ich, reiße meinen Arm los und stapfe mit dem Kaffee in der Hand von ihm weg.

So ein Arsch.

»Lupe«, ruft Otto mir nach. »Es tut mir leid, warte doch. Verdammt.«

Er rennt mir hinterher, der Kaffee in seiner Hand schwappt über den Rand und verbrüht ihm die Haut. Otto flucht laut und schmeißt den Becher in hohem Bogen ins Gebüsch.

Ich setze mich auf die niedrige Mauer, die das Gelände der Tankstelle umfasst.

»Es tut mir leid. Ich wollte dir nicht wehtun.«

»Hast du aber«, sage ich pampig.

Wobei ich das mit dem übergeschwappten Kaffee schon lustig fand.

Kleine Sünden und so.

»Fang nicht an zu trinken, wenn es stressig wird. Deswegen ist meine Ehe kaputt gegangen. Bei mir hat es damit angefangen, dass ich tagsüber getrunken habe. Genau diese kleinen Dinger hier. Die habe ich ständig in mich hineingeschüttet und mich damit betäubt.«

Ich klopfe mit der flachen Hand auf den Platz neben mir, und Otto setzt sich zu mir und reibt über seine verbrannte Hand.

»Es ist nur Kaffee«, erkläre ich, und er hört auf zu reiben.

»Ich erzähle dir jetzt was, und möchte, dass du es für dich behältst.« Er hält den Zeigefinger hoch.

»Versprochen«, antworte ich.

»Ich habe dir ja gesagt, dass die Ehe mit Elisabeth in die Brüche ging. Sie hat einen neuen Mann kennengelernt und mir eines Tages eröffnet, dass sie mich verlässt. Ich habe sie angefleht, das nicht zu tun, denn ich liebte sie, aber der Job fraß mich auf. Sie blieb hart und sagte, ich sei schließlich schuld daran, packte ihre Sachen und ging. Ich habe mich volllaufen lassen und in den Tagen danach herausgefunden, wer der neue Macker war. Ich habe ihn beschattet, war wie im Wahn. Bin den beiden heimlich gefolgt, egal, wo sie hin sind, weil ich ihr das nicht gönnen konnte. Sie sollte auch leiden, so wie ich. Dann, an einem Abend, habe ich ihrem Typen aufgelauert.«

»Hat der Mann auch einen Namen?«

»Nein, der heißt bei mir nur ›der Typ‹. Okay? Ich bin dem hinterher und war weit davon entfernt, nüchtern zu sein. Der Typ hat es bemerkt und fährt auf einmal rum wie eine Natter und geht auf mich los. Es wurde eine wüste Schlägerei, und er nahm eine Flasche, zerbrach sie am Boden, holte aus und …«

Otto ahmt eine schwingende Bewegung mit seinem ausgestreckten Arm nach.

»… zack! Erwischt er mich an der Schläfe. Es blutete wie verrückt.«

Er faltet seine Hände zusammen und legt sie in den Schoß.

Ich räuspere mich. »Was ist dann passiert?«

»Ich bekam eine fette Anzeige und durfte mich meiner Frau und dem Typen nicht mehr nähern. Musste einen Entzug und eine Therapie machen. Meine Tochter wollte von mir ebenfalls nichts mehr wissen, packte ihre Koffer und verschwand. Alles scheiße, deine Erna.«

»Da haben sie dir mal so richtig die Hosen runtergezogen. Seitdem magst du Psychotherapeuten nicht.«

Otto schnaubt. »Ja, das war ein ziemlicher Striptease. Unterm Strich war es genau das Richtige; eine Rettung in letzter Minute. Es war die letzte Ausfahrt für mich. Und ich habe sie genommen. Klopf auf Holz.«

Ich lege eine Hand auf seine Schulter. »Tut mir leid, das mit deiner Frau.«

»Danke. Mir tut's leid, dass ich dich so angefahren habe, es war nicht so gemeint.«

»Ich hab es jetzt verstanden. Verziehen.«

Ich biete ihm meine Gettofaust an, und er schlägt einmal an.

»Ich arbeite wirklich gern mit dir, Lupe.«

»Und ich mit dir, Otto. Was mache ich jetzt mit dem zweiten Korn?«, frage ich.

»Stecke das Fläschchen ein und gib es jemandem, der es wirklich nötig hat.«

Ich schiebe den Korn in die Seitentasche meiner Lederjacke.

Otto steckt sich einen Kaugummi in den Mund. »Wenn du nervös bist, kau Kaugummi. Das hilft beim Entspannen.«

»Ich will wissen, wer Fabian Küster ermordet hat. Die Person wusste, wo er wohnt, aber warum wurde er in Köln aufgehängt?«, frage ich und werde wieder dienstlich.

»Vielleicht war Fabian unterwegs und wurde erkannt. Fiel seinem Täter in die Hände«, antwortet Otto.

»Was war das Motiv des Täters?« Ich stehe auf und klopfe mir die Jeans sauber.

Er kratzt sich den Bart.

»Wir sollten die Küsters über den neuesten Stand der Ermittlungen informieren. Und herausfinden, ob sie nicht doch Dreck am Stecken haben und mehr über das Verschwinden von Fabian wissen, als sie zugeben.«

Ich sehe Otto einen Moment lang an.

»Die verlogene Familie«, zitiere ich Mark aus seiner Vernehmung.

»Genau.« Er streicht den Pullover über seinem Bauch glatt. »Bohren wir nach. Ich wette, wir stoßen auf Öl.«

KAPITEL 92

Es ist 16:45 Uhr. Otto und ich sitzen im geparkten Auto vor dem Haus der Familie Küster und schmieden einen Plan. Otto spricht mit Gabriele, und ich knöpfe mir Annika vor.

Der Weg zum Schäfer führt über die Schafe.

»Wir sind im Wohnzimmer«, sagt Annika und bittet uns herein. Ihr Atem riecht nach Cognac. Annikas Augen sind verquollen. Sie hat eine enge schwarze Hose und eine weiße gestärkte Bluse an.

Gabriele lächelt freundlich und steht aus dem Sessel auf. Ein Rätselheft liegt auf dem Glastisch. Ein Kuli daneben. Sie trägt Schwarz von Kopf bis Fuß. Eine Bluse mit einem Stehkragen, einen knielangen Rock. Strumpfhosen und Lackpumps.

Ihr Gesicht wirkt bei dem vielen Schwarz heller, fast strahlend.

»Herr Hagedorn, Frau Svensson, was kann ich für Sie tun?«, fragt Gabriele, faltet ihre Hände im Stehen, als wollten wir eine Küche bei ihr kaufen.

»Wir möchten Sie über den neuesten Stand unserer Ermittlungen informieren«, beginnt Otto. »Setzen wir uns?«, fragt er und zeigt zum angrenzenden Esstisch.

»Ja, bitte«, antwortet Gabriele und deutet mit einer einladenden Geste zum Tisch.

»Möchten Sie was trinken?«, fragt Annika.

Sie steht da wie ein Kind mit leeren Händen und braucht eine Aufgabe.

»Nein, für mich nichts, danke«, brummt Otto.

»Ich nehme auch so einen Cognac oder Weinbrand. Und ein Glas Leitungswasser dazu«, sage ich und lächele.

Annika wird rot und haucht in ihre hohle Hand.

»Machen Sie sich nichts draus. Unter diesen Umständen bräuchte ich auch was Stärkeres.«

»Möchten Sie wirklich einen? Sie sind doch im Dienst, dachte ich. Ich hole Ihnen ein Wasser aus der Küche.«

»Ich komme mit.«

Es läuft genau nach Plan.

Annika schenkt mir zaghaft einen französischen Cognac in ein kleines, bauchiges Weinbrandglas ein und bleibt dabei deutlich unter dem Eichstrich. Eine Pfütze.

»Sie brauchen sich nicht zu schämen«, sage ich. »Schenken Sie nur ordentlich ein.«

Sie kippt nach und reicht mir das Glas. In ein zweites fülle ich mir das Wasser.

Ich nehme ihr den Schwenker aus der Hand, zwinkere ihr dankend zu und stecke die Nase hinein. Das ist jetzt angeordnetes Trinken. Es muss sein.

»Was ist mit Ihrem Gesicht passiert?«, fragt sie.

Dabei habe ich den blauen Fleck an meiner Schläfe von Marks Schlag gut überschminkt. Das Pflaster am Kopf ist unter meinen zusammengebundenen Haaren versteckt.

»Ein Sportunfall. Ich bin gestürzt.« Ich stecke die Nase wieder ins Glas. »Der riecht malzig, gar nicht so scharf«, sage ich anerkennend und trinke einen kleinen Schluck.

»Ist noch von meinem Vater«, erklärt Annika, »ist bestimmt

schon fünfzehn Jahre alt, den hat er nie getrunken. Jetzt, wo er tot ist, können wir auch seine Alkoholvorräte wegtrinken.« Sie nimmt die Flasche am Hals hoch und betrachtet das Etikett. »Sieht teuer aus. Vermutlich ein Präsent eines Kunden. Keine Ahnung, wo er den herhat.«

»Sagen Sie, Ihr Vater. Was war der für ein Mensch?«

»Warum fragen Sie?«

»Wir haben uns gefragt, wie Fabians finanzielle Situation als Abiturient war. Und da meistens die Väter das Finanzielle regeln, habe ich mir gedacht: Ich frage mal, wie Ihr Vater in diesem Punkt war. Großzügig? Geizig? Hatten Sie Einblick in seine Geschäfte?«

Annika wehrt ab. »Oh, nein, Gott bewahre, mein Vater war da eine Mauer, vollkommen verschwiegen. Seine Finanzgeschäfte regelte er autark, da hatten wir Kinder keine Kenntnis. Er konnte großzügig sein, aber dafür forderte er auch etwas.«

»Was denn?«

»Leistung. Es gab Geschenke für gute Zensuren oder einen Pokal beim Tennis. Ein bestandenes Examen. Eine Schippe drauf, wenn es mit Auszeichnung war.«

Was es bei ihr hundertprozentig war, das brauche ich nicht nachzufragen.

Die liebe, fleißige Tochter.

»Ihr Bruder war in dem Punkt eher eine Enttäuschung, oder?«

Ich nippe noch mal am Cognac, der meine Kehle hinabbrennt. Gutes Zeug.

»Fabian war im Tennis gut, aber in der Schule mittelmäßig. Außer in der Zeit, in der er in Amerika auf der Highschool war, da besserten sich seine Noten.«

»Was glauben Sie, wie viel Erspartes hatte Ihr Bruder, als er verschwand?«

Annika zuckt mit den Schultern.

»Wir Kinder bekamen zum Geburtstag und zu Weihnachten Geld auf unsere Konten überwiesen, da kam schon was zusammen. Ich erinnere mich nur, dass meine Mutter nach seinem Verschwinden berichtete, sein Konto sei von ihm leer geräumt worden, aber ich weiß nicht mehr, wie viel drauf war. Ich kann in den alten Unterlagen nachsehen, wenn Sie wollen. Mein Vater hat alles akribisch aufgehoben. Jetzt habe ich ja Zugang.«

»Machen Sie das. Und schauen Sie nach Überweisungen ins benachbarte Ausland. Nach Holland. Annika, Ihr Bruder war süchtig. Er hatte ein Drogenproblem und hat sich im Mai 1993 in eine Klinik in den Niederlanden einweisen lassen. Wir haben das von einer ehemaligen Krankenschwester erfahren. Er war unter falschem Namen dort.«

»Was?« Annika lässt ihr Glas ungläubig sinken. Sie deutet in das Nebenzimmer. »Weiß meine Mutter das?«

Ich schüttele sanft den Kopf. »Ihre Mutter ist der festen Überzeugung, dass Ihr Bruder nichts mit Drogen am Hut hatte. Wir wissen aber, dass er sie nahm und abhängig war.«

Annika lässt sich auf einen Küchenhocker sinken und legt eine Hand auf den Mund. Starrt auf den Fußboden. Denkt nach.

»Ich setze mich nachher direkt an die Kontoauszüge. Zum Glück muss man die ja zehn Jahre aufbewahren. Sonst wären sie wohl schon im Reißwolf.«

»Das könnte helfen zu verstehen, was damals passiert ist. Und ergibt womöglich einen Hinweis darauf, wer Ihren Bruder ermordet hat. Ich habe noch eine Neuigkeit für Sie: Wir wissen jetzt, wo er all die Jahre war«, sage ich.

Annika erstarrt.

Atme weiter, denke ich.

»Wo denn?«, fragt Annika schließlich und sieht mich zögerlich an, als wollte sie die Antwort gar nicht wissen.

Ich berichte von dem Nachbarn und Charly, dem Tätowierer,

und von seiner Bude im Bergischen. Und dass ihr Bruder Andreas Müller hieß. Dass Mark mit ihm Kontakt hatte, verrate ich nicht.

Annika sieht mich ungläubig an, als hätte ich ihr ein Märchen aufgetischt.

Ich weiß, was sie jetzt denkt.

Der verschwundene Bruder, der der Familie verheulte Abende bereitete.

Ärger und schlaflose Nächte.

Der Kummer und Sorgen brachte.

Der Bruder saß im Bergischen, zugedröhnt, und fristete sein Leben wie ein Eremit. Kein Studium oder toller Job, keine süße Familie und kein schickes Auto.

Kein Erfolg. Nur Rausch und Eskapismus.

»Aber wer hatte ein Interesse, meinen Bruder zu töten?«

Ich kippe den restlichen Cognac in einem Zug runter.

»Das wüsste ich auch gern, darauf können Sie wetten.«

KAPITEL 93

Feierabend. Auf dem Weg nach Hause halte ich beim Discounter und hole mir lauter ungesunde Sachen: Minipizzateilchen zum Aufbacken, Nachos mit Käsesauce, Tiramisu in der Riesenschale. Eine Tafel Vollmilch-Nuss mit ganzen Nüssen. Cola. Weißwein. Die eine der beiden Plastiktüten beult aufgrund des Pizzakartons spitz aus, und als ich mit der Schulter die Haustür aufdrücke, sehe ich, dass in meinem Briefkastenschlitz ein Päckchen steckt.

Papa hat mir mal wieder ein Buch gesendet.

Das macht er häufiger, wenn er eines ausgelesen hat und es gut fand. Dann steckt er es in die Post. Vorher klebt er ein Post-it auf den Einband und schreibt mit Füller einen Hinweis darauf: Das solltest du unbedingt lesen. Oder so.

Ich ziehe das schmale Päckchen aus dem Briefschlitz, schiebe es mir zwischen die Zähne und trage es, zusammen mit den Einkaufstüten, nach oben in meine Dachgeschosswohnung. Während der Ofen vorheizt, dreht sich die Käsesauce in der Mikrowelle, und kaum macht es pling, tauche ich das erste Nacho-Dreieck in die dampfende, warme Masse. Und noch eins.

Kauend nehme ich das Päckchen und sehe auf das Adressfeld.

Ich stutze.

Das kam nicht mit der Post.

Es ist keine Briefmarke darauf.

Da steht nur mein Name. Lupe Svensson.

Und die Schrift, mit der es geschrieben wurde, kenne ich.

Aber es ist nicht Papas Schrift.

Es ist genau dieselbe, die auf der Karte und dem Brief an Gabriele war. Von Fabian.

Ich angele mein Handy aus der Tasche und wähle Ottos Nummer.

Er geht sofort dran.

»Ich habe komische Post«, sage ich.

»Komisch im Sinne von lustig oder im Sinne von merkwürdig?«

»Es ist die Handschrift von der Karte an Gabriele«, antworte ich stumpf.

Otto atmet laut aus. »Was ist drin?«

»Soll ich es aufmachen?«

»Ja.«

»Wie groß ist es?«

»Wie ein Taschenbuch«, sage ich, klemme das Handy unter mein Ohr und schlitze den Umschlag mit einem scharfen Messer auf.

»Es ist eine Videokassette. VHS.«

»Hast du einen Videorekorder?«, fragt Otto.

»Otto, wir haben 2003, niemand hat mehr einen VHS-Rekorder. Heute ist alles auf DVD. Hast du einen?«

»Ich geh lieber ins Kino«, antwortet er.

Ich höre ein Murmeln im Hintergrund. Er spricht mit jemandem, gefolgt von Schlüsselklappern und Türenschlagen.

»Ich komme vorbei und hole dich ab. Wir fahren ins Präsidium. Dort gibt's einen.«

»Haben Sie die Kassette angefasst?«, fragt der Kollege Hanno Müller im Präsidium streng, während er sie vorsichtig mit Handschuhen entgegennimmt. Wir sitzen in dem Technikraum im Erdgeschoss. Der Kollege riecht nach kaltem Rauch und sieht mich stirnrunzelnd an.

»Ja, hat sie, Hanno, und nun tu das Ding rein und lass uns sehen, was da drauf ist«, brummt Otto.

Der Kollege schüttelt verständnislos den Kopf und schiebt die Kassette ein. Drückt Knöpfe. Auf dem Bildschirm erscheint ein schwarz-weißes Flirren.

»Weißt du noch, was du gesagt hast, als du die Bedienungsanleitung in Fabians Zimmer gefunden hast?«, frage ich.

Otto sieht mich aufmerksam an.

Sein Blick geht an mir vorbei ins Leere. Er denkt nach.

»Du hast gesagt, auf dem Band ist womöglich sein Entführer zu finden«, erkläre ich.

»Ja, ich vergesse immer mal wieder, dass du diesen verdammt guten Speicher hast.« Er tippt sich an die Schläfe.

»So, bitte«, sagt der Kollege von der Technik und deutet auf den großen Monitor.

Das Gesicht einer jungen Frau erscheint für eine Sekunde von der Seite. Mit halblangen dunkelblonden Haaren.

Sie bemerkt die Kamera nicht, geht an ihr vorbei.

Und steuert auf ein parkendes Auto zu.

Die Kamera verändert ihre Position nicht.

Jetzt steht die Frau am Kofferraum. Ihr Gesicht ist freudig, und sie öffnet den Deckel, steckt den Kopf hinein, als wolle sie Einkäufe herausholen. Ihr Oberkörper verschwindet aus dem Blickfeld der Kamera, die leicht wackelt.

»Ein Urlaubsvideo«, stöhnt der Kollege, »echt jetzt, dafür habt ihr mich hierhergeholt?«

Ich starre darauf.

»Das ist kein Urlaubsvideo«, sage ich tonlos. »Das ist was ganz anderes.«

KAPITEL 94

Freitag, 20. November 1992. Am Waldrand

»Jetzt habe ich dich«, sagte er leise in die Kamera, und jedes Mal, wenn er später das Video wieder ansah, war das der Moment, in dem es in seiner Hose zuckte und ihm das Blut in die Schwellkörper schoss.

Der Kopf von Tereza war im Kofferraum seines BMW verschwunden. Er liebte dieses Auto, das er sich heimlich gekauft hatte.

Nur er wusste, dass der Kofferraum leer war. Da war nichts außer den Dingen, die sie alle übersahen. Die Seile. Die Plastiktüte.

Keine von ihnen fand das komisch. Alle suchten sie nach dem dämlichen kleinen Hundewelpen, den es gar nicht gab. Bei jedem neuen Opfer wunderte er sich, dass es wieder funktionierte. Und wie hohl sie waren, was seine Lust, sie zu töten, zusätzlich befeuerte. Er konnte Dummheit einfach nicht ausstehen.

Sie machte ihn fuchsteufelswild.

Wer bitte transportiert denn einen schlafenden Hundewelpen im Kofferraum?

Und jedes Mal, wenn er es erwähnte, wollten sie ihn sehen.

»Der muss mal Pipi, glaube ich«, sagte er stets.

Er hatte für den Fall, dass es nicht klappte, die alte Knarre seines Vaters im Handschuhfach. Munition besaß er keine, aber der Schockeffekt war wichtig. Denn wenn die ersten Sekunden vorbei sind, kommt der Fluchtreflex, und dann würden sie wegrennen.

Taten sie aber nie.

Sie stiegen neugierig aus, gingen um das Auto herum und starrten in den leeren Kofferraum. Erstaunt, und für eine Sekunde ahnten sie, dass etwas nicht stimmte.

Gutes Timing war alles.

Das war genau die Sekunde, in der er neben sie trat und ihnen die Spritze in den Hals rammte. Sie rissen die Augen weit auf und fassten im Reflex an die Einstichstelle, während ihre Knie zu Gummi wurden.

Und sie lautlos vor ihm zu Boden sackten.

Die Kamera tastete das auf dem Boden liegende Mädchen ab. Die Aufnahme begann bei den Füßen, die gefesselt waren, und wanderte nach oben. Über die heruntergezogene Jeans, ihr entblößtes Becken, ihren nackten Oberkörper, die Brüste, bis zum Kopf, der wie gebettet im Gras lag. Das Gesicht, das schlaftrunken aussah, die Lider schwer und flatternd.

Die Kamera ging nah dran, sodass ihr schwacher Atem zu hören war, und ihre fast tonlosen Worte, die über die trockenen Lippen kamen.

Letzte Worte der Hilflosigkeit und der Angst.

Dann zog sich die Kamera langsam zurück, bis wieder der gesamte Körper zu sehen war.

Das Bild wackelte unruhig hin und her, dann stand die Kamera fest und bewegte sich keinen Millimeter mehr.

Der Film lief weiter.

Ein junger Mann erschien jetzt seitlich vor der Linse.

Ein blitzendes Messer in der zitternden Hand.

Er drehte sich einmal zur Kamera, und in seinen Augen loderte Hass.

Dann kniete er nieder, holte aus und rammte, begleitet von einem hektischen Stöhnen, dem Mädchen das Messer in den Unterleib.

KAPITEL 95

Ich schaffe es bis zu dem schwarzen Mülleimer in der Ecke und kotze in einem einzigen Schwall die Nachos aus. Der Geruch ist widerlich und lässt meinen Magen erneut umdrehen, aber diesmal kann ich es zurückhalten. Mein Atem geht schwer, und Otto steht neben mir. Ich sehe nur seine Schuhe.

Langweilige Halbschuhe aus braunem Leder.

Du brauchst andere Schuhe, denke ich.

Er reicht mir wortlos zwei Blätter Küchenrolle, und ich schnappe sie, ohne hochzusehen, wische mir den Mund sauber und bedecke damit das Erbrochene im Mülleimer.

Mit einer Hand löse ich den dünnen, durchsichtigen Müllbeutel und knote ihn zu.

Als ich mich aufrichte, wird mir kurz schwarz vor Augen.

»Kaugummi?«, fragt der Kollege, der das Video eingelegt hat, und reicht mir einen Spearmint, den ich dankbar annehme.

Der Monitor, auf dem eben noch der Film lief, ist dunkel. Er hat die Aufnahme gestoppt.

Otto ist etwas blass um die Nase. »Geht's wieder?«

»Hast du das gesehen?«, frage ich.

Otto nickt.

»Es besteht kein Zweifel?«

»Der junge Mann auf dem Video ist Fabian Küster. Und die junge Frau ist sein zweites Opfer, Tereza Vojta.«

»Was machen wir jetzt?«, frage ich.

»Lupe, hol dir unten am Automaten eine Cola. Sieht nicht so aus, als wär hier noch mehr drauf, aber ich schaue es schnell durch.«

»Okay«, antworte ich und habe trotz Kaugummi einen üblen sauren Geschmack im Mund. Mit dem Mülleimer in der Hand trotte ich zur Tür.

»Ich warte hier vor dem Raum, und wenn du fertig bist, holst du mich. Okay?«

»Versprochen«, sagt Otto. Seine Augen sehen müde und traurig aus.

Ich kann mir was Schöneres an einem Donnerstagabend vorstellen, als selbst gedrehte Snuff-Videos anzusehen.

Ich entsorge den Müllbeutel im Erdgeschoss, schnorre mir von dem Mann am Empfang eine Zigarette, die er mir sofort und widerspruchslos gibt (ich muss echt schlimm aussehen) und rauche sie mit tiefen Zügen vor der Eingangstür des Präsidiums.

Anschließend gehe ich auf die Toilette.

Das Licht geht mit einem einzigen großen Flackern an und ist zu hell.

Ich betrachte mich im Spiegel und stelle fest, dass ich beschissen aussehe. An der Schläfe leuchtet der lila gefärbte Bluterguss von Marks Schlag. Das Make-up ist futsch. Meine Augen liegen in tiefen Höhlen, und ich habe Augenringe, bis der Arzt kommt. Ich drehe den Wasserhahn auf und lasse das eiskalte Wasser einen Moment laufen, halte beide Hände darunter und spritze es mir mehrfach ins Gesicht.

Als es kurz vor Taubheit ist, drehe ich den Hahn zu, hebe das Kinn und sehe zu, wie das Wasser an den Wangen nach unten läuft und abtropft.

Back to Business.

Er hat seine Taten gefilmt.

Ich wette, es sind alle vier Morde auf dem Video zu sehen.

Sein einziger Zweck ist, sich daran aufzugeilen.

Sie wieder anzusehen und sich an seiner Tat zu laben.

Sexuelle Motivation. Triebsteuerung. Störung.

Mir ist klar, was passiert ist.

Viel wichtiger aber ist: Wer besaß dieses Video und hat es mir gesendet?

Mark kann es nicht gewesen sein. Der sitzt in U-Haft, und das Päckchen war gestern Abend noch nicht da.

Es gibt für mich nur eine logische Erklärung: Der Mörder von Fabian spielt sein Spiel weiter. Denn Fabians Tod ist ihm nicht genug.

Aber: Warum?

KAPITEL 96

Wer sendet uns dieses Video?

Wer sagt zu uns: Schau mal, was ich weiß. Schaut, was er getan hat.

Auf dem Video ist nur eine Tat gefilmt worden, aber vermutlich gibt es weitere Videos, die gedreht wurden. Der Umschlag, in dem die Videokassette drin war, wurde von der Kriminaltechnik auf Fingerabdrücke untersucht und mit der Datenbank verglichen. Kurz nach zehn Uhr bekommen wir einen Anruf. Das Ergebnis ist ernüchternd.

Negativ. *No matching data.* Die Fingerabdrücke sind unbekannt.

Der DNA-Abgleich bringt uns die letzte Gewissheit: Fabians DNA ist identisch mit der, die auf allen vier Opfern gefunden wurde.

Fabian Küster ist der Anhalter-Killer.

Aber das Problem ist, Fabian Küster ist tot.

Und einem Toten kann nicht der Prozess gemacht werden.

Wäre er am Leben, würde er angeklagt werden und käme in U-Haft. Dann würde ein psychologischer Gutachter seinen Geisteszustand untersuchen, um festzustellen, ob er überhaupt schuldfähig ist. Meine Vermutung ist, dass er bei allen Morden unter starkem Drogeneinfluss stand. Er würde in den Maßregelvollzug kommen, in eine forensische Klinik, und säße dann vor mir. Er wäre mein Patient. Und ich wäre seine Therapeutin.

Aber so ist es diesmal nicht.

Fabian Küster ist tot und wurde am Baum aufgeknüpft.

Von wem auch immer. Wofür auch immer.

Der toxikologische Befund sagt, dass er mit einem heftigen Betäubungsmittel ausgeknockt wurde. Diese Vergewaltigungsdroge. Aber an seinem Körper fanden sie keinen Hinweis auf Missbrauch. In seinen Haaren wurden Reste von verschiedenen illegalen Substanzen festgestellt, die darauf hindeuten, dass er ein *Heavy Drug User* war. In seinem Magen befanden sich Reste von Ravioli und Schnaps, hochprozentig.

Seine Henkersmahlzeit.

Heute kam auch der Bericht der »Spusi«, der Spurensicherung, die den Fundort von Fabians Leiche untersucht hat.

Otto und ich sitzen wie ein altes Paar nebeneinander, das beim sonntäglichen Kaffee friedlich ein Kreuzworträtsel macht, und gehen ihn gemeinsam durch. Die Kollegen haben alle möglichen Spuren, die sich um die Fundstelle der Leiche von Fabian befanden, erfasst, katalogisiert und durch Datenbanken gejagt. Und in so einem Park kommt einiges zusammen.

Nach dem Lesen stehe ich auf und strecke mich wie eine Katze.

»Es ist ernüchternd«, sagt Otto. »Das bringt uns nicht weiter.«

»Na, dachtest du, dass er versehentlich seine Visitenkarte liegen lässt?«

»Alles schon vorgekommen.«

»Das Auffälligste ist, dass der tote Fabian keine Schuhe trug, nur weiße Tennissocken, an denen sich Teppichfasern, Kuchenkrümel, Erde und Hundehaare befanden. Aber das gibt's überall.«

»Vielleicht hat der Täter ihn betäubt und aufgehängt«, denkt Otto laut. »Und die Schuhe anschließend weggeworfen oder vernichtet. Wieder ein fehlendes Puzzlestück.«

Ich setze mich an meinem Schreibtisch und spiele mit dem rosa Geschenk von Jenny, das sie mir gegeben hat und das immer noch unausgepackt vor mir liegt.

»Das kenne ich seit vierzig Jahren«, brummt Otto. »Dieser nicht enden wollende Gedanke, dass eine Lücke in dem großen Puzzle klafft. Und weißt du was? Wenn du an dem Punkt angekommen bist, bist du zu dicht dran. Du siehst nicht mehr das Ganze.«

Otto steht auf und starrt aus dem Fenster.

»Ich habe gestern zweieinhalb Stunden im Besprechungsraum gesessen und mir das große Ganze angesehen. Der Täter ist um uns herum. Er ist uns nahe. Er schickt Nachrichten und weiß genau, wo wir gerade in der Ermittlung stehen.«

Otto hebt eine Augenbraue.

»Du meinst, es könnte einer von uns sein. Von der Polizei.«

Ich zucke mit den Schultern. »Quasi jeder, der mit dem Fall zu tun hatte.«

Gedankenverloren schiebe ich das Geschenk von Jenny hin und her.

»Nun mach das Päckchen endlich auf, herrje. Du lässt es schon die ganze Zeit auf dem Tisch kreisen. Wenn es dir nicht gefällt, schmeiß es weg. Die Mutter eines Opfers hat mir mal eine große Flasche selbst gemachten Eierlikör geschenkt.«

»Und?«

»Ich habe mich artig bedankt und ihn Kurt geschenkt, ich finde Eierlikör furchtbar. Das verklebt mir schon beim Einschenken die Eingeweide.«

Otto schüttelt angewidert den Kopf.

»Wenn du meinst«, sage ich und ziehe das Päckchen zu mir heran. »Und wie machen wir jetzt weiter, du erfahrener Superkommissar?«

Ich löse die Tesastreifen am Rand und klappe langsam die Seitenflügel der Geschenkverpackung auf.

»Wenn du in einem Fall nicht mehr weiterweißt und zu tief drinsteckst, dann gehst du zurück an den Anfang. An die Stelle, wo alles begann«, erklärt Otto. »Fang in deiner Betrachtung vorne an und geh den Weg nochmals ab.«

»Das ist aber mühsam, jetzt, wo wir so weit gekommen sind.«

»Ja, dieser Job ist eine Herausforderung«, sagt Otto und sieht mir aufmerksam zu.

»Du meinst mit Anfang, wir gehen zu Gabrieles Besuch bei uns zurück?«, frage ich und falte das Geschenkpapier auseinander und klappe es zur Seite.

Es ist ein Parfüm.

Eingepackt in eine türkisgrüne Pappschachtel mit goldenen Lettern.

»Was ist es?«, fragt Otto und reckt den Kopf.

Ich öffne die Zellophanpackung und hole den blauen, runden Flakon heraus. Halte ihn misstrauisch in die Höhe. »Ich habe noch nie davon gehört. Kennst du das?«

»›Je Reviens‹. Das ist uralt, klar kenne ich das.«

Ich nehme den Deckel ab und sprühe drei Pumpstöße in die Luft. Schnuppere.

»Es riecht wie Jenny. Wer verschenkt denn sein eigenes Parfüm? Okay, ich könnte es als Klospray verwenden«, schlage ich vor, stecke es wieder in die Verpackung zurück und würde es gern in hohem Bogen in den Mülleimer werfen. »Ich könnte es unserer Sekretärin schenken, vielleicht freut die sich darüber. Oder Doreen?«

Otto schüttelt schnell den Kopf. »Auf keinen Fall.«

»›Je Reviens‹. Frei übersetzt: Ich komme wieder. Ich kehre zurück. Klingt wie eine Drohung.« Ich falte das Geschenkpapier zusammen.

Mein Finger bleibt an dem Tesastreifen hängen, und ich spüre etwas Feines an meiner Fingerspitze. Es kitzelt.

Was ist das?

Ich halte den Finger vor mein Auge. Fokussiere.

»Was ist?«, fragt Otto. »Hast du dich am Papier geschnitten?«

»Nein«, sage ich fast geistesabwesend. Denn in meinem Kopf kracht es gerade gewaltig, und mir schießt die Wärme ins Gesicht.

An meinem Finger ist ein Haar.

Aber kein Haar von Jenny. Auch keines von mir.

Es ist ein Hundehaar.

Es fühlt sich anders an als ein Menschenhaar. Borstiger, mit einer anderen Oberfläche.

»Sag mal, Otto«, sage ich langsam. »Wenn wir zu dem Punkt zurückgehen sollen, an dem alles begann. Und dieser Punkt nicht Gabriele Küster ist, sondern der Auftritt von Jenny. Was würdest du dann sagen?«

Ich starre das Hundehaar an.

»Was meinst du?«

An den Socken des toten Fabian fanden sich ebenfalls Hundehaare.

»Otto, hatte Fabian eigentlich einen Hund?«

KAPITEL 97

Eins kann ich echt nicht leiden: wenn einer versucht, mich zu verarschen.

Je reviens. Ich komme wieder.

Wirklich?

Menschen möchten stets für das, was sie tun, anerkannt werden.

Sie möchten ein Feedback haben, einen Klaps auf die Schulter.

Ein »gut gemacht« hören.

Sie wollen in Erinnerung bleiben.

Für ihre Tat. Für ihren Mut. Ihre Aufopferung.

Das wurde mir in dem Moment klar, als ich darüber nachdachte, warum Jenny mir das Parfüm geschenkt hat. Es war ihre Art, sich zu bedanken, und zugleich wollte sie sich damit neben mich stellen. Mir auf eine intime Art und Weise nahe sein. Es gibt nichts Intimeres als nackte Haut und Geruch. Die ganze Parfümindustrie lebt von diesen Scheinidentitäten zum Aufsprühen. Duftwasser, die in der Luft stehen bleiben und davon zeugen, dass dieser Mensch hier war.

Und im besten Fall: Ich war hier und komme wieder.

Fabian hatte keinen Hund. Nie gehabt. Erkan bestätigt es uns telefonisch.

»Das ist Wahnsinn«, sagt Krawatte. »Wenn das stimmt. Eine Verdächtigung aufgrund eines Hundehaars.«

Und ob. Die Kriminaltechnik bekommt das Haar und untersucht es.

Ergebnis: Das Hundehaar an Jennys Geschenk und das Hundehaar an Fabians Socken sind identisch. Tiere haben ebenfalls einen genetischen Fingerabdruck. Plötzlich lag dieses fehlende Puzzlestück vor mir, ich konnte die scharf gezackten Ränder sehen. Jede Ausbuchtung. Das Puzzlestück, das uns fehlte, heißt Jenny, und die Story geht so.

»Am Sonntag waren Jenny und ich bei Mark«, erkläre ich meinen Ansatz. »Somit wusste Jenny, wo Mark wohnte. Sie muss geahnt haben, dass Mark mit Fabian Kontakt hatte.«

»Woher sollte Jenny das wissen?«

»Keine Ahnung. Intuition? Lebenserfahrung? Sie ist Journalistin, hat über Verbrecher und Mörder geschrieben. Ihre Geschichten und die Hintergründe der Taten beleuchtet. In unserem Fall hatte sie Einblick in die Akten und wusste, dass Fabian in seinem Leben nur eine Vertrauensperson hatte, und das war einfach zu verstehen: Das war Mark. Ich wette mit euch, Jenny Pistorius beobachtete ihn, fuhr hinter ihm her, und er brachte sie direkt zu ihm. Quasi vor die Haustür. Seine Handyauswertung bestätigt, dass er dort war.«

»Aber was ist ihr Motiv?«, fragt Otto. »Warum tötet sie ihn?«

»Das ist der einzige Punkt, auf den ich keine Antwort habe.«

»Dann fragen wir sie doch einfach danach«, sagt Krawatte und klatscht überzeugt in die Hände. »Wie erwischen wir sie? Wo ist sie gerade?«

»Ich weiß es«, sage ich und springe auf.

Otto und Krawatte sehen mich erstaunt an.

»Sie hat es mir erzählt. Sie will Mark für ihr Buch interviewen.«

KAPITEL 98

Vier Tage zuvor. Montag, 13. Oktober 2003

Die Türklingel war ein schriller, fieser Ton, der ihr ins Rückgrat fuhr.

Jenny stand im Dunkeln vor der kleinen Hütte, am Ende des schmalen Wegs, wo außer hohen Bäumen nichts war. Wo die Luft feucht und schwer war und es nach Moder und Tannennadeln roch. Die Hütte, in der Fabian hauste, war eher so ein Schrebergartending als ein Wohnhaus. Sie zählte die Sekunden, bis er an die Tür kam, und stellte fest, dass sie verdammt nervös war. In einer Hand hielt sie den Schokokuchen, den sie an der Tanke gekauft und mit einer bunten Serviette auf einem Pappteller arrangiert hatte. In der anderen Hand eine Flasche Rotwein. Billigen Fusel. Aber das war egal, es war eh nur Deko, eine Requisite für diesen Auftritt, den sie sich genau überlegt hatte.

Für den Moment der Rache.

Für das, was er diesen vier Mädchen angetan hatte. Mädchen, die so alt waren wie sie. So schutzlos. Ihre Erinnerung an die Begegnung mit ihm, vor zehn Jahren, war ihr mit einem Schlag wieder auf schmerzhafte Weise präsent. Diese ungeheure Angst, die sie hatte. Wie sie vor ihm weglief, durch den Wald, den Rucksack auf dem Rücken, und sich nicht umsah, bis sie so tief in den Wald gerannt war, dass sie nur ihr eigenes Blut im Kopf rauschen hörte. Irgendwann war sie stehen geblieben, und um sie herum waren nur Bäume, und die Sonne ging unter. Sie wusste, dass die Dunkelheit ihr jetzt Schutz bot, obwohl sie es hasste. Sie kroch unter ein Gebüsch, legte sich in eine Kuhle und war wie gelähmt. Wagte es nicht, aus dem Wald herauszukommen, sie war sich sicher, er würde dort auf sie warten. Sie starrte bis zur völligen Erschöpfung in die Schwärze des Waldes und wartete förmlich darauf, dass er sie jeden Moment aufspüren würde, dass er sie mit einer Taschenlampe blenden würde. Hervorzerren. Töten. Sie hatte den Artikel aus der Zeitung von der ermordeten Anhalterin, die sie vor wenigen Tagen gefunden hatten, vor Augen. Ein Mädchen aus Berlin. Paula. Und ihr war klar, das war er. Der Typ, der sie mitgenommen hatte. Um ein Haar hätte er sie ebenfalls geschnappt. Als der Morgen kam und sie steif und frierend aufstand, dachte sie nur, vergiss diese Nacht nie. Niemals.

Ein Jahr später sah Jenny den Fall des Anhalter-Killers in der Sendung *Aktenzeichen* XY und wusste, in der Nacht hatte er sich ein anderes Mädchen geschnappt. Dieses Schwein. Und der lief immer noch da draußen frei herum, und keiner konnte ihn schnappen. Wenn ich dich kriege, dachte sie, ich mach dich platt.

Und jetzt, zehn Jahre später, entdeckte Jenny in der Zeitung das Gesicht des Mannes, der diese jungen Frauen auf dem Gewissen hat.

Und dem sie fast selbst zum Opfer gefallen wäre.

Fabian Küster.

Und das war ihre Chance.

Hinter der gelben Glasscheibe bewegte sich etwas. Das Flurlicht ging an, und die Tür wurde einen Spalt geöffnet.

»Ja?«

Sein Atem roch nach Schnaps. Sie starrte ihn sekundenlang an, aber sie erkannte den Mann von damals nicht wieder. Er sah anders aus. Die Haare waren weg, er hatte eine Glatze. Er war hager, mit teigiger Haut. Tattoos an Ober- und Unterarmen, die unterhalb des schwarzen T-Shirts sichtbar wurden. Seine Pupillen waren groß wie Garagentore.

Das war gut.

Ihr fiel auf, dass sie fast einen Kopf größer war.

Er musterte sie, aber schien sie nicht zu erkennen.

Wie auch. Sie hatte vorsorglich eine Perücke mit blonden Haaren aufgesetzt und sie zum Pferdeschwanz gebunden.

»Hi, ich bin Melli, bin hier unten an der Straße neu eingezogen. Ich wollte mich mal vorstellen und dir einen Kuchen vorbeibringen. Wie heißt du?«

Sie legte den Kopf schief und lächelte ihn an.

Er starrte auf den Teller in ihrer Hand, und sie erkannte, dass ihm Kuchen total egal war. Sie hob den anderen Arm in die Höhe und wedelte mit dem Wein in der Hand vor seiner Nase.

»Für dich«, sagte sie.

Keine Reaktion.

Sie schaute auf seine Unterarme.

»Hey, coole Tattoos, wer hat die gestochen? Das musst du mir erzählen, ich will so einen Drachen haben, der sich um meine Wade schlingt. Halt mal.« Sie drückte ihm den Teller und die Flasche in die Hand. »Der Schwanz des Drachens soll so drum herumgehen.« Sie zeigte es ihm an ihrer Wade.

Er stand da, mit ihren Geschenken in der Hand, und rührte sich nicht.

Aber er lächelte sie mit einem Mal an, und ihre Gesichtszüge gefroren.

Es war dieses fiese Lächeln, und in dem Moment erkannte sie ihn wieder und bekam eine Gänsehaut.

Er war es.

»Wie heißt du, Herr Nachbar?«

»Andreas«, sagte er. »Möchtest du reinkommen, äh, Melli?«, fragte er und trat einen Schritt zurück.

Jetzt musste es schnell gehen. Ihr Plan war auf Schnelligkeit ausgelegt.

Sie folgte ihm ins Haus und sah sich kurz um.

Keiner da. Sie waren allein.

Sie wusste, wie diese kleine Hütte geschnitten war, denn sie hatte ihn gestern beobachtet. Im Schutz der Dunkelheit war sie drum herumgeschlichen und hatte sich alles angesehen. Ein länglicher Bau, eher wie ein ausgebauter Container. Vorne war ein kleiner Wohnraum mit einer Küche, hinten war das Schlafzimmer und ein Bad mit einem Fenster, das einen Riss in der milchigen Scheibe hatte.

Das Gute war, er lebte allein. Kein Haustier, keine Partnerin. Nichts. Nicht mal ein blöder Goldfisch. Nur Mark kam wohl ab und zu vorbei, so auch am Samstag, nach dem Interview mit ihr. Es war so einfach gewesen, dass sie es fast nicht glauben konnte. Sie hatte Mark beobachtet und war ihm einfach nachgefahren, mit der blonden Perücke als Tarnung, und er hatte sie direkt hierhergebracht. Ins Bergische. Direkt vor die Haustür.

Zum Versteck von Fabian Küster. Zu dem Arschloch, der diese Mädchen umgebracht hat. Zu dem Anhalter-Killer.

Sie folgte Fabian durch den schmalen Flur und redete in einem fort, wie ein Wasserfall, sie fragte, ob er auch Schimmel in seiner Bude hätte, und sagte, dass sie niemanden in der Gegend kennen würde, aber so sei es eben. Sie erfand eine Biografie, und während sie ihn zuschwallte, folgte sie ihm in die kleine Küche, die einigermaßen aufgeräumt aussah, und er balancierte den Kuchen und den Wein in den Händen.

Sie griff in die Seitentasche ihres Parkas.

Fühlte die aufgezogene Spritze. Löste die Kappe von der Nadel, und als er ihr den Rücken zuwendete und den Kuchen abstellte, stach sie ihm die Kanüle in den Hals und drückte den Kolben nach unten.

Er schrie auf, griff sich an den Hals, als hätte ihn eine Hornisse gestochen. Fuhr herum und schleuderte dabei die Weinflasche von der Küchenablage, die zu Boden fiel und zerbrach. Der Wein spritzte wie Farbe gegen die Wand.

Sie wich zurück.

Er taumelte, starrte sie panisch an, wankte.

Sie hielt Abstand, bis das Zeug endlich wirkte.

»Was war das? Was hast du gemacht?«, stammelte er und griff nach dem Stuhl.

Sie roch den verschütteten Wein, der sich auf dem Boden ausbreitete. Seine Beine sackten ein, und im Fallen riss er den Stuhl um.

»Jetzt ist Schluss, Fabian Küster«, sagte Jenny, und für eine Sekunde öffnete er die Augen, als er seinen richtigen Namen hörte, und lallte etwas Unverständliches. Sein Kopf kippte bewusstlos zur Seite.

Er war leichter als gedacht, und sie hakte seinen schlaffen Körper unter, schleifte ihn zu ihrem Auto, das im Dunkeln bei den Bäumen stand. Verfrachtete ihn auf die Rückbank, fesselte zur Sicherheit Arme und Beine und deckte ihn komplett mit einer Decke ab. Sie setzte sich hinters Steuer und hielt das Lenkrad fest umklammert. Atmete schwer. Ihre Kopfhaut juckte unter der Perücke.

Jenny starrte minutenlang in die Dunkelheit und beruhigte ihren Herzschlag, und als sie sich gefasst hatte, startete sie den Motor und rollte, ohne die Scheinwerfer anzuknipsen, den Weg entlang.

Erst als sie das Ende erreichte und auf die Hauptstraße einbog, schaltete sie das Licht ein und fuhr mit heruntergekurbeltem Seitenfenster die leere Straße entlang, die sie zur Autobahn Richtung Köln bringen würde.

KAPITEL 99

12:40 Uhr

Erkan und ich stehen in der Eingangshalle des Besucherbereichs der JVA und warten auf Jennys Ankunft. Otto sitzt in seinem Wagen in der Tankstelle gegenüber und wartet auf uns. Es war ein Anruf bei der JVA, und wir wussten, dass Jenny heute um dreizehn Uhr einen Besuchstermin bei Mark hat. Alle Besuchstermine müssen vorab angemeldet werden. Wir sind zwanzig Minuten früher da. Sicher ist sicher.

Der Plan ist: Wir machen keinen Alarm, denn Jenny soll sich in Sicherheit wiegen, und wir lassen sie in dem Glauben. Das Ganze muss geräuschlos passieren. Erkan und ich sind mit seinem Audi hier und parken direkt um die Ecke auf dem Besucherparkplatz.

»Willst du ein Snickers?«, fragt Erkan. Er ist hibbelig, tritt von einem Bein auf das andere und kramt in seiner Hosentasche nach Kleingeld.

»Ja, warum nicht«, antworte ich. Momentan komme ich nicht zum Essen. Ein Snickers ist besser als nix.

Er räumt die Hosentasche leer. »Nimm mal«, sagt er und drückt mir seinen Autoschlüssel in die Hand. Greift wieder hinein, und ich höre es klimpern.

Er zieht die Hand hervor und öffnet sie, als hätte er eine Auster mit einer Perle gefunden.

»Bin gleich wieder da«, sagt er mit einem zufriedenen Blick auf die vielen Münzen und stapft zu dem Süßigkeitenautomaten, der um die Ecke steht.

»Bring mir 'ne Cola mit«, rufe ich ihm hinterher und lasse den Autoschlüssel um meinen Zeigefinger kreisen. Als ich mich wieder umdrehe und durch die Glasfront auf die Freifläche vor dem Besuchergebäude schaue, entdecke ich Jenny und zucke zusammen.

Sie trägt ihren Trenchcoat und hat ihre Haare unter einem schwarzen Baseballkäppi versteckt. Kommt mit langen Schritten auf das Gebäude zu, der Blick ist gesenkt. Ein Handy am Ohr.

Die Zeit bleibt stehen. Mein Herzschlag setzt einmal aus.

Jetzt passiert alles in Zeitlupe.

Jenny lässt den Arm mit dem Handy sinken, verlangsamt ihren Schritt.

Klappt das Handy mit einer einfachen Bewegung aus dem Handgelenk zusammen. Steckt es in die Manteltasche.

Ich atme laut aus.

Jenny sieht hoch.

Macht einen Schritt auf die Eingangstür zu und entdeckt mich auf der anderen Seite der Glastür. Hält in der Bewegung inne.

Millisekunden sehen wir uns durch die Scheibe an, und ich wette: Sie weiß jetzt genau, was passiert.

Sie kann den Braten riechen.

Es ist dieser Blick, den sie hat. Diese Sekunde des Ertapptseins, wenn dir jemand auf den Kopf zusagt, dass du gelogen hast.

Dass du schuldig bist.

In der nächsten Sekunde hört die Zeitlupe wieder auf.

Jenny reißt mit einer Hand die Tür der JVA auf und ruft mir ein lässiges »Hey, Lupe« entgegen.

Ich erstarre. Bin unfähig, mich zu bewegen.

Da steht sie vor mir. Ein Schwall ihres Parfüms weht zu mir rüber.

Ich sehe ihr in die Augen.

Scanne ihr Gesicht.

Die Art, wie sie den Mund beim Sprechen formt. Registriere eine Strähne, die sich aus dem Käppi gelöst hat und sich im Luftzug der zufallenden Tür bewegt.

Jenny tritt mir gegenüber wie einer dieser Martial-Arts-Kämpfer, vollkommen unerschrocken. Den Blick fest auf mich gerichtet.

Jetzt kommt gleich die Frage von ihr: »Hey, was machst du denn hier?«, und ich lege mir schnell eine Antwort zurecht.

Einundzwanzig. Zweiundzwanzig.

»Warte mal, Lupe ...« Sie hält mir ihre flache Hand entgegen, ein natürliches Stoppzeichen. »Ich hohle Nuss habe das Aufnahmegerät im Auto vergessen. Sorry, bin gleich wieder da.«

Im Bruchteil einer Sekunde wirbelt Jenny herum, die Eingangstür hat sich noch nicht ganz geschlossen, und sie schlüpft durch den Spalt hinaus ins Freie.

In dem Moment funktioniert mein Hirn wieder.

»Erkan!«, schreie ich: »Sie ist hier, sie haut ab!«

Jenny hört es draußen, wirft ihren Kopf herum, sieht grimmig zu mir und spurtet los. Sie ist verdammt schnell.

Ich setze mich ebenfalls in Bewegung, als hätte ich einen Startschuss gehört.

Den Knall, auf den ich schon die ganze Zeit warte.

KAPITEL 100

Ich springe aus der halb offenen Tür aus dem Gebäude. Sehe noch ein Stück von Jennys Mantel, als sie um die Hausecke verschwindet und zurück zum Parkplatz flüchtet.

Als ich an der Ecke bin, höre ich einen Motor aufjaulen wie einen Hund, dem man mit Stiefeln auf die Pfote getreten ist.

»Lupe!« Erkan ruft nach mir, ich höre seine Schritte hinter mir.

Ein schwarzer Minicooper rast mit quietschenden Reifen auf mich zu.

Jenny sitzt am Steuer, drückt das Pedal durch.

Kurz bevor sie bei mir ist, hechte ich zur Seite, strecke die Hände aus und rolle mich ab. Heb den Kopf und sehe, wie Erkan sich ihr mit gezückter Waffe in den Weg stellt und auf die Windschutzscheibe zielt.

Jenny fährt unbeirrt weiter.

Der Schuss ertönt. Glas splittert. Erkan macht einen Satz zur Seite, aber der Kotflügel erwischt ihn. Schleudert ihn zu Boden.

»Erkan!«, schreie ich und renne zu ihm.

Er verzieht das Gesicht vor Schmerz, versucht aufzustehen. Er japst nach Luft.

»Fuck!«, schreit er und hält sich das Bein, das verdreht ist wie bei einer kaputten Puppe.

»Schnapp sie dir«, stößt Erkan hervor.

Ich bin für Sekunden wie gelähmt. Starre ihn an. Sehe hoch. Jenny fährt Richtung Ausgang. Beamte rennen hektisch hin und her.

»Los jetzt!«, brüllt er.

Ich zucke. Öffne meine Hand. Sehe seinen Autoschlüssel. Mit einem Piepen entriegele ich den Wagen.

Ich reiße die Fahrertür auf, werfe mich hinein, stecke zitternd den Schlüssel ins Schloss. Der Motor brüllt, und ich drücke aufs Gaspedal. Schieße vom Gelände über die Straßenbahngleise auf die Straße.

Sehe nach links. Autos kommen näher.

Nach rechts, und entdecke Jennys Wagen. Folge ihr.

Von links taucht ein schneeweißer Ford Fokus auf.

Ich höre das irre Quietschen seiner Bremsen und gebe Stoff.

Fahre die Straße entlang, die parallel zu den Straßenbahngleisen verläuft.

Gib Gummi, denke ich.

Ich schnalle mich mit einer Hand an und halte mit der anderen das Steuer. Der Wagen beschleunigt satt und drückt mich in den Sitz.

Meine Augen sind starr auf das Heck von Jennys Wagen gerichtet.

Es ist eine einspurige Straße, und sie schert aus und überholt ein Auto, als sei das hier eine Carrera-Bahn. Ich überhole ebenfalls, und wir steuern auf eine Kreuzung zu. Ich sehe, wie links und rechts Autos bremsen.

Jenny fährt in einem zu weiten Bogen nach rechts, rammt ein stehendes Auto, fährt unbeirrt weiter. Der Verkehr kommt zum Stillstand.

Ich hupe mir den Weg frei. Schlängele mich hindurch.

Schreie: »Verdammt, haut ab!«

Ich weiß, wo sie hinwill.

Jenny will zur Autobahn. Auf die A 57 Richtung Norden.

Ich klebe an ihr. Muss sie vorher erwischen.

Jenny rast im Zickzack die Straße entlang, überholt jedes Auto. Ich hinterher. Die Fahrer bemerken mich, steuern hektisch zur Seite, als hätte ich ein Blaulicht an, und machen den Weg frei. Der Motor läuft zu Hochleistungen auf, und der Abstand verringert sich. Jetzt bin ich genau hinter ihr und kann Jenny durch die Heckscheibe sehen.

Würde sie jetzt bremsen, wäre ich Matsch.

Ich blicke auf den Tacho und sehe schnell wieder weg. 95 km/h.

Du blödes Miststück. Ich krieg dich.

Ich trete das Gaspedal durch und will sie rammen. Von der Fahrbahn drängen. Vor uns erscheint die gebogene Auffahrt zur Autobahn.

Ich habe beide Hände fest am Steuer, der 11-14-Griff, und der Abstand verringert sich.

Fünf Meter.

Vier Meter.

Jenny nimmt die Kurve, der Mini schlingert, bricht aus, aber sie fängt ihn wieder ein. Sie rast die Auffahrt zur Autobahn entlang.

Ich klebe dicht hinter ihr, aber erwische sie nicht. Sie ist schneller.

Der Abstand zwischen uns vergrößert sich, als sie auf die Autobahn fährt.

Sie schlängelt an Fahrzeugen vorbei, die sich im Schneckentempo zu bewegen scheinen, und fährt auf die Überholspur. Ich folge ihr im Zickzack. Blicke hektisch nach links und rechts, um die Lücken zwischen den Autos auszunützen.

Jenny wechselt die Fahrbahnseiten und drängelt die anderen Fahrzeuge zur Seite.

Einer fährt vor Angst seitlich auf den Grünstreifen.

Jenny jagt auf der äußersten linken Spur weiter, wechselt immer wieder die Fahrbahn und drängelt sich zwischen Autos durch. Fährt mit Bleifuß.

»Geht zur Seite«, schreie ich, als könnten die anderen mich hören.

Das Adrenalin knallt in mein Hirn.

Jetzt ist Schluss, denke ich. Dort vorne kommt gleich eine Baustelle. Da ist achtzig.

Die rechte Fahrbahn neben dem Standstreifen wird saniert. Aus den drei Spuren werden zwei schmale, die an der Mittelleitplanke entlangführen und rechts von einer kniehohen Schutzwand begrenzt werden.

Aber Jenny bremst kein bisschen.

Sie nimmt die linke der beiden Spuren und rast in die Baustelle hinein.

Ich klebe hinter ihr. Die Strecke windet sich, und Jenny kracht links gegen die Mittelleitplanke. Kümmert sie aber nicht, sie fährt unbeirrt weiter.

Ich treibe den Motor hoch. Die Tachonadel steigt, und Jennys Wagen rückt näher.

Komm schon!

Sie ist zum Greifen nah, und ich mache mich auf den Aufprall gefasst. Der Baustellenabschnitt ist nur noch wenige Meter lang.

Mein Fuß drückt das Pedal durch und berührt die Bodenmatte.

In dem Moment zieht Jenny nach rechts. Fährt durch eine Lücke in der Seitenbegrenzung auf die rechte, frisch sanierte Spur.

Ich komme so schnell nicht hinterher, schlingere und muss weiterfahren.

Ich sehe zu ihr rüber. Wir sind auf einer Höhe.

Die Baustelle ist endlich vorbei, und ich entdecke eine Lücke zwischen zwei Autos und ziehe mit einem entschiedenen Ruck zur Seite.

Der Wagen schwankt wie ein Boot bei starkem Seegang. Ich spüre, wie die linke Seite Bodenkontakt verliert, und für einen Moment fahre ich auf den beiden rechten Reifen. Die Lenkung reagiert nicht mehr, und ich steuere auf einen Lastwagen zu, der bedrohlich näher kommt.

Ich schreie laut auf. Der Wagen kippt wieder auf alle vier Räder, und ich manövriere haarscharf an dem Lastwagen vorbei. Der Außenspiegel des Audi wird mit einem Krachen abgefetzt, und ich sehe, dass Jenny immer noch auf dem Standstreifen entlangrast.

Das wird Erkan mir nie verzeihen. Niemals.

Der Abstand zwischen uns wird wieder kleiner, und ich treibe sie wie bei einer Jagd vor mir her.

Vor uns taucht eine Ausfahrt auf. Chorweiler.

Eine kurze Ausfahrt mit enger Kurve. Kenne ich.

Jenny wird weiterfahren, denke ich, aber im letzten Moment reißt sie den Wagen herum und nimmt die Ausfahrt mit ordentlich Speed.

Das geht nicht gut.

Ich verringere das Tempo. Sehe, wie Jennys Wagen in der Kurve ausbricht und die Leitplanke entlangschrammt. Höre das Splittern von Glas. Das Singen von Metall. Sie wird für einen Moment langsamer, der Wagen schlingert.

Meine Chance.

Ich fahre dichter auf. Erreiche ihren Wagen.

Drücke aufs Gas.

Halte das Lenkrad fest.

Steuere darauf zu.

Gleich kracht es.

»Ich hab dich!«, schreie ich und donnere mit vollem Karacho mit meinem rechten Kotflügel in sie hinein.

Metall ächzt. Kreischt. Meine Beifahrerscheibe zerbirst, und die

Splitter regnen in den Innenraum. Jennys Mini bricht bei dem Aufprall aus. Sie zieht scharf nach rechts, und, als sei sie ein Raumschiff, hebt sie einen Moment vom Boden ab. Landet. Pflügt in das Ackerfeld vor dem Waldstück, dessen Furchen ihre Fahrt nach wenigen Metern abbremsen. Ihre Reifen drehen durch und schmeißen feuchte Erde hinter sie. Ihre Karre steckt fest.

»Jetzt habe ich dich«, schreie ich aus dem Fenster und fahre ihr hinterher.

Der Wagen setzt hart auf, und ich spüre es schmerzhaft in meinem Rücken.

Ich bremse. Der Audi kommt zum Stillstand.

Erkan wird mich lynchen, der Wagen ist Schrott. Dampf steigt aus dem eingedrückten Motorraum auf. Ich löse den Sicherheitsgurt und hechte aus dem Wagen.

Da höre ich einen Hubschrauber über mir. Das laute Knattern der Rotorblätter.

Ta-ta-ta-ta-ta.

Spüre, wie sie die Luft verwirbeln.

Ich stolpere über den Acker auf Jenny zu, die ihre Autotür aufstößt und aus dem Wagen kullert. Auf allen vieren landet und sich aufrappelt.

Blut läuft in Rinnsalen über ihr Gesicht.

Glassplitter sitzen wie Edelsteine in ihren Haaren und funkeln.

Ich renne auf sie zu.

Der einzige Gedanke, den ich habe, ist: Du entkommst mir nicht.

»Bleib stehen!«, schreit sie und richtet eine Waffe am ausgestreckten Arm auf mich.

KAPITEL 101

»Ich meine es ernst, komm keinen Schritt näher!«

Ihr Blick ist wirr und fiebrig.

Ihr ausgestreckter Arm zittert, aber sie zielt weiter auf mich.

»Keinen Schritt näher!«, schreit sie wieder, und ich hebe beruhigend meine Arme hoch.

Uns trennen nur wenige Meter, so acht, aber ich bin nicht gut im Schätzen von Entfernungen.

Und ich habe keine Ahnung, ob Jenny mit dem Ding umgehen kann oder ob sie nur blufft und an mir vorbeischießen würde.

»Ich will nur eins wissen«, rufe ich über den Helikopterlärm hinweg, und ihr Kinn zittert.

»Wieso bist du eben abgehauen vor mir?«

»Weil ich was vergessen hatte!«, brüllt sie bockig zurück.

»Was denn?!«

Jenny beginnt zu heulen. Ihr Arm wird schlaff, und sie lässt die Waffe einen Moment sinken. Ich mache ein paar kleine Schritte auf sie zu.

Der Helikopter der Polizei ist auf der anderen Seite der Wiese gelandet und wirbelt die Luft durcheinander, sodass Jennys Haare wie Tang unter Wasser fließen.

Ich schiele rüber und sehe, wie vier Beamte mit Waffen im Anschlag aus dem Heli springen, auseinanderströmen und geduckt an uns heranpirschen.

Das ohrenbetäubende Geräusch der Rotorblätter wird leiser und zu einem ruhigen Flapflap.

Sie richtet wieder die Waffe auf mich.

»Jenny, sei nicht doof. Du kannst mich abknallen, aber dann hast du zwei Menschen auf dem Gewissen. Was bringt dir das?«

»Er hat's verdient!«, ruft sie. »Er war ein mieses Schwein und hat unschuldige Mädchen umgebracht. Mich hätte er auch um ein

Haar erwischt. Ich habe stundenlang in der Kälte ausgeharrt, ich hatte Todesangst und habe mir geschworen, wenn ich den in meine Finger bekomme, dann bringe ich ihn um.«

»Auge um Auge? Zahn um Zahn? Echt jetzt, Jenny? Was hast du denn als Journalistin gelernt? Du hättest ihn an die Polizei ausliefern sollen, damit er einen Prozess bekommt. Eine Strafe erhält! Verdammt noch mal.«

»Nein, nein, nein«, wiederholt sie und schüttelt heftig den Kopf. »Das ist nicht richtig.«

»Wolltest du nur deswegen bei der Ermittlung helfen? Damit du an ihn rankommst?«

Jenny legt den Kopf schief. Sie schnieft.

»Ach«, sagt sie.

Plötzlich ist da Stille.

Der Himmel ist grau, und ich sehe kurz nach oben und beobachte einen Vogelschwarm, der aufgescheucht wurde und in Richtung Horizont verschwindet.

KAPITEL 102

Jenny ist unruhig. Sie wackelt mit dem Kopf. Nimmt jetzt noch die zweite Hand an die Waffe und zielt abwechselnd auf mich und auf die vier Beamten aus dem Heli, die sich sternförmig gruppiert haben.

Aus dem Augenwinkel sehe ich, wie ein Streifenwagen hält und eine Person aussteigt.

Es ist Otto.

Otto, denke ich erleichtert.

Er hat eine Funke in der Hand, in die er hineinspricht, aber ich kann nicht hören, was er sagt.

»Was du erleiden musstest, ist schrecklich«, sage ich zu Jenny. »Ich verstehe dich.«

»Ach ja?«, ruft Jenny mir zu. Ihr Ton ist verächtlich.

Sie zielt mit der Waffe auf meinen Kopf.

Über ein Megafon kommt die scharfe Aufforderung.

LASSEN SIE DIE WAFFE FALLEN. SOFORT.

»Leg die Waffe runter, Jenny, das bringt nichts.«

NEHMEN SIE DIE HÄNDE HOCH.

»Die schießen auf dich. Willst du das?«

»Ihr scheiß Bullen«, schimpft Jenny.

Sie geht langsam in die Knie und legt die Waffe vorsichtig auf die Erde. Richtet sich wieder auf und nimmt die Hände hoch über den Kopf. Wie in einem Western.

Die Beamten kommen näher.

»Fickt euch«, knurrt Jenny, macht kehrt und rennt los. Spurtet um das Auto herum in Richtung Wald.

»Bleib hier!«, rufe ich und sprinte hinterher.

Ich höre zwei Schüsse. Ganz nah.

Ein Pfeifen in meinen Ohren, und ich schlage Haken.

Renne hinter ihr her. Sehe, wie sie am rechten Bein getroffen wird. Wie in einer Sekunde der Stoff ihrer Jeans zerreißt und die Kugel eine Wunde in ihr Fleisch reißt. Blut spritzt.

Sie schreit auf, fällt der Länge nach hin. Brüllt. Schleppt sich mit einer unbändigen Kraft weiter, zieht sich liegend auf den Ellbogen voran. Mit dem gesunden Bein drückt sie sich vom Boden ab und schiebt sich vorwärts.

Sie ist eine gnadenlose Kämpferin und will partout nicht aufgeben.

Der Waldrand ist nur wenige Meter entfernt.

Ich laufe ihr hinterher.

Keine Schüsse fallen mehr.

Befehle werden gebrüllt, aber ich höre nicht hin.

Mein Blut rauscht tosend in meinen Ohren.

Jenny ächzt, und ich stelle mich ihr in den Weg.

»Geh mir aus der Sonne!«, schreit sie.

Ich knie nieder.

Im Liegen schlägt sie mit Fäusten nach mir. Ihre Schläge sind hart und schmerzen.

»Hör auf! Hör auf!«, brülle ich, in der Hoffnung, dass sie es hört. »Es ist vorbei, hörst du, es ist vorbei!«

Ich halte ihre Handgelenke fest, und sie wehrt sich, versucht sich loszureißen.

Ihr Widerstand bröckelt.

Die Beamten stehen um uns herum.

Ihre Pistolenläufe sind auf Jenny und mich gerichtet.

Ich sehe dem Uniformierten in die Augen, der mich ins Visier nimmt.

Sein Blick ist unerbittlich.

Ich würde mal sagen: Das ist eine klassische Lose-lose-Situation.

»Verdammt noch mal, runter mit den Waffen«, brüllt Otto, der angelaufen kommt. Sein Kopf ist rot und schnauft schwer. »Runter habe ich gesagt!«

Die Beamten gehorchen und treten einen Schritt zurück.

Keiner sagt etwas.

Ich höre nur das Krächzen aus der Funke.

Jenny sieht mich an, und ich kann dieses junge Mädchen in ihr entdecken.

Ich sehe die Scham des Versagens, die sagt: Ich bin es nicht wert.

»Komm her«, sage ich und ziehe Jenny zu mir heran.

Als hätte sie auf diese kleine Geste gewartet, rollt sie sich zusammen wie ein Embryo, drückt sich an mich. Legt ihr Gesicht auf meine Brust.

»Aufgeben war keine Option für dich, ich weiß«, sage ich. »Eine Kämpferin stellt sich nicht, sie gibt nicht auf. Sie kämpft bis zum bitteren Ende.«

Jenny nickt. Wimmert.

Ihr Körper bebt, und dann öffnen sich alle Schleusen, und ihr Schmerz entlädt sich in einem tiefen Schluchzen.

Ich drücke sie an mich. Mein Hals wird nass.

»Ist okay«, flüstere ich ihr zu. »Ist schon gut. Es ist vorbei.«

Ich streiche vorsichtig über ihr Haar, in dem kleine Glassplitter nisten.

»Es ist vorbei«, wiederhole ich.

TAG FÜNFZEHN

Montag, 20. Oktober 2003

KAPITEL 103

Ich trage heute Schwarz, weil es der Grundstimmung entspricht. Heute ist D-Day. Außerdem passt es zum Wetter. Es ist bedeckt und trübe und hat lausige neun Grad. Vor dem Kleiderschrank kam mir jede Farbe zu laut vor. Daher: schwarzer Rolli und Jeans. Dazu meine Lederjacke. Die Haare zum Pferdeschwanz, das Pflaster darin versteckt. Die Augen stärker getuscht. Soll von meinen Augenringen ablenken, und den Bluterguss habe ich überschminkt.

Aber ich bin nicht die Einzige, die heute stärker geschminkt ist.

Gabriele Küster sitzt aufgemacht und gestriegelt wie für einen Pressetermin in einem Hosenanzug an ihrem Esstisch, und ihre Miene ist starr und regungslos.

Da hilft auch der kräftige Lippenstift nichts.

Otto und ich sitzen ihr gegenüber. Es wird unser letzter Besuch sein, denn wir waren die vergangenen drei Tage fleißig und haben unsere Hausaufgaben gemacht.

Otto lässt nach und nach die Katze aus dem Sack.

Wir beginnen bei Fabians Verschwinden.

Annika hat uns die Kontoauszüge des Vaters übergeben. Die belegen, dass er nicht nur die Entzugsklinik des Sohnes finanziert hat, sondern anschließend drei Jahre lang auf das Konto von Andreas Müller regelmäßig Geld überwiesen hat. Gelbe Post-its kleben an jeder Stelle in dem Ordner, der vor uns auf dem Tisch liegt.

Gabriele ist fassungslos. Sie sagt nichts.

»Mama, nun sag doch was«, bittet Annika. »Wusstest du das? Sag schon, wusstest du davon?«

Es ist der große Moment der Wahrheit.

»Nein, Kind, natürlich nicht. Wie kommst du denn nur darauf«, sagt sie leise und streicht Annika mit dem angewinkelten Zeigefinger über die Wange. Mich überkommt ein Unwohlsein.

Annika sieht für einen Moment erleichtert aus, sie lächelt mich an, froh, dass ihre Mutter vollkommen ahnungslos war und der Vater hier die Strippen gezogen hat. Aber sie sieht meinen Blick.

Und ich bin nicht gut im Pokerfacemachen.

»Du weißt doch, wie dein Vater war«, sagt Gabriele. »Er war der Herr im Haus und hat entschieden, und die Finanzen waren sein Thema.«

»Hier geht es nicht nur um Finanzen«, sagt Otto. »Hier geht es darum, dass Ihr Mann offensichtlich Ihrem Sohn eine Entzugsklinik und ein neues Leben verpasst hat, ohne dass Sie davon wussten. Er hat das neue Leben Ihres Sohnes vor Ihnen verheimlicht.«

»Ich war völlig ahnungslos«, bestätigt Gabriele.

»Aber warum wurde mein Bruder dann von dieser Frau ermordet? Warum denn? Was hat er ihr denn getan?«, fragt Annika verzweifelt, und ich muss gestehen, dramaturgisch kommt diese Nachfrage genau zum richtigen Zeitpunkt.

Danke, Annika.

»Ja, das ist eine gute Frage«, sagt Otto und lehnt sich auf dem Stuhl zurück. Faltet die Hände zusammen. »Und wir haben dafür eine Antwort. Sie wird Ihnen nicht gefallen. Es tut mir leid, dass wir das berichten müssen, aber es gab in der Zeit von November 1992 bis März 1993 Morde an vier jungen Frauen. Anhalterinnen.«

»Nein!«, schreit Annika und springt auf. »Nein, das erzählen Sie mir jetzt nicht. Das kann nicht sein.« Sie weicht vom Tisch zurück, als sei es der lodernde Eingang zur Hölle.

Dabei ist das erst der Anfang. Ein Flämmchen, sozusagen.

»Setzen Sie sich bitte, ich weiß, dass es nicht leicht ist«, fordert Otto sie mit tiefer, ruhiger Stimme auf. »Sie möchten doch die Wahrheit erfahren. Oder nicht? Damit es ein für alle Mal vorüber ist.«

Während Otto spricht, beobachte ich Gabriele.

Verfolge jede ihrer Muskelregungen im Gesicht.

Otto berichtet sachlich von dem Fall des Anhalter-Killers und den vier toten Mädchen. Berichtet vom Ergebnis des DNA-Abgleichs von Fabian.

»Aber da muss ein Laborfehler vorliegen«, unterbricht ihn Annika. »Das hört man immer häufiger. Vielleicht hat er die Mädchen gekannt und mit ihnen rumgemacht, und deswegen sind da DNA-Spuren von ihm. Das beweist doch gar nicht, dass er der Täter war.«

Annika ist verzweifelt.

Sie will es nicht wahrhaben, und ich kann das nachvollziehen.

Diese Seite des Buches soll nicht aufgeblättert werden. Die hätte sie gerne niemals aufgeschlagen und lieber für immer ruhen lassen.

Otto berichtet von dem Video, das wir haben, auf dem die Ermordung des zweiten Opfers drauf ist. Und auf dem auch Fabian zu sehen ist.

Annika stöhnt auf wie im Fieber.

Gabriele sieht mich regungslos an.

Ich halte ihrem Blick stand.

»Es ist eindeutig, und es gibt keinen Zweifel«, erklärt Otto weiter. »Aber da Ihr Sohn beziehungsweise Bruder tot ist, kann ihm nicht der Prozess gemacht werden. Gegen Verstorbene wird nicht verhandelt. Zumindest in strafrechtlicher Sicht bleibt die Frage offen, ob Fabian schuldig war.«

Annika legt ihr Gesicht in ihre Hände und weint.

Gabriele sieht mich ungerührt an. Sie sieht nicht ein Mal zu ihrer Tochter. Streicht ihr nicht über den Rücken.

Sie macht keine Anstalten, sie zu beruhigen.

Für sie da zu sein.

»Das ist sicherlich schwer für Sie, und das müssen Sie erst mal verkraften«, sage ich spitz, und der Satz bleibt einen Moment im Raum stehen.

Gabriele drückt sich mit beiden Händen von der Tischplatte hoch.

»Natürlich war *er* das«, murmelt sie, steht auf und geht zum Schrank. Öffnet ihn und schenkt sich einen doppelten Cognac ein. Lehnt sich mit dem Rücken gegen die Schranktür. Als hätte sie eine neue Regieanweisung souffliert bekommen, lächelt sie freundlich, aber es sind nur mechanisch hochgezogene Mundwinkel.

Sie nimmt einen großen Schluck von dem Cognac.

»Ja, das muss ich erst mal verkraften und möchte jetzt gerne alleine sein.«

Annika sitzt wie ein Häufchen Elend neben mir.

»Brauchen Sie was?«, sage ich zu ihr. »Ein Beruhigungsmittel oder so?«

Sie beißt auf ihrer Lippe herum und sagt leise: »Nein, danke.«

Für einen Moment sitzen wir da.

Alle Sätze sind gesagt, und wir verharren.

»Woher haben Sie das Video? Von dem Sie gerade erzählt haben«, fragt Annika in die Stille. Sie sieht uns mit großen Augen an. Die Tränen sind trocken. »Woher?«

Du bist gut, denke ich. Du stellst die richtigen Fragen.

Gabriele tritt an den Tisch, trinkt das Glas aus und stellt es laut ab.

»Ich möchte, dass Sie gehen«, sagt sie bestimmt. »Wir haben genügend gehört und danken Ihnen für diese Information.«

Sie ringt sich jedes einzelne dieser sachlichen Worte ab.

Annika sieht mich fragend an.

»Das Video lag in einem Umschlag. Und der war in meinem Briefkasten«, erkläre ich. »Und da haben wir uns gefragt, wer mir dieses Video sendet. Denn an dem Tag war Ihr Bruder bereits tot, und es war nicht mit der Post geschickt worden. Es wurde persönlich abgegeben.«

»War es Mark? Wusste er davon?«, rät Annika.

Otto schüttelt den Kopf. »Der war zu dem Zeitpunkt bereits in U-Haft.«

»Gehen Sie jetzt«, sagt Gabriele in scharfem Tonfall.

»Setzen Sie sich«, sagt Otto bestimmend. »Wir sind noch lange nicht fertig mit Ihnen.«

Gabrieles Gesicht verhärtet sich. Ihre Augen verengen sich zu schmalen Schlitzen.

Otto deutet mit einer Hand auf den freien Stuhl, auf dem sie eben noch gesessen hat, und wartet, bis sie wieder Platz nimmt.

»Sie erinnern sich an den Abschiedsbrief und die Karte, die neulich kamen«, sagt er zu Annika, und sie nickt lahm.

»Wir haben festgestellt, dass die Schrift auf dem Brief und der Karte nicht die Handschrift von Fabian ist. Denn wir fanden einen Einkaufszettel in der Hosentasche Ihres toten Sohnes. Und merkwürdig war, dass diese Post doch immer genau im richtigen Moment kam.«

Annika wird bleich im Gesicht.

Sie öffnet den Mund, aber es kommt kein Laut heraus.

»Ein altes Polizistengesetz sagt, wenn du in einem Fall nicht weiterkommst, dann geh zurück an den Anfang. Und das war, als Sie, Frau Küster, zu uns ins LKA kamen und darum gebeten haben, dass wir nach Ihrem Sohn suchen.«

Gabrieles schmaler Mund gräbt sich tief in ihr Gesicht ein.

»Und damals waren Sie aufgeregt. Nervös. Das sind viele Menschen, die bei der Polizei vorstellig werden. Egal, warum. Es stresst sie. Und sie schwitzen deswegen.«

»Worauf wollen Sie hinaus?«, fragt Gabriele spitz und sieht Otto mit einem Blick an, der ihn töten könnte.

»Wussten Sie, dass sich eine getrocknete DNA-Spur jahrzehntelang halten kann? Wir haben aus dem Schweiß, den wir auf den geschriebenen Karten und dem Umschlag des Videos fanden, eine DNA extrahiert. Und wir haben diese mit dem Schweiß auf dem Zettel verglichen, den Sie, Frau Küster, uns bei dem ersten Treffen gegeben haben. Auf dem Sie Ihre Kontaktdaten handschriftlich notiert haben. Und was denken Sie, was wir herausgefunden haben?«

Gabriele streicht sich mit einer affigen Handbewegung eine Strähne aus der Stirn.

»Sie werden es uns bestimmt gleich sagen, Herr Hagedorn, also ersparen Sie uns diese unnötige Dramaturgie.«

»Mama!«, ruft Annika entsetzt.

»Sie stammt von ein und derselben Person«, erklärt Otto. »Und diese Person sind Sie.«

Ich zähle die Sekunden bis zur Detonation.

»Was?«, sagt Annika heiser. Sie haucht es hinaus. Da ist keine Luft mehr in ihren Lungen.

Sie holt laut Luft.

»Sag, dass das nicht wahr ist«, sagt sie zu ihrer Mutter. »Sag, dass das nicht wahr ist!«, brüllt sie ihre Mutter an, die teilnahmslos am Tisch sitzt und auf die Tischplatte starrt, mit ihrem Lippenstift, ihrem sorgfältigen Make-up und ihrer stoischen Maske aus Gehorsam und zugleich unbeugsamem Willen.

Annika steht auf. Atmet schwer. »Ich halte das hier nicht mehr aus«, ruft sie und eilt ins Wohnzimmer, reißt die Terrassentür auf und flüchtet in den grauen Tag, hinaus ins Freie.

Gabriele schaut weiter auf die Tischplatte.

»Warum wollten Sie, dass wir Ihren Sohn finden?«, frage ich.

Gabriele sieht auf.

Ich sehe ihrem Blick an, dass sie bereit ist für die Wahrheit.

KAPITEL 104

»Haben Sie eine Zigarette für mich?«, fragt Gabriele, und wir stellen uns auf die Terrasse mit Blick auf den leeren Swimmingpool, auf dessen Boden sich buntes Herbstlaub gesammelt hat.

Annika kauert zusammengesunken auf einem Plastikstuhl, die Beine zum Kinn herangezogen, und hält sich selbst fest.

Sie sieht starr geradeaus. Ohne ein Blinzeln.

Ich lasse Gabriele drei Züge von der Kippe Zeit. Sie pustet den Rauch langsam aus, als würde damit die Spannung aus ihr entweichen können.

Die Spannung aus vielen Jahren.

Otto und ich stehen neben Gabriele.

»Wir haben Zeit«, sagt Otto und verschränkt die Arme vor der Brust. »Sie kamen zu uns, damit wir nach Ihrem Sohn suchen.«

Gabriele nickt und raucht weiter.

»Wussten Sie zu dem Zeitpunkt, dass er noch lebt?«

»Nein, aber ich hatte den Kranz bei der Beerdigung gesehen.«

»Der war von ihm?«

»Ja, da bin ich mir sicher. Von mir ist er jedenfalls nicht.«

»Ich denke, es wäre jetzt ein guter Zeitpunkt, wenn Sie uns sagen, was wirklich passiert ist«, meint Otto.

Gabriele sieht über die Schulter zu ihm.

»Meinen Sie, ich sollte mir einen Anwalt besorgen, Herr Hagedorn?«

»Wenn Sie das wünschen«, kontert er.

»Habe ich etwas zu befürchten?«

»Solange Sie sich nichts haben zuschulden kommen lassen, müssen Sie auch nichts befürchten«, brummt er.

»Da bin ich mir nicht so sicher«, murmelt Gabriele.

Annika springt von dem Stuhl auf. »Schluss jetzt!«, ruft sie. »Ich habe die Schnauze so voll!«, brüllt sie und geht auf ihre Mutter los. Sie packt sie an der Schulter und schüttelt sie. »Von diesen ganzen Heimlichkeiten, diesem Schweigen in dieser Familie, von der ja jetzt NICHT MEHR VIEL ÜBRIG IST!«

Otto greift ein und trennt Annika von ihrer Mutter.

»Beruhigen Sie sich bitte«, sagt er und hält sie eine Armlänge von Gabriele entfernt.

»Spuck es jetzt endlich aus! Ein für alle Mal! Los jetzt!«, brüllt Annika, und ihr Gesicht ist verzerrt vor Wut.

Gabriele legt den Kopf in den Himmel, der grau und trüb ist.

»Ich habe kurz vor seinem Verschwinden seine Videokassetten gefunden, die er von den Mädchen gemacht hat. Die er getötet hat. Eine habe ich behalten, die anderen habe ich vernichtet. Mein Sohn ist ein Mörder. Ein bestialischer, schlimmer Mensch. Und sein Vater hat ihn da rausgeholt.«

Sie senkt den Kopf und zeigt mit dem Zeigefinger auf Annika.

»Ich habe deinem Vater gesagt: Ich habe keinen Sohn mehr. Diesem Monster habe ich nicht das Leben geschenkt. Damit will ich nichts zu tun haben. Bring ihn weg, oder ich rufe die Polizei. Ja, mein Sohn hatte massive Drogenprobleme. Er war schwach. Das war sein Fehler. Und er war ein Mörder. Wir haben ihn fortgeschickt. Neue Identität, Drogenentzug. Den ganzen Mist. Und ich habe mich auf dich konzentriert, Annika. Wenigstens ein anständiger Mensch musste mir doch wohl gelingen, oder?«

Sie schlägt die Hand vor den Mund.

»Warum sollten wir dann nach Fabian suchen? Warum die Videokassette? Die Karte?«, frage ich.

Gabriele sieht mich streng von der Seite an.

»Können Sie sich das nicht denken?«

»O doch, aber ich will es von Ihnen hören. Aus Ihrem Mund.« Ich lege den Kopf schief.

»Da schließe ich mich an«, brummt Otto.

»Ich wollte, dass Sie ihn finden und festnehmen und verurteilen. Ich wusste nicht, wo er wohnte, und kannte seinen neuen Namen nicht. Mein Mann hat dieses Wissen mit ins Grab genommen.«

Annika kriecht zurück auf ihren Gartenstuhl.

»Was bist du nur für eine Mutter«, flüstert sie.

»Sag es ruhig laut. Es sollen alle hören. Ich habe ihn nicht mehr geliebt, und als er fort war, habe ich seine ganzen Videokassetten vernichtet, außer die eine. Die habe ich versteckt. Dein Vater und ich hatten uns geschworen, nie mehr über deinen Bruder zu sprechen. Erst als er tot war und der Kranz auftauchte, wusste ich, dass es jetzt an der Zeit war, dass er einen Prozess bekommt. Dass er verhaftet wird und ins Gefängnis kommt. Und es sollte eine lange Strafe werden. Er war ein widerliches Monster.«

»Tja, das wird leider nichts mehr werden«, meine ich lakonisch.

Gabriele verschränkt die Arme vor der Brust.

»Nein, Frau Svensson, und das ärgert mich am meisten an der ganzen Sache. Jetzt möchte ich Sie bitten, zu gehen.«

Otto tritt an uns heran und übergibt Gabriele einen Umschlag.

»Was ist das?«, fragt sie und schielt darauf.

In einer krakeligen Schrift steht dort: Mama.

»Diesen Brief haben wir in den Unterlagen Ihres Sohnes gefunden. Er ist verschlossen, und da er an Sie adressiert ist, sollten Sie ihn auch bekommen. Wir haben ihn nicht geöffnet. Was darin steht, ist nur für Ihre Augen bestimmt.«

Otto drückt ihr den Umschlag in die Hand.

»Ich wünsche Ihnen alles Gute, wir sehen uns auf jeden Fall bald wieder«, sagt er und nickt mir einmal knapp zu.

TAG SIEBZEHN

Mittwoch, 22. Oktober 2003

KAPITEL 105

Ich glaube an die Wahrheit. Alles andere wäre falsch. Mag sie auch noch so unbequem sein.

Das ist das, was mich interessiert.

Diese Lügen und Heucheleien ertrage ich nicht mehr. Da werde ich meschugge.

Deswegen habe ich Mark Swoboda in der U-Haft besucht, um ihn aufzuklären.

Ich glaube fest daran, dass er außer dem Mord an Bianca keine anderen Taten begangen hat.

Aber diese eine reicht für sein ganzes Leben.

Und nun soll er erfahren, was sein Freund Fabian getan hat, bevor es in der Zeitung steht oder über die Mattscheibe flimmert.

Mark ist nicht überrascht, als er mich an einem der Tische im Besucherraum der JVA sitzen sieht.

Er lächelt und setzt sich dazu.

»Ich möchte mich bei Ihnen entschuldigen«, beginnt er das Gespräch.

»Wofür?«

»Ich habe hier viel Zeit zum Nachdenken«, sagt er.

»Das klingt echt abgedroschen, finden Sie nicht?«

»Ja, ein blöder Satz, aber es stimmt. Seitdem ich die Wahrheit über Bianca erzählt habe, komme ich mir selbst wieder näher. Verstehen Sie, was ich meine?«

Er sieht mich an, eine Furche zwischen den Augenbrauen.

Weil ich nicht sofort reagiere, wechselt sein Blick auf seine Hände, die artig auf der Tischplatte liegen.

»Durchaus«, antworte ich.

»Es tut mir leid, dass ich Sie angegriffen habe. Das war nicht richtig. Ich möchte mich dafür bei Ihnen entschuldigen.«

Ich beobachte genau Marks Gesicht, wenn er das sagt. Höre auf die feinen Nuancen in seiner Stimme. Aber ich entdecke keinen Hinterhalt oder eine falsche Unterströmung.

»Ich bin geneigt, Ihnen zu glauben«, erwidere ich. »Und weil Sie die Wahrheit ansprechen: Genau deswegen bin ich hier.«

Mark sieht mich erstaunt an.

»Die Wahrheit über Ihren Freund Fabian.«

Er dreht den Kopf leicht zur Seite, als habe er sich verhört.

»Ich verstehe nicht, was Sie meinen.«

»Sie sollen erfahren, was Fabian getan hat.«

Mark taxiert mich. Er hat einen dunklen Bartschatten auf den Wangen, was ihm etwas Verwegenes gibt.

»Das bedeutet, Sie haben den Täter gefasst?«, fragt er staunend.

»Oh, das haben wir. Und Sie sollten wissen, dass Sie den Täter zu Fabian geführt haben.«

»Wie bitte? Ich?« Er macht ein entrüstetes Gesicht.

»Jenny ist Ihnen nachgefahren und hat somit den Aufenthaltsort von Fabian erfahren. Einfache Sache. Die kommt Sie so schnell nicht besuchen. Das gemeinsame Buchprojekt können Sie sich von der Backe wischen.«

Marks Gesichtsausdruck wechselt zwischen Erstaunen und Fassungslosigkeit.

»Jenny hat Fabian ermordet. Warum?« Er schüttelt ungläubig den Kopf.

Ich senke die Stimme und berichte in wenigen Sätzen, was damals passiert ist. Wer die vier Opfer waren und wie sie getötet wurden. Dass Jenny um ein Haar selbst Opfer geworden wäre. Und wie sie die Morde gerächt hat.

Mark hält die Luft an und schüttelt immer wieder ungläubig den Kopf.

»Wussten Sie von Fabians Taten?«

Marks Gesicht ist blankes Entsetzen. »Nein!«, ruft er, und sofort kommt ein Wächter und ermahnt uns, leise zu sein.

»Davon wusste ich nichts, ich schwöre es.«

»Besser nicht.«

»Wegen der Sache mit Bianca habe ich mir selbst ein Gelübde auferlegt. Ich würde Fabians Aufenthaltsort niemals verraten, an keinen Menschen. Das war ich ihm schuldig. Ich habe es Fabian nie erzählt, was in der Nacht passiert ist.«

Er senkt den Kopf.

»Wer hat den Kranz zur Beerdigung gesendet?«, frage ich.

Mark fährt sich mit einer Hand durch die Haare.

»Das war ich. Fabian hat mich beauftragt, also bin ich zum Bahnhof nach Dortmund gefahren und habe unter falschem Namen den Auftrag aufgegeben. Er wollte es so.«

»Warum? Was war der Zweck?«

Mark blickt zu dem vergitterten Fenster.

»Ich glaube, er wollte sich rächen. Er war merkwürdig geworden, wie er in seiner kleinen Hütte hauste. Ich durfte ihn nie anfassen, umarmen ging gar nicht. Er hat mich an manchen Tagen begrüßt, als seien wir auf dem Schulhof. Alter Schwede, hat er gerufen, als sei die Zeit nie vergangen. An anderen Tagen war er total abwesend. Nicht hier, in dieser Welt.«

»Hatte er mal eine Freundin? Eine Beziehung? Ein Haustier?«, frage ich.

»Nein«, Mark schüttelt den Kopf. »Er hatte gar keine körperlichen Kontakte, sowie ich das mitbekommen habe. Er sah sich oft Pornos im Netz an, von denen er mir manchmal erzählt hat, aber davon wollte ich nichts hören. Außer zu mir hat er zu niemandem Kontakt gehabt. Als sein Vater starb und die Todesanzeige in der Zeitung stand, war er erleichtert. Er öffnete eine Flasche Bier und sagte: Jetzt ist es endlich so weit, das sollten wir feiern, dass dieses Riesenarschloch das Zeitliche gesegnet hat. Dann trank er einen großen Schluck aus der Pulle und zeigte mit dem Mittelfinger gen Himmel. Er konnte von dieser Familie, die er so hasste, nicht lassen.«

»Er wollte wahrgenommen werden. Eine Stellung in der Familie haben. Aber die hatte er nicht.«

Mark sieht mich fragend an. Keiner sagt etwas.

Die Worte fallen an ihren Platz.

Er räuspert sich. »Denken Sie, sein Leben wäre besser verlaufen, wenn er sich gestellt hätte?«

»Fabian wäre im Maßregelvollzug gelandet. Aber er hätte eine winzige Chance gehabt, wieder in die Gesellschaft zurückzufinden, aus der er herausgefallen war.«

Marks Augen werden feucht.

Ich sehe auf meine Uhr. »Ich muss los.«

»Danke, dass Sie da waren«, sagt er leise.

»Schon okay«, sage ich, stehe auf und gebe dem Beamten an der Tür ein Zeichen.

KAPITEL 106

Montagnacht, 13. Oktober 2003. Park in Bilderstöckchen

Da waren so viele Stimmen.

Sie wehten zu ihm herüber und riefen seinen Namen.

Da war Lachen, das verhallte und wieder näher kam.

Und da waren dunkle Stimmen, die redeten durcheinander.

Ein fließender Klangteppich, und er stellte fest, dass er kein Wort verstand.

Er hörte ein Stück eines Weihnachtsliedes, ein Ohrwurm mitten im Sommer.

Macht hoch die Tür, die Tor macht weit.

Geräusche blitzten hervor.

Das Öffnen einer Champagnerflasche.

Ein knatternder Rasenmäher.

Das Klingeln von Glöckchen, erst eines und dann ganz viele, die wie im Chor klangen. Leiser wurden.

Wasserrauschen.

Das Hupen von Autos.

Das rhythmische Klappern einer Friseurschere an seinem Ohr.

Das entsetzliche Quietschen von Kreide an der Tafel.

Ein Automotor, der erstirbt.

Das Geräusch im Ohr, wenn man in kaltes Wasser springt und der Kopf eintaucht. Es war, als würde er schweben.

Und dann war da plötzlich Stille.

Eine Unterwasserruhe, die ihn umhüllte.

Das Wasser, das ihn streichelte. Weich. Formlos.

Sein Hirn war träge. Ein störrischer Esel, der nicht vorwärtsgehen wollte.

Jetzt passierte etwas.

Er wurde getragen, wie ein kleines Kind, das umgebettet wurde.

Nach einer Partynacht der Erwachsenen.

Wenn es unter dem Tisch oder auf der Bank in der Ecke eingeschlafen war, im größten Lärm und Lachen, im weinseligen Gesang.

Wenn es Zeit wurde, nach Hause zu gehen, und das Kind die Augen nicht aufschlug, sich wegtragen ließ.

Verabschiedungen. Flüstern im Treppenhaus.

Eine Haustür, die aufging.

Kalte Nachtluft, die das Gesicht berührte.

Die Augen blieben die ganze Zeit geschlossen.

Es gab nichts, wofür es sich gelohnt hätte, die Augen zu öffnen.

Eine Fahrt im Auto. Das gleichmäßige Rattern des Motors.

Das schöne Schaukeln. Schon glitt er wieder in einen Schlaf.

Wurde entführt in den Raum von Stille und Träumen. Hinter dem Bewusstsein.

Sein Atem ging schwerer.

Er lag jetzt hart, nicht mehr weich.

Lauschte in diese Stille hinein, die kaum zu ertragen war.

Warum war da nichts?

Sein linkes Bein zuckte, und er überlegte, was soeben seine Gedanken gewesen waren.

Aber sie waren verschwunden.

Ein Schwarm Vögel, der über das Haus hinwegflog und immer kleiner wurde und sich auflöste.

Er konnte seinen Körper nicht mehr bewegen.

Er wollte sich gern umdrehen. So ein Impuls war das, aber sein Körper war fort. Nicht erreichbar mit seinem Willen.

Ohne jegliche Reaktion.

Es war das Gefühl, als sei er aus seinem Körper getreten.

Davon hatte er mal gelesen, das fiel ihm ein.

Und es war, als könnte er sehen, wie jemand ihn packte. In dieser Dunkelheit, die ihn umgab. An beiden Fußgelenken, und ihn wegzog.

Er wurde über Gras gezogen. Flaches Gras. Er wollte hineinfassen, aber die Finger griffen nicht.

Das Gras glitt über seine tauben Handinnenflächen.

Saß er jetzt aufrecht?

Um seinen Hals wurde etwas gelegt.

In dem Moment blitzte eine junge Erinnerung hervor. Von hinten, aus diesem Raum. Er sah, wie er seine Haustür öffnete und den Kuchen entgegennahm. Schokoladenkuchen, dessen Glasur im Flurlicht glänzte.

Wie er in das Gesicht dieser Frau sah, aber wie er zugleich dieses komische Gefühl in sich hatte, dass etwas nicht stimmen konnte.

Dass hier Merkwürdiges passierte.

Er spürte einen Ruck an seinem Hals, der ihm den Atem nahm.

Ihm den Hals zudrückte, und er wollte die Hand heben.

Vergebens.

Sein Arm blieb liegen.

Er spürte, wie er hochgehoben wurde, wie ein Kind, das mit den Füßen in der Luft baumelte. Und sich hin und her bewegte, um das Gefühl des Schwebens zu verstärken. Das Nicht-am-Boden-Sein.

Nicht stehen. Nicht gehen. Nur getragen werden.

In seinem Hirn explodierten Bilder und Farben.

Die Stimmen kamen wieder zurück.

Erinnerungen blitzten auf wie Dias.

Ein irrer Clip von Bildern und Tönen.

Er sah sich selbst.

Kindergarten. Einschulung. Fahrradfahren.

Knie aufgeschürft. Milchreis essend.

Streitend mit Annika. Tennis spielend. Fußball spielend.

Scherben.

Der strenge Vater.

Die Mutter, die ihm unter der Bettdecke eine Wärmflasche zuschob.

Mama. Papa. Annika. Autofahren. Heruntergedrehte Scheiben. Mark. Rauchen. Lachen. Glück. Bianca. Tanzen im blauen Licht.

Ein Mädchenkopf, der mit einem Lächeln ins Auto gesteckt wird.

Das Messer. Das Blut. Die Mutter, die ihn wegschickt.

Diese Leere.

Die Gesichter von jedem Mädchen, das er sich schnappte. Sie wurden jünger mit den Jahren. Manchmal tötete er sie aus Langeweile. Vergrub sie. Entsorgte sie.

Immerhin war er nicht mehr allein gewesen. Er war stets mit dabei. Dieser Mann, der ihn seit damals begleitete. Der nie alterte und nie aus seinem Kopf verschwunden war. Den nur er sah und sonst keiner. Ein Hirngespinst.

Er hatte gelernt, mit ihm zu leben.

»Komm«, sagte der Mann mit versöhnlichem Blick zu ihm und lächelte ihn an. »Ist genug jetzt.«

Ja, dachte er. Es ist wirklich genug.

Und dann folgte er ihm in das große helle Nichts.

KAPITEL 107

»Wie war's?«, fragt Otto, und ich schließe die Autotür und atme tief aus.

»Er war gefasst«, sage ich.

Otto setzt den Blinker und biegt von der JVA in den fließenden Verkehr ein.

»Wie fühlt es sich an?«

Ich horche kurz in mich hinein und spüre meinem Gefühl nach.

»Ich bleibe dabei. Es gibt nichts Wichtigeres als die Wahrheit.«

»Meine Rede.«

»Welche Strafe bekommt Mark?«

Otto zuckt mit den Achseln. »Das ist nicht mein Job. Ich liefere die Beweise für die Tat. Die Staatsanwaltschaft klagt an, und der Richter fällt das Urteil. So läuft das. Wir wollen heute Abend was trinken gehen, in einer Kneipe hier in Köln am Eigelstein. Gibt ja doch was zu feiern. Frank will eine Runde ausgeben für unser Team.«

Er schielt zu mir herüber.

Erfolge feiern ist nicht mein Ding.

Ich freue mich eher so für mich, innerlich, mit mir und springe jubelnd durch die Wohnung, wenn es keiner sieht.

»Erkan kommt auch«, ergänzt er.

»Was heißt das denn jetzt?«

»Er kommt mit. Er ist nicht sauer auf dich, wegen der Autos. Wird ein neues bekommen, und fertig.«

»Ich habe mich bei ihm entschuldigt.«

»Hat er mir berichtet. Am Telefon. Du hast dich am Telefon entschuldigt.«

»Herrgott, es war mir peinlich. Der liebte sein Auto.«

»Na ja, so eng sieht er das nicht. Hängt immer davon ab, wer es kaputt gemacht hat«, sagt Otto und grinst.

Ich weiß, wie diese kleine Kollegenfeier aussieht. Ich werde ordentlich mein Fett wegbekommen, weil ich seine Karre ruiniert habe.

»Bist du dabei?«, hakt Otto nach.

»Ich habe heute Abend den Termin bei meiner Psychologin, der letzte. Den kann ich nicht absagen. Weiß nicht, ob mir im Anschluss nach Feiern zumute ist. Ehrlich gesagt würde ich lieber …«

»Lupe? Der Buddhismus sagt: Leben ist Leiden. Mach, worauf du Lust hast. Okay?«

Ich sehe ihn von der Seite an, und ein Lachen überfällt mich.

»Was hast du da gesagt? Das sind ja ganz neue Töne.«

Otto wird leicht rot auf den Wangen.

»Das hat dir deine neue Freundin Doreen erzählt, stimmt's? Du interessierst dich einen Scheiß für Buddhismus.«

Otto sieht stur auf die Straße und versucht, seine Scham zu verbergen. Fährt sich durch den Bart. »Sie ist meine Nachbarin, nicht meine Freundin«, sagt er. »Wir lernen uns erst kennen.«

»Nee, is klar«, sage ich. »Bindungsproblematik. Das kenne ich. Kein Vertrauen und der Wunsch nach Freiheit. Beknackte Kombi.

Aber das wird schon, Otto, lass es laufen. Und vor allem, sag ihr die Wahrheit.«

»Worüber?« Er reißt die Augen weit auf.

»Über dich«, sage ich und deute auf die Narbe an seiner Wange.

»Weißsieschon«, nuschelt er in seinen Bart hinein.

KAPITEL 108

Ich sitze in Sabines Supervisionszimmer. Soeben habe ich ihr die Fälle geschildert, um Fabian Küster, um Bianca und um die vier toten Mädchen. Sie schenkt mir unaufgefordert einen Kräutertee ein, und ich nehme die Tasse und rieche daran.

»Kamille, Melisse, Hopfen«, erklärt sie.

»Wirkt beruhigend.«

»Das ist nicht verkehrt, es ist ja einiges passiert. Welchen Gedanken hat diese Rückbetrachtung in dir ausgelöst?«

Ich stelle die Tasse ab. Schlage die Beine übereinander.

»Wir müssen das Leben vom Tod aus betrachten«, sage ich. »Das ist eine Perspektive, die ich wichtig finde. Ich habe mir überlegt, wen ich zu meiner Beerdigung einladen würde, und habe eine Liste erstellt. Ehrlich gesagt ist sie nicht lang. Da gibt's ein paar Leute, die ich auf die ›Auf keinen Fall einladen‹-Liste setzen würde. Das Gute ist, da kann ich noch ein paar rausstreichen oder ergänzen, mal sehen, was in den nächsten Jahren passiert. Ach ja, Einäscherung wäre mein Ding, kein Sarg. Da ich nicht an den lieben Gott glaube, gibt's einen Baum in einem Friedwald, um eins zu werden mit der Natur. Das wäre eine Lösung. Und keine Traueranzeige, das finde ich schrecklich.«

Sabine sieht mich sprachlos an und macht nur: »Mmh.«

»Sabine, du hast mich gefragt, was ich bin, und ich hatte keine Antwort. Ich denke, ich weiß es jetzt. Mich interessiert die Wahrheit, warum Menschen tun, was sie tun. Ich bin keine Polizistin und werde es nie sein, das habe ich verstanden. Ich bin Psychologin und Psychotherapeutin und ich werde dieses Praktikum zu Ende bringen, weil ich diese Arbeit liebe. Ich bin glücklich da, wo ich bin. Und ich mag die Menschen, mit denen ich täglich zusammen bin.«

Sie legt den Kopf schief und sieht mich streng an. »Du weißt, welche Gefahr droht?«

Ich weiß, was sie damit meint. Meine Mutter sagt: Scheiß nicht da, wo du isst. Immer wenn ich mich in einem sozialen Gefüge wohlfühle, verliebe ich mich. Sabine will vermeiden, dass ich wieder eine Affäre anfange, wie zuletzt in der Schule, an der Uni, in der Forensischen, denn Liebschaften mit Weisungsbefugten pflastern meinen Weg. Ich stöhne auf.

»Was kommt nach dem Praktikum, Lupe?«

Ich zucke mit den Schultern.

»Du wolltest doch promovieren? Willst du zurück in die forensische Klinik? Wieder als Therapeutin arbeiten?«

Ich lege den Kopf schief und lasse ein paar Sekunden verstreichen.

»Nein, ich tauge nicht zur Therapeutin, das war ein Trugschluss.«

Sabine stellt die Tasse ab. »Bist du dir sicher?«

»Oh ja, da kannst du einen drauf lassen. Mal sehen, was ich mache.«

Eine Viertelstunde später verabschiede ich mich von Sabine, die meine Hand fest drückt und mir alles Gute wünscht. Auf dem Weg nach unten erwischt mich ein kleines Glücksgefühl, das in meinem Kopf explodiert und mich wie eine Zehnjährige die Treppen runterhüpfen lässt.

Ich springe freudig auf die Straße.

Es ist echt kalt geworden. Die Straßenlaternen sind angesprungen.

»Allein trinken macht hässlich«, höre ich jemanden sagen. Die Stimme kenne ich.

Ich drehe mich um. Erkan steht an eine Laterne gelehnt, deren Licht auf den feuchten Asphalt scheint. Sein linkes Bein steckt in einer Stützschiene. Neben ihm steht ein Taxi mit Warnblinklicht und laufendem Motor. Die Scheinwerfer strahlen auf die Straße.

»Ja, aber das sieht ja keiner, wenn ich alleine trinke«, antworte ich und gehe auf ihn zu. »Dann ist es nicht weiter schlimm.«

Ich weiß, was er vorhat. Er will mich abholen, ich soll mitkommen und einen mit dem Team trinken. Auf den Erfolg. Mich nicht so anstellen. Da fällt mir ein, ich muss Sina einen Whiskey spendieren. Den hat sie sich wirklich verdient.

»Ich weiß, dass du Single bist«, platzt es aus ihm heraus, als würde er mir das Versteck eines Weihnachtsgeschenks verraten. »Ich habe Raffa getroffen. Er hat es mir erzählt.«

»Wann?«

»Vor zwei Wochen. Er ist im selben Fitnessstudio wie ich.«

Scheibenkleister. Das bedeutet, meine vermeintliche Deckung war eine Farce. Seine linke Augenbraue schnellt nach oben. Seine Augen blitzen mich an.

Verdammt. Ein Song streift mein Hirn, während wir uns auf der Straße gegenüberstehen. Aretha Franklins kraftvoller, einleitender Gesang zu »Spanish Harlem«.

Dadada, dada, dada da, da.

Dieser Song, den ich echt liebe. Der nach Leben und Leidenschaft klingt. Nach der Straße. Und nach aufrecht sein und voranschreiten. Nach dem besonderen Etwas in einem Menschen, das nur herauskommt, wenn es Nacht wird und die Sterne leuchten. Erkan legt den Kopf schief.

»Okay. Ich bin dabei«, sage ich. »Aber nur auf ein Getränk.«

Er nickt. Ein freches Grinsen huscht über sein Gesicht, und er bietet mir seinen freien Arm an und öffnet die Wagentür. Ich hake mich unter, und er drückt mich an sich. Aber nur kurz.

Es ruckelt immer ein wenig, wenn das Leben in den nächsten Gang schaltet.

Danksagung

Es liegt mir am Herzen, mich bei ein paar Menschen für ihre Unterstützung und Inspiration bei der Arbeit am zweiten Abenteuer von Lupe und Otto zu bedanken.

Danke an meine wunderbare Lektorin Frederike Labahn, dass sie dieses Duo mit so viel Feingefühl und Liebe weiter begleitet hat. Und allen anderen bei Droemer Knaur, die diese Krimireihe in die Welt tragen und dafür sorgen, dass sie ihre Leser*innen findet. Ihr seid großartig.

Danke an Claudia Wuttke für ihre leidenschaftliche Überarbeitung und ihr treffsicheres Gespür. We ride the wave!

Danke an Leonie Schöbel von Meller Literary Agency, bei der ich mich mehr denn je aufgehoben und verstanden fühle. You rock!

Danke an meine klugen Testleserinnen Stephanie Frank, Ulrike Westhoff und Charlotte Fechner für ihre aufrichtigen Rückmeldungen. Ihr seid mega.

Danke an meine grandiosen Fachberater*innen, ohne die ich ziemlich dumm dastände. Ulrike Rohloff, Rebecca Fügemann und Stefan Floßdorf. Ihr seid Gold wert.

Danke an Annette Wieners, Melanie Raabe und Tina Haffke für ihre liebevolle Begleitung und herzliche Unterstützung. Thank you for being a friend.

Und: Danke an Walter. My Partner in Crime. Ohne dich wäre es nur halb so schön.

Ein rätselhafter Cold-Case bildet den Auftakt der »Lupe Svensson & Otto Hagedorn«-Reihe

MATHIAS BERG

DER PREIS DER RACHE

KRIMINALROMAN

Gleich an ihrem ersten Tag beim LKA Düsseldorf wird die junge forensische Psychologin Lupe Svensson mit einem besonderen Fall konfrontiert: Abrissarbeiten an einer in die Jahre gekommenen Tankstelle fördern einen fast 30 Jahre alten Leichnam zutage, dem ein Fuß abgetrennt wurde. Handelt es sich um ein weiteres Opfer des »Fußmörders«, den Lupes Kollege Otto Hagedorn 1975 erfolglos gejagt hatte? Die Ermittlungen führen Lupe und Otto zurück in eine dunkle Ära der jüngeren deutschen Vergangenheit und zu einer ungewöhnlichen Mordserie, die mehr mit Lupes eigener Geschichte zu tun hat, als sie ahnt …

»Eine eigenwillige neue Heldin, ein blutiges Kapitel deutscher Geschichte. Aufregend, lässig, fabelhaft.« *Katja Bohnet*

KNAUR

Tote Lehrer geben keine schlechten Noten – die neue Lehrer-Krimireihe mit wenig Blut und schönem Humor!

MARC HOFMANN

DER MATHELEHRER UND DER TOD

GREGOR HORVATHS ERSTER FALL

Gymnasiallehrer Gregor Horvath stolpert eines Morgens auf dem Schulhof beinahe über die Leiche eines Kollegen: Der Mathelehrer Michael Menzel ist offenbar aus einem Fenster gestürzt. Die überlastete Polizei legt den Fall bald als Selbstmord zu den Akten, doch Hercule-Poirot-Fan Horvath wittert Ungereimtheiten. Zusammen mit einigen Schülern aus seinem Deutschkurs beginnt Horvath zu ermitteln – immerhin gibt es zahlreiche Verdächtige: Lehrer, Schüler, Eltern … Nur dem wahren Täter sollte Horvath lieber nicht zu nahe kommen!